致命打击

一个德国士兵的苏德战争回忆录

[德]戈特洛布·赫伯特·比德曼 著

[美]德里克·S·赞布罗 著

小小冰人 译

台海出版社

图书在版编目（CIP）数据

致命打击：一个德国士兵的苏德战争回忆录 / (德)
戈特洛布·赫伯特·比德曼, (美) 德里克·S·赞布罗著;
小小冰人译. -- 北京：台海出版社, 2018.6
　　书名原文：IN DEADLY COMBAT:A GERMAN SOLDIER'S
MEMOIR OF THE EASTERN FRONT
　　ISBN 978-7-5168-1931-9

　　Ⅰ.①致… Ⅱ.①戈… ②德… ③小… Ⅲ.①回忆录
－德国－现代②苏联卫国战争－史料 Ⅳ.①I516.55
②K512.54

中国版本图书馆CIP数据核字(2018)第110993号

致命打击：一个德国士兵的苏德战争回忆录

著　者:【德】戈特洛布·赫伯特·比德曼 【美】德里克·S·赞布罗 著 / 小小冰人 译

责任编辑：高惠娟　　　　　　　　策划制作：指文文化
视觉设计：舒正序　　　　　　　　责任印制：蔡　旭

出版发行：台海出版社
地　　址：北京市东城区景山东街 20 号　　邮政编码：100009
电　　话：010 - 64041652（发行，邮购）
传　　真：010 - 84045799（总编室）
网　　址：www.taimeng.org.cn/thcbs/default.htm
E - mail：thcbs@126.com

经　　销：全国各地新华书店
印　　刷：重庆共创印务有限公司
本书如有破损、缺页、装订错误，请与本社联系调换

开　　本：787mm×1092mm　　　　　1/16
字　　数：376 千　　　　　　　　　印　　张：23.5
版　　次：2018 年 6 月第 1 版　　　印　　次：2018 年 6 月第 1 次印刷
书　　号：ISBN 978-7-5168-1931-9

定　　价：119.80 元

序　言

　　1941年，德军132步兵师的士兵们进军俄国时，深信他们正在进行一场伟大的东征。消灭布尔什维克主义是他们的职责，这是他们自小就接受的教育。带着这种天真，他们义无反顾地向东而去。四年后，伤亡惨重、衣衫褴褛、仅靠一点马肉苟延残喘的该师残部向苏联军队投降。

　　作为比德曼家族的密友，我早就知道戈特洛布·比德曼曾在东线服役过数年，但直到1985年才了解到这段确切的详情。当时，一支美国海军特遣舰队访问德国的基尔港，联邦德国海军邀请我担任舰队司令的翻译兼联络官。借此机会，我邀请欧洲的一些朋友来参观停泊于德国北部港口的美国海军战舰。我也请G·H·比德曼来观看北约此次的军力展示，他彬彬有礼地对我的邀请表示感谢，但又告诉我，这一邀请对他来说"迟到了40年"。正是通过这种奇怪的回复，我才得以获知1945年他在库尔兰的详细经历，以及一个寄托了被围士兵们最后希望的极其荒诞的谣传。1945年5月，一个传言在"库尔兰"集团军群的残部中广为流传，据说美国和英国将派出一支舰队到波罗的海来疏散比德曼所在的师，从而使其免遭苏联红军的歼灭。更有谣传说，库尔兰的老兵们随后将加入已到达易北河畔的美国军队，他们将在那里与苏军作战，将俄国人赶出中欧。

　　此后不久，我来到德国南部的黑森林地区拜望比德曼，以整理他在战时的经历并将其译为英文。我拿到一份回忆录的副本，为缅怀师里的那些老兵，他在多年前便已私人出版了这部回忆录。1964年，比德曼花了几个月时间将《Krim-Kurland mit der 132. Infanterie-Division 1941-1945》这本书撰写完毕，那时离该师衣衫褴褛的残部走入战俘营不到二十年，离第132师最后一批幸存者被苏联政府释放不到十年。这部回忆录成了撰写本书的基础。

从苏联腹地那些不知名的集中营和战俘营获释多年后，前库尔兰的老兵们发现自己越来越被战斗中残暴的场景所困扰。与许多同他们激战过的士兵们一样，这些老兵带有一种深深的负疚感：那场灾难导致数百万人丧生，自己却活了下来；他们越来越发现自己被无法治愈、反复出现的战场噩梦所惊醒。一个个夜晚被那些死于突破薄弱防线的苏军士兵的冲锋枪和火焰喷射器下的战友发出的惨叫声所打破。数米外，敌军士兵被困在一辆燃烧的坦克中的场景和声音，无法从记忆中被轻易抹去，岁月的流逝并未能减少恐惧的反复发作。

通过撰写回忆录，这位前德国国防军军官试图抚平心理创伤，并将其战时遭遇置于一个未参与者都能分享，而经历过那场灾难的老兵们都能找到共同点的角度。依靠他个人的回忆，并采用了师里其他战友长期被遗忘的经历，比德曼完成了这部手稿，以不带偏见的准确，生动地描绘了步兵们目睹、经历的东线岁月。

正如G·H·比德曼在其手稿的前言中解释的那样，这本书并非为了重现许多残酷的历史事件，尽管它们在某些方面代表着第二次世界大战；也不打算通过这种疏漏来暗示此类事件从未发生过。本书的目的绝不是为了替那些重要事件以及随之而来的骂名推卸责任。书中讲述的是奋战于前线的士兵们目睹的故事，仅此而已，因而不会对战争的起因加以审视，也不会探究随着德国军队的整个征途而发生的政治事件及其后果中潜在的负疚感、悲哀或悔恨。许多年前，泽普·德雷克塞尔上校曾在《Krim-Kurland mit der 132. Infanterie-Division 1941-1945》一书中写道："这本书是献给阵亡者的，但它也是为活着的人而写。"这部手稿的翻译和出版正是本着同样的目的。

与G·H·比德曼的面谈、对相关事件的讨论以及对陈年文档和照片的细致研究，断断续续地持续了好几年。作为比德曼战时经历的译者和合著者，我认为有几个相关问题应该引起读者的注意。我觉得最好用德语称谓来标注大多数军衔和部队名称，以免偏离传统的德国国防军军事体系。专业历史学家们也许对此并不赞同，或是在一些地名、敌军实力、相关事件的具体日期上发现谬误。对此，我们必须认识到，本书主要的原始资料来自那些在战场上匆匆完成的信件、凭借泛黄的照片回忆起来的人名以及比德曼和他那些同在东线服役过的幸存战友衰退的记忆。为了解某个特定事件发生的时间和地点，我偶尔也会采用官方报告和部队的战时日志。官方文件和日志中的大多数信息来自对战俘的审讯和战场上缴获的文件，因此，这些文件并不都是确实可靠的。

大多数官方文件由弗里茨·林德曼将军的遗孀和儿子提供。这些文件得以保存至今，完全是因为"7·20"事件后，盖世太保搜查林德曼将军位于德国北部的住所时，忽略了他在德国南部博登湖附近的另一座住宅。暗杀事件的几个月前，将军便已将他的私人文件转移到那里妥善保存。

本书的目的并不仅仅是作为一个了解东线历史事件的来源，还必须将其视作一个被邪恶意识形态所欺骗的人目睹和参与的事件的精确编年史。这场远征的幸存者们经历了巨大的角色转换，从入侵的征服者沦为精疲力竭、孤立无援的部队，面对占尽优势的敌人进行着殊死战斗，而历史则给他们的经历蒙上一层越来越黑暗的阴影。尽管存活于这种阴影下，那些经历了历史上这场军力和工业实力最猛烈的对决而幸存下来的人们却为我们提供了一个邪恶世界中关于生存和失败的种种教训。我们有责任从这些事件中吸取教训，并留意它们一直在传递的信息。

德里克·S·赞布罗
德国，多尔恩斯特丁

目录

序言

前　言

　　任何一部关于第二次世界大战前线地面作战的回忆录都会引发两个基本问题：作者为何要做他所做的一切？他是怎么熬过来的？戈特洛布·比德曼讲述了一个在世纪之交变得越来越陌生的故事，一个需要投入智力和让情感做出反应的故事。对上班族来说，比德曼是一位勇士。他不是坦克兵或飞行员，而是一名步兵。他没有在大德意志师或装甲教导师这种精锐部队中服役，而是在一个数字番号像电话簿条目的不出名部队中任职。比德曼也没有获得阿道夫·希特勒亲自颁发的高级勋章。他的两枚铁十字勋章、克里木盾章和近战勋饰，对一名活着佩戴这些勋章的东线老兵来说，几乎是一种标准的奖励。

　　但要获得这些勋章也并非易事。1942年，比德曼参加了对塞瓦斯托波尔要塞的进攻，这场历时六个月的围困战使德军付出了伤亡10万人的代价，但其荣耀却被对斯大林格勒的攻势所遮蔽。1943年，比德曼和他所在的师北上赶往列宁格勒前线，但此刻已是这场史诗般战役的最后几个月，记者和摄影师们已跑去别处发掘新题材。1944年，苏军的庞大攻势将德国一整个集团军群围困在波罗的海沿岸的库尔兰包围圈内，比德曼在那里结束了他的战争。第132步兵师在列宁格勒前线的沼泽和森林中激战时，比德曼也获得了更高的荣誉：金质德意志十字勋章、金质战伤勋章和荣誉勋饰。战争的最后几个月里，他还获得了击毁坦克臂章。这些勋章的重要意义在于，作为一名下级军官，需要多次负伤、历经无数次战斗方能获得。他的经历再度成为一个脚注，这一次针对的是第三帝国的最终毁灭。

　　比德曼并不"典型"。对二战中的德国士兵来说，并不存在什么典型人物，其他军队中他那些同行亦是如此。但比德曼的战争故事又是每一个士兵的战时经历，是那些长期担任高级士官和下级军官的一个传奇，用布鲁斯·卡顿的话来说，这些人几乎没有升职希望。

大多数英文版的德国视角二战个人回忆录，描写的都是高级指挥官、空军战斗机部队、邓尼茨的U艇部队、装甲师或是武装党卫军。约翰内斯·施泰因霍夫、盖伊·萨杰、米歇尔·魏特曼，他们的故事一次次出现在书架上和脚注中。但对服役于第三帝国武装部队中的数百万普通士兵来说，没人提及他们的经历和牺牲。他们默默无闻地战斗，默默无闻地死去。就连那些阵亡于俄国的士兵的坟墓也被毁掉，有些是后撤中的德国军队所为，其他的则是被决意为其2000万死难同胞寻求报复的苏联军队所毁。

这些幸存者发现，在寻求道德和物质重建的德国，除了自己的家人，没什么人有时间或兴趣聆听他们的故事。世纪末，德国并未像美国和英国那样，在老兵们退役，打开军用手提箱和回忆后，或是子女们参加葬礼并了解到父亲的事情后，出现个人回忆录大量出版的情形。

这些故事并不都是胜利者的大肆宣扬。不过，它们描述的都是一场"正义之战"，打击的是应该被打击并被击败的敌人。同时代的德国人又该如何叙述他们所经历的战争？比德曼的故事由他所参加的军队的框架和所服务的国家的性质构成，尤为重要的是，是由与英美同行截然不同的一套文化和知识习惯所构成。

德国的战争回忆录起源于1914—1918年的经历。与英国、法国和美国一样，是一个有限的、主要是中产阶层群体的产物：自我意识和自我反省。它还发展出一套惯例，对其风格产生了强烈的影响，因为大多数回忆录作者既不是作家也不是知识分子，他们只是希望讲述自己的故事，往往是在已确立的框架中进行这一工作。1914—1918年间的德国回忆录作者倾向于以黑格尔的措辞描绘战争，成为以毁灭和重建的循环为特征的连续统一体中的一部分。个人的战争经历形成了一部教育史（Bildungsgeschicbte），一个通过个体投入与有组织的公共进程之间的辩证逻辑而增长的故事。

记录下希特勒战争期间自己亲身经历的德国人，大多来自这样一代人：他们将那些早期回忆录视为一种规范，以此来讲述越战时期的作者蒂姆·奥布赖恩所说的"真实的战争故事"——这个解释为那些从未被描述过的东西描绘出真相。他们还采用了一种被德国人称为"英雄般的，悲壮的"（heroisch-pathetisch）的风格，这并不符合英文的使用惯例，是以一种文绉绉的措辞将浪漫主义和形而上学合而为一。

这个词被翻译成英文时经常被解读为"自怨自艾的吹嘘"，这一点加强了英美读者的倾向性看法，即：德国人的战争回忆录是为了传达军国主义和原法西斯主义。法国和英国关于第一次世界大战的个人记述集中于毁灭和背叛、分裂与破碎。英语世界将战争冲突的"真实"回忆与法利·莫厄特的醒悟、奥迪·墨菲不带感情色彩的措辞或是蒂姆·奥布赖恩滑稽的后结构主义联系在一起。不过，借用奥布赖恩的另一个观点，所有的战争故事都是假的，但所有的战争故事又都是真的。《致命打击》一书中，值得一提的是作者使用的叙述方式。

比德曼的叙述方式超出了一名前线步兵所用的语言。《致命打击》最初并不是写给普通读者阅读的，甚至不是写给德国老兵们看的，而是为这样一群人所写：比德曼所在的团和师里的生还者。作者没有不厌其烦地解释那些编制和术语，因为他那些读者对此应该非常熟悉。还要记住的是，尽管是一名下级军官，但比德曼并不一定比他的美国同行更熟悉他所在部队的各方面编制问题。盖伊·萨杰的经典著作《被遗忘的士兵》，其真实性最近遭到质疑，在很大程度上是因为术语、装备、指令和地点这些细节问题，实际上，一名普通士兵不太可能留意并记住这些。连排级军官同样面临着这个问题。

这里有必要对二战中的德国步兵做个适当的介绍。与所有军队一样，其基本构成单位是师。但与美国陆军组建同类型、可互换单位的做法相比，德国步兵师是以"波次"来组建和装备的，整个战争期间，他们动员了多达35个波次。戈特洛布·比德曼所在的第132步兵师属于"第11波次"，1940年9月为希特勒和最高统帅部入侵苏联而组建的。1941年4月—5月，该师参加了短暂的巴尔干战役，但1941年6月30日，该师跨过苏联边境时，战争才算真正开始。比德曼就是从那时展开了他的叙述。

起初，各个波次中的各个师，装备状况稍有些不同，这取决于武器库里有哪些可用的装备，或是纳粹德国能从刚刚被征服的国家搜刮到什么。一些师在进入苏联时配备着缴获来的法制反坦克炮，补给车队里也装备着法国车辆。例如，比德曼最初服役的反坦克连就用法制轻型拖车（洛林装甲车）来拖曳他们的火炮。

与武器装备相比，德军的编制更标准些。德军步兵师辖有三个步兵团，每个团有三个营——第132步兵师辖第436、第437和第438团。另外，还有一个由四个营组成的炮兵团，营的番号从Ⅰ编至Ⅳ。而美国军队则是由一个炮兵指挥部辖四个独立的炮兵营。与美军编制形成对比的是，德国步兵师还编有一个反坦克营和一个配备着马匹、自行车、几辆轻型装甲车的侦察营。按照德国军队的标准做法，第132步兵师里的这些单位都被赋予该师的番号。

德国和美国军队在工兵、医疗、通信和后勤单位方面基本相同，只有一个本质的区别：德国步兵师几乎完全以马匹为运输工具。在其战争实力处于满编状态的1939年，一个"第一波次"步兵师，在优先获得装备的情况下，拥有5000多匹战马，卡车却不到600辆。1933—1939年间，纳粹政权强制拟定、毫无计划的再武装进程，根本不可能考虑到发展汽车工业，让一支大规模军队实现机械化的问题。最高统帅部做出了合情合理的应对，他们设计出一系列具有先进水平的马拉大车，并以滚珠轴承车轮和橡胶轮胎加以改良，这些大车被配发给部队，使他们能在任何情况下行军。唯一的例外是反坦克连和反坦克营，因为需要他们实施快速机动以阻截敌军的装甲部队。总的说来，整个战争期间，步兵由卡车运送通常意味着出现了紧急状况，并不太多见。

战争期间，人员的伤亡和装备的损失使德国步兵师的编制进行了数次修改。对第132步兵师来说，最大的改变出现在1944年，每个步兵团仅辖两个营，侦察营也改称"燧发枪手"营，该营实际上就是第七个步兵营，由师长直接控制。

人员的减少，至少从理论上说，应由新式装备来弥补。评估这种做法的最佳方式，是对第437步兵团的结构加以仔细研究，这场战争的大多数时间里，比德曼就在该团服役。研究二战期间美国陆军的学者们会发现这种情况并不陌生，1941—1945年间美军步兵团的结构，至少在表面上与其德国对手几乎完全相同。实际上，美军1940年的编制表有意识地模仿了德国军队。

每个德国步兵营辖有三个步兵连和一个机枪连，尽管与美军步兵营的重武器连类似，但这个机枪连编有一个迫击炮排。一个美军步兵团的十二个连，按字母顺序从A编至M，其间省略了字母J。而德国步兵团所辖连队的番号则从数字1编至12，此外还有一个靠马匹拖曳的第13连，配备着短射程、近距离支援火炮。美军步兵团里也有一个担负同样任务的火炮连。德国步兵团还辖有一个配备着12门反坦克炮的反坦克连，番号为第14连。

反坦克连是德军步兵团里唯一的全摩托化单位。比德曼在该连服役的大多数时间里，第437步兵团第14连配备有12门37毫米高速炮。实际上，1942年末，美国步兵带入突尼斯的就是这种反坦克炮的仿制品。这款火炮最初列装于1936年，重量轻得可以靠人力在短距离内转移位置。但在1941年中期前，作为一种反坦克武器，这大概是它唯一的优点。37毫米的轻型炮弹经常被苏军坦克的装甲弹飞，这使它获得了一个可疑的绰号——"陆军的敲门器"。特别是在面对苏德战争前便已投入使用的T–34和KV重型坦克时，德军反坦克炮手不得不在近距离内射击炮塔接合部这种脆弱部位，或者让坦克通过后再朝其侧面或后面开火。这种做法非常危险，需要炮组中的每个成员具备钢铁般的神经和精确的时机把握。

这是一种重要的战术，因为在东线的大多数战斗中，拖曳式反坦克炮是德军反坦克防御的支柱。美军步兵师通常可以依靠配属的一个坦克营和一个自行坦克歼击车营，与其形成鲜明对比的是，德军步兵师最多只有临时拼凑的几十辆自行火炮，剩下的就只能指望各个步兵团的反坦克炮手了。随着战争的继续，37毫米反坦克炮先是被50毫米反坦克炮取代，随后又换成75或76毫米炮，它们能更有效地对付苏军的坦克和自行火炮。但是，对于炮手和伴随他们一同战斗的步兵的心态要求却没有改变。如果说二战中的德国步兵在近距离战斗中是有史以来最顽强的战士，那么，在很大程度上是因为他们别无选择。

1943年结束军官培训返回部队后，比德曼没有返回反坦克连，相反，他被派去指挥一个步兵单位，自1941年以来，德军步兵的武器装备和力量结构已发生了显著的变化。与美军一样，德军步兵连的基本构成单位是班或称为"gruppe"。美军步兵战术依靠作为个体的步兵及其M-1伽兰德半自动步枪。班里的自动步枪则是一种支援型武器。而德军步兵班则以轻机枪为核心，MG-42在比德曼的后半段记述中起着突出的作用。无论是进攻还是防御，其他端着手动步枪的步兵要为机枪组提供掩护，并为他们提供弹药。只要机枪仍在射击，就有守住阵地的机会，除非敌人的兵力占据压倒性优势，或是投入了坦克。

MG-42的高射速和可快速更换的枪管，至少在一定程度上弥补了前线德军部队兵力的不足。而每个步兵只要有机会，便会丢掉手中本世纪初的步枪，换上一把德制MP-40或苏制冲锋枪。后者因为耐用性和可靠性，特别是其出色的性能而大受欢迎，尽管它独特的射击声容易招致友军误击。AK-47也因为同样的原因而受到越战美军的青睐。

1943年初，处于困境中的德国步兵开始使用世界上第一款突击步枪，Sturmgewehr。这种步枪的子弹更轻、更小，可以全自动射击，并且经受了最恶劣环境的考验。虽然并未普遍列装，但在第132步兵师这样的普通部队里也使用了这种武器。尽管比德曼没有明说，不过，利用军衔的特权得到一支也在情理之中。

与美军不同的是，德军步兵师还有一个新兵训练营，或称之为"补充营"。这同样是一套综合政策中的一部分。整个德国被划分为21个军区，国防军的每个师都被分配至其中的一个军区，从那里获得补充兵。这些军区说大也大，说小也小，说它小是因为它足以促进地域认同感，说它大则是因为某个城镇或区县不会因为战场上的一次灾难而损失它的大部分年轻人，1916年英国"伙伴营"就是个例子。第132步兵师作为一支南巴伐利亚部队，组建于第7军区，随后又被调至第12军区，该军区所辖的区域包括埃菲尔山区、普法尔茨和萨尔区，1940后又增加了洛林省——比德曼结束军官培训后就是向这里报到的。

一般说来，新兵、伤愈者或派回后方学习专业课程的人，都应向所属团的补充营报到，再从那里分派回前线，通常是跟随有组织的支队。向师属补充营报到后，他们将根据需要派往前方。随着战争的进行，这种体系逐渐被打破。归队人员可以从任何一个补充营分派去任何一个需要他们的单位，或是全部投入到临时组建的战斗群中，以应对紧急情况。正如比德曼的书中所指出的那样，团和师的地域认同感逐渐被打破。不过，尽可能保持部队地域特点的观念始终没有彻底消失。

战争末期，凝聚力为德军战线的效能做出了重要贡献，尤其是比德曼被派去指挥的那种临时拼凑起来的部队。他所描述的"突击预备队"或"应急连"就是充当紧急突击力量的临时战斗群。这种战斗群通常围绕着团属工兵排组建，其成员可能包括厨师、文员、尚能行走的轻伤员和散兵游勇，美国军官绝不会选用这些人去从事危险的任务，哪怕他们是唯一可用的人。但在战争的最后几个月里，第437团就是靠这些"不中用的士兵"多次挽救了危急的战术态势。

没有什么战士比戈特洛布·比德曼、第132师的士兵们及身着德军原野灰军装的数百万军人更加英勇善战。也没有什么战士在更加恶劣的情况下奋战过。比德曼和他的战友们，真的像他们经常认为的那样，只是在非常时期尽到自己职责的普通人？阿道夫·希特勒新秩序的丑恶现实真的远离前线？当然，这本书里没有提及对战俘或平民的屠杀。相反，比德曼费了些笔墨来描述与克里木农民之间的友好关系。他反复强调，被俘的苏军士兵得到了"得体"的对待。文中仅有的涉及大屠杀的文字，是他描述的发生在列宁格勒附近一座"犹太人公墓"的激烈拉锯战，对在一个无情的环境下为自己的生存而拼死奋战的比德曼和他那些战友来说，可能无法感觉到这种讽刺意味。

比德曼的文字中没有加入强烈的意识形态，而斯蒂芬·弗里茨和奥默·巴托夫曾将此笼统地描述为德国军队的特点。在一本结合了50年反思和4年战时经历的回忆录中，这一点原在情理之中。对一个自我定义为"普通德国人"、试图讲述他所记得的真相的人来说，时隔几十年再来肯定国家社会主义对维持部队士气和战斗力的重要性，这种做法匪夷所思。同样，对醒悟、悲观和玩世不恭的无数小插曲也不必完全当真。

比德曼最倾向于肯定的一种意识形态是他不加批判地认为，德国人是比俄国人更加优秀的士兵，他们也比后者更具人性。阿道夫·希特勒既不是个象征，也不具备号召力，对第437步兵团的士兵们来说，他和他统治的德国同样遥远。但这两个潜台词相结合，讲述了一个"真实的战争故事"。无论混杂着怎样的意图和记忆，《致命打击》都是个被封装起来的故事。部队和战友就是比德曼的整个世界。"民族共同体"变为一组留存于磨损照片中的肖像和渐渐消退的记忆。"德国在东方的使命"沦为面对艰难困苦时的求生。

就连"战友情谊"也已不复存在。这本回忆录中，一个可怕的插曲是比德曼所描述的一次"执行军法"。受害者所犯的罪行是从部队的邮包里偷窃食物和香烟，当然，无论在哪支军队，无论是什么时候，这都不是件小事。但在希特勒的军队中，对这种罪行施加的处罚极其严厉，以至于窃贼宁可实施谋杀，也不愿遭到举报。在英美军队中并不算特别严重的犯罪，在德军的纪律体系中却遭到残酷的惩处。整个二战期间，德国军队处决了15000名自己的军人，100000多人被判处一年以上的监禁。另有数千人被送至惩戒营，那里的条件，用一位生还者的话来说："就像被关入了死囚牢房。"正如著名历史学家曼弗雷德·梅塞施密特曾说过的那样："这就是纳粹所谓的'民族共同体'！"

现代战争中敌人的"人格解体"和"客观化"被描述为"人性丧失"的一个先决条件，反过来，这又成为实施杀戮（无论是在前线、后方或在集中营内）必要的第一步。但客观化需要互动，丧失人性的人必须做到这一点。战争也隔离、创建了某些环境，游离于某些重要中心之外的一切，一名士兵必须穿透类似于西尔维娅·普拉斯所说的"钟罩"来感知。比德曼这本回忆录结束前，并未太多提及俄国人的丧失人性。德国人没有丧失现代化，但却丧失了文明。第437步兵团的幸存者们就像一群挤在火堆旁的原始人，呆呆地盯着火焰，将其视为抵御徘徊于火堆外的莫名恐惧的护身符。

丹尼斯·肖沃尔特

第一章

向东方进军

> 如果存在着比命运更强大的东西，
>
> 那就是坚定不移面对命运的勇气。
>
> ——盖伯尔

　　1941年6月30日，夏季的酷热笼罩着波兰东部的广袤平原，全凭火车移动产生的轻微晃动才使我们从炎热中稍稍获得缓解。沉重的货运列车缓缓穿过参差不齐的松树林和连绵不断、未经耕作的沙质土地，一路向东的途中，我们经过了小小的农庄和村落，跨过了一些蜿蜒的河流。

　　满是尘埃的街道和道路旁，除了偶尔朝我们挥手的孩子外，当地居民没人理会我们。我们看着远处那些身穿灰褐色服装的男女，随着帝国铁路车轮的转动，他们渐渐消失在氤氲的热气中。万里无云的天空下，我们或坐或卧，在牢牢固定着的武器装备和车辆之间的平板敞篷车厢上打发着时间。与过去主宰我们日常生活的规章制度形成对比的是，现在我们被允许解开灰绿色军装的第一颗纽扣，并将衣袖卷起，以便让自己在酷暑中舒服些。与俄国开战的最初消息还是几天前的老新闻，我们很少谈论投身这场战争后的前景会如何。每个人都认为这场对苏联的战事会很快结束，就像当初击败波兰和法国那样。

　　拂晓时，克拉科夫的城墙和塔楼出现了，她是波兰的圣城，毕苏斯基的心脏就保存在这里的一座教堂内。火车发出刺耳的刹车声，慢慢地停靠在一个尘土飞扬的扳道站旁，我们立刻被一群蓬头垢面的孩子包围住，他们显然被站立在附近、面容严肃的宪兵所忽视。"请给点面包吧，先生。"他们可怜地哀求着，脏兮兮的手紧攥着我们从面包袋里掏出来递给他们的一点点面包。我们获准下车后，这些孩子朝我们涌来。

　　"可怜的波兰。"我不禁想。我将一片面包递给一个颇具胆量的小女孩，换回一张破破烂烂的报纸。这份用德文和波兰文印制的报纸是昨天的，但仍能读到东线战事的第一批消息：向伦贝格挺进。格里德诺夫、布列斯特-斯托夫斯克、维尔纽斯、考纳斯、陶格夫匹尔斯已迅速落入德军手中。报纸在头版上欣喜地宣布，苏军的2582架飞机和1297辆坦克已被摧毁。波兰的苏占区已从布尔什维克的枷锁中获得解放。

很快，宪兵们吹着哨子，喊叫着行动起来，打着手势让我们上车，我们重新登上火车。列车呻吟着发出抗议，勉强拖着重负开动起来。我们缓缓向前，我将报上的内容读给炮组里的战友听，他们一个个无精打采，冷漠地躺在平板车厢上。我抬起头，朝身后的站台望去，那里只剩下一群衣衫褴褛的孩子，而我们，未知的命运之旅仍在继续。

7月1日，我们在雅罗斯拉夫附近，佩乌基涅西面10公里处停下，在这里下车后继续向东而行，步兵们排成长长的队列步行前进，这是每一个步兵毫不值得羡慕的命运。我们的反坦克炮由一辆法国战役期间缴获的履带式装甲车拖曳着，行进在我们前方。

我们的感官随即遭到硝烟和尘埃中挥之不去的气味的袭击，很快，我们看见了巨大的弹坑和烧焦的车辆，这是德国空军斯图卡俯冲轰炸机的手笔。我们最终停在路边的一个临时食堂，在无处不在的宪兵警惕的目光下，斯瓦比亚红十字会护士们从一具马拉战地厨房车中舀出冷咖啡，倒入我们伸出的餐杯。他们徒劳地询问着国内的近况。

我们再次排列起一股长长的灰色队列，将这些红十字会护士甩在身后，朝着东面更远处前进。黄昏时，我们停了下来，将车辆和大炮停放于一排树木的遮蔽下，这些稀疏的树木排列在狭窄道路的两侧。做好伪装掩护、防范空袭的命令下达了，我们试着用细细的树枝遮掩我们的宿营地。

拂晓时，我们被沿着一条主干道、朝遥远的日出方向隆隆而去的补给队伍所超越。我们跟在补给单位身后行进了一整天，下午晚些时候才第一次遇到了敌人。

尘土飞扬的道路上排列着一眼望不到头的苏军俘虏队伍，他们穿着破破烂烂的土褐色军装，朝相反的方向走去。那些没戴帽子的俘虏中，许多人将稻草或破布顶在头发剪得很短的头上，以抵御炽热的阳光，还有些人光着脚，半裸着身子，这就表明我们的进攻部队是多么迅速地打垮了他们的阵地。

在我们看来，这些衣着奇特的人几乎算不上军人，他们只是一群白俄罗斯人、黑皮肤的高加索人、吉尔吉斯人、乌兹别克人、带有蒙古人特征的游牧者，这群涌来的战俘来自覆盖着苏联领土的两个大陆。他们低着头，从我们身旁默默走过；偶尔能看见一些俘虏搀扶着他们负伤、生病或疲惫不堪的战友。在学校里我们学到过，乌拉尔山脉将欧洲和亚洲分隔开；可是，在这里，在被我们认为是欧洲中心的地方，我们见到了亚洲人。这支凄惨的战俘队伍消失在我们身后，夜色降临时，我们停了下来。满天星斗下，我们睡在迷彩布搭设的帐篷里，直到天亮才醒来。

第14反坦克连担任先头部队，清晨5点，我们出发了。烧毁的房屋摇摇欲坠地伫立着，就像是雅罗斯拉夫这座城市在波兰战役期间经历过激战的沉默证人，尽管这场战役只过去了两年，感觉上却宛如隔世。在拉德默跨过桑河后，俄国的土地出现在我们的脚下。

我们经过第一次世界大战期间的一座大型德军公墓，墓地入口的上方挂着一块褪色的木牌："纪念阵亡于杜布罗维察的战友。"我们的队伍未被允许停下来查看这片墓地，我们也不知道深入俄国后，会有多少我们自己的墓穴排列在路边。我们很快便遇到了一些新堆起的土丘，插着粗糙的桦木十字架，顶着明确无误的德制钢盔。这些沉默、血腥的目击者整齐地排列在向东而去的道路上，我们试图将目光移开，却总是不由自主地望向那些坟墓。队伍默默地前进，那些沉默的红褐色土堆似乎在召唤着我们，仿佛在说："别丢下我们……别把我们丢在这片陌生的地方。"

伦贝格方向传来微弱的炮声。道路状况越来越糟糕，厚厚的尘土落在士兵、马匹和车辆上。伫立在空中的太阳像个橙色的圆球，几乎无法穿透呛人的尘埃，我们排前方的车辆只能看见个模糊的轮廓。沉重的绿色钢盔下，一双双眼睛凝视着前方，汗水和污垢在脸上形成了奇特的形状。在克拉科夫策附近，我们再次将帐篷布拼起来，搭设帐篷过夜。

我们朝着未知的目的地而去，这场远征进入到一片无尽的空间里。我们遇到了排列在路旁的一些原始村落，俄国妇女和孩子们站在门口的阴影处，目不转瞬地望着我们，或是透过粗糙的窗玻璃盯着我们。这里唯一能见到的男人是那些经历过其他战事的老兵。

向他们询问时，这些村民会告诉我们布尔什维克的情况。交谈中，能从这些人的眼中看出西伯利亚劳改营的威胁和恐怖，他们告诉我们，学校的墙上挂着基督和斯大林的画像。村里的教师问"你们每天获得面包要感谢谁"时，孩子们便被迫回答说："斯大林！"我们感到宽慰的是，我们正在亲身感受共产主义的影响，我们听到的这些东西不能简单地归因于我们自己的宣传。尼德迈尔评论道："见识过俄国后，我们现在知道，自己作为德国人是多么幸运。"

7月5日，我们穿过伦贝格。这座城市在战争初期已遭到两次猛烈的打击，清晨的薄雾中，烧毁的工厂和被夷为平地的家园显露出来，被摧毁的坦克腾起油腻腻的黑色硝烟，盘旋在依然滚热的尸体上。市内一处未遭到破坏的地段，居民们排着长队等在一个面包铺前。我们列队而过时，他们用无精打采的目光凝视着我们。

伦贝格的苏联空军基地已被斯图卡炸得无法使用，被熏黑的飞机和粉碎的装备到处都是。短暂休息期间，我们在这片残骸中游荡，站在被摧毁的苏军飞机旁拍照留念，并在废墟中好奇地翻捡着，尽管知道有严格的规定：严禁劫掠或未经批准擅自征用缴获的苏军装备。对苏联的这场战争只进行了几天，我们仍带着强烈的好奇心观察着与苏军有关的一切。

整个7月上旬，我们的进军一直持续着。数日来，大批被摧毁的苏军坦克排列在道路上，牵引着火炮的拖车翻倒在路旁。田野里可以看见许多被遗弃的苏军炮兵阵地，看上去似乎完好无损，这说明我们的进攻是多么迅速地打垮了俄国人的防御。

我们对苏联军队的高度机械化感到惊讶，因为我们的大炮主要是靠马拉设备牵引，这让人想起第一次世界大战。现在见到的德国和苏联士兵的坟墓紧靠在一起，德军士兵的坟墓上插着粗糙的木制十字架，排列在道路右侧，而俄国人则在左侧。苏军士兵的墓地无名无姓，其标记仅仅是将步枪和刺刀插入新堆起的土丘。德军士兵的墓地通常顶着钢盔，一些十字架上用麻绳挂着身份识别牌，等待着被收集和归档。

7月8日，沿着一条宽阔、满是车辙印的道路靠近布罗德时，我们超过了第6集团军麾下第71步兵师的补给单位和电缆敷设人员。他们告诉我们，该师以600人的伤亡为代价夺取了伦贝格，并满怀自信地宣称，战争将在几周内结束。

我们在俄国与加利西亚旧时的边境线上停下。第6和第17集团军已抵达"斯大林"防线，这道防线由一系列掩体和重兵防御的据点构成，我们预计会在那里遭遇到敌人的顽强抵抗。但我们却失望地获知第132步兵师被留作预备队，而我们中的大多数人都急于抢在苏联投降前投身战斗。

7月14日无声无息地过去了。我们的日子过得很无聊，我们所处的环境中充斥着100米宽的道路、尘埃、泥土、灼热、雷暴雨以及只在地平线处伫立着一些稀疏树木的无尽空间。远处能看见集体农场覆盖着茅草的农舍，我们像盯着沙漠中的棕榈树那样盯着它们，以便通过它们找到些水井。但我们已得到消息，后撤中的苏军经常往井里投毒。马匹的尸体在道路上留下挥之不去的恶臭，这种气味提醒我们已越来越深地进入到"苏联天堂"中。

穿过扬皮尔时，我们的前进速度放缓了。有时候，我们能从排列在道路两旁的村落幸运地获得些洋葱和胡萝卜，也可能弄到一只鸡或几枚鸡蛋改善我们单调的战地伙食，但这种情况很罕见。我们满怀渴望地回味着发起对苏战争前在克恩顿和萨格勒布度过的美好时光，在那里，我们享用着冰冻啤酒和李子酒。

从日出到日落，步兵们不停地行进着。尘土飞扬，浑身是汗，黏糊糊的感觉在这种严酷的环境下挥之不去，我们已更深地进入到苏联境内。尽管违反了规定，但我们还是征用了当地人的大车，这种大车由粗壮的俄罗斯矮种马拖曳，减轻了我们身上背包的重量。文明世界被我们越来越远地甩在身后时，这种做法也就变得越来越普遍。这里寥寥无几的居民相当原始，很可能浑身虱子，所以，晚上我们在帐篷里或草堆上过夜，更多的时候干脆睡在地上，当然，我们会裹着每个士兵都配发的四分之一块帐篷布。拂晓时，饥渴的马匹用鼻子磨蹭着他们的主人，将马拉单位的人员唤醒。

我们经过一些木头搭建的校舍，不过是一些粗陋的房间，装点着深具特色的红五星以及漆成红色的讲台，以供共产党举行政治集会时使用。墙上张贴着破破烂烂且沾满灰尘的列宁、斯大林画像，斯大林实施了义务教育制度，而在沙皇时期，当地人连字母也不大认识。我们惊讶地发现，许多学童能说点磕磕巴巴的德语，通过缴获的宣传资料，我们获知，对孩子的政治教育是他们的重中之重。

7月17日，我们第一次收到了进军苏联以来的家信。十天后，全师进入乌克兰，越过卡扎京，朝东南方的鲁申而去。乌克兰笼罩在夏日的炎热中。踏着粗石路面，跨过宽阔的沙质道路，我们进入到一片一望无垠的田野中。无尽的草原、粮田和向日葵地一路向东延伸。粗陋的木风车点缀着地平线，它们在这场孤独的长征中被我们当作饮水和休息的地方，并使我们产生了一种难忘的自由感，这与压倒一切的空虚感形成了强烈的对比。

我们在一片乱蓬蓬的刺槐树林中停下，茫茫草原中，这里为我们提供了一片稀疏的树荫。我们连在不到24小时前进了60公里，双脚酸痛，伤痕累累，身上满是灰尘和汗水，沉重的钢盔下，被太阳晒黑的脸打量着这片区域，汗津津的双手攥着工兵铲。命令已下达："挖掘掩体。"

我们光着膀子，一声不吭地挖掘着，蜜蜂在附近发出的嗡嗡声提醒我，它们也在辛勤地劳作。两名拖车司机，克莱门斯和格尔，决定去寻找蜜蜂的来源，设法搞点蜂蜜。他们端着饭盒，又用帐篷布和防毒面具将自己武装起来，以免被蜜蜂蛰伤，随即消失在炮位后，进入一个集体农场。

忙了一个小时后，我在反坦克炮阵地左侧构建起一个标准的掩体，高的一端面对前方，我们的步枪和手榴弹可以放在上面。摆在树林边缘的反坦克炮用树枝和青草伪装得非常好。一条东西向沙质道路在我们前方横穿过广阔的田野，午后氤氲的热气中，远处村落房屋的身影在地平线上清晰可见。

道路左侧，二等兵珀尔已将他的半履带车停在阵地后方，隐蔽在刺槐林中，随即开始伪装他的反坦克炮。火炮和迫击炮单位的前进观测员背着通讯电线卷轴朝前方的观察点走去。只有工兵铲、餐杯或饭盒偶尔发出的碰撞声才会打破这片貌似平静的世界的寂静。

我把沾满灰尘的军装垫在头下当枕头，在午后的阳光下刚开始打盹，一声步枪的射击声便打破了下午的沉寂。我迅速翻入刚挖好的散兵坑，匆匆戴上沉重的钢盔，并将卡宾枪抵上肩头。朝前方望去，我所能看见的只是空旷的田野和轻轻晃动的杂草。步兵防御演练曾给我们灌输过，要对每一个动静、每一片晃动的树叶和杂草开枪，以便干掉敌人。此刻，我的心怦怦直跳，脑子里紧张地思忖着：是不是今天就是我必须要杀死另一个人的日子？谁会先开枪，谁会先被击中，他还是我？为了救自己和战友的命，我今天是不是一定要杀人？我不由自主地想起行军途中遇到的那些墓地，精心搭设的十字架、挂在十字架上的身份牌，我竭力将这些画面从脑海中驱除。

阵地左侧约600米处，步枪的射击声打破了寂静。起初，这种枪声与训练场上熟悉的卡宾枪劈啪声相类似，但很快，猛烈的子弹穿过空气，从我们头上掠过。我们睁大双眼继续盯着前方，但没发现阵地前方有任何异样之处。步枪的射击声中，一门反坦克炮特有的击发声在远处响了起来。

没过几分钟，这场冲突便结束了。灰尘和无烟火药刺鼻的气味隐隐飘在空中，在我们左侧，一股丑陋的黑烟腾入湛蓝的空中。我们仍趴在阵地里，心激动得怦怦直跳，压低声音试图弄清发生了什么事。没过多久，我们从一名传令兵那里获悉，珀尔的那门反坦克炮击毁了敌人的一辆装甲侦察车，苏军一个步兵连的进攻已被击退。

我们丝毫没有意识到，这场短暂的交火在几个月、几年后会被视作不过是与敌人一场微不足道的遭遇而已，我们团的第一场战斗隐隐暗示着在我们前方那些以损失、悲痛和无数阵亡者为标志的噩梦般的战争岁月。从这片广袤的草原开始，我们中的许多人再也不会回来，但在当时，没人想到过这些。

我翻开日记本，把这起事件记录下来，这个小小的袖珍笔记本包着黑色防雨布封皮，边角处已有些磨损，内页也沾满了汗水和雨水。

两名拖车司机带着装满蜂蜜的饭盒跑了回来，这使我们获得了令人满意的晚饭后甜点。黑麦面包蘸蜂蜜，这对吃厌了罐头肝脏和血肠的我们来说是个深受欢迎的改变，就着冷茶吃下面包和蜂蜜后，我们便着手准备第二天拂晓再次踏上征途。

7月30日，我们在米哈罗夫卡宿营。过去几天的行程中，一些单位遭到苏军轰炸机和战斗轰炸机中队的攻击，但这并未能延缓我们的前进。各个步兵连和马拉单位彻夜行军，前进了65公里后，于7月31日到达卡尔加雷克。夜间的口令传达下来，有传言说第二天早上7点将沿着一条宽大的正面发起一场进攻。我们裹着帐篷布，蜷缩在草丛旁的散兵坑里过夜。

传言是真的，8月1日清晨7点整，我们开始朝米罗夫卡附近的苏军阵地扑去。我们前方是一片广阔的平原，目力所及之处，这片草原毫无隐蔽处，用未经训练的目光看去，那里几乎没有起伏的地形，也没有凹陷的洼地。这为苏军提供了极大的优势，因为作为防御者，他们可以挖掘深深的战壕，并确保阵地前极好的射界。我们进行了最后的准备，打算离开阵地，跨过这片开阔的草地。

我们毫不费力地将反坦克炮拖至麦田边缘的阵地，这里提供了一片面朝东面、跨过绿色"波浪"的宽阔射界，其间只被稀疏的土豆地所遮断。清晨的第一缕阳光在乌克兰的麦秸秆上舞动着，透过清晨的薄雾，我们看见地平线处两座村落遥远的轮廓。我们坐在炮架上，喝着热咖啡，试图驱散身上的寒意。每个人都想表现得若无其事，谈论着与战争无关的事情，试图通过交谈来掩饰明显蚀刻在被晒伤的脸上的焦虑。几十米外，连里的军官们聚在一起，一边低声交谈，一边扫视着敌人的阵地，不时举起望远镜贴到眼前。

6点50分，我方的大炮开火了。重型炮弹呼啸着掠过我们的头顶，射向敌军阵地内的既定目标，步兵们背负着武器、弹药、通讯设备和炸药，开始沿一条宽大的战线向前推进。整个行动似乎遵循着一个严密的计划，给人的第一印象就是：眼前发生的不过是在普法尔基兴或杜戈村进行的另一场演习而已。

缴获的法国拖车轰然作响地来到我们的阵地。将反坦克炮挂上拖车，我们登上车向前而去，身后留下一片腾起的尘埃。我们从昨天被珀尔击毁的那辆装甲侦察车旁经过，目光不由自主地落在一幅可怕而又陌生的场景上：一具半烧焦的尸体，赤裸裸地挂在舱门处。

排里的两门反坦克炮蹒跚向前，越过起伏的地面，沿着沙质路面朝卡尔加雷克而去。最前方的步兵单位，机枪已经吼叫起来，MG-34的连射声掠过麦秸秆，飘回到我们耳中。在我们身后，迫击炮和大炮发出的轰鸣，与轻武器火力连发的高亢音调相比，显得沉闷、单调。

突然，跳弹在我们当中呼啸、跳跃，我们争相趴伏在道路的车辙印和犁沟中。

"隐蔽！"炮长哈特曼叫道。透过各种口径武器不断加剧的轰鸣，我们看见他伸出双臂打着手势，嘴唇翕动着。他的命令被淹没在武器的射击声中。战斗的时刻终于到来，现在，我们将面对敌人。尽管满怀恐惧，但我们为这必然到来的时刻长长地松了口气，这有助于说明自进军开始以来我们的重点是如何发生转移的。

炮组人员不假思索，机械地开始工作，就像此前无数次演练中所做的那样。一号和二号炮手卸下火炮，固定住炮轮。三号和四号炮手将大架分开，瞄准手将炮管降低至水平位置，调整着射程。装弹手打开后膛的炮闩，几名搬运人员从车上将一箱箱炮弹抛下。伴随着一个动作，第一发炮弹被塞入敞开的后膛，顺利地装填并锁止，火炮做好了发射准备。哈特曼端着望远镜跪在炮身旁，以操作手册上的方式给瞄准手下达着指令："灌木树篱右端……射程400……机枪阵地，开炮！"几秒钟内，一发接一发的炮弹脱膛而出，对他熟练的指令做出了回应。

我们注意到第5连的一个排被敌人猛烈的机枪火力压制在一片浅浅的洼地。随即，我们的炮弹直接命中了敌人的阵地，在反坦克炮炮火的掩护下，这个步兵排向前而去。那些一身重负的步兵清晰可见，他们穿过麦田慢慢向前推进。被曳光弹引燃的干秸秆腾起一缕缕烟雾。

据报告，克莱恩-卡尔加雷克的集体农场已被苏军炮兵观测员所占据，此刻，我们的第二门反坦克炮从600米外对那里展开猛轰。农场里覆盖着稻草的木屋开始剧烈燃烧，浓浓的黑色烟雾腾入清澈的空中。

我们接到了转移阵地的命令，随即向与燃烧的农场木屋位于同一方位的十字路口推进。透过迫击炮弹的轰鸣和机枪火力的吼叫，我们发现俄国人丢弃了阵地，于是，我们焦渴的喉咙里爆发出一阵欢呼。就在农场中的俄国人试图沿着尘土飞扬的道路向东逃窜之际，我们的机枪手加大了他们的火力，MG-34喷吐出猛烈的黄铜被甲弹，再次扫向那些奔逃中的土褐色身影。在我们右侧，第一批俘虏出现了，他们高举着双手，睁大的双眼中满怀恐惧。他们的钢盔和作战装备被迅速剥掉，随即双手抱头，本能地朝我们后方跑去。

转移阵地的过程中，我们的拖车断了根履带。这辆法制装甲车不合时宜地转了半个圈后停了下来，无助地停在敌人视野范围内的一片开阔地里。司机们跳下车，绝望地试图将车修好，我们解下火炮，拴上缆绳，拉着它向前而去。连里的一号反坦克炮在前进过程中落在我们身后，此刻正沿着崎岖的道路朝枪响的方向颠簸前进。

乌克兰的夏季阳光照耀着暗绿色钢盔，汗水浸透了灰绿色军装，在满是尘土和污垢的脸上留下一道道痕迹。我们在干燥的道路上筋疲力尽、气喘吁吁地拽着缆绳，此刻，传来了熟悉的步枪射击声。敌人设在克莱恩－卡尔加雷克东边的一挺重机枪朝我们附近开火射击，偶尔沿着我们旁边的道路，以一条不稳定的线路激起一团团小小的尘埃。将火炮护盾对向前方，我们再次套上绳索，拉着大炮朝前方赶去，脸上带着因用力和恐惧而造成的紧张。偶尔会有一发子弹像锤子那样击中护盾，发出尖锐的砰声，这个致命的提醒告诉我们，此刻仍在孤立的敌狙击手的枪口下。

哈特曼跑到前面去寻找适当的炮位，挂在颈间的冲锋枪晃荡着，右手紧攥着一枚手榴弹。他指示我们向右转，来到一片麦地的边缘。离开道路时，我们看见车辙印里有一片模糊的棋盘状新翻泥土，俄国人用他们的盒形地雷切断了我们的前进道路。哈特曼的侦察使我们没有误踏上这片雷区。

我们停了下来，在火炮护盾小小的阴影后稍事休息。这里没有树木，没有灌木丛，没有建筑物可为我们提供哪怕是一点点遮掩，以避开炽热的正午阳光。我趴在地上大口喘着气，其他人瘫倒在路边的车辙印里，徒劳地试图获得些遮阴处，还有些人干脆躺在了地上。

我隐约聆听着马克西姆机枪子弹落在附近的声响，趴在地上，心跳渐渐缓慢下来。致命的弹丸仍不断从我们的上方呼啸掠过。

俄国人试图将火力瞄准那辆动弹不得的拖车，此刻，它与我们相距100米，已被呼啸的子弹所包围，激起的泥土喷向半空，一股浓浓的灰色硝烟吞没了它。尽管轻武器火力在四周弹如雨下，但两名司机毫发无损，并设法修复了履带。钻入驾驶室，克莱门斯猛地挂上挡，拖车轰鸣着向前驶去，步履蹒跚地穿过开阔地朝我们而来。

在我们左侧100米处的另一门火炮开火了，试图将那挺马克西姆重机枪干掉。拖车继续向前，驶下道路左侧，随后急转，进入到一片一直延伸至地平线的巨大麦田中。敌人的机枪继续扫射着这辆拖车，但轻武器火力对它的钢筋铁骨毫无作用。

我们怀着复杂的心情欢迎两位司机和拖车的到来。我们正急于转移阵地，沉重的火炮可以让拖车拖曳；但我们也意识到，它引来了敌军阵地上更多的火力。丢弃大炮，设法找到藏身处躲开敌人的火力打击，这个念头曾在我的脑中闪现，但我迅速打消了这种不切实际的想法，只是更用力地拖曳着缆绳。短短的几秒钟却似乎没完没了，拖车拴着大炮，跟在我们身后越过起伏不平的地面，引擎轰鸣着以示抗议。

俄国人的炮火越来越靠近他们自己的防线，猛烈的高爆弹渐渐逼近我们，落在最靠前的一些单位之间。炸开的炮弹震颤着我们脚下的地面，只有付出极大的努力才能在剧烈的爆炸声中听清楚命令。

在我们左侧的第7连已卷入到激战中。就在我们向前推进时，俄国人已开始争相逃离阵地，穿过麦地朝500米外的卡尔加雷克逃窜。最前方的德军机枪组站立在齐腰高的麦田里，用他们的MG-34开火扫射，每根枪管都架在一名组员的肩头，以保持清晰的射界。一些苏军士兵被机枪子弹击中后倒在地上，消失于麦秸秆中。

我们向前推进时，遭到一群苏军士兵零星步枪火力的射击，但他们很快便投降了，高举着双手朝我们走来，恐惧和疲惫清晰地蚀刻在他们的脸上。

当日的目标是村子前方的一道铁路路基，这个任务已实现。经过六个小时的激战，我们夺取了12公里的土地，但在我看来，这12公里微不足道：从日出到日落，我们前方的土地一直延伸至地平线，无穷无尽。列队黄昏离开时，我不知道在我们前方还有多少个12公里的激战。

我们遇到了己方的一名伤员，他一动不动地躺在地上，钢盔仍牢牢地戴在头上，无神的双眼凝视着天空。很快，苏军战俘被命令将我们的伤员抬至急救站。在我方轻伤员的押送下，这支可怜的队伍沿着道路边缘而行，朝我们后方第2营的收容站走去。

就这样，我们团经历了与敌人的首次冲突，我们也遭受到第一批伤亡。我们没有获得胜利的喜悦，兴奋感迅速消失，被一种巨大的悲哀和离开此地的渴望所替代。到目前为止，我们还没有经历过长期战争的真实影响，它将把过去家庭和文化的纽带丢在一旁，无可挽回地代之以与身边战友的密切关系。这种变化将在几个星期、几个月乃至几年内到来。分派到宣传连的记者们将对所发生的事情做出生动的报道，并补充说，负伤和牺牲的战士为元首和祖国尽到了职责。

我们炮组被安排担任警卫任务，黄昏降临时，我们沿着营防线附近的公路布设好火炮。零星的迫击炮火在麦地里回荡，似乎在追逐着阳光，此刻的太阳在西面慢慢落下，朝着德国的方向。我们的思绪也跟着沉了下去，炽热的火球在地平线处穿透了夜晚的雾霭，我们想着我们的祖国，她的边境在我们身后1500公里处。

夜间的前线并未平静下来，双方的侦察单位仍在行动，在黑暗中寻找敌人的阵地。俄国人的马克西姆重机枪一次次在黑暗中喷吐出火舌，我们的MG-34总是会对此做出回应，而零星的步枪射击也迅速加入其中。偶尔会有手榴弹的爆炸声和冲锋枪尖锐的射击声飘过田野，更多的时候，防线会被窜入空中的照明弹照亮，这些照明弹嘶嘶作响地挂在防线上方。清晨时，我们从这片地区撤了下来，被部署到南面2公里处，准备发起另一场进攻。

8月2日的特点是伴以单调的野战口粮的一次休息。我们煮着从一个不知名的村落里挖到的土豆时，列兵费尔已将一只鸡拔了毛，就着土豆烧鸡，我们啃着削了皮的黄瓜。距离村子几百米处的一个突起部，停着二级下士艾格纳那辆被炸毁的半履带车。昨日的战斗中，他驾驶着车辆驶入了一片伪装出色的雷区，已有三名炮组成员死在那里。两名车组人员当场身亡。反坦克地雷炸断了艾格纳的双腿，当天晚上，他死在急救站里。被炸毁的车辆旁竖起一个桦木十字架，他们的钢盔堆放在下方，他们的墓地添加到这场对苏战争中德国军队越来越大的伤亡中。

距离他们粗陋的墓地不远处，工兵们挖出了几十颗盒形地雷。德军士兵们早已给这种致命的小盒子起了个恰当的名字，它们被称作"小号棺材"。

一个消息在步兵中传播开来，在昨天的战斗中，师里的牧师扎茨格冒着生命危险抢救了几名倒在敌军前方的伤员。我们非常关心伤员会得到怎样的治疗，因为我们活着的每一刻都伴随这样一个现实：我们随时可能在没有任何警告的情况下加入到他们的行列中。

许多此前没有这种打算的士兵，现在已开始参加宗教仪式，越是意识到我们必死的命运，就越是意识到牧师的存在。随着我们的伤亡不断增加，在德国军队里没有军衔的牧师开始在我们的生命中扮演一个更为重要的角色。对许多伤员来说，在他们重伤身亡前，牧师提供了最后的安慰和帮助。

伴随着每天的推进，我们的补给线变得越来越紧张，前进势头放缓下来后，我们继续遭受着不断加强的零星炮击。有一次，我的防毒面具和工兵铲被一块弹片撕裂，军装也被扯碎，但除了臀部挫伤外，我安然无恙。苏军后卫部队继续在我们前方实施后撤，试图烧毁道路上寥寥无几的农舍，并留下一些无处不在的狙击手，他们以自己的生命为代价，给我们的队伍造成了惨重的伤亡。

8月3日晚上的大多数时间里，我们睡在一片萝卜地里。最后，一个侦察排探明，500米外一座依然完好的集体农场已没有敌人据守。于是，我们在拂晓前进入了这座农场。连里的战地厨房送来热咖啡和面包。我所在的炮组占据了一座小小的茅草屋，我们将稻草铺在泥地上，抓紧时间又睡了几个小时，谢天谢地，总算不用在黑暗中跟那些萝卜睡在一起。

第二天，我们继续向东前进，直到先头侦察单位报告说，已达到宽阔的第聂伯河。我们靠近第聂伯河河岸时，庞大的苏联军队似乎人间蒸发了，胜利貌似已指日可待。

几周来，我们日常所做的只是不停地行军，偶尔会遭遇到被我们先头部队击溃的苏军散兵游勇所组成的小股部队的零星抵抗。现在已没人关注苏军士兵的尸体，战俘也成了司空见惯的景象，他们通常会高举着双手，从远处小心翼翼地朝我们走来。大多数情况下，我们会解除他们的武装，示意他们继续往后走，通常无人押送，由后方部队收容他们。

8月5日晚，我们在韦利卡亚-普里兹济前方进入到刚刚修建完毕的防御阵地中。我们的炮兵轰击着地平线处的敌人，重型火炮不祥的轰鸣持续不停。整个晚上我们都在等待发起进攻，这场攻势将在第二天早上展开。

清晨5点50分，进攻打响了，目标是第聂伯河。我们几个炮兵连对着被称为"197高地"的制高点发射了烟幕弹和高爆弹，从我们所在的阵地望去，可以看见许多敌军士兵正穿过被烟雾笼罩的高地逃窜。后来据战俘交待，许多苏军士兵惊慌失措地转身逃跑，他们认为我们对他们的据点发射了毒气弹。据报告，激战的过程中，苏军士兵的确戴上了防毒面具。

没用几个小时，高地便被德军步兵夺取，损失并不大。8点50分，敌人实施着迟滞行动，退回到160高地，他们在那里的既设阵地中继续进行着顽强的抵抗。

对那些疲惫的战俘所进行的审讯表明，猛烈的炮火对削弱防御者的意志起到了作用。下午晚些时候，我方部队遭到苏军几个战斗轰炸机中队的攻击，但损失很轻微。

8月7日早上，我们在一个名叫巴雷卡的村子附近挖掘防御阵地，这里距离第聂伯河只有100米。从我们的阵地望去，宽阔的第聂伯河清晰可见，我们忙着尽快挖掘阵地，以防范敌军战斗轰炸机的空袭和河上苏军炮艇的炮击。

没过几个小时，行驶在第聂伯河上的苏军炮艇开火了，猛烈的迫击炮弹轰击着我们附近的岸堤。第1排的一门火炮试图打击敌人的炮艇，但没有成功，我们在河岸上的阵地很快便被敌人的迫击炮和大炮火力所覆盖。尽管做了大量的准备工作，我们还是被迫从既设阵地后撤，以免因遥不可及的敌人造成己方伤亡。

在这片地区，我们发现自己正面对着一股在重武器方面占有优势的敌人，由于补给线严重吃紧，我们的炮兵单位现在已被迫实施弹药配给。我们深深进入到苏联领土的腹地，这一点已开始产生恶果，弹药实施配给只是我们在物资供应方面出现短缺的第一个迹象，在日后的战斗中，我们将遭到这带来的灾难性后果。

重型火炮在远处的轰鸣依稀回荡在我们耳中，随之而来的是炮弹落在开阔地产生的巨响。当天晚上，俄国人的"老鼠"（I-16战斗机）发起了更多的空袭，它们低低地飞过我们的阵地，看上去毫无进攻模式。我们试图用步枪和机枪将其击退，但收效甚微。

一天晚上，我看见两个运送食物的士兵从我们后方的炮位，沿着山脊下部朝前方走来。走在前面的那个士兵用一根绳子将圆柱形保温罐背在背后，他们在渐渐暗下来的黄昏中小心翼翼地穿过崎岖不平的地面，艰难地跨过被炮弹和间歇性雷阵雨弄得松软、泥泞的地带向前走来。

突然，一架"老鼠"出人意料地从低矮的云层中俯冲而下，我们不得不再次趴下隐蔽，两个朝这里而来的士兵赶紧躲藏在村边一座泥屋的墙壁后。苏军飞机对着村子里扫射了一通，随即钻入空中，消失进灰色的积雨云，就像出现时那样迅速。

过了一会儿，我又看见了那两个士兵，他们正从我们的阵地旁经过。两人艰难而又小心地穿过泥沼，一个人紧跟在另一个人身后，咒骂声在宁静的夜空中清晰可辨。第二名士兵将卡宾枪斜背在身后，腾出两只手捂住保温罐的侧壁，试图挽救他们当日口粮中剩余的部分。钢罐显然已被苏军飞机的一发机枪子弹射了个对穿，罐内的热汤透过两个弹孔流到地上。他们在昏暗中避开弹坑，越过泥泞的地面朝阵地上等待着的战友们走去。两人不停地咒骂着"老鼠"和俄国人，朝着他们的目的地艰难而又缓慢地走去。当晚提供给炮兵阵地的热汤将被仔细分配，尽管分量少得可怜，但还是比我们在行军途中不得不吃的单调的香肠和硬面包这种"铁口粮"强得多。

8月9日晚上，我们得到了炸猪排的款待，这是由传令兵从后方战地厨房送来的，第二天早上，我们接到命令再次前进。敌人试图以坦克部队在相邻友军师的防区达成突破，我们师与第68步兵师的一些部队奉命增援该地区。

出发时间定在8点。进行准备时，我们得到了咖啡和面包。尽管路边一匹死马散发出令人作呕的恶臭，但我们还是大口吃着自昨晚猪排美餐以来的第一顿伙食。就在我们短暂停顿的时候，一队斯图卡从我们头上飞过，随即看见它们打破了飞行编队，像鹰那样朝着看不见的猎物俯冲而下。尖啸的飞机在敌人的整个队列中造成了恐慌和混乱，"斯图卡"们朝着位于我们视线外，敌军坦克和步兵的集结地投下了炸弹。黑色的硝烟穿过寂静的空气腾入空中，标明了那些已沦为俯冲轰炸机受害者的车辆的位置。

俄国人很快便还以颜色，他们也发起了空袭。我们根本没时间准备防御阵地，只能趴在地上的凹陷处，期盼能被敌机忽略。在我们身后，一座急救站被几枚炸弹命中，但没有造成人员伤亡。

8月12日，德国空军在我们的后方区域空投下炮弹。炮兵部队不停地开炮射击，在过去几天里已击退了苏军猛烈的反击，空中观察员报告说，俄国人已在卡涅夫附近将他们的部队渡过第聂伯河后向东撤退。我们的部队继续进攻，但敌人的抵抗非常顽强，我们获得的进展微乎其微。

我那门反坦克炮被布置在一段铁路路基处，以确保通向卡涅夫并渡过第聂伯河的铁路线。整个下午，我们这段防线一直保持着平静，哈特曼和我对这片区域进行了一番短暂的侦察。

在铁路线后方，我们沿着一片小树林的边缘向东而行，突然发现一挺马克西姆重机枪的枪口正对着我们，相距不到10米。这挺机枪隐蔽在低垂树枝的阴影下，一个浑身是血、身穿卡其色军装的人一动不动地趴在机枪上，仿佛是在休息。

我俩悄无声息地拨开冲锋枪的保险，小心翼翼地走上前去，查看着眼前的情况。沿着铁路路基，我们看见30余名阵亡的苏军士兵参差不齐地倒在地上。从他们的姿势来看，很明显，昨天的战斗中，一辆坦克或一架飞机的机枪火力从侧面逮住了这个排，当即将他们所有人击毙或击伤。

我慢慢向前移动，查看着一名阵亡者，并注意到他那了无生气的手里仍攥着一个打开的包裹，里面放着绷带。这名身负重伤的俄国人曾徒劳地试图将伤口包扎起来，却未能止住出血，最终慢慢地死在他倒下的地方。他的上衣纽扣一直解开到腰部，军装因为沾满了伤口处涌出的鲜血而发黑。我的目光从他身上转移到另一具佩戴中士军衔的尸体上。这名中士抓着一挺马克西姆机枪枪架的轮子，一双已什么也看不见的眼睛盯着塞入机枪供弹仓的弹链。另一名阵亡者的手中紧攥着自己的步枪，他的头靠在地上，仿佛在熟睡，橄榄色的钢盔带牢牢地系在下巴处。

哈特曼从我身边走过，慢慢凑近到两具紧靠在一起的尸体旁。一具尸体的胳膊搭在另一具尸体上，这个最后的拥抱仿佛在安慰他那垂死的战友。哈特曼走过去时，一群苍蝇腾空而起以示抗议，打破了死一般的沉寂，我朝他走去，查看着这可怕的场景。

我们默默地走在这片杀戮场中，哈特曼突然转过身，一言不发地从我身边走过，朝着我们来的方向走去。我跟在他身后，小心地避开了死者的眼睛。

在这片死亡的寄居地，只有树木静静地伫立着，似乎是这场发生在繁茂的树林间空地战斗中的幸存者和目击者。尽管在过去的几个月里多次目睹过死亡，但我对战争的残酷和可怕并没有真正的了解。我当时没有想，在未来的岁月里我会对战场上的死亡变得麻木不仁，这种场面对我们所有人来说都将是司空见惯的事。接下来的几个月里，我们会坦然接受自己所目睹的死亡。我们会在尸体上搜集文件、收缴武器，并将收集来的装备供自己使用。但在接受战争洗礼的最初阶段，我们仍会对死者感到同情，并对自己与地上这些鲜血淋漓、支离破碎的尸体发生身体接触感到厌恶。

8月13日，我们占领了苏军的一处阵地，这里位于第聂伯河上的卡涅夫城西北方10公里处。我们接管了敌人在黏土中挖掘出的战壕，就在几天前，这些高地还在俄国人的控制下。作为在开阔地挖掘、伪装防御工事的专家，俄国人构建的工事由一个个齐腰深的圆坑组成，坑底的宽度足以让一个人舒舒服服地躺下，并把腿伸直。黏土层非常牢固，而且很适合于挖掘，所以我满怀信心地用工兵铲对自己的散兵坑加以改善。在我们发起进攻前，肯定没有太多苏军士兵使用了这些散兵坑。

尽管乌克兰的夏天闷热不堪，但我发现这个新的容身处里冰凉凉的泥土却很舒适。它令我感到安全，并令我产生了一种没有什么情况会突如其来地发生在我身上的感觉。我们小心翼翼地朝前方爬去，进入开阔地收集青草和秸秆，用于伪装我们的反坦克炮。黄昏时，有人送来一大捆稻草，炮组成员将其瓜分一空。有了这个，我们打算舒舒服服地睡上一觉，如果俄国人不来打扰的话。

天渐渐转黑后，黄昏的阴影消失了，在我们东面的第聂伯河对岸留下了起伏的山峦和幽深的沟壑所形成的高低不平的轮廓。日后的战斗中，我们会对这些被称作"balka"的大沟有更加深刻的了解。

在距离我们300米外的一片小树林中，敌人重新构设起防御阵地。左侧的一片小山谷排列着桦树和茂密的灌木丛，如果不是从那个方向偶尔爆发出马克西姆重机枪对我们阵地的骚扰性射击，那里给人留下的便是一种平静、孤寂的印象。我们安排了一名哨兵隐蔽在反坦克炮护盾后，以免被敌人的机枪子弹或狙击手击中，哨兵每隔一个小时换岗，我们则在铺着稻草的散兵坑中过夜。

战争的本质就是出乎意料的打击。一名士兵也许会暂时进入一种虚假的安全状态（他会在寒冷的夜间蜷缩于篝火旁简陋的栖身处，或是熟睡在散兵坑里），但这只是为了被迅速投入一个无情而又暴力的局面中。两名运送伙食的士兵从黑暗中现身，将我们唤醒，并带来一个不受欢迎的消息，我们将再次转移阵地，并为即将在早上发起的另一次进攻做好准备。

午夜前，带着一身已习惯的寒意，我们离开了舒适的散兵坑，很快便在右侧更远处借着满天星斗忙碌起来，以便在拂晓前完成新的阵地。挖掘战壕时，我们的工兵铲偶尔会发出沉闷的叮当声，敌人肯定能听得一清二楚，嘶嘶作响的照明弹从树林边缘升入空中。一次又一次，我们不得不一动不动地趴在地上，以躲避试探我方阵地的马克西姆机枪火力，子弹嗖嗖作响地从我们头顶上掠过，曳光弹在黑暗中留下一道道橙红色轨迹。

清晨时，我们得到了两门自行火炮的增援，它们拖着沉重的履带，隆隆地驶入我们的阵地。我们起初担心迈巴赫引擎的轰鸣会引来敌人对我们阵地的关注。尽管如此，它们的出现并未引来更多的机枪火力，敌人很可能不愿将自己的位置暴露给我们的自行火炮。

8月14日下午3点，我们发起了进攻。对着树林进行了10分钟的迫击炮弹幕射击后，前沿突击部队已逼近至距离树林线100米处，就在这时，一辆隐蔽在我们左侧的苏军坦克开火了。但它被一辆为我们提供支援的自行火炮发现了，经过一场短暂的交火，那辆苏军坦克起火燃烧。我们的重机枪和迫击炮对着树林线开火射击，试图消灭无处不在的敌狙击手，我们也参与其中，用反坦克炮对着小树林射出一发发高爆弹。

敌人的坦克被击毁后，我们的突击部队更深地进入到这片树林，我们昨晚的担心现在已因重型突击炮提供的支援而获得了安慰。被击毁的苏军坦克腾起黑色的浓烟，这使我们得以确定它的位置。我们还听到传言，敌人的一辆重型装甲车在被发现和摧毁前已给我们的一个连造成了一些伤亡。

我们面对着敌人守卫卡涅夫的最后一道障碍。尽管我们完成了既定目标，但在获得增援后，我们再次接到前进的命令。下午6点，我们恢复了进攻。

我们将反坦克炮拴在拖车后，跟随步兵突击连朝卡涅夫城而去。突然，侧面的一处敌军阵地朝我们开火射击。敌人的这个隐蔽阵地已被我方先头突击部队绕过，此刻，敌人的一个排以轻武器对我们发动了进攻，子弹击中了拖车薄薄的装甲板，又被弹飞到我们上方的空中。就在这时，这辆法制拖车的发动机熄火了，突然停在雨点般落下的子弹中。

　　我们的心怦怦直跳，一个个攥紧了冲锋枪和卡宾枪，争相寻找隐蔽处，满怀着在开阔地带被敌军火力逮住的恐惧。我们的机枪手罗伯特——从接受新兵训练时起我就跟他在一起——端着他的MG-34，跳起身向前面冲去。他一边朝暴露出敌军阵地的枪口闪烁处猛冲，一边将机枪抵在腰间开火扫射。

　　苏军士兵被他的这个冲锋打得措手不及，一些人从阵地里站起身，高举着双手朝我们走来。我们盯着罗伯特，他已消失进一片起伏地带，正朝一小群仍在顽强抵抗的俄国人开火射击。我们赶紧解下反坦克炮，准备投入战斗，但因无法看见罗伯特所处的位置，我们无法开炮支援。

　　我们端起冲锋枪和步枪向前冲去，来到一个小小的山坡上，我们看见罗伯特趴在他的机枪上，一颗子弹射穿了他的心脏。子弹从他的背后钻出，一股深红色的鲜血从伤口处汩汩而出。哈特曼跪在他那瘫软的身体旁，确认罗伯特已阵亡后，小心翼翼地把他的身子翻转过来。

　　哈特曼伸手拽出每一个士兵都会挂在颈间的身份牌，沿着打孔处将其掰为两块，接着又解开罗伯特的上衣，取走了他的士兵证和怀表。罗伯特那双充满质疑的双眼凝望着天空，脸上带着震惊，仿佛在问："为什么我非死不可？为什么？"

　　我们带着罗伯特的尸体返回自己的阵地时，夜色已降临。此刻，过去几周的经历似乎占据了我的思绪，我想起身后那些留在路边的墓地。作为一名成年人，我第一次为失去一位亲密的朋友而失声痛哭。第二天，连长给在近期战斗中阵亡的五名士兵的家属写了信。

8月17日，我们在一条峡谷中挖掘了浅浅的散兵坑，以免遭到敌军战斗轰炸机的攻击。我们已占据了第聂伯河西岸的高地，此刻正遭到隐蔽在东岸的苏军炮兵阵地的炮火轰击。卡涅夫城位于我们的东南方，河上有一条铁路桥通向东岸。夺取这条铁路线后，我们便切断了苏军最后一条陆上后撤通道，昨天晚上，他们一直在设法向东面更远处后撤，清晨时，一些被孤立的小股敌军撑着小船朝东岸逃窜。整个晚上都能听见零星的轻武器射击声，这是逃窜中的俄国人遭到了我方侦察部队的火力打击。

大批武器装备和车辆，包括许多美制"福特"卡车，都已落入我们手中。隐蔽在峡谷中时，我们发现了两辆敌人遗弃的T-34坦克完好无损，车内装满弹药，已做好战斗准备。我们钻进坦克里，徒劳地寻找着能供我们使用的东西。

几天来，急性腹泻一直折磨着我，我很快发现自己无法动弹，并伴随着头痛、头晕和严重的胃痉挛。我开始发烧，一名轻伤员照料着我赶往后方救护站接受治疗。

途中，我们经过了昨天的战场，浅浅的洼地上布满了灌木丛和桦树，以我们灼热的目光看去，这里显得很平静，不太能看得出曾发生过激烈的战斗。除了偶尔出现的弹坑和弹片外，几乎见不到这片地带遭到过战火蹂躏的痕迹。

在一片山坡下，我们经过三个粗糙的桦木十字架，上面点缀着绿叶和野花。新翻的土壤下长眠着我的好朋友罗伯特，他裹着一块帐篷布，与他那些阵亡的战友分享着一个粗陋的桦木十字架，弹痕累累的灰绿色钢盔顶在十字架上，标示出他所在的位置。

身上的痛楚渐渐加剧，我的思绪迅速离开了这片墓地，在一阵发烧造成的昏迷中，我们跌跌撞撞地经过了三天前被我们遗弃的阵地。被烧毁的坦克为我们提供了极好的参照物。

又走了100米后，一个晃着双臂、摇着身子的人把我们吓了一跳。这个"幽灵"显然是想沿一条直线行走。我俩端起各自的卡宾枪走上前去才看清，这个满身尘土和污垢的人穿着一件血淋淋的苏军军装，没有扎腰带。我走上前去，抓住他的胳膊，看着这个年约28岁的士兵苍白的面孔。他也瞪着双眼一眨不眨地望着我，我不禁想："真是双疯狂的眼睛。"从他脖子和身体上所沾的血迹判断，他的头部已遭到重创，灰色的脑浆从头骨的一道细缝中渗出。一群苍蝇围着他伤口处凝结的黑红色血迹，很明显，他的头骨在几天前被一颗子弹或一块弹片撕开，在我们到来前不久，他肯定一直人事不省地躺在灌木丛下。我俩扶住他的肩膀，带着他朝急救站走去，这名苏军士兵在我们的搀扶下跌跌撞撞地向前走着，已无法保持平衡。

伴随着一阵隐隐的疼痛，我意识到一个马拉炮兵连卷着尘云停在我们身旁，几名士兵帮着我们爬到弹药箱上。他们用军用水壶倒了些水给我们，那名苏军伤兵紧紧地挤在我们当中，开始结结巴巴地说起话来。我明白了他那嘶哑的嗓音所表达的意思："Woti！（水）"

我们筋疲力尽地到了救护站，在一道帷幕后，我看见陪着我的那名伤员得到了照料，而那个苏军士兵的头部也被包扎起来。我得到了一些药片，医务人员告诉我，体温计显示我的体温高达39.8摄氏度。他们给我倒了杯热茶，随后，一名医护兵把我带到一座校舍铺着稻草的床铺上。

我一口气睡了18个小时，直到第二天下午才醒来。我觉得通体舒坦，彻底清醒了，提供给我的伙食是豆子汤和黑面包，我狼吞虎咽地吃了下去。环顾四周，我惊讶地发现这里几乎已空无一人，救护站里的伤员消失了大半。他们要么被疏散至后方，要么被诊断为可以重返部队，这里只剩下极少数生病的士兵，由那名在我到来时帮助过我的年轻医护兵加以照料。他告诉我，重伤员已在清晨时被运走，一名军医试图唤醒我，可我睡得太沉了。

第二天早上，我的烧退了，随即被送回连队。经过一番卡车和马拉大车之旅后，我设法找到了我的炮组。我不在的这段时间里，他们已再次投入战斗，以抵御在卡涅夫附近暂时达成突破的敌人。

第二章

跨过第聂伯河

8月26日，我们抓紧时间加固了阵地。分配给我们师的防区太长，这让敌人获得了许多登陆地点，幸好我们的重武器可以对敌人的进攻实施拦截和炮火覆盖。

8月28日夜间，我们转移至第聂伯河上的科多洛夫，为一个炮兵连提供支援，该连据守着防线上一个具有重要战略意义的地段。这个地段控制着河两岸的高地，兵力却很稀疏。一个村庄坐落在一条土路上，两条峡谷在这里交汇；一座座单独、原始的房屋沿着一条小山谷一直延伸到河边。从我们的反坦克炮阵地望去，河面的景象被树木、参差不齐的灌木丛和茅草覆顶的简陋泥屋所遮掩。一个硕大、突出的石质建筑正好可以充当中心参照点。在我们这些不受欢迎的不速之客到来前，那里可能是村里的一所学校。距离我们的阵地不到100米，一道陡峭的岸堤下，第聂伯河河水缓缓地流向未知处，村子的东边是一个西红柿农场。第聂伯河弯弯曲曲地绕过一些小岛，站在岸堤边缘，宽阔的河流清晰可见，东岸覆盖着茂密的树木和灌木丛。在我们的正对面，一座浅浅的岛屿上覆盖着厚厚的植被，将苏军存在的一切迹象彻底隐藏起来。

我们支援的那个炮兵连据守在一个有利的地方——他们在西红柿集体农场附近挖掘了一个阵地，那里可俯瞰敌军控制的地带，视线非常好。敌军士兵的集结地可以通过一缕缕垂直上升的炊烟看出端倪。我们的炮兵仍在忙碌，他们试图以间歇性炮击打断敌人的补给路线，从我们所在的位置望去，看不到那条路线。除此之外，前线保持着平静。

到达这里后不久，我们坐在一座小屋前，我从军装口袋里掏出口琴。口琴吹奏的民歌响起时，一群村民围拢到我身边，他们像影子那样，从四周的房屋里出现在我们面前。《胡子拉碴，远离家乡》这首曲子的旋律引起了大家的共鸣，这些村民拍着手，唱起了他们的民歌——《斯捷潘·拉辛》。伴随着德国口琴吹出的旋律，戴着颜色鲜亮的围巾的妇女和姑娘们频频点头，老人和孩子用脚在这片俄国的土地上打着拍子。

一个小时后，我们从反坦克排排长那里接到命令，在一座旧仓库内铺设稻草，以此作为我们的住处。我们不太情愿地服从了命令，对没能住进这些分散的农舍感到失望。我们中的许多人觉得自己进入了一个陷阱，因为这个仓库只有一个入口，而且坐落在村子中心，这就使我们在任何方向都没有清晰的射界。相比之下，我们宁愿在开阔地露宿，就像我们已经习惯的那样。

我们的反坦克炮仍拴在拖车上，停在二三十米外的树丛下，一名哨兵站立在仓库门前。晴朗的天空带来了凉爽的夏夜，我们三十多人走进这座临时住处，很快便沉沉睡去。

拂晓前，我们突然被仓库附近的手榴弹爆炸声惊醒。一阵冲锋枪的连射击中了仓库的木后墙，那名哨兵迅速跑入漆黑的仓库中。

"俄国人来了！俄国人来了！"他高声喊道。

我赶紧穿上靴子，抓过自己的装备和子弹带，跟着哈特曼和另外几个人朝唯一的出口冲去。德国军队的纪律发挥了作用，我们的第一个想法就是赶到反坦克炮那里，于是，我们在黑暗中跌跌撞撞地朝那里跑去。我忽然看见一个闪着亮光的东西从小溪边缘划着弧线朝我们飞来，立即意识到这是一颗手榴弹正在燃烧的导火索。我本能地在拖车后伏下身子，几秒钟后，手榴弹炸开了，没造成任何伤害。

这场突然袭击发生时，几名士兵设法聚集到哈特曼那门反坦克炮旁，此刻，他们跪在拖车后或趴在地上，用步枪和冲锋枪开火射击。我从皮带上拽下两枚手榴弹扔了出去，手榴弹划着弧线越过拖车，飞向小溪边缘，哈特曼抛出的第三颗手榴弹落在更远的沟壑处。

我们压制住敌人的火力，苏制冲锋枪的咯咯声减弱了，小溪那里也没有更多的手榴弹朝我们飞来。趁着这个机会，排里更多的战友冲出那座仓库，试图赶到我们的阵地处。距离我们100米外的木桥方向，又一阵激烈的枪声爆发开来。

我们突然看见排长从我们身边冲过，高喊道："我负伤了！"随即消失进仓库附近的黑暗中。趁着交火停顿的间隙，我们解下反坦克炮，开始向小溪旁的灌木丛开炮射击，我们仍能看见那里苏制武器的枪口在闪烁。子弹撞击火炮护盾的声音清晰可辨，但我们连续射出几十发杀伤弹，成功地压制住了敌人的火力，俄国人没有发起进一步的攻击。

这一切发生在不到十分钟的时间里。哈特曼和我冲入仓库，看见我们的少尉躺在地上，一颗子弹射穿了他的大腿。医护兵已给他做了包扎，尽管医护兵说少尉的动脉和骨头都没有被打断，但伤口处血流如注。我们将少尉的司机和两名通信员留下，随即返回排里。

哈特曼接手指挥全排，他命令布克哈特和我设法跟设在村里的连部取得联系。我俩小心翼翼地踏上木桥，立即发现几米外倒着一具苏军士兵的尸体，明亮的月光下，尸体的轮廓与白色的木头形成了鲜明的对比。敌人显然已停止进攻，并撤离了战场，没用几分钟，我们就赶到了设在一所农舍里的连部。

连部里挤满了伤员，一名医护中士照料着他们。直到此时我们这才获知，就在我们的住处遭到袭击时，俄国人同时对驻扎在村子东端的其他单位也发动了攻击。我们做了汇报，令我们俩感到欣慰的是，我们排立即被命令返回更为熟悉的环境中。

从连部返回后，我们将反坦克炮转移到距离仓库50米处，一个更加有利的位置上。我们从这里可以掩护从沟壑顶端到木桥的整片区域，敌人的任何进攻都将处于我们的直瞄火力下。我们密切留意着左右两侧的沟壑和山坡，但没有发现敌人有任何行动，也没有遭到更多的火力袭击。有消息说，苏军的进攻已被击退，我们的少尉得到了一个

"heimatschuss" [1]。

在新环境中刚刚感觉到一些安全，借着拂晓的亮光，我就突然看见一小群苏军士兵拖着一挺重机枪登上了校舍后的一个小山坡。我们赶紧冲入分配给我们的防御阵地，用穿甲弹和高爆弹对着他们开炮射击，因为我们的杀伤弹已消耗殆尽。俄国人隐蔽起来，在开阔地留下几个死伤者。我们继续对着他们的藏身处和废弃的校舍开炮，以防他们在那里设立机枪阵地。轰了几炮后，我们看见几名苏军士兵迅速向后方撤去，我们的MG-34机枪火力紧追着他们。

突然，轻武器火力在我们正前方爆发开来。实施渗透的俄国人在近距离内朝我们开火射击，他们在沟壑中的喊叫声清晰可辨。穿过茂密的灌木丛、树木，长满向日葵、西红柿和豆类植物的小菜园，敌人再次朝我们阵地扑来，从距离我们反坦克炮十步开外的地方投来手榴弹。

我们疯狂地从拖车上搬下最后一箱37毫米炮弹，几名装弹手一边填弹，一边将散落在四周的空弹壳踢开以清理出炮位。我们只剩下30发穿甲弹，我掏出最后一个弹夹，塞入卡宾枪弹仓内，其他人也迅速检查了各自的弹药，发现都已所剩不多。哈特曼的冲锋枪只剩下半匣子弹。

俄国人试图穿过道路杀至仓库处，我们都很清楚，必须不惜一切代价挡住他们，以免与连里的其他单位分隔开，否则，我们将全军覆没。上午10点左右，最后一发炮弹从我们冒着烟的炮口被射出。为阻止我们使用拖车，俄国人现在直接对建筑物发起攻击，很快，曳光弹和莫洛托夫鸡尾酒便使它燃烧起来。我们不知道我们的临时营房是否有足够的时间实施疏散，只希望负伤的少尉已被转移至安全处。

最后的炮弹射光后，我将反坦克炮上的炮闩拆下，丢入灌木丛中，随即和哈特曼爬入一条通向西面的沟壑。

---

① heimatschuss指的是不至于送命或致残，但又足以离开战场回国的伤势。

我们贴着地面爬过灌木丛，从一端钻至另一端，最终来到沟壑中一个深深的洞穴里。我们在这里发现了一些村民，他们带着焦急的神色凝望着激战声传来的方向。很显然，整个村子已被先前那场战斗所惊动，村民们钻入洞中等着战斗结束。

我们没有理会这些惊恐的百姓，径直爬上沟壑的顶部。从这个更高的观察点，我们看见300米外，俄国人正簇拥在那座仓库周围。我隐蔽在一棵树后，仔细瞄准那些敌人开了几枪，哈特曼突然喊道，援兵来了。原先驻扎在我们旁边的一个步兵连和部分被打散的单位已在村子西侧集结。哈特曼和我穿过灌木丛来到道路上，正看见我们的连长坐着他的三轮挎斗摩托车冲入村内。

苏军的炮弹落在我们身后很远处。我方的重武器将第聂伯河岸堤笼罩在火力下，以阻止俄国人后撤，我们的突击连向前而去。我在灌木丛中找了半个多小时，才将炮闩重新装回到我们的反坦克炮上，这几个小时里，经过几次反击，敌人已被赶入河中，一些幸存者试图用木筏和小舟渡河，从而逃至东岸安全处，结果遭到我方炮火的袭击。

敌人的兵力比我们多四五倍，但他们的进攻已被击退，我们开始寻找负伤的少尉。尽管搜遍了整片区域，却没能找到他，只在被烧毁的仓库前发现一只血迹斑斑的靴子。寻找少尉的过程中，我们在一所农舍旁的菜地里遇到一名嗑着葵花子的苏军士兵。他没有抵抗，高举着双手表示投降，带着满脸的惊慌，他晃着张开的双手，小心翼翼地朝我们走了过来。经过一番粗略的搜查后，他被送至团部接受审问。

第二天早上，步兵连报告，在小溪与第聂伯河交汇处发现一具不明身份的尸体。后来，我们从连长那里获知，这具尸体就是我们的少尉，他的脖子后挨了一枪，可能是由苏军执行的死刑。一个步兵排里也有两名士兵失踪，但没有发现他们的任何踪迹，他们很可能当了俘虏，并被带过了第聂伯河。后来，据一名在基辅包围圈中被俘的苏军军医交待，在这片地区被俘的德军俘虏，在基辅陷落、苏军投降前都已被处决。

我们后来获悉，发生袭击的那个晚上，村里的小学老师和共青团员奥尔加还跟我们一起唱过《斯捷潘·拉辛》，他们在夜色的掩护下溜入沟壑，悄悄渡过了宽阔的第聂伯河。到达苏军阵地后，他们向东岸的苏军部队提供了详细的情报，描述了我们的阵地和实力，随即带着一个苏军营悄无声息地渡过第聂伯河，进入沟壑中。仓库附近的那座木桥提供了进入村子的通道。

东线的战事已开始展露出它的残酷性。尽管如此，我们却没有预见或理解俄国人对自己的国家遭到侵略后越来越强烈的痛苦和愤怒。但许多俄国百姓反对这种报复，特别是在东线的南部地区，我们对那里的平民百姓比较尊重。战争初期，大批苏军俘虏表达了强烈的意愿，想跟我们一同对付斯大林和苏联政权。

随着时间的推移，共产党领导人放弃了"为共产主义牺牲"的口号，开始激发民众固有的爱国主义情怀。保卫"俄罗斯祖国"，抵抗"入侵的法西斯强盗"，已成为每个人的爱国责任，没有任何例外。因此，这场冲突演变为俄罗斯人民对抗德国侵略者的战争，而不是为了党的生存。

不幸的是，在远离前线的后方，德国占领者的所作所为并不亚于苏联政府的残暴措施。德军士兵对俄国百姓的过激行为，使普普通通的俄国老百姓变成了战士和一个令人鄙视、残酷的政治制度的支持者。这种政策由遥远的柏林制订并下令执行，无数的暴行反过来落在前线士兵的头上，尽管我们这些前线士兵对成千上万名无辜百姓惨遭屠杀的情况一无所知。这些罪行或是党卫队特别支队所为，或是由纳粹党的高级干部为"绥靖"被占领地区所实施的过激行为。

前线的许多师长以及团、营级指挥官都是些经历过第一次世界大战的老兵，他们带着灌输给德皇军官团、无可否认的公正原则投身这场战争。必须指出的是，在东线的整个战争期间，我从未遇到过投降的苏军士兵受到不公正对待的情况，被俘的敌伤员接受的治疗和我方士兵完全一样。攻打卡涅夫期间，苏军俘虏只是被命令自己走向后方，根本无人押送，因为每一个可用的士兵都是前方急需的。不过，我相信这种运送俘虏的方式也有其弊端，俘虏中的一些共产党员和爱国者利用这个机会溜入灌木丛，最终与不断增加的游击队取得了联系。组织严密的游击队对我们的后方构成了日益严重的威胁。随着战争的继续，老百姓对这些游击队越来越信任和支持，他们在任何地方都能得到藏身处和掩护。

9月份的整个上半月，我们继续在第聂伯河河岸上守卫着自己的阵地，苏军则试图重新夺回西岸。9月14日，我们的第一支部队渡过了河。对巴雷卡北面的岛屿实施侦察后，德军发起了一场成功的登陆，苏军在河岸上的阵地遭到攻击。尽管敌人进行了顽强抵抗，但还是有大批士兵被俘。

两天后，我们连作为预备队，跟随着先头部队登上河对岸。利用敌人的混乱，我们成功建起一个深厚的桥头堡，后续部队源源不断地渡过河来，进入到这个缺口中，继续扩大着桥头堡。德军炮兵从科多洛夫不停地轰击河对岸的苏军阵地，与此同时，炮火也落在巴雷卡附近第聂伯河支流的东面。夜幕降临前，德军先头部队已到达亚什尼基地区。

9月17日，面对虚弱但却顽强抵抗的敌人，获得加强的第438步兵团在巴雷卡和列斯奇切斯切夫继续获得进展，并试图与另一个军沿着叶尔科夫齐公路推进的先头部队取得会合。下午晚些时候，包围圈中的抵抗被消灭后，当天的攻击目标得以实现。

我们继续向前，推进至基辅通往叶尔科夫齐地区的主干道，从而切断了苏军一条重要的后撤路线。夜里，我们几乎没怎么休息，而是挖掘阵地以加强我们的防线。我们在潮湿的空气中挥汗如雨地忙碌着，拂晓时，敌人阵地上传来了发动机的轰鸣和履带的叮当声。

9月18日这一天，我们继续强化着自己的阵地，尽管敌人的防线已安静下来，也没有发现他们有所动作。黄昏降临时，我们获悉敌人已向东撤离，只留下后卫部队迟滞我们的推进，这令我们放下心来。

当天晚上，突然间爆发出炮弹的爆炸声，夜里10点10分至凌晨2点50分之间，叶尔科夫齐地区的西北方，敌人沿着罗戈索夫—佩列亚斯拉夫公路发起的11次进攻均被击退。日出见证了我们防御的有效性，大批身穿卡其色军装的苏军士兵倒毙在我们的阵地前。燃烧的车辆散落在四周，油腻腻的黑色硝烟腾入空中。

我们获悉，一些敌机械化部队被彻底歼灭，团部工作人员自豪地向我们提供了一份缴获敌武器装备的清单：16挺轻重机枪、8门重型火炮、9辆卡车、2辆救护车、2辆燃料车和6辆弹药运送车。我们还抓获了400名俘虏，到9月19日，增至800人。第436步兵团辖下的一些单位（他们的任务是肃清东岸的敌人）也完成了他们的任务，伤亡很轻微。

接下来的几天里，我们在清理第聂伯河河岸的过程中又抓获了1000多名俘虏。大批苏军逃兵认为苏联已输掉了这场战争，他们偷盗船只，在夜色的掩护下渡过第聂伯河，设法远远地离开苏军部队。衣衫褴褛的苏军士兵，或独自一人，或三五成群，高举着双手走近我们阵地的情形已成了司空见惯的事情，我们一个个满怀信心，这场战争将在第一场霜冻到来前结束。

9月23日，我们营遭到数量惊人的苏军步兵的攻击。我们付出不太大的伤亡便将他们击退了，敌人在我方阵地前丢下一些轻型火炮和大批步兵武器。我们继续坚守着阵地，直到有消息说第聂伯河对岸已将敌军肃清，我们师即将被调离本地区。

基辅南部和东南部的战斗结束后，我们对伤亡进行了统计。各个连的平均伤亡率大约为15%~20%，第437步兵团的一个连队在前两个月的伤亡为4人阵亡、2人失踪、14人负伤、2人生病，总计22人。我们这个反坦克连在战役前的实力为100—120人。

我们的武器装备状况都不错，所有军用物资都得到妥善保养，其重要性在接受基础训练时便已灌输给我们，并取得了很好的效果。部队与连部之间的正式补给线已变得不那么正规，因为士兵们已学会依靠当地资源和缴获物资生存。

随着雨水和泥泞季节的到来，前线部队很快发现，俄国本地的小马车比我们使用的重型马拉大车更加可靠，后者更适合铺砌过的道路。我们越来越多地使用那些小马车，其来源主要是通过缴获，但偶尔也会违反严格的规定，未经批准便从当地平民手中征用。

我所在的第14反坦克连因为地雷而损失了2辆法制拖车，其他一些车辆，发动机和履带也出现了磨损和损坏。尽管我们的维修工挖空心思，找遍了后方100公里范围内的集团军和军，也没能弄到零部件。

各个单位只能自给自足。从8月底9月初起，我们连开始使用缴获来的卡车。后撤中的敌人丢下大批物资装备，我们的缴获非常多，尤其是在卡涅夫地区的战场上，大量可用的车辆被我们投入使用。连长还搞来一辆完好的燃料车，这大大增加了我们私下里的燃油存储量。

俄国人拥有大量结实耐用的"福特"重型卡车以及"Sis"制造的车辆。这两款车似乎构成了敌人所拥有的所有卡车种类，只要有可能，我们总是选择美制"福特"，因为总是有大批零部件可用。

由于采用了这些自给自足的方式，我们的军队里充斥着来自半个欧洲、各种型号的车辆，有时候，即便是最普通的零件也找不到。我们越来越羡慕俄国人简单的补给体系，尽管他们的武器装备存储并不多样化，也不像我们那样专业细分，但他们的那一套更加可靠，任何地方都能获得后勤支持。

与所有军队一样，士兵们讨论的主要话题之一是食物的供应和质量。只要补给线能够提供基本的物资，我们连的战地厨房就能创造奇迹。有一次，我跑到厨房参观，连里的厨师骄傲地向我展示了挂在木杆上的数百根香肠和熏肉。我把一些缴获的苏军勋章和手枪交给厨师，作为送给厨房工作人员的礼物，从这以后，我们总是能得到比规定提供给我们的食物更多的东西。

9月25日和26日，师里的主力离开了第聂伯河西岸这片作战区域。长长的灰色队列再次沿着起伏的地形向南而去。几周前顽强抵抗的敌军似乎突然间人间蒸发了。

整个10月，我们师都在穿过被秋日美景所笼罩的乌克兰。农作物已收割完毕，高高的草垛和打谷机点缀着这片地区，勾勒出的景象让人联想起美国。

我们朝着克列缅丘格方向前进，目前得到的消息是，黑海上的敖德萨仍被围困着。有传言说，我们和罗马尼亚部队将奉命夺取这座城市。

10月17日，我们获悉敖德萨已陷落。全师转向东南方，我们的目标是尼古拉耶夫。途中，我们经过一片德国移民的居住地，这是大约200年前按照凯瑟琳大帝的指示建造的。我们在这里清晰地识别出以卡尔斯鲁厄、沃尔姆斯、施派尔、海伦娜山谷以及其他德国城市命名的地方。但我们在这里只遇到妇女、儿童和一些老人，因为苏联政府已将所有符合征兵年龄的男人驱逐出境。

我在一座简单但却干净、牢固的石屋里住下，石屋里有一间卧室，这种房屋可以在200年前普法尔茨的某些地方看见。一张宽大的木床上摆放着色彩斑斓的枕头，上方挂着一具硕大的顶棚。农场里的妇女们所说的方言与今天在普法尔茨地区所听到的语言相类似。我们自给自足地挤牛奶、制作白面包，在这种环境下，大家过得轻松自在。

几天后，我们踏着一座蜿蜒的浮桥跨过布格河，这座浮桥紧挨着河流，通入尼古拉耶夫这座港口城市。我和连长以及另外几个人目睹了半完工的装甲巡洋舰停在干船坞中。

我们继续向赫尔松这个新目标进军。10月15日，我们再次跨过宽阔的第聂伯河。北面100多公里处，这条河的河水中曾洒下过我们的汗水和鲜血。很明显，"南方"集团军群的部队已沿着亚速海向前挺进，目前正冲向罗斯托夫，我们将作为援兵与他们取得会合。我们很快便来到一片险恶、荒凉地区的西部边缘，这里被称作诺盖草原。

经历了10月26日—28日的激战，第11集团军麾下的各个师突破了彼列科普狭窄的通道，从而为我们肃清了进入克里木半岛的道路。作为陆军总司令部（OKH）直属预备队的一部分，第132步兵师被分配给冯·曼施泰因的集团军。突破狭窄通道的过程中，也许只能投入有限的部队；但现在必须加强曼施泰因的部队，以便继续推进并攻占整个半岛。

我们越过鞑靼人（克里木半岛的这些古代保卫者曾抗击过来自北方的入侵者）的墓地向前推进，进入到一片新的战场。我们师和第50步兵师被分配给第14军，奉命向巴赫奇萨赖-塞瓦斯托波尔全力追击敌军。摩托化单位的先头部队实施集结，准备发起进攻。

10月31日，敌人显露出全面后撤的迹象。我军的先头部队排着长长的队列迅速向南前进，将依靠马匹拖曳的单位留在后面，缓慢地向前线靠拢。在大奈马科，整个步兵团和炮兵团的马匹不得不从仅有的一口水井中汲水饮用，因为其他的水源已被后撤的苏军下了毒。大批大车和牲畜聚集在一起，再次让人产生了一种感觉：席卷过草原的入侵大军来自另一个世纪。我们越是深入克里木，孤立于西方世界的感觉就越是强烈。

我们经历了一场严重的饮水短缺，寥寥无几的水井和蓄水池不是被敌人投了毒就是又咸又苦，根本无法饮用。备受酷热折磨的马匹和士兵们焦渴难耐，饮水短缺的问题变得严重至极，就连最健壮的马匹也不得不轮流休息。

连里的厨房试着用又苦又咸的水煮咖啡，再加入糖精，结果，这种咖啡的味道可怕至极，必须带着最大的毅力才能将它喝下。

各个步兵连和马拉单位平均每天的进展为五六十公里。摩托化侦察和反坦克单位的速度更快，迅速到达了阿利马河河谷。

三条巨大的河谷穿过克里木半岛，向东通往黑海，分别是阿利马河河谷、卡恰河河谷和别利别克河河谷。半岛的北部是一片巨大的盐土草原，坐落着一些产盐的长形盆地，来自锡瓦什湖的湖水很容易被蒸发，在盆地里留下宝贵的盐粒，在俄国其他地区很难获得这些盐。穿越乌克兰的进军途中，我们曾注意到当地居民以盐作为相互间进行交易的一种资源，其价值远远高于我们国内。经过一些村庄时，当地农妇用盘子盛着盐和面包，欢迎我们的到来，这充分展示出这种物品的宝贵价值。

克里木中部是一片平坦、几乎没有任何树木的平原，但这里的土地很肥沃，也得到了精心的耕作。整个苏联时期，这里的农场被置于集体农场的控制下。冬季期间，降雪和冰风暴从乌克兰东部席卷过这片地区。

亚伊拉山伫立在半岛的南部。这些山丘从平原上拔地而起达2000多米，随后又急剧下降至南面的黑海边缘。山上树林密布，遍布植被的山谷通向北部。鞑靼人风景如画的村庄和果园在这里清晰可见。

我们迅速进入到一片战场中，它的名字注定要在接下来的几个月里令我们深感棘手：塞瓦斯托波尔。接下来的几天里，我们从北面和东北面逼近了这座堡垒。

11月1日，我们没遇到什么敌军，尽管如此，向前推进的各炮兵连还是不停地向我们暴露出的西翼开炮射击。11月2日，第436和第437步兵团的先遣支队离开了位于恰尼什科耶的集结地，清晨时，他们很快便遭遇到敌人顽强的抵抗。尽管敌人从左侧扑来，但我们继续向阿德什-布拉特推进，突破敌军的防御以打开前进的道路。

随着夜幕的降临，敌人对我们左翼的压力越来越大，只能以猛烈的炮火驱散密集的敌军。有传闻说，由于人手不够，战俘营里的一些苏军志愿者已加入德军炮组参加战斗。

夜间，俄国人的海军陆战队继续试图达成突破，他们发起的猛烈进攻遭到我们顽强的抵抗。绝望的苏军部队试图突破我们的防线，赶往塞瓦斯托波尔和海边。

为了掩护暴露的西翼并打哑敌人设在黑海岸边的一座炮台（这座炮台阻碍了我们师的前进），第438步兵团朝西面和西南面攻击前进。一支小股先头部队后来到达了那座炮台的一个假阵地，他们在那里发现木制炮管气势汹汹但却虚弱无力地指向空中。

敌人以此隐蔽了他们的重炮阵地，这个阵地位于尼古拉耶夫的南面。随着夜幕的降临，经过一番激战，我们成功地夺取了海岸炮台的外围阵地。我们看见敌人的一艘船在黑海中巡弋，随即用反坦克炮对其开火。夜里，敌人放弃了他们的海岸炮台，幸存的海军单位搭乘小舟撤离半岛，到外海后再登上停泊在那里的较大型舰船。

第438步兵团第2营的迪尔少尉和另外20名战友在这场战斗中阵亡。我们清楚地知道，俄国人拥有对黑海的绝对控制权，苏军战舰的轮廓在地平线处清晰可见，这些军舰在海上自由巡弋，我们的炮火够不到他们。昨天的战斗中出现了大批苏军战机，不过，莫尔德斯的战斗机联队很快便出现在空中，肃清了敌机。

11月3日，我们团的先头部队（由第14摩托化反坦克连和第9自行车连组成）中午时接近了埃沃尔–夏埃希西南方一座鞑靼人的小村落。我们在埃沃尔–夏埃希发现一座被苏军遗弃的弹药库，里面堆满了补给物资，包括许多箱俄国香烟。

我们沿着卡恰河河谷继续前进。落日余晖下的景色美得惊人，一条狭窄的道路沿着一排杨树穿过果园。从1500米外，我们看见河谷和山峰间伫立着一些漂亮的鞑靼小屋，这些小屋都配有木制门廊和低垂的屋顶。

就在我们靠近村落时，先头部队遭遇到敌人猛烈的火力，我立即用反坦克炮对着村内尚未看见的敌人开炮射击。在炮火的掩护下，第9连连长向前赶去。轻武器火力开始射入我们身后的房屋墙壁，在炮兵阵地四周造成一股股尘云。我们趴在地上或隐蔽于火炮护盾后，我们的连长却毫无畏惧地站立着，没有理会击中他身后墙壁的子弹。

透过机枪震耳欲聋的射击声，我听见一名负伤的士兵高声惨叫，有人喊道："腹部受伤！"离我们最靠近的一挺机枪不停地开火射击，机枪手朝着迅速移动的目标喷吐着枪膛内的子弹。我们继续将注意力集中在装弹和开炮上，远处的敌人在一座座房屋间乱成一团，我们的机枪火力追踪着他们的举动。

我们试图给敌人造成一种印象——他们对付的德军是一个团，而不是只有一个步兵连和两门反坦克炮的先头部队。这个伎俩成功了，我们看见一些身穿深蓝色海军大衣的苏军士兵沿着谷底朝西面的大海撤去。

负伤的士兵躺在我们身后几步远的路边，他那顶翻转过来的钢盔放在身边几英尺处。一名医护兵跪在他身旁，解开了他那件满是尘土的军装，以便为他包扎伤口。没过几秒钟，这个躺在地上的士兵发出的惨叫变成了含糊不清的喃喃声。他那张苍白如纸的脸上，炽热的双眼充满了惊讶，死死地盯着眼前的黑暗，死亡的阴影迅速降临到他身上。医护兵从他了无生气的胳膊上摘去手表，迅速在他那件沾满鲜血的军装的口袋里翻寻着他的私人物品。我们转过身去，怀着各自的想法忙碌起来。

聚集在一旁的人们的想法极具个人性，每个人都对我们这位中弹身亡的战友心生怜悯之情。但所有人又将这些想法集中到自己身上：下一个倒下的会不会是我，我是否会在俄国送命？我们经常会想到这些问题，但我们对此无能为力，就像眼睁睁地看着死亡迅速笼罩住我们的战友那般无奈。就这样，我们开始意识到自己正被这片异国土地所吞噬。

有些人不愿多想，试图将这些念头深深地埋入心底。与这些抑郁情绪进行的搏斗折磨着每一根神经，并通过难以形容的恐怖而被拉伸至它所能承受的极限。面对这种内心的折磨，提供给我们的治疗方式仅存在于战斗中，尽己所能地救助负伤的战友，或是使用武器装备向敌人开火。每个士兵的心中充满了无情、不断增添的怒火，为阵亡战友报仇、杀掉敌人、摧毁一切的疯狂念头越来越郁积。高度的愤怒会发展至自我毁灭的程度，与恐惧和勇气非常接近。平静下来的时候，我们有时会讨论每日的损失和危险对我们的生活造成的影响，达成的普遍共识是，应对这种状况，生性愚鲁者比那些通常被认为比较聪明、敏感的人更加有效，所承受的个人压力也更小。不过，没有相应的规则来指导这个观点。这种固有的东西存在于瞬间状况下，而这种状况绝不会重复，因为战争中的各种情况完全不同，士兵们的性格会随着时间和经历发生变化。

经常有人说，一个人会习惯这些状况。一个人也许会习惯威胁或死亡的持续存在，可是，在整个对苏战争漫长的岁月中，无能为力地看着身负重伤的战友痛苦万状，对我造成的影响远远超过目睹那些毫无痛苦、当场身亡的战友。阵亡者当即死去，但敌我双方倒在前线的那些伤员所发出的惨呼，在枪炮声平静下来很久后还能听见。

11月初微弱的阳光下，我坐在反坦克炮炮架上放哨，突然，步枪和冲锋枪的射击声在很近的距离内爆发开来，子弹从我身后掠过头顶。我从火炮上跳下，转过身后，才看见身后50步外，一大群苏军士兵正在果树间迅速移动。我的身上泛起一股寒意，因为我意识到，我们这支小股单位与连队间的联系已被切断。我趴在炮架间的地上，紧张地将卡宾枪枪托贴上脸颊，瞄准一个朦胧的身影扣动了扳机。伴随着步枪的后坐力，那种令人瘫痪的恐惧感在我身上消失了。我拉动枪栓将另一发子弹顶入枪膛时，我们的机枪组已被枪声所惊醒，他们扑向自己的机枪，匆忙将锥形枪口转向我们后方。几秒钟后，他们便开始以纵射火力对着树木间的灌木丛扫射起来。我那门反坦克炮的炮组成员从掩体下爬了出来，冲进炮位，但我们无法开火，因为直瞄火力会危及我们自己的部队。

俄国人在我们与辎靶小屋间（第9和第14连就住在那里）成功实现了渗透，我们看见连里的战友们已被枪声惊醒，正冲出所住的小屋。果园中的交火迅速爆发开来，俄国人以猛烈的火力射向我们的阵地，但他们也正处在我方主力部队的火力打击下。我们的部队调集起更猛烈的火力，从两个方向对敌人展开打击，苏军的突击被彻底打垮，这群俄国人不是被雨点般落下的子弹击毙就是当了俘虏。

对俘虏的审讯发现，这股敌人是昨天试图突破我军防线到达海边的敌军中的一部分。这些俘虏穿着深蓝色海军军装，干干净净的军装似乎是最近才发的。俘虏们交待，他们隶属于一支精锐的海军陆战队，这么一小股敌军居然能拥有如此猛烈的火力，这给我们留下了深刻的印象。他们都配备着半自动步枪或短管冲锋枪——这种冲锋枪的弹鼓能装72发子弹。

我从一名俘虏那里缴来一支冲锋枪和几个弹鼓，98k卡宾枪在近战中缓慢的射速早已令我丧失了信心。配备上这支大容量自动武器令我更加自信，这支冲锋枪我用了好几个月。

沿着一条狭窄的道路，一堵古老的石墙伫立在菜园旁，从分散的房屋间穿过，我们将墙上的一些砖块敲掉，构成了一些面向前方的射孔。在阵地后方，我们用碎石设立起一道屏障，以免敌人的迫击炮或大炮火力直接落入我们的防线。我们在这片地区还是比较安全，因为高爆弹不停地落在我们身后很远处。

我们忙着强化自己的火力阵地时，但再一次被敌人发起的反击所打断。苏军海军陆战队悄悄穿过树林中的灌木丛逼近了我们，拂晓时，这些悄无声息、身穿深蓝色军装的身影突然出现在我们面前。

我们的机枪再次吼叫起来，伴随着防线后方迫击炮的轰鸣，几秒钟后，迫击炮弹的爆炸在我们阵地前方150步处腾起一股股尘云。敌人的进攻停顿下来，他们丢下死伤者，再次消失在灌木丛中。

搜索这片地区时，我们遇到一个未负伤的苏军士兵，这个晕头转向的俄国人趴在距离我们阵地50米一棵被炸得支离破碎的树桩后。我朝他喊道："Stoi! Ruki verkh! Idi su da!"（别动！把手举起来！过来！）我命令他到我们阵地这里来。他高举着双手，跌跌撞撞地朝我们走了过来。我们从他的腰带上摘下两颗手榴弹和一个塞满子弹的弹鼓，然后派一名传令兵将他送往连部。

一直存在的骚扰性迫击炮火继续打扰着我们的日常生活，零星的爆炸会毫无征兆地在我们的防线上爆发开来。有一次，我们的连长举着望远镜查看对面的地形时，突然踉跄后退，他的双臂交叉在胸前，撕裂的双手高举着，鲜血从他的伤口涌出，浸湿了衣袖。一块锋利的迫击炮弹片击穿了他的望远镜镜片，切断了他的几根手指。除了双手负伤，我们的连长逃过一劫，在通信员的陪同下赶往战地医院。

11月5日，我们师接到了任务，在杜万科伊、加德斯奇科伊和大奥塔尔科伊附近夺取别利别克河河谷。这个任务在当晚完成，接下来两天的突击形成了一个箭头形攻势，在塞瓦斯托波尔要塞东北方夺取了大量外围阵地和工事。经过一番激战，梅肯济亚附近的高地、镇子以及被称为363.5高地的制高点被夺取并被牢牢地控制住。

11月7日下午晚些时候，团里命令我们的反坦克炮部署至梅肯济亚西边的防线。此后不久，连里的一门反坦克炮便在苏军发起的一场反击中击毁了敌人的一辆坦克。

赶往亚伊拉山西侧新阵地的途中，我们的拖车在粗糙的道路上颠簸着。前方的高原上遍布着森林和灌木丛，从远处望去，缓缓升起的山丘和浅浅的山沟仿佛披上了一块绿色和棕色的地毯。巴赫奇萨赖周围的田野在我们眼前呈现出一幅壮丽的景象。南面，粗陋的石灰岩峭壁沐浴在落日柔和的光芒下。这里一片安详，但我们的大炮在高地上轰鸣，还击的敌军炮弹也在梅肯济亚的高原上炸开。

距离小径20步外，我们遇到一个笨重的混凝土射击孔，一门苏军速射炮的炮管从射孔中伸出，钢制斜板翘起在夜空中。这个炮台肯定是刚刚才被遗弃的，很显然，这门火炮几天前就在这座高地上轰击过我们，给我们造成过巨大的痛苦。

重型火炮的炮火很快在峭壁上炸开，我们隐蔽在这座被遗弃的炮台中，躲避着炽热的弹片。炮台里这门重型火炮的设计与我们的88毫米高射炮有些类似，但更加庞大，炮尾部用英文刻着这门大炮的技术资料、口径和制造年份（1938年）等。我们猜测，这门大炮应该是英国或美国的一门舰炮。

过了片刻，哈特曼提醒我们注意，我们的弹药输送车已从身后慢慢地驶上山峰，我们为他们的到来做好了准备。突然，200米外一辆三轴福特卡车发生了爆炸，燃起熊熊火焰，一缕螺旋状的黑色硝烟升入空中。

车上搭载的弹药发生了剧烈的爆炸，滚烫的弹片和完好的炮弹雨点般地朝我们落下。这辆卡车显然是被一门隐藏的火炮直接命中了毫无保护的油箱，一连几个小时，火花和锯齿状弹片不停地落下。爆炸稍稍消退后，我们小心翼翼地凑近那辆汽车，火势得到控制后，我们才把司机烧焦的尸体从烧毁的驾驶室内拉出。

落日再次带来了降雨。炮组人员在雨中用铲子和镐为阵亡的战友挖掘着墓地。大家默默地挖着浅浅的墓穴，每个人都沉浸在自己的思绪中，每当有战友身亡，这些想法便会深深地困扰我们。大伙儿攥着湿滑的挖掘工具，在布满石块的地面上挖好了墓地，身份牌已从尸体上摘走，烧焦的尸体被紧紧裹上一层防雨布后下葬。我们又将泥土铲入墓地，再把他那顶弹痕累累的钢盔放在埋葬他的土堆上。

很难想象，他的人生旅程已走到尽头，只在克里木的山坡上留下一顶钢盔和一个小小的土堆。雨越下越大，雨水从我们堆放在他墓地上的碎石块上淌下。黑暗中，这些石块闪烁着惨白的光芒，反射着飘浮在梅肯济亚上空的照明弹的光亮。

冰冷的雨下了一整夜，推着火炮穿过厚厚的泥泞进入防御阵地时，雨水从钢盔边缘滴落，流入我们的衣领。拂晓的光亮出现在地平线处，我们喝着滚烫的代用咖啡，操纵着机枪的一名哨兵告诉我们，就在前几天，苏军在这片地带发起过一次猛烈的反击。受到他这个说法的激励，我们再次卖力地挖掘起来，加深阵地，并将石块布设在火炮四周，以抵御纷飞的弹片。

突然，一波波苏军士兵悄无声息地从黑暗中涌出。大批苏军海军陆战队的精锐士兵朝我们冲来，他们还获得了从塞瓦斯托波尔的码头和工厂召集来的工人旅的加强。敌人从梅肯济亚前方茂密的灌木丛朝我们的阵地发起了进攻，一股股深色的波浪向我们涌来，嘶哑的"乌拉"喊叫声在迎面而来的队列中爆发开来。我们扑向各自的武器，此刻，我们已从进攻者变为防御者，大家做好了坚守阵地的准备，渐渐地，我们陷入与几天前在同一片高地上殊死抵抗的俄国人同样的苦战中。

我们用高爆弹对着进攻的人群实施平射。战斗的轰鸣淹没了苏军士兵的呼喊；我们疯狂地为火炮装弹，掩饰着笼罩在队伍中的恐惧感。附近的重机枪将一条又一条弹链吞入供弹口，空弹壳从滚烫的枪膛中源源不断地蹦出。位于我们身后的迫击炮组试图阻止涌向我方阵地的敌军波次，一发发迫击炮弹在阵地前50米处的石地上炸开。敌人的进攻渐渐被打破。阵地前方的空地上布满了死伤者的黑色身影。近距离内数百支武器的射击声震耳欲聋，除此之外唯一能听到的是伤员的惨叫。拂晓的空气中充满了浓密、令人窒息的无烟火药烟雾，透过硝烟和尘埃，我们隐约看见负伤的敌军士兵在我们的阵地前痛苦地挣扎着。

几分钟内，我们又一次遭遇到敌人的猛攻，太阳从地平线处升起，将这片恐怖的杀戮场彻底暴露出来。慷慨发放的伏特加激发起仇恨和对鲜血的渴望，在挥舞着手枪的政委的威胁下，苏军士兵跟跟跄跄地向前冲来，高呼着"乌拉"，再次迷失在各种武器震耳欲聋的轰鸣声中。在这片喧嚣声中，我听见我们的机枪手喊道："我没法再杀人了！"他紧紧地扣着扳机，一股弹雨从冒着烟的机枪枪管喷吐向大群进攻者。我们射出的炮弹发出尖啸，在敌人的队列中撕开一个个缺口，他们的进攻在距离我们的炮口50步外陷入了停顿。

我们坚守在梅肯济亚附近一个至关重要的高地上，苏军完全清楚，如果我们穿过谢韦尔纳亚湾，他们的生命线就将被切断。因此，他们发起一次次冲锋，在政委的威胁、胁迫和爱国主义呼吁下，苏军士兵排开队形朝我们扑来。大量伏特加的刺激，再加上任何犹豫都将面对政委愤怒的枪口，这些苏军士兵一次次向我方阵地涌来。

到下午时，我们被耳鸣、因激战和恐怖疲惫不堪的躯体、空气中浓浓的无烟火药味折腾得已很难保持清醒。我们跌跌撞撞地挪动着自己的双腿，试图将火炮阵地里的杂物清理出去。机枪手的右手手指已无法伸直，迫击炮炮组人员已累得无法抬起他们的胳膊。敌人进攻的短暂停顿期间，我们迅速更换了机枪枪管。灰白色的枪管堆在地上，金光闪闪的空弹壳散落在脚下。

一阵沉寂降临在我们的防线。机枪手和供弹手筋疲力尽地伏在他们的机枪上，面无表情地盯着敌人涌来的方向。反坦克炮组人员也瘫倒在地上，仍无法理解这场攻击的恐怖。防线后方传来挖掘工具尖锐的叮当声，此刻，我们高度兴奋的头脑中的嗡嗡声渐渐消退了。

我想起中世纪的一个故事，一座堡垒的防御者将死者堆积起来充当防御工事。此刻，我在脑中进行了对比。阵亡和负伤的苏军士兵横七竖八，在我们的阵地前堆积如山。为敌人提供隐蔽的灌木丛已被数千发子弹和炮弹撕成碎片。

太阳落山后，我们迎来了黑夜的掩护。整个夜间，倒在中间地带的苏军伤兵所发出的惨叫不停地折磨着我们。我们强化了防御阵地，在弹药箱下忙碌着。我们没有发现苏军试图救助伤员的迹象，他们既没有偷偷摸摸地搬运伤兵，也没有打着白旗公开行动。睡觉是不可能的。在我们营的防区前，冒着引来敌狙击手火力的危险，我们数出了数百具敌人的尸体。很久后，我在睡梦中仍能听见机枪手所说的那句话："我没法再杀人了！"

不可思议的是，尽管我们营的伤亡很惨重，但我所在的反坦克炮炮组却没有人负伤。苏军的攻击波次成功地突破了我们的一段防线，但又被一场白刃战击退。当天晚上，到连部领取弹药和食物时，我们从一座战地救护站经过，跌跌撞撞地前行时，那些伤员的惨叫声仍在我们的耳中回荡。

黑暗中，我们紧跟在两名担架员身后，他俩小心翼翼地绕开一个灌满了水的弹坑。我们从几排我方阵亡者身旁经过，这些死者裹着帐篷布，等着搭乘马车赶往后方，走完他们的最后一段路程。但在今天，他们不得不等待，因为伤员有优先权。我们看见一个年轻的外科军医弯着腰，在医护军士的协助下忙着抢救伤员，微弱的灯光下，他的衣袖高高卷着。

帐篷布兜着沉甸甸的雨水，遮挡着我们的掩体，掩体里满是伤员，嘶嘶作响的汽灯发出黄色的光芒，医护兵给伤员们注射着破伤风和吗啡。肺部的伤口被紧紧地包扎起来，断裂的动脉被夹住，负伤的四肢被裹紧，断裂的骨头也上了夹具。一排排伤员躺在草堆上，他们的军装上挂着后送标志。这些伤员穿着污秽、破碎的军装，裹着被鲜血浸透的绷带，空气中充斥着惨叫、呻吟、呜咽和沉默，他们等待着赶往一个未知的目的地。一批批伤员被马车运往后方。

身负重伤会令一名士兵在心理上感到震惊，无论他曾经多么坚强，多么勇敢，这种伤势很快会让他的精神遭到重创。被一种无助感打垮后，他会发现自己不再是一名战士，而是听凭战友们摆布的一个人。

我们唯一的想法是逃离这个噩梦，逃离这个满是污秽、痛苦和死亡的所在，远远地躲到没有炮弹落下的地方。我们匆匆向前，返回到熟悉的阵地中，将那些痛苦留在身后。

第三章

梅肯济亚

突然，透过瞄准镜中的十字线，

我发现自己正盯着敌人火炮圆圆的黑色炮口……

1941年11月中旬到下旬，夜晚带来了霜冻。幸运的是，克里木的冬季不像俄国那般残酷，我们没有经历北部战线上那些战友所遭遇的数个月零下温度的痛苦。克里木半岛的北部和中部地区，冬季就像我们在德国经历的那样，有霜冻，也有降雪，但在南部的"俄国海滨"，气候却相对温和。

这里的白天和夜晚已经告诉我们，按照陆军管理条例配发给德军步兵师的服装太过单薄，特别是对那些据守在重要而又暴露的阵地中的士兵们来说更是如此。在前线，我们被迫住在暴露的工事中或石墙后，紧靠几块帐篷布拼起来的帆布充当屋顶。在这些简陋的住处，我们忍受着大自然的摆布，一旦出现霜冻和降雨，我们的状况便更加凄惨。后方支援单位，例如后勤工作人员，通常会利用机会寻找温暖的住处，并住进俄国人尚能使用的房屋中，尽管苏联军舰和要塞配备的大口径舰炮能轰到位于我们身后的这些目标。

苏军战斗机和马丁轰炸机每天都对我们的炮兵阵地、医疗中心、补给车队、人员住处以及其他目标发起攻击。泥泞季节的到来增加了这种压力。化冻时，道路和小径变为深不见底的泥潭，重型卡车的交通运输彻底停顿下来。通往前方部队的补给线再次依靠了那些不知疲倦的乌克兰小马。

我们这些先头部队已因前几个月不断经历的艰难困苦而变得更加坚强。战斗、行军、生活在露天以及经常遭遇到的饥渴使我们这些士兵更加结实、更具耐力，浑身上下没有一点多余的脂肪。

我们从敌人那里学会了即兴创造和自给自足。在寒冷的夜间，我们用从阵地前方敌军尸体上剥下来的深蓝色大衣铺垫我们的暗堡和石墙容身所。苏军阵亡者还为我们提供了厚厚的棕色植绒手套。来自后方某处的指令告诉我们，在寒冷的夜间，配发的军袜可以充当手套。这份工工整整的指令用准确的军事术语告诉前线士兵，应该在袜子上割开两个洞，以便将拇指和扳机指伸出。他们显然不知道我们的靴子几乎已磨穿，袜子也已跟破布差不多，上面全是洞，毫不费力便能将五根手指全都从洞中伸出。

就像严寒气候下的泥泞那样，前线被冻结，被凝固。敌人不屈不挠地试图夺回梅肯济亚、杜万科伊以及南面的高地。我们的实力太过虚弱，无法通过突袭夺取威胁着海面的要塞，而坦克和重型火炮的缺乏使得情况更加复杂。守卫要塞的苏军部队能获得足够的时间来加强他们的阵地，并做好实施防御的充分准备。由于苏联海军拥有对黑海的绝对控制权，这座要塞可以毫不费力地从库班突出部和高加索地区获得补给和增援。

我们的补给线却被拉伸至难以为继的程度，从克里木到德国本土，几乎要跨越整个欧洲大陆。北面更远处，德国火车在零度以下的气温中穿越乌克兰，频发的机械故障已成了家常便饭。每当发生短暂的解冻，补给车队便在乌克兰南部和克里木北部未铺砌的道路上陷入深深的泥泞中。在干燥的夏季可以轻松穿越的硬质黏土路，现在已变得几乎无法逾越，我们的机械化部队在这片湿软、被雨水浸透的土地上苦苦挣扎。对第11集团军来说，补给已成为一个严重的问题。

由于补给状况不断恶化，我们的弹药被小心地保存起来，只能节约使用。口粮愈发单调，主要由没什么味道的大麦汤掺上一种奇怪的脱水蔬菜混合物组成，这东西被士兵们戏称为"drahtverhaue（铁丝网缠绕物）"，另外配以从管子里挤出的军用奶酪。

在梅肯济亚前线获得第24步兵师（来自萨克森）接替前不久，我们再次受到共产党宣传机构的骚扰。我们早已熟悉那些鼓动我们开小差的传单，因为在很久前跨过第聂伯河时，便有数吨传单投向我们。现在的夜晚经常充斥着大喇叭里传出的尖叫，不是没完没了的政治宣传便是拙劣地试图说服我们叛逃到敌人那一边：

> 德国士兵和工人们，摆脱帝国主义和法西斯集团压迫你们的枷锁吧！到我们这个工人和农民当家做主的国家来。干净舒适的床铺、漂亮的姑娘、可口的饭菜和美酒在等着你们！你们的生命会得到保证！

随之而来的便是国际歌，我们通常以愤怒的机枪扫射作为回应。这种单调的例行程序会持续到第二天早上。

被换下前线后不久，我们获悉，先前由我们单位据守的一段防线丢给了俄国人。当然，我们知道这种挫败在我们占据阵地时也曾发生过，尽管如此，接替我们的部队还是被嘲笑为"探戈师"——前进一步，后退两步。两个步兵师之间的关系因为这些闲言碎语而变得极为紧张，我们师的一名中尉与萨克森师的一名军官差点发生一场决斗，而在军队里，决斗被宣布为非法已有多年。幸亏我们师长及时干预，这才避免了一起严重的事件。

1941年12月，连队的行政和补给单位驻扎在巴赫奇萨赖附近的一个村子里，这个村子坐落在一条通往辛菲罗波尔的主干道上。村内有一条鹅卵石街道，补给车队踏过这条街道赶往塞瓦斯托波尔前线。村子前方有一片开阔地，汽车从那里全速驶过，马拉大车则加快速度，叮当作响地颠簸而行。

每个司机都知道"鉴于敌军……"这句话，尽管没有张贴危险警告的标志，但他们完全明白这条特殊道路上存在的危险。过往车辆往往会招致从遥远的塞瓦斯托波尔要塞北部区域射来的炮火。被称作"马克西姆·高尔基1号"的装甲炮台射出305毫米口径的重型炮弹，在道路上炸出令人印象深刻的弹坑。许多德军士兵询问这些呼啸而至、经常落在我方阵地附近的炮弹的来源时，第一次听说了这位俄罗斯诗人的名字。我不知道是不是俄国人自己以这位诗人的名字来命名那座庞大炮台的，或者，这只是战场上的一个绰号，总之，这个名字在德军士兵中广为流传，它的存在令我们的日子过得苦不堪言。

巴赫奇萨赖位于这条道路的东面，巧妙地坐落在一道风景如画的山谷中。她曾是克里木鞑靼人的故都，也是可汗城堡的所在地，城内有许多细长的尖塔，拱门上镶嵌着大量的金银丝。这座城市以其127座喷泉而著名，尽管已破旧不堪，但却给壮丽的苏联留下了一种独特的东方效果。在市内的集市上，我们观察着那些以货易货的商人，他们交易的物品都是些我们根本不会考虑的东西。

收到即将获得换防的消息后，我们迅速派出司机，在指定的休整区为我们寻找适当的住处。他们带着一贯的高效，立即在一片小小的鞑靼人居住地为我们安排好了住宿地。这里有一座小阳台，雅致地包裹着木雕门框，屋内用水从屋外一个敞开式水箱引入。

这座房屋有两间卧室，屋内的家具寥寥无几。沿墙壁摆放着低矮的长椅，既可以坐，也可以睡人，屋内有一个深深的铜浴缸可供我们洗澡，这可是个被我们遗忘了很久的奢侈享受。

两个满脸皱纹、弯腰驼背的鞑靼妇女忙着为我们准备热水，尽管我们连声反对，但她们硬是帮着我们将沾满泥泞、破旧的军装从瘦削的身上剥了下来，接着便认真地帮我们搓洗掉身上的污垢，我们泡在浴缸里，享受着这份令人很不习惯的奢华。最后，我们只能对她们的这番美意抱以轻松的微笑，随后，我们又用热水、肥皂和剃须刀刮掉了脸上的胡子。

我们很快便与房东建立起友好的关系，并用面包和糖精跟她们交换烟草和新鲜蔬菜。她们明确地告诉我们，鞑靼人跟苏联人从来就不是朋友，他们对克里木的"俄罗斯化"怀有深深的怨恨，因为这让他们变为了一小群地位低下者。

这里有一些妇女和儿童不停地来来往往，还有个很少说话的老人。所有符合征兵年龄的男子显然都已在苏军撤退时被征召进部队。一名无法确定年龄的老妇，没有牙齿的嘴里叼着根烟斗，像具木乃伊那样坐着，她总是占据着长椅上的同一个位置。我唯——一次看见她那张圆圆的脸上绽露出笑容是因为一名婴儿恰巧在圣诞节前出生。这位老妇恢复了活力，颤颤巍巍，不停地走来走去，照料着婴儿和母亲。

几天前，我们看着这位孕妇被小心地送入这所屋子，我们经历了一名小伊万的出生，他在隔壁房间里发出了第一声啼哭。随后，一名德军医护兵为她们提供了干净的绷带，我们又捐出一些糖果，送给这位年轻的母亲。

德国士兵和俄罗斯妇女在这里庆祝着新生命的诞生，就在几公里外，倾尽全力的现代战争破坏机制清晰可辨，炮弹的轰鸣回荡在微微颤动的地面上。

我们每天都能听见穆斯林阿訇的召唤，从日出到日落，每天五次，他的歌声从清真寺的钟楼上传来，召唤伊斯兰教信徒做祷告。

梅肯济亚战役期间，为我们提供再补给时，两名运输人员跟随着我们的补给队，设法穿过陡峭的、有游击队出没的亚伊拉山，到达了雅尔塔（Yalta）附近的海滨公路。带着饥饿豺狼般敏锐的感觉，他们立即发现了一座被缴获的苏军仓库。酸菜和苹果酱桶旁堆放着大量葡萄酒。这座仓库已被封存，并由罗马尼亚士兵严密看守，管理仓库的是一名严厉的德国后勤军官。

我们的两名战友请求让他们在仓库里取些东西，但他们的恳求和在前线遭受饥饿、干渴、寒冷的凄惨故事并未能软化那名后勤军官的铁石心肠。于是，这两人决定博取罗马尼亚士兵的同情，他们拿着一只军用打火机和一些香烟找到了一个肯合作的罗马尼亚哨兵,在他的帮助下,他们将几桶酒搬上了卡车。

运送补给的车辆返回后,连里的后勤中士从车后厢搬下三大桶克里木葡萄酒,这令我们大吃一惊。获知可以先从木桶里得到一份严格配给的美酒后,我们端着饭盒和水壶,喝着分到的深红色、宝贵的葡萄酒,一边唱着《黑森林山谷中的磨坊》。这首歌是我们的保留曲目,里面添加了一些下流的歌词,自古以来这就是士兵们的典型做法,最后,我们喝光了饭盒里的酒。

司机用一根燃油管发明了一个"再补给系统",从酒桶穿过敞开的窗户,径直通入我们的住处,连军士长根本无从发现。整个晚上,我们顺顺当当地喝着甜甜的克里木葡萄酒,发扬着彼得大帝和凯瑟琳大帝的优良传统。

第二天,连里的行政办公室起草了颁发战功十字勋章的文件,颁发勋章的理由写得很清楚:搞到了不可或缺的战争物资,酒!随后进行了表决,全连士兵一致同意我们的两个大恩人完全应该获得勋章。

负伤的连长已经归队。他严厉而又公正,总是以堪称楷模的公平率领着全连,从不要求部下去做他自己不能做或不想做的事情。他那受伤的双手在巴赫奇萨赖的战地医院得到了医治,几根残缺的手指已被锯掉。他的双手包着绷带,巡视了连里士兵的各个住处,问候部下们,并询问他们的需求。尽管他的伤势完全可以获得休假疗养,但他坚持跟连队一同待在前线。他的副官阿洛伊斯帮他洗澡、剃须。

我们对武器装备进行了彻底检查。司机们不停检查着他们的车辆,以确保即便在零度以下的气温中也能随时发动引擎。我们完全清楚,在休整区舒适得甚至有些奢侈的好日子不多了,我们很快就将再次接受战争的考验。

圣诞节前,师里的随军牧师举行了宗教仪式,在巴赫奇萨赖可汗城堡的清真寺里进行了两场告解。如果不是近期在克里木战场上的可怕经历令我们至今难忘的话，这场告解仪式将以其惊人的美好留存于我们的记忆中。按照连里的安排，并受到国家社会主义政治信条的严密监视，参加宗教活动纯属自愿，但几乎整个连队一同走进了清真寺。

基督降临节的这些日子里，远见、力量和信心依然是我们的口令。我们渴望和平，战争初期的兴奋已被恢复正常生活的强烈愿望所替代。我们试图在牧师和神父的话中找到些安慰，但我们的思绪仍集中在家庭、伤员和阵亡战友上。鉴于我们最近目睹的东西，再加上九死一生的经历，曾令我们满怀激情地投身这片异国土地的政治观点和理想主义言论，已化为毫无意义的碎片。

对塞瓦斯托波尔的第一次突击可怕地出现在我们面前。与来自下萨克森的第22步兵师一起，我们被赋予了从北面发起进攻的任务。这个行动涉及对复杂的防御工事体系、城垛、塞瓦斯托波尔要塞北部地区陡峭阵地的进攻，此外，还要穿过谢韦尔纳亚湾。

我们全都知道，敌人在北部区域的防御最为严密，我们被告知，必须做好"不畏艰险"的准备。这一推进如果获得成功，敌人将无法使用海港出口，残余苏军部队通过海路撤离的一切希望都将被粉碎。集团军司令部为此次进攻调集了一切可用资源。只有刻赤地区的一个德军师没有参与本次进攻，这个师接替了装备落后、可靠性值得怀疑的罗马尼亚师，执行海岸警戒任务。

紧迫的补给问题为我们弥补了重型火炮和弹药的不足，我们几乎足以支撑一场漫长、持久的战斗。我们还急缺装甲运兵车，手头寥寥无几的那些也面临着巨大的挑战：既要穿越复杂的地形，还要在守军构成的强化防御网中杀开一条血路。

苏军士兵深深地隐藏在各种类型的工事中，这些工事控制着战场。天气的恶化使我们的任务变得更加困难，降雨和夜间的冰冻交替而至，我们在战壕中的日子苦不堪言。

12月16日的夜间，我们的各个连队陆续进入前沿准备区。沿海要塞严密防御的北部地区位于别利别克河谷上方那些高地的后方，掩护着从我们阵地向东而去的一片广阔区域。整个晚上，雨水静静地落下，但日出后，天空明净而又静寂。

清晨5点，沿塞瓦斯托波尔整个前线发起的进攻开始了。一阵密集的火炮和烟幕弹齐射后，我们师向前而去，形成了一个庞大的波次。第一个目标是西面被称作319.9高地的山丘，它被迅速夺取。由于敌人的防御阵地颇具纵深，进一步的进展只能通过消灭敌人零星的顽强抵抗缓慢获得。苏军士兵以其技能和英勇实施着抵抗，为每一寸阵地而战。尽管各炮兵连拥有极佳的观察阵地，但实施突击的步兵却很难看清楚敌人的阵地，直到他们进入到对方致命的射程内。令步兵们松了口气的是，夜晚早早地降临了，这迫使先头突击部队在夺取第一个目标后便停下来过夜。

12月18日，敌人在位于217—253防线以及延伸至更南面的阵地上继续进行着顽强抵抗。曼施泰因的第11集团军继续进攻，各个师在拂晓时朝要塞北部地区全力压上。大约在6点15分，敌人被逐出他们的防御阵地，穿过卡梅什雷南面的沟壑和峡谷，退守226—228防线上的高地。下午3点，德军几乎到达了所有的目标，进一步的推进由于天黑而再度暂停下来。

12月19日黎明，第132步兵师继续向前，试图突破敌人的防御，并夺取齐切尔纳亚东北方的高地，以确保进入谢韦尔纳亚湾的通道。面对敌人的顽强抵抗，后续进攻所获得的进展极其缓慢。绝望的苏联海军陆战队连续发起反击，但都被击退。不过，我们的推进也因为先前未发现的敌迫击炮连和远程舰炮而放缓，这些火炮以猛烈的拦阻火力轰击着我们的前进路线。当天的目标终于在12月20日清晨被拿下。位于我们师右侧的卡米斯奇利镇落入第436步兵团手中，经过激战，251高地也被第

438步兵团夺取。

位于我们左侧的各个师仍被茂密的灌木丛以及几乎无法通行的地形所阻。我们师与第22步兵师一起，深深地插入到敌人的要塞防御中。我们的攻击部队像个箭头那样，直指谢韦尔纳亚湾。

敌人很清楚我们想夺取海港的接近地，他们将新锐部队投入到位于我们前方的防御阵地中。我们的先头部队遭到轰炸机的猛烈攻击，损失惨重。

1941年，即便在圣诞前夜这个最为神圣的时刻，尽管双方士兵都持相同的教义，但无情的战争之神却一刻也没有停息。登上卡米斯奇利的高地后，我们隐蔽进在苏军防御阵地上挖出的散兵坑和战壕中。运送食物的队伍从后方补给仓库给我们送来了圣诞特别口粮，其中包括一瓶克里木葡萄酒和一条白面包。他们还送来了邮包，这可是这些日子里的第一次。

"兴登堡"烛灯泛着微弱的光亮，挤在破旧、褪色的帐篷布下，我用冻得僵硬发疼的手指打开了家里寄来的包裹。包裹不是很大，因为每个邮包被限制在2公斤内。一种思乡感笼罩着我，我急切地撕开皱巴巴的包装，姜饼蛋糕的味道顿时弥漫在我们四周，与未洗的羊毛军装、厚皮革装备、油脂和汽油的刺鼻气味形成了强烈的对比。姜饼蛋糕是我妈妈亲手烧烤的。此外，我还收到一个用铁皮冲压而成的心形小烛台，上面插着一支小小的蜡烛、一根从黑森林摘取的绿树枝、一小瓶樱桃酒，妈妈把它们小心翼翼地塞入包裹，充分利用了每一寸可用空间，以便能安然无恙地跋涉千里送至东线。

栖身处，潮湿的墙壁上所结的霜闪闪发亮，我们嘴里呵出的白色雾气短暂地停留在凝滞的空气中，随即被黑暗吞噬。沃尔夫和我挤在一起，蜷缩在克里木土地上挖出的潮湿洞穴里，圣诞蜡烛发出诱人的暖意，我们将手凑了上去。

我们不再对远处传来的苏制马克西姆重机枪的咯咯声感到惊恐，也不再理会子弹越过头顶时的呼啸。冰冷的钢盔下，我们的双眼凝视着烛光，经过几个月的使用，我们的钢盔已是弹痕累累。沃尔夫柔和的面颊暴露出他的年轻，但他的双眼却与这个被迫过早苍老的年轻人的实际年龄严重不符。我们都老了，但我们之间发展起一种手足情谊，这种亲密的感情和信任感是那些平平安安生活在后方的人所无法理解的。

他从口袋里掏出一支口琴，轻轻地吹奏起家乡的传统民谣《圣诞树》和《平安夜》。

旁边一个散兵坑里的两名德军士兵听到了口琴声，他们小心翼翼地爬过冰冻的地面，钻进了我们的掩体。我们蜷缩着身子，紧紧地挤在掩体中，用身体为彼此提供着微弱但却急需的温暖。我们体会到一种战友情谊，每个人都渴望永久地离开这里，这一切冲淡了我们在这几个小时里产生的思乡之情。

圣诞包裹里的东西被拿出来平分，葡萄酒为我们麻木的四肢送去阵阵暖意。沃尔夫再次吹起口琴，我们用沙哑的嗓音跟着口琴声轻轻地哼唱起来。

掩体外，一颗照明弹嘶嘶作响地升入空中，慢慢地飘浮在这片冰冻的地面上，投下一片可怕的阴影。不远处，俄国人的一挺机枪打破了寂静，但立即招致位于我们阵地稍前方一名狙击手的还击。沉默很快再次降临在防线上，尽管这个世界并未归于和平。

午夜后，各个炮兵组在排长们的带领下，集结在前一天被我们步兵营夺取的防坦克壕内。我们用镐头和工兵铲忙着改善阵地，在这片被冻得硬邦邦的地面上的这番忙碌使我们不再感到寒冷。

突然，一名俄国人在200米外射出一发照明弹，照明弹嘶嘶作响地升入空中，天空被照得一片雪亮。我们赶紧趴下，一动不动地等待着，照明弹懒洋洋地飘向地面，经过一段似乎无穷无尽的时间后，它落在地上，疯狂地喷溅了一会方才熄灭。我们浑身是汗，用力将反坦克炮推入阵地，最后几箱炮弹搬入阵地后，清晨的地平线已越来越亮。我们靠着防坦克壕壕壁休息，裹着结满了霜的帐篷布，默默地等待着轮到自己站岗放哨。

圣诞节初露的曙光下，我们对前方阵地进行了进一步的侦察，很快在防坦克壕附近发现一座苏军掩体。这座掩体经过精心修建，各个部位铺着粗粗的树干，整座掩体挖得很深。就在几个小时前，敌人放弃了这座掩体，但他们显然对它的位置非常清楚，很快，敌人的火力朝这里射来。我们再次发现自己遭到炮火的轰击，而且，就像我们过去遭遇过的无数次炮击那样，我们什么也做不了，只能耐心地等待雨点般的炮击结束。

我们在掩体的角落处搭起一个烧木头的小炉子，在火上烘烤着面包，就在这时，一门172毫米口径火炮射出的炮弹落在阵地附近，地面震颤着，喷泉般的泥土和弹片飞入空中。伴随着每一声爆炸，橡木处的泥土簌簌而下，大块泥土落在我们的肩头和钢盔上。我们本能地退缩到角落处，紧紧倚靠着墙壁。弹片和碎石块撕破了我们挂在掩体入口处的帐篷布，溅入掩体内。炮击突然停顿下来，寂静笼罩着我们的阵地，我们开始盼望这场雨点般的弹幕齐射就此结束，但没想到，一声巨大的轰鸣突然间淹没了我们。没有任何警告，一发重型炮弹在掩体上炸开，我们被震得撞向墙壁，一个个头晕目眩，差点失去知觉。我们勉强爬起身，在浓浓的硝烟中徒劳地摸索着，无烟火药味呛得人透不过气来，耳鸣使我们无法听见负伤战友的呼救声。浓密的尘埃和硝烟终于散去，掩体顶上露出个大洞，寒冷、灰色的光线透过这个洞射入掩体内。三根粗粗的圆木被这发巨大的炮弹像火柴棒那样炸断，片刻前还堆砌在圆木上的成吨泥土，现在就堆在我们面前。

我们疯狂地扒着土堆，用手和钢盔挖着沉重的泥土，试图将压在下面的战友救出。尽管双手被碎石和木块划破，但我们还是从废墟中拉出了两名伤员。

满脸是血的波尔已不省人事，另一个人双腿受伤。他已无法行走，我们怀疑他的骨头断了。他的其他部位似乎没受伤，不停地说着话，思维也很敏捷，尽管明显忍受着疼痛。

几分钟后，波尔恢复了意识，我们已给他包扎完毕。掩体里总共有六个人，只有两个人负了轻伤，这简直是个奇迹。由于我们待在掩体的后部，从而逃脱了重伤或致死的厄运，另外，这发炮弹直接命中掩体中央时，一堵厚厚的支撑壁救了我们的命。检查受损情况时，我们都很清楚，要是我们刚好待在炮弹落点下，圆木断裂和成吨泥土塌陷的地方，降临在我们头上的将是怎样的厄运。

我们的烟道和取暖炉被彻底破坏，寒风透过掩体顶部的大洞灌入。我们将波尔扶上一辆自行火炮，送他去后方急救站。炮弹不停地落在整片区域，敌人布设在铁路线上的一个高炮连也开始用直瞄火力轰击我们的阵地。这就可以理解另一名负伤的士兵拒绝在这种状况下离开阵地，而是选择等到晚上再跟随运送口粮的队伍疏散的原因。我勉强同意他跟我们待在一起，等稍稍安全些后再撤离。

下午晚些时候，炮击加剧了，形成了一个稳定、不间断的弹幕齐射，我们的阵地陷入苏军轻武器和榴弹炮进一步的直射火力中。负伤的那名士兵只能等到第二天早上再撤离了。几天后我们获知，由于坏疽并发症，他死在了战地医院里。从他当时所负的伤来看，我认为如果能早点得到军医的治疗，他本不会送命。此后，我便决心要按照自己更好的判断来行事，尽快让伤员获得救治，而不能听从他们自己的请求，这种请求通常是在巨大痛苦的影响下做出的。

12月26日晚上，我所在的炮组跨过防坦克壕向前而去。一些战友躺在战壕的底部。他们静静地躺在那里，被冻得僵硬，包裹着帐篷布等待下葬，我们从一旁经过时，刻意将目光移开。伤亡已经很惨重，我们试着将思绪转到其他事情上，思忖着接下来的几分钟或几小时决定我们生死的命运。

我们在通向梅肯济耶维戈雷的铁路路基前趴下。尽管遭到敌人轻武器火力的骚扰，但每门反坦克炮都被拖至侧翼由两名炮组人员挖出的炮位中，并用青草和树枝加以伪装。连着两天，我们没有得到任何热饭菜，于是，我和沃尔夫自告奋勇地要求担任伙食运送员。

黄昏前，我们动身赶往后方，沿着道路返回并越过那道防坦克壕后，我们登上了一座小丘，从那里可以在近距离内看见敌人的动静。机枪咯咯作响，子弹在我们身后激起泥土，我俩撒腿飞奔过开阔地，躲入一小片灌木林后才稍稍放下心来。就在我们冲进树林之际，敌人布设在铁路上的一门高射炮开火了，炮弹射向头顶上的树梢处，我们本能地伏下身子，纷飞的弹片和断裂的树枝洒落在我们四周的地面上。带着怦怦直跳的心，我们终于返回到原先的掩体阵地，并找到了补给车司机，他将昨天的饭菜重新加热后交给了我们。

带着配发的饭菜返回时，我们看见一些伊尔-2战斗机出现在地平线处，对一些最为重要的阵地发起了攻击。这些飞机飞得又低又快，直接朝我们连投下杀伤性炸弹，随即倾斜着飞离，再度返回后又用机炮和机枪实施扫射。

趁着空袭短暂停顿的机会，我们背着热气腾腾的食物罐，冒着越来越深的暮色向前而去。靠近我方阵地时，排长魏斯中士惊讶地盯着我们看了几秒钟，这才跳起身来。

我们回去取食物这段时间里，整个炮组已遭遇到伤亡。我和沃尔夫刚刚离开，另外两名士兵便跑到我们的散兵坑中，结果被一颗炸弹直接命中。这两名士兵当即阵亡，不明就里的排长接到报告说，沃尔夫和我被炸死了。

排里的战友们狼吞虎咽地吃着热饭菜，默默无言地庆祝了我俩的死里逃生。我俩则试图将自己的思绪从阵亡的两名战友身上转移开。我们经历了太多的伤亡，此刻已不在乎自己无能为力的事情，我们接受了这些损失，继续将注意力集中在自己的生存问题上。过去的六个月里，我们已越过时间和意识的一个巨大跨度。

各个步兵连的平均实力已从原先的80人下降至20人。尽管遭受到严重的损失，这些连队依然不停地向塞瓦斯托波尔要塞的环形防御区推进，成功地突破了敌人的几层防御圈，并在激战中夺取了大批敌军据点。

在这几个月残酷、无情的生存环境中，每个士兵都展现出非凡的忍耐力和适应性，他们在最为恶劣的条件下风餐露宿，仅靠军用干粮为生。

我所在的反坦克排现在只剩下两门火炮，每门反坦克炮通常由四名成员组成的一个炮组操作。我和沃尔夫，再加上另外两名战友，开始训练另一个炮组。

12月27日夜里，各个步兵团准备发起一场新的进攻。第50步兵师的一部奉命加强左侧战线。12月28日清晨7点，我们的部队开始向前推进。我方火炮以猛烈的炮击为进攻提供支援。

多管火箭炮射出的火箭弹尖啸着掠过头顶，拖着蓝白色尾迹飞向敌人的阵地。苏军俘虏们承认，这种火箭炮令他们深感恐惧，并将其称为"吼叫的奶牛"。我们则把俄国人的喀秋莎火箭炮称作"斯大林管风琴"。

我们蹲在前沿阵地里，准备向敌人发起进攻。时间缓缓流逝着，默默无语的士兵们紧张地吸着最后的香烟，即将发起的进攻，家人，昨晚目睹的那些裹着帐篷布的尸体，这些思绪从脑中迅速掠过。我们徒劳地试图将注意力集中到眼前的事情上。

机枪手们一次次检查着枪机和供弹仓，确保闪闪发亮的弹链没有沾上泥沙，以免敏感的锁止机构发生卡滞。我们将手榴弹塞入皮带和军靴。一名二等兵划着十字，默默地祈祷着，身边的人则装作没看见。

最后的时刻即将到来，班长们安慰着自己的部下，并试图以鼓励性话语说服我们，尽管各个连队实力锐减，但我们一定能再次完成不可能完成的任务。炮火延伸后，默默无语的队伍向前而去。

经过激战，梅肯济耶维戈雷被我们拿下。各个连队剩下的人更少了。我们将反坦克炮凑近到梅肯济耶维戈雷火车站，这里为我们提供了一个隐蔽处，就在一堵石墙旁。炮弹在整片地区不停地落下。当晚，我们蜷缩在一辆动弹不得的苏军坦克下过夜。夜里，雪花像一块白色的亚麻布那样覆盖了这片饱受蹂躏的战场，仿佛想把战争的创伤遮掩起来。只有一些丑陋的黑色斑点揭示出炮火刚刚造成的弹坑，冬夜的满月以一片银白色光芒照亮了整片地区。拂晓前，我和沃尔夫从一所被遗弃的住房内征用了一条白床单，我们用它来伪装反坦克炮的护盾。

12月29日的灰色晨曦中，我们住进了一座低矮的石屋。这座房屋很坚固，厚厚的墙壁完全由石块砌成，窗户上的玻璃都已破碎。我们后来得知，这座石屋是梅肯济耶维戈雷火车站站长的住宅。天气很冷，我们用破碎的家具点燃了屋内的壁炉。沃尔夫还在屋里找到一小袋土豆，我们把土豆切成片，放在铁炉台上烘烤。烤土豆的香气充满了这座简陋的房屋，一缕烟雾缓缓地升入寂静、乳白色的空中。

整个早上，敌人不停地以猛烈但却随意的炮火轰击着火车站四周的区域，炮弹造成的黑色弹坑与地面上的白雪形成了鲜明的对比。一发迫击炮弹落在石屋的一角，但没有造成人员伤亡，屋子的损坏也很轻微。

我们躺在地上，舒展开酸痛的躯体，享受着屋内的温暖。土豆炒洋葱这种罕见的热饭菜满足了我们的口腹之欲，我们还将金黄色的克里木烟叶放在铜茶壶腾起的蒸汽上加以软化，然后用它卷烟。我们还将烟丝填入烟斗，并热烈地讨论起让烟叶发出最大程度的芳香最好的方法。一个人说最好是将烟叶浸在无花果汁里，另一个人则坚称，最好的办法是使用玉米酒，但这两样东西我们都没有。为了结束这场荒唐的争论，康拉德建议我们使用马尿，这东西在我们军队里多的是。

随着太阳渐渐升高，炮火越来越猛烈，战争之神对我们阵地的轰击达到了高潮，炮弹的爆炸将泥土喷泉般地抛入空中，寻找着下一个受害者。我们的哨兵隐蔽在低矮的石墙后，一发炮弹落在附近，尘埃和碎片落在他身上。那身已被阳光漂白、破破烂烂的军装又被雨点般落下的土块撕破，但他险险地逃过了一劫。我们发现他趴伏在地上，用胳膊捂着脸，身躯和双腿满是擦伤。我们拖着他返回掩体的途中，每一发炮弹落下，我们便赶紧趴伏在地上。

我站在屋内放哨，透过一扇破碎的窗棂朝外张望。炮弹爆炸产生的灰黑色硝烟悬挂在空中，我注意到我们的防区内又升起一些蘑菇状尘云，随即，炮击停顿下来。100多米外，两座房屋起火燃烧，在清晨新鲜的空气中发出耀眼的光芒。从我这个位置望去，我看见两名德军士兵飞奔着穿过房屋间的街道，端着卡宾枪，小心地绕开了弹坑。两发红色信号弹嘶嘶作响地升入半空——这是发给我们的信号，让我们做好击退敌军进攻的准备。

敌人的炮击再次开始，弹幕向前延伸，大部分炮弹落在我们阵地后方100米处。我们这个保持着警惕的反坦克排冲出掩体，奔向各自的炮位，我听见坦克炮尖锐的轰鸣声中夹杂着步枪和机枪的射击声。

我们赶至自己的反坦克炮旁，阵地就设在与铁路线和公路交叉处相距20步的地方。跪在反坦克炮旁，我转动炮管，瞄向坦克声响传来的方向，并俯身于火炮护盾，以获得一个一览无余的射界。营里的一名传令兵跑了过来，拼命喊叫着："坦克！坦克！"目光掠过隐蔽在护盾后的炮组成员，我看见一辆坦克的黑色炮塔正在房屋间缓缓移动。我将右眼贴上瞄准镜的橡皮环，试图追踪这辆正向我们驶来的坦克，坦克的部分车身被一条街巷所遮掩。带着加速的心跳，我转动炮管瞄向最后看见那辆坦克的地方，并将炮口仰角升至150米射程。我的心就快跳到嗓子眼了，我试图冷静地等待那辆坦克在街道上的一个突起部再次出现。

不出所料，那只钢铁巨兽气势汹汹地出现了，披着厚重装甲的头部正对着我们。我用颤抖的手按下了射击按钮。反坦克炮发出的反冲并不猛烈，这使我能够透过炮瞄观察到37毫米炮弹的飞行路径。我惊恐地看见一缕白色尾迹从空中掠过，炮弹击中了坦克炮塔，却被弹飞了！

"坦克——40米！"我高声喊道，并未将眼睛离开瞄准镜。装弹手康拉德已将一箱装着特种穿甲弹的炮弹箱拆开，这种炮弹专用于对付厚重的装甲。沃尔夫迅速将一发顶部漆成红色的炮弹塞入炮膛，砰的一声关上了炮闩。还没等我按下发射钮，一股冷风和冲击波抽在我的面颊上，一发坦克炮弹从我们上方掠过，差一点命中我们的炮位。炮弹直接击中了我们身后一部被烧毁的车辆，伴随着剧烈的爆炸，车辆残骸的金属部件被抛向四周。

我再次将瞄准镜里的十字线对准坦克的中间部位，随即按下发射钮。反坦克炮发出的轰鸣震得耳朵嗡嗡作响，我们根本没有听见炮弹击中目标所发出的巨响。沃尔夫和康拉德忙着将另一发炮弹塞入炮膛，我却看见一道刺目的闪光，几秒钟后，一缕轻烟从坦克炮塔升起。接着，一团巨大的蘑菇状黑云腾空而起，飘入冰冷、湛蓝的晴空中。坦克内的弹药开始殉爆，伴随着一声剧烈的爆炸，安装在车身上的炮塔被撕开，歪歪斜斜地离开了底盘，长长的炮管笨拙地指向天空。

一串机枪子弹撕开了我们正前方的积雪。尽管耳中仍回荡着爆炸的轰鸣，我们还是听见一个声音高叫着："坦克，右侧！"四名炮组成员紧紧抓住炮架，在结了冰的地面上用力将反坦克炮调整至另一个方向。我看见第二辆坦克在村落的小屋间缓缓转动着车身，驶上直路后才加快了速度。坦克的排气管冒出缕缕烟雾，加速向我们驶来，在80米外碾碎了一道木制栅栏。

这辆重型坦克轰鸣着停了下来，炮塔转向我们。我迅速瞄准着目标。突然，透过瞄准镜中的十字线，我发现自己正盯着坦克炮圆圆的黑色炮口，我疯狂地调整着反坦克炮的风力偏差和射程。就在我将炮瞄归零时，敌坦克炮手已瞄向我们。我有如神助般地比他快了几分之一秒，但这几分之一秒将决定我们今天的生死，决定我们是否会被埋葬于一片被人遗忘的战场上一个没有任何标志的坟墓内。我们的第一发炮弹射穿了厚厚的装甲，我们看见坦克组员们从冒着烟的炮塔内爬了出来。

"正前方，坦克！"我们再次转动反坦克炮，在第一辆坦克燃烧的残骸后面，我们看见了第三辆坦克鬼魅般的轮廓。庞大的钢铁巨兽像滚动的死神那样穿过浓浓的硝烟，笨拙地朝我们驶来，一群苏军士兵跟在坦克后，端着步枪，挺着刺刀，嘴里高呼着："乌拉！"迅速夺取了梅肯济耶维戈雷最外围的一排房屋。伴随着炮声，一发炮弹射穿了这辆坦克厚厚的腹部装甲，它歪歪倒倒地停了下来，炮塔慢慢地转向我们。我们对着它射出第二发穿甲弹，这辆坦克立即爆发出猛烈的火焰。沃尔夫和康拉德迅速装弹，我们朝着敌人射出一发发杀伤弹。一挺机枪加入到我们的防御阵地中，敌人的进攻终于被击退了。

我看见第四辆和第五辆坦克出现在远处，我们朝着它们开了几炮后，坦克炮塔移动着的身影消失在山丘后。在我们的迫击炮组和炮兵连的拦截火力打击下，支援坦克的敌军步兵向后撤去。我们在反坦克炮旁举起双臂，带着难以抑制的得意，爆发出含糊不清的欢呼声。整场战斗持续的时间非常短，但却惊心动魄，我们为自己能从几乎必死无疑的境地中幸免而松了口气。庆祝了几分钟后，我开始思忖炮组人员展示出的出色的协调性。每一个行动、每一个动作、每一道命令都是经过深思熟虑的必然结果。不停的训练和演习，过去几个月里付出的咒骂、抱怨、汗水、鲜血和牺牲在今天救了我们的命。

我们的几个炮兵连也开火了，无数炮弹雨点般地落向四散奔逃的敌军士兵。珀尔和他的炮组拖着他们的反坦克炮穿过铁路路基，赶来增援我们的防区。一辆自行火炮叮当作响地穿过我们的阵地，朝敌军防线驶去，车组人员隐蔽在厚重的装甲板下，目前看来，我们这场防御战结束了。

　　新投入的德军满员部队发起反击，对后撤中的敌人展开追击，前几个月里被击退的进攻将重新发起。这些新锐部队的任务是插入塞瓦斯托波尔防线，夺取626号装甲炮台（这座炮台后来在报告中被称为"斯大林"炮台）。这一攻击随后将突破至海湾，从而将苏军部队切断。但在目前的情况下，我们只有些严重减员的连队，没有足够的预备队可用来执行一场额外的推进。我们师里的几个步兵团辖下的步兵连，在这几个月里遭遇到持续不断的伤亡，过度虚弱的力量已无法继续执行任务。

　　团里的第9连只剩下18个人，代理连长的是一名中士。这些士兵据守着前线，没有获得换防，他们击退了敌人的数次进攻，随后再次向前发起进攻。潮湿、寒冷的白天和冰冻的夜晚，这些气候状况增添了战斗的压力和损失，士气和作战效果都深受其害。破破烂烂的帐篷布遮盖着的战壕里，固体燃料炉或蜡烛为疼痛的关节和酸痛的手提供了仅有的暖意。我们痛苦地意识到，薄薄的军装根本无法对抗俄国的冬季。

　　那些身穿棕色制服的领导人远离战场，但却无所不知，他们对公众发出了支援前线的呼吁，作为回应，为东线将士捐赠衣物的运动轰轰烈烈地展开了。就这样，冬季救济部门提供的毛衣、毛背心、运动服、厚毛毯、羊毛袜和手套于1942年2月首次送到了我们手里。

　　黄昏时，我和沃尔夫悄悄潜入中间地带，来到被我们击毁的第二辆坦克处，被我们击毁的三辆坦克中，这是唯一一辆未烧毁的。年轻的坦克车长的尸体搭在敞开的炮塔盖上。我俩把这具尸体从坦克上拖了下来，我解开他的皮带，摘走了他的手枪、手套和地图盒。我们将火炮瞄准器拆除，在这个过程中，我发现瞄准器的十字线正对着我们的反坦克炮阵地。我们又打开坦克炮的后膛，将炮弹退出，让它滑落到车舱内。我们带着一丝后怕意识到，就是这发炮弹，如果不是我们快了几分之一秒，本来会让我们整个炮组悉数送命。这辆坦克被我们的一发穿甲弹击毁，炮弹在弹药架下方射穿了炮塔，敌炮手当场阵亡。

最后一丝阳光消失在地平线处，前线令人不安的声响加剧了，在夜色的掩护下，我们蹑手蹑脚地返回设在破旧石屋里的住处。返程途中，我们发现通向西南方的铁路路基下有一个涵洞，这个洞大得足以让一名10岁的孩子直立行走。我们看见一群平民挤在洞里，几乎都是妇女和孩子。

这些妇女和孩子都用厚实的羊毛围巾裹着头和脖子，厚厚的衍缝棉衣使他们的身子显得大而敦实。透过惊恐、颤抖的嘴唇，他们恳求道："Vota nada（给我们点水喝）。"我用俄语回答："Vota budid（你们会得到水的）。"

一名中年妇女似乎是这群人中胆子最大的一个，她拎着个水罐跟着我，我把她带到那座石屋后的一口水井处。她用一连串我听不懂的话感谢我，话里带着许多"spesiva"，随后，紧张地朝着涵洞跑去。显然，这些妇女和孩子已在那个狭窄的地方蜷缩了好几天，那里既不能站直身子，也无法躺下。他们只能蜷着双膝紧贴在一起，像人海遗珠那样坐在那个狭小的涵洞里。

不幸的是，在席卷整片地区的猛烈炮击中，对他们来说，那是最安全的地方，我们无法为他们提供更合适的住处。第二天，一架苏军飞机投下的炸弹埋葬了隧道的入口。

第二天早晨，一个孤零零的苏军士兵，手里的步枪上着刺刀，毛皮帽低低地压在额头上，疯狂地从我们的石屋前跑过，长长的大衣在身后飘摆。听着他嘶哑地喊叫着："乌拉！"我们无法确定他是喝醉了还是精神失常。

在20步外，我朝他喊道："Stoi! Ruki verkh（站住，缴枪不杀）！"在不远处，他突然停下了脚步，环顾四周，最终将目光盯住了我们。他没有丢下步枪，也没有举起双手，反而端着上了刺刀的步枪朝我们冲来，同时扣动了扳机。子弹击中了我们身后的墙壁，没有办法，我只得端起卡宾枪，在近距离内将他射倒。

中午时，我们连长在两名参谋军官的陪同下，没有事先通知便来到我们所在的石屋。确认了我们昨天击退敌坦克进攻的成就后，他给每一位炮组成员颁发了铁十字勋章，并用包扎着绷带的手将勋章佩戴在我们的军装上。

圣诞节期间，我们师获得了一个补充营的加强。其中的一名士兵我认识，名叫汉斯，来自我的家乡符腾堡。我们俩在年少时就相识了，不禁为双方到目前为止都还活着而感到高兴。对苏作战初期，汉斯被子弹射穿了脖子，伤势康复后，他接到命令，作为补充兵到我们这里报到。

这些补充兵用了几周时间才赶至前线。第一阶段搭乘没有取暖设施的牛棚车穿越草原，随后便靠步行完成了从彼列科普至克里木这段漫长的跋涉。据汉斯说，所有人都为能回到集体中感到高兴，因为只有待在连队里才让人真正感到放心。

一天早上，苏军的一个连队对我们的防线发起一次试探后，我们遇到一名腹部受伤，倒在铁路路基处的苏军士兵。他用双手捂着伤口，仿佛在祈祷，低声呜咽着要水喝，通过他那难以听懂的祈求，我们听见他用颤抖的声音嘟囔着"基督"。他那张苍白的脸上充满紧张，仰视着铅灰色的天空。他的双眼逐一扫视着我们，寻求着敌人的同情和救助，而他曾被灌输过，别指望令人痛恨的敌人会心慈手软。汉斯离开了一会儿，很快又领着两名苏军俘虏回来，他们用军大衣做成一具临时担架，将这个身负重伤的苏军士兵送往战地急救站救治。

连队里流传着这样一个故事，几天前，师里的牧师扎茨格到前线探望士兵们，不小心穿过了最前沿的阵地，突然间发现自己被苏军士兵所包围。幸运的是，其中的一名苏军士兵能说点磕磕巴巴的德语，扎茨格说服10个俄国人投降，带着他们回到连部。

在这片与世隔绝的战场上，我们对全球的政治和军事态势几乎一无所知。家乡的消息也很少，眼前这片战场遮蔽了除此之外的一切。为了给我们提供急需的作战物资，过度延伸的补给线已被拉伸至极限，私人信件只能归入次要范畴。

获知美国对德国宣战的消息时，我们听得专注而又抑郁。许多士兵，无论其军衔和受教育程度，现在都认为，只有靠最大的能力和运气才能让我们获得全面胜利。不过，尽管知道与我们为敌的是世界上最强大的工业力量，但我们当时都没有意识到，最终降临到我们头上的失败会多么严重。

我想起父亲曾说过，美国投入第一次世界大战后，德国遭受到彻底失败。我们对此做了对比，并在朋友圈里讨论了这些令我们将信将疑的情况。就连那些栖息在冰冻地面上挖出的掩体内、抗击着日渐强大的敌人的步兵，也开始认为德国没有希望赢得一场对抗整个世界的战争。

尽管如此，我们还是将唯一的希望和生还机会寄托于指挥克里木军队的冯·曼施泰因大将已被证明过的能力上。最重要的是，他与许多最具才华的指挥官一样，拒绝向柏林独裁者提出的不可能实现的要求和荒谬的政治学说低头。随着战争的继续，曼施泰因最终被解除了职务，率领我们的高级军官被换成并不具备军事才能的党的追随者。尽管这些军官获得了将军的军衔，但这只会被视作是一种政治任命，而不是通过战场上的功绩获得的。

12月31日下午晚些时候，我们从一名传令兵那里获悉，前线将后撤，已被我军攻占的某些地区将被放弃。夜里，我们拖着反坦克炮越过铁路路基，踏上了通往东北方卡梅什雷的道路。几个小时后，我们到达了新构建的防线，黎明前，我们进入了巴赫奇萨赖附近的连队集结区。

起初，我们不理解为何要放弃这么一大片地区，为了夺取它们，我们付出了惨重的代价，牺牲了那么多战友。两个突击师，在圣诞节那几天里，已深深插入到苏军控制的地带。从最前沿阵地，我们已经能听见苏联舰艇夜间在谢韦尔纳亚湾发出的雾角声，而那条海湾就是俄国人的生命线。这些深深的突破已将我军的侧翼危险地暴露给敌人，苏军正不断地从海上获得增援。因此，我们的防线必须做出调整，以消除与主力部队隔断的可能性。

1942年1月，费奥多西亚前方。师里的作战日志解释道，由于"克里木发生了不同寻常的事件"，有必要对进攻塞瓦斯托波尔的计划做出修改。我们后来才获知，身处克里木的德军部队发现自己正处于危险的境地。12月25日，苏军在刻赤附近成功登陆，这里只有一个德军步兵师据守。苏联游击队已从上级那里接到命令，切断沿彼列科普附近的走廊进入克里木的德军补给线，12月29日和1月初，苏军在叶夫帕托里亚和费奥多西亚港登陆。占据着刻赤的德军师坚守自己的阵地，成功击退了苏军的突破。叶夫帕托里亚被实施包抄的德军侦察部队重新夺回，苏联游击队也被赶了回去。

位于刻赤的德军第46步兵师，所能获得的增援仅仅是罗马尼亚骑兵师的一部、一支补给单位以及一个实力严重受损的工兵营，因此，该师向西且战且退，以免遭到包围。对克里木半岛上的德军部队来说，形势变得危急起来。1942年1月初的几天里，我们师穿过辛菲罗波尔，这座克里木的主要城市的北面便是卡拉苏巴扎尔。由于一场化冻使所有的道路变成了深不见底的泥沼，人员和马匹只有付出非凡的努力才能取得些进展。经常能看见机动车辆由马匹拖曳的场面。这些可靠的牲畜往往能在泥泞中获得缓慢但却从容的进展，而机动车辆却无能为力地陷入其中。随着部队进一步向东后撤，炮兵和大多数后勤单位只能依靠旧卡拉苏巴扎尔公路的坚实路面才能获得些进展。

对塞瓦斯托波尔的进攻令我们师付出了惨重的伤亡，师长辛策尼希中将认为有必要将每个团里的一个营解散，把人员补充到其他营里，以此来恢复部队的作战实力。1942年1月5日，辛策尼希将军离开了我们师，接替他的是林德曼上校，一名勇敢而又能干的军官。

进攻行动被定在1月15日，第132步兵师的任务是跨过132.3高地，向黑海和费奥多西亚湾推进。在我们左侧的是获得加强的第213步兵团，右侧区域则交给第170步兵师。

拂晓前，我们获得了132.13高地西南方苏军防御情况的报告。在两个机枪阵地的掩护下，我们拖着炮盾向前的反坦克炮，穿过冰冻、灰色的中间地带。我们登上一道缓坡，从那里可以看见费奥多西亚湾。我们第一次看见了黑海，看上去就像地平线上一条深灰色的线。我们用反坦克炮向一群苏军汽车和装甲车开炮射击，这些车辆很不明智地停在1500米开外的露天草原上。

俄国人的坦克和重型迫击炮发起还击，炮弹在我们身后的坡顶上炸开。在这场交火中，我们连里操纵另一门反坦克炮的炮手被敌人的炮弹炸死。

我仔细调整着测距仪，并将我们的反坦克炮瞄准了远处的一个目标。我们再次发现自己正面对着战场上的生死时刻。如果敌人的坦克已瞄准我们的阵地，比我们速度更快、技术更熟练的话，那我们只能将自己的坟墓设在这片山坡上了。

我将一只灼热的眼睛贴在瞄准器的橡皮环上，按下了发射钮。我屏住呼吸，紧盯着炮弹的飞行轨迹，它朝远处小小的黑色目标飞去，消失在我的视线外。苏军车组人员从坦克里跳了出来，这说明我们的炮弹击中了目标，敌人的这辆坦克已动弹不得。

我们师里的一个105毫米火炮连也开火了，没过几分钟，俄国人占据的那片地区便被笼罩在尘土和硝烟构成的浓云中。我们继续用杀伤弹对着那片浓云展开速射。苏军的这个阵地似乎是个桥头堡，他们大概要从这里对我们的新防线发起一场反击，但这个桥头堡现在已消失在冰雹般的弹雨中。

具有保护性的黑夜降临了，笼罩了敌人和我们，这场炮战也告一段落。夜里，我们的一个侦察排带回了几名俘虏，据他们交代，苏军将于第二天发起进攻。

一股寒风呼啸着从东北方吹来。我们在反坦克炮旁边的战壕中紧贴在一起，在这片黑暗的山坡上被冻得瑟瑟发抖，暗自祈祷今晚不要遭到雨雪的侵袭。身上裹着所有的衣物，披着帐篷布，我们就这样在费奥多西亚前方冰冻的草原上过了一夜。

黎明的到来并未使情况有所缓解，阳光稀稀落落地穿过灰色的阴云，毫无暖意可言。中午时，为了给步兵部队提供掩护，我们带着反坦克炮向费奥多西亚推进。在我们前方是一片开阔的射界，步兵们跨过草原上干燥的土地，不停地朝大海方向而去，从远处望去，就像一群小小的、移动着的黑点，最终消失在地平线处。

进攻发起的最初几个小时里，港口已遭到斯图卡的轰炸，我们能看见萨雷戈尔附近燃烧着的房屋、仓库、油罐和大片工厂。费奥多西亚港上方，一团巨大的黑色烟云悬挂在明净的冬季天空中。从前沿阵地到我们后方，步枪射击声突然爆发开来。我们身后大约100米处，停在一片洼地里的一辆反坦克炮支援车加大马力冲了出来，断断续续的步枪和冲锋枪子弹在身后紧追不放。

我们将炮口转向身后，但并未发现敌人的踪迹。来到我们阵地后，司机费尔气喘吁吁地从驾驶室里爬了出来，大声嚷嚷着："俄国人就在我们身后，集结区已经被他们占领了。"他随即汇报说，他听到了团部发出的警报。他不知道另一名司机的情况怎样，只看见后者跳进汽车时已被俄国人发现，那名司机的汽车可能已因中弹而无法行驶。我们后来找到了那辆汽车，发现司机趴在方向盘上，已因头部中弹而阵亡。

发起进攻的苏军士兵从洼地里涌出。至少有100多人高呼着"乌拉"朝我们冲来,我们的阵地上只有一个七人反坦克炮组和一个机枪阵地。步枪子弹击中了汽车车身,在反坦克炮的护盾上迸飞。汉斯接手指挥机枪阵地,他端着机枪跨过弹药拖车,以站姿打出一个长长的连发。反坦克炮射出的第一发杀伤弹击中了进攻队列最前方一个身材高大的俄国人,他的身体被炸为数段,洒落在地上。各种武器的咆哮声中,"乌拉"声渐渐黯淡下去,棕褐色的尸体在我们阵地前堆积如山,部分被冬日的枯草所遮蔽。尽管我们拼死抵抗,但苏军士兵就像一群蝗虫,在冲锋枪和步枪火力的掩护下,继续向前缓慢逼近,坚决不肯后撤。

反坦克炮瞄准镜的光学放大作用使那些俄国人看上去大而可怕,冲锋枪枪口的闪烁充斥着整个画面。我开始瞄准独个的苏军士兵。离我们最近的那些俄国人一动不动地倒在地上,但更多的身影开始从洼地里出现。

突然,我们的机枪卡壳了。穿过雨点般的步枪火力,我们的弹药搬运员将更多的炮弹箱从弹药车那里搬来,尽管天气寒冷,但我们的装弹手浑身是汗,继续将一发发炮弹塞入滚烫的炮膛。

我身边的一名军士趴在炮架旁,用手里的冲锋枪不停地射出一个个短点射,他突然向后翻滚,发出痛苦的惨叫。我们没时间救助伤员,只有不停地开火、开火,以挽救我们的生命。清理了卡滞的供弹仓后,汉斯的机枪再次吼叫起来。反坦克炮后堆积如山的空弹壳仍在继续增加。有人喊道:"最后一箱杀伤弹了!"高爆弹很快被消耗一空,我们继续用穿甲弹对着单独的身影开炮射击。一些苏军士兵试图实施侧翼包抄,我们的弹药搬运员们跪在炮架右侧,用他们的卡宾枪朝侧翼开火。扔出的手榴弹在我们前方20米外炸开,俄国人拼尽全力继续进攻,以阻止费奥多西亚这座港口落入我们手中。尽管他们都很英勇,但这种牺牲纯属徒劳。

幸存的敌人爬回洼地隐蔽起来,枪声渐渐平息下来。这些俄国人后来被执行扫荡任务的步兵单位俘虏,他们抬着伤员,列队从我们的阵地旁走过，朝后方而去。

那名负伤的军士仍躺在反坦克炮的护盾后，膝盖下方被一颗子弹击中，我们割开他的靴子，把他的腿包扎起来。子弹的出口清晰可见，一团血淋淋的肉从他的脚底突了出来。我们把他抬上唯一一辆完好的汽车，费尔开车把他送往后方。我们后来获知，经过粗略的治疗，他又被送往一所中央医疗机构，那里的军医认为有必要将他的小腿截肢。

接下来的12小时里，我们继续清理着周边地区，并抓获了更多的俘虏，他们中的许多人都是伤员，随即被我们送往团部。

我们的各个步兵连继续向前，到达了黑海沿岸。冲在最前面的是第436步兵团第1营，掩护其侧翼的是第437步兵团。萨雷戈尔镇位于费奥多西亚北郊，傍晚前已牢牢掌握在我们手中，从北面和南面而来的所有通道都已获得确保。这个行动决定了费奥多西亚这座尚未被占领的城市的命运。冯·曼施泰因将军在他的官方报告中承认，第132步兵师推进至海边的行动深具决定性。

1月18日，仍控制着阿萨姆湾的苏军残部突破了德军防线，他们破坏通信电缆，在我们后方实施骚扰，以此来干扰我们的进攻部队。但这些俄国人在我方密集炮火的打击下遭受了惨重的伤亡，数天后被打散，作为一支作战部队最终被歼灭。围绕着萨雷戈尔镇展开的激战使敌人的两栖部队伤亡惨重，街道和海边，死者堆积如山。1月17日夜间，三辆苏军坦克试图突破德军包围圈，结果被我们的工兵埋设在萨雷戈尔镇南郊的反坦克地雷炸毁。全师转向东北方，1月19日和20日，我们到达了达利尼-卡缅斯基东面和东北面的防线，这道防线被命令坚守到刻赤攻势发起为止。

1月19日，第438步兵团推进至达利尼-卡缅斯基沿海公路和周边高地的西面。这一机动针对的是敌人较为虚弱的抵抗。当天早上，师部迁至布利什拜布加。尽管大雪纷飞、阴云密布，但这些行动一直遭到敌军战机的骚扰。

德军的斯图卡和大炮使费奥多西亚和周边地带被严重破坏。一些损坏的运输船停在港口内，大批军用物资被撤离的苏军丢弃。

1月20日，敌人的飞机加强了活动。我们在夜里收到军部下达的命令，沿达利尼–卡缅斯基防线构设防御阵地。1月21日，师部向费奥多西亚前移。气温陡降至零下30多度。德国国防军在1月19日的公报中提及费奥多西亚战役时指出："步兵上将冯·曼施泰因指挥的德国和罗马尼亚军队，在航空兵上将冯·格莱姆指挥的空军单位的配合下，击退了苏军，占领了费奥多西亚。抓获4600名俘虏，缴获73辆装甲车、77门大炮以及大批军用物资。"

费奥多西亚战役的胜利结束消除了克里木德军部队面临的危险。狭窄的刻赤半岛上，德国第30军据守着防御阵地，第132步兵师位于最前方，在我们左侧，辖第42步兵师和罗马尼亚第18步兵师的第42军充当预备队①。俄国人试图突出费奥多西亚地区，向德尚科伊—彼列科普前进，以绕过第11集团军的主力，但这个行动没能获得成功。孤立的苏军部队不断发起突围的尝试，这使上级下达了命令，对后方区域实施扫荡，消灭敌人的一切抵抗。

---

① 第42军下辖德军第46步兵师和罗马尼亚第19步兵师。

第四章

克里木

我们迅速制订了进攻计划。

海因茨和沃尔夫匆匆朝着最靠近的一头牛爬去……

我们接到在萨雷戈尔—费奥多西亚宿营的命令。自对苏战争发起以来，士兵们的承受力已被拉伸至极限，特别是在塞瓦斯托波尔和费奥多西亚地区一系列密集的战斗期间。各个步兵连以及工兵、反坦克兵、侦察营、炮兵前哨观测员以及补给单位已多次证明他们都是些出色的战士，能适应特定环境并做出相应的反应，只要他们获得过充分的训练并得到正确的领导，根本不会在乎敌人的实力。

我所在的反坦克炮组从前线被换了下来。我们驻扎在萨雷戈尔连后勤区附近，担任团预备队。夺取这个镇子后，我们住进了一座坚固的石屋，这座房屋有两个房间，靠近铁路线，与我们过去曾住过的石屋非常相似。住在这所房子里的是马穆什卡，一个年约50岁胖胖的乌克兰妇女，长着张开朗的圆脸，她的女儿年约30岁，名叫马鲁茜娅，另外还有男主人潘。潘出生于克里木，身材瘦小的他留着一副浓密的、代表着家长威严的胡须，戴着一顶羊羔毛皮帽，即便在暖和的时候也没见他摘下过这顶帽子。他的年龄难以判断，这个瘦小、看上去饱经风霜的男人，40岁—60岁之间的任何年龄都有可能。战火尚未烧至他们的家园前，他曾是费奥多西亚铁路系统的一名站长。

我们很快便跟三名房东混熟了，他们住在前屋。靠着石屋的右墙是一座用石块和铁板建成的暖炉，房间后部放着张又大又宽的木板床，可供他们三人安睡。第二个房间里放着两张漂亮的铁床，一个深棕色的核桃木衣橱，床头柜上放着一盆精心料理的盆栽。我毫不客气地占据了一张铁床，床上铺着真正的床垫，其他战友则舒舒服服地在地上摊开了被褥。屋内温暖而又舒适，就连苏联海军大口径舰炮在夜间发出的轰鸣也没对我们造成太大的干扰。

我们住在这里，只跟马穆什卡发生过一次误会。当时，我们在墙壁和大衣橱前面钉上一排钉子，用于悬挂我们的饭盒、子弹带以及其他军用物品，马穆什卡不安地来回走动，摇晃着裹着头巾的头，不停地说道："Nix karascho, nyeto kultura！（不好，太没文化了！）"我们赶紧把所有的钉子都拔了下来，她这才恢复了冷静。这些供我们使用的家具，款式都很陈旧，可以追溯到沙皇时期。我们在这里也没见到过新式家具。这座房屋架设了电线，但没有电力可用，所以只能依靠俄罗斯传统农屋里常见的那种油灯，它提供了朦胧但却温暖的光亮。

军队配发的口粮稀少而又单调，供应给我们的面包被再次减少了数量。我们的口粮现在主要是罐头食物，但通过在村子里的缴获，我们的食物获得了某种特殊的补充。苏军的一辆卡车被我方突击炮的炮弹部分摧毁，在车上翻寻时，我们发现了几袋干面包和长长的熏香肠，它的味道类似于我们所熟悉的克拉科夫香肠。

除了寻找食物，我们还在港口附近一座废弃的小屋里发现了一些硕大的纸板箱，里面装满了肥皂。仔细搜查后，我们惊讶地发现，在这些肥皂箱下面还隐藏着大袋的玉米面和糖。有了这些东西，来自卡尔斯鲁厄的面包师海因茨做了一顿美味的甜玉米面，我们就着切片俄罗斯香肠狼吞虎咽地饱餐了一顿。大快朵颐之际，我们还将这些战利品分给马穆什卡、马鲁茜娅和潘，因为他们几乎没什么可吃的东西。

我们这个炮组的日子过得如何如何滋润的消息迅速传遍了全连，结果，赶来的访客络绎不绝。汉斯也跑来看望我，我俩坐在一起谈论着家乡符腾堡，她现在在我们身后3000公里处。

我们把食物和糖放在一些空弹药箱里，这些宝贝堂而皇之地置身于大堆炮弹箱里。因为我们似乎总能搞到些额外的食物，连队授予我们一个荣誉称号："兵痞炮组"。

搜寻码头的仓储设施时，我们找到两个巨大的储液罐。满怀着为我们的车辆找到大批燃料的希望，我们仔细检查着这两个容器。在罐子里，我们发现了三个冻得瑟瑟发抖的苏军士兵，他们站在齐肩深的燃油里待了数天。这些士兵曾被告知，一旦被俘就会被德国人枪毙，于是，他们选择了在严寒中被冻死，或是面对在可怕的环境下被淹死的前景，而不是投降。我们把这几个俘虏交到港口指挥部，他们在那里得到了一些衣物，我们随即离开，留下他们去面对自己未知的命运。

某天下午，正在搜寻一座被我们认为是废弃工厂的时候，我走入一条长长的过道，慢慢地向前走去。突然，一颗手榴弹从暗处抛了出来，引信嘶嘶作响，火花四溅，手榴弹滚至我的脚下。我本能地飞起一脚，将它踢回到漆黑的屋内，同时抓住了走到我身后的海因茨，他还不知道发生了什么事。我拉着他一头钻入相邻的一个房间，手榴弹爆炸了，尘埃和碎片四散飞溅。我们的耳朵被爆炸声震得嗡嗡作响，我俩挣扎着站起身子，手里的冲锋枪做好了准备，五名苏军士兵高举着双手，踉踉跄跄地朝我们走来。那颗手榴弹沿着过道滚了回去，几乎就在他们的脚下炸开，这些苏军士兵被震得头晕目眩，但并未受伤，他们没有作进一步的抵抗便投降了。

清理战利品和被占领地区具有一定程度的危险性。令我深感满意的是，尽管我要为炮组人员的安全负责，但我可以信赖他们的判断力和体能。这种对彼此能力的信心在前线磨练的几个月里成长起来，并成熟到只有死亡或负伤才能将我们从这种最高级别的信赖中拆散的程度。

随着1月15日—18日费奥多西亚冬季战役的到来，狭窄的刻赤半岛战线已沦为一场静坐战。我们师据守着从黑海上的"破冰者"到帕尔帕奇防线中部（50.6高地）的防区，对面的苏军占据着精心构设的阵地。深深的沟壑、雷区和防坦克障碍构成了他们宽广的防御网。

从2月底至5月初，苏军所有的突破尝试都被我们师击退，并遭受到惨重的伤亡，特别是他们从50.6高地对左翼发起的攻击。尽管敌人投入了坦克和数量远胜于我们的步兵师，但我们一直牢牢地守着阵地。敌人在位于我们左侧、由第46步兵师据守的防线以及一个罗马尼亚旅守卫的阵地上达成地域性突破，但这些突破口很快得到了封闭。

整个东线战场，俄国人试图夺回去年夏季沦丧的国土，并从德国军队手中赢得主动权。苏联海军继续控制着黑海，他们对这个巨大的优势充分加以利用，我们的部队和阵地经常遭到苏联舰队舰炮火力的轰击，这些军舰在黑海上来去自由。

解放克里木仍是苏军的首要目标，控制了这座半岛，苏联空军便能对南部战线德军虚弱的侧翼发起打击，同时将罗马尼亚的油田纳入轰炸范围内。苏军部队在克里木的损失，将对确定土耳其在这场战争中的角色起到决定性作用。我们后来获知，俄国人乐观地将他们的进攻命名为"斯大林攻势"，毫无疑问，他们会竭尽全力夺回克里木半岛。

通过空中侦察发现，敌人正在刻赤半岛上稳步集结力量。刻赤海峡已被冻结了数个星期，这条交通线一路通往高加索地区。对俄国人来说，这是个意想不到的优势，他们可以踏过冰面，从内陆将兵力和补给物资源源不断地运入。

对德军和苏军步兵来说，一场难以忍受、代价高昂的坑堑战已经开始，士兵们彻夜不停地挖掘着战壕和工事。木头和木板的短缺使得掩体的构设极为困难，这些材料必须从后方地区和亚伊拉山千里迢迢地运来。

师属作战工兵单位布设了雷区，构建了广阔的铁丝网。德军士兵付出了不懈的努力，敌人突破我军阵地的企图未能获得成功。

去年，我们进行塞瓦斯托波尔战役期间，第46步兵师已夺取了刻赤半岛及其港口。那段时间里，第46步兵师隶属冯·施彭内克将军指挥，1941年12月底，遭到强敌侧翼包抄时，施彭内克没有执行上级的指示，下令从刻赤半岛后撤。这个举动直接违反了希特勒不得后撤的政策，随后，上级下达命令，对施彭内克的自行其是展开调查。针对施彭内克的擅自行动，"南方"集团军群司令下达了一道指令，明确禁止第46步兵师的将士获得任何勋章和提升。这道命令的打击面太广，我们所有人都认为不妥，显然这是希特勒直接下达命令的结果，以强调所有士兵必须无条件坚守阵地，禁止部队从任何已夺取的土地上后撤。

施彭内克将军的案件向我们展示了一名军事指挥官有可能被卷入的原则冲突。在这种情况下，一名经验丰富的将领会采取主动，以便将自己的部队从危险的状况中解救出来，而不是遵从一个未将某些特殊情况考虑在内的笼统命令。施彭内克知道，不执行上级的命令，所冒的风险不仅仅是自己的职业生涯，还包括他的性命。根据陆军总司令部的命令，施彭内克被撤职。随后在帝国元帅赫尔曼·戈林主持的军事法庭上，经过简短的审议，这位英勇而又能干的指挥官被判处死刑。尽管这个判决后来被改为终身监禁，但施彭内克将军遭受了与许多人相同的命运，就此消失在国家社会主义严厉的司法体系中。他最终的命运不得而知，最有可能的是1944年7月20日刺杀希特勒的行动失败后，他在随后展开的大清洗中被处决。

"南方"集团军群司令冯·博克元帅后来给第46步兵师下达了这样一道日训令："鉴于自1月初以来在地峡防御战中的出色表现，我谨向第46步兵师表达特别的赞扬，并期待该师递交授勋和提升的推荐信。"

我们继续忍受着东线这场无情战争的恐怖，毫发无损、安然逃脱的机会变得越来越渺茫。落入俄国人手中的德军士兵通常死于漫长而又痛苦的囚禁，这种遭遇在德军士兵中广为传播，加强了我们不祥的感觉。苏军的残暴，只会使德军士兵产生一种战斗到最后一颗子弹、最后一口气的想法。作为人类，我们往往能展示出极大的勇气，但对于自杀，我们没有这种天赋。东线战争已发展到我们投降就等于自杀的程度。

2月底，我们炮组将反坦克炮布设在一座掩体内，这片地区因其地形特点而被称为"海龟"。我们搬进一所摇摇欲坠的羊棚，以抵御霜冻和寒风，并设法在潮湿的土墙间让自己住得更加舒适些。塌陷的屋顶已沦为无数弹片的受害者，我们以一个近乎圆形的射界构设起防御阵地。站在高地上，我们能看见位于右侧的黑海。达利尼-卡缅斯基镇内一座壮观的厂房伫立在显眼处。在我们右侧，与大海相接的峭壁上，1500米外的"破冰者"阵地清晰可见。除了达利尼-卡缅斯基镇、"海龟"和"破冰者"，还有各种步兵阵地，例如构设在一座粮仓附近的"蚱蜢"。在我们左侧，我们能看见防线越过一片冰冻的沼泽，延伸至66.3高地。天气晴朗时，我们至少能看见三分之一的帕尔帕奇防线。

我们在距离住处50米外加强了我们的炮位，构设起一道弧形泥土墙，以提供360度的保护，免遭炮弹弹片的侵袭。我们在遍布石块的地面上挖出一条相对安全的通道，从我们的住处一直通到炮位。我们试图在现有条件下将阵地构设得尽可能安全些、舒适些，我们渴望能有一座小木屋，就像我们以前居住过的那种。

2月22日，我赶去看望汉斯。他的炮位设在科罗科尔山上，伫立在黑海岸边，执行着海岸防御任务。

两天后，他阵亡了。法尔克中士率领的反坦克排驻扎在前线后方三四公里处，在达利尼-卡缅斯基镇附近一座显眼的白色房屋旁实施海岸防御。他们接到命令，将全排士兵召集到一片寂静的海边接受作战指示。2月24日早晨，雾色使能见度严重受阻，从远处望去，根本无从分辨敌我。法尔克排里的20多名士兵集合在那座白色房屋旁，准备接受排长的指令，就在这时，一发炮弹落在他们脚下。

排里的5名士兵，包括汉斯在内，当场身亡，另外5人身负重伤，没过几个小时也伤重不治。还有12人负了伤，但伤势并不致命。这起事件发生后，上级下达了命令，训练任务只能在单独、小股的部队中展开。

此后不久又发生了另一起事件，聚集在达利尼-卡缅斯基镇工厂附近一座水塔旁的几名前进观测员被炸身亡。为了能俯瞰敌人的前沿阵地，来自炮兵单位、步兵连和几个迫击炮排的前进观测员置身于一个毫无保护的位置。一发炮弹直接命中这个观察点，所有观测员非死即伤。这起事件发生后，又下达了一道命令，禁止观测员们以这种方式聚在一起。

"猎鸨"行动紧锣密鼓地准备着，这个行动的目的是将苏军逐出克里木。在费奥多西亚的防坦克壕中，各个营进行着积极的准备工作，打算对敌人设在帕尔帕奇防线的工事发起攻击。为了炸开敌人的铁丝网，我们准备了特殊的炸药，另外还建造了用于冲过敌军坑堑的突击梯。

2月26日清晨6点30分，敌人用大炮和迫击炮朝我们的整个防线投下了猛烈的炮火。8点30分，炮击突然停止，苏军步兵在坦克的支援下向我们阵地冲来。俄国人的9辆坦克试图在"电报山"附近达成突破，其中的1辆被我们师的炮兵团第4连所摧毁。另外3辆被第5连的防御火力击伤，丧失了作战能力。剩下的坦克向后退去。发起进攻的9辆坦克，7辆被摧毁或被击伤，丢弃在战场上。上午10点前，敌人在整个地区的进攻均被击退，他们遭受到惨重的损失后撤了回去。

整个晚上一直在下雨，并持续到白天，这已成为一个巨大的有利条件，这段时间里，我们一直处在防御态势。地面被雨水浸透后变得稀烂不堪，这使得敌人在开阔地上的推进缓慢而又艰难。下午1点，敌人再次对"电报山"发起攻击，我们通过协调炮火，又一次击退了这场进攻。

2月27日早晨，沿着帕尔帕奇防线，敌人投入各种口径的火炮，对我们师的防线发起猛轰。遭受到轰炸机和战斗机中队的攻击后，一些阵地被敌人夺取。俄国人对德军防线持续的炮击还获得了炮艇和驱逐舰舰炮火力的加强，炮弹落在我们的炮位，落在工厂，落在达利尼-卡缅斯基镇内及周边的师属炮兵阵地内。

苏军试图以压倒性兵力优势突破我们的防御。德军脆弱的防线面对着敌人7个步兵师和数个坦克旅的攻击。除了这些直接对我们发起进攻的部队外，苏军统帅部还掌握着6—7个步兵师、1个骑兵师和2个装甲旅，一旦达成突破，这些预备队就将被投入。

1942年3月3日，天空晴朗。我们看见强大的敌军正沿着谢伊特申特公路前进，卡车、马拉大车和行进中的步兵连队挤满了狭窄的道路。夜里，敌人的军舰集中起猛烈的炮火对科罗科尔展开轰击，清晨时，他们又用中口径火炮朝这个阵地投下200余发炮弹。弹幕同样席卷着沿海公路以及具有战略意义的铁路阵地。短暂的停顿后，中午12点至下午2点间，从"莫斯科"方向射来的猛烈炮火落在第5和第6连的阵地上。第6连的阵地上，火炮严重受损，数名炮组成员阵亡，该连已丧失战斗力。夜里，我们的每个炮兵连都对防坦克壕附近的岔路口发射了25发炮弹。清晨时，敌军的集结也遭到我方的炮火打击。强大的苏联空军对我们左侧的阵地发起猛烈空袭，而德国空军提供的支援微乎其微。这场炮战导致我们连2人阵亡、7人受伤。

我们师的防区很快分化为一系列阵地争夺战，最为激烈的战斗发生在50.6和66.3高地附近，另外还包括"海龟"和"破冰者"，这些阵地每天都要击退敌人的十几次进攻。2月27日至3月3日间，大批苏军坦克被摧毁，随后，敌人在这一地区再次发起大规模进攻，从3月13日一直持续到3月20日。"破冰者"、"海龟"和左侧的外围阵地遭到局部突破，但德军迅速发起反击，封闭了这些缺口。

我们后来获知，俄国人在一个罗马尼亚师据守的防区内突破了帕尔帕奇防线，位于罗马尼亚人侧翼的德国部队实力过于虚弱，无法堵上突破口。随着态势的发展，德军必须将一个新的装甲师投入到防线上。这个特殊的师早已在法国获得组建和装备，在很大程度上配备的是从法国缴获的坦克。这个师原本计划用于春季攻势，但现在他们却不得不穿过深深的泥泞去对付苏军①。

---

① 这个师是新组建的第22装甲师。

这些士兵精神抖擞地穿着新近配发的冬季军装，车队轰鸣着穿过我们的阵地，赶去迎战远处的敌军。这些士兵攀在钢铁战车高耸的炮塔上从我们身旁经过时，我们无法克服一种感觉：他们瞥向我们的目光中充满了轻蔑。我们蹲伏在战壕中，羡慕地看着这些装备一新的士兵，这段时间在泥泞中的摸爬滚打，我们的军装和装备早已破旧不堪，几个月的穿着使用，再加上暴露于各种恶劣的环境下，身上的军装早已褪色。

这些装甲新兵勇敢地向前冲去，发起了他们的进攻。清新的空气中充斥着履带的声响和发动机的轰鸣，这支装甲部队轻率地朝着敌人的阵地扑去，但他们很快陷入敌军阵地前方深深的泥泞中，彻底暴露在反坦克炮火下。

该师拥有的40辆坦克悉数损失，经历了这场灾难后，他们立即被调离前线，送至后方地区接受进一步训练。他们必须学习，就像我们在过去几个月里所进行的学习，光靠新军装和昂扬的斗志并不能让他们在东线战场上得以生还。

按照平素里无情的传统，步兵单位很快将这个师称作"科隆香水师"，意思是他们"来自西线，会迅速挥发"。一道不得使用贬义词的正式命令迅速下达，没多久，这个词便在前线士兵的嘴里消失了。不过，毫不令人惊讶的是，这个词有时候也能听到，它被用于形容那些待在后方、远离苏军炮火的士兵。

3月23日，敌人以营级规模的兵力对"破冰者"发起一整天的进攻。第437步兵团已获得数辆突击炮的支援，但敌人的大口径火炮和迫击炮火笼罩着"破冰者"和附近的工厂，致使德军士兵只能蜷缩在战壕和掩体内。夜间，我们连轰击了敌人在"破冰者"前方的集结地。

德国守军的弹药耗尽后，苏军成功夺取了"破冰者"。由于我们的炮兵连以猛烈的火力实施拦阻，敌人没能利用这一突破取得更大的进展。苏军遭受到惨重的伤亡，未能到达工厂东面的防坦克壕。

在炮兵连和自行火炮炮火的支援下，我们的步兵单位在夜晚降临前成功夺回了"破冰者"。几个炮兵连发射了1600发炮弹，阻止住敌人的进一步推进，尽管苏军仍有能力调集援兵。地面上的激战进行得如火如荼，但来自空中的打击几乎可以忽略不计，我们的地面火力只击落了敌人的1架轰炸机和1架"老鼠"。

4月9日4点40分，敌人在密集炮火的支援下发起突袭，冰雹般的炮弹倾泻在我们的阵地上。早上7点，敌人的炮火稍稍缓减，但位于我们左侧的防区依然承受着敌人进攻的沉重压力。苏军还投入了坦克，直到中午前，这场进攻的势头才渐渐减弱。敌人的大炮和密集的队伍都处在我方炮兵连的火力打击下，尽管饱受重压，敌人还是再次对被我们称作"西格弗里德"的据点发起进攻。经过数次尝试，这场进攻被我们的炮火和步兵火力驱散。

炮兵第5连猛轰着沼泽最北端的一个坦克集结区。敌人的空军频频发起空袭，主要由"老鼠"那样的老式双翼飞机执行。这些飞机用轻型炸弹和机枪对地面上的一切目标展开攻击。上午11点30分，我们的斯图卡对66.3高地发起打击，下午3点，他们击中了敌人的坦克集结地。我们的空中力量再次掌控了这片地区的制空权。

最后，敌人利用4月9日至11日这几天时间，绝望地试图突破帕尔帕奇阵地，重新夺回克里木，以此作为"斯大林攻势"的结束。他们投入6个步兵师和近200辆坦克，试图以压倒性兵力攻克帕尔帕奇走廊。但面对沉重的损失，敌人被迫停止了这一攻势，俄国人又一次在我们的防线前耗尽了一切可用的资源。

我们师在帕尔帕奇防线这场成功的防御战中发挥了重要作用，最终获得了换防休整的机会，我们期盼着能喘口气，远离持续不断的炮火和步兵密集攻击的威胁。尽管目前没有将全师调离前线的可能性，但每个团还是换下一个营，到后方地区进行休整。可就算是那些获得这一休整的幸运者，离开前线的日子也没能持续太久，很快就会重返战场。

我们得到消息说，即将被换下防线去休息。我们跟随在火炮拖车的履带后，艰难地穿过泥沼，赶往位于布利什-卡缅斯基的休整地。遥远的炮声在我们身后越来越模糊，这些日子以来，这还是第一次。

在布利什-卡缅斯基，我们炮组里的一名成员未经许可便从另一个单位居住的宿舍中"征用"了一只鹅。这只倒霉的家禽立马被拔了毛烹制，饥肠辘辘的炮组成员们迅速把它吞噬一空。吃完饭没多久，惩戒单位的军士长出现在我们的宿舍里，他的衣袖上带有军衔袖标，表明了他在其连队里的资历，衣扣处还整齐地佩戴着战功十字勋章绶带。另外，他还带着一名下属，以便为整个事件作证。被吃得干干净净的鹅骨头就放在旁边的一个弹药箱上，他们在调查取证的过程中并未忽视这一点。

作为炮长，我被要求说出自己的姓名和所属单位，这位不太高兴的军士长认真地把这些信息记录在小本子上，每个高级军士的左胸袋里都有个这样的小本子。我们没有理会他威胁性的举动，也不在乎纪律处分，他的话没引起我们太大的反应。在前线待了那么久，似乎没什么东西能比我们最近经历过的事情更加糟糕，而且我们完全知道，我们的命运只有在东线作战时才会遭受到更严厉的惩罚。

我们的团部也设在布利什-卡缅斯基。几天后，我接到了到团部报到的命令。我想让自己的衣着打扮稍稍体面些，于是换了身干净的军装，扎着皮带，军帽也按照德国军队的规定端端正正地戴在头上，准时来到了团部。连长的副官阿洛伊斯看见我到来，吹了声口哨作为迎接，随即开玩笑说："你们得到足够的食物了吗？"他停下手上的工作，跑进屋内，随后又再次出现在门前，示意我跟他进去。

团副官坐在一张桌子后，专心研究着一叠放在几部军用电话机与地图板之间的文件。我紧张地立正，试图让靴跟并拢时发出碰撞声，但这个努力失败了，因为我的靴底黏着一层刚沾上的泥巴。我大声宣布：

"二等兵比德曼奉命向团部报到！"上尉的眼睛没有离开办公桌，就这样让我静静地站了好长一阵子，随后才把手里的文件放在桌上，抬起头来望向我。

"二等兵比德曼，我这里有一份关于盗窃事件的报告，"他从桌角处找出一份文件，朝我挥了挥，"你们偷了什么？"

"一只鹅。"我毫不犹豫地回答道。

"谁该为这起盗窃事件负责呢？"

"我负责。"我回答道。

"那么，您是从哪里偷的呢？"他厉声问道。

各种想法从我的脑中飞速闪过，我不知道该如何做出准确的解释，因为在我看来，这不过是一起很轻微的违规而已。我犹豫着，没能立即做出回答，上尉立刻就明白了，我是想保护真正干了这件事的手下。他随后开始就品德和纪律重要性的问题教训我，并告诉我，违反军纪的行为不能也不会得到宽容。我被告知，这起事件的报告已被呈交上来，报告中建议做出严厉的惩处。一种麻木感顿时席卷了我的全身。真没想到，偷了只鹅会招致这么严厉的处罚。我试图将这些想法和有可能受到严厉惩罚的念头逐出自己的脑海，将注意力集中到上尉的讲话上。他继续批评着我，严厉得就像一挺MG-34机枪。突然，他停了下来，一片沉默笼罩在屋内，上尉从办公桌后站起身子，笑了起来。

"二等兵比德曼，请坐下吧。"他突然换成了亲切的口气，示意我坐在办公桌旁的一张空椅子上。

阿洛伊斯走了进来，带着三个用炮弹壳做成的小酒杯。上尉从办公桌下拿出一瓶杜松子酒，将杯子斟满，然后，我们为老连队干杯，为那些我俩都认识的英勇战友干杯。随后，我回答了关于前线士兵士气和福利的一些问题，我还详细汇报了敌人在夺取"破冰者"后最后一次试图突破我军防线的尝试，在那场战斗中，科瓦茨中士阵亡了。最后，又喝了最后一杯，我被告知可以走了，没有听到更多的威胁。

几个月后我才获知，那名高级军士确实在他的报告中要求做出惩处，我们的上尉给予批准，并按照要求提交了报告。无独有偶，他还递交了一份另一起事件的目击报告，这份报告来自连里的另外几名士兵。目击者们声称，他们看见一架"鹳"式轻型侦察机在本师后方区域的一片草地上着陆，几名军官跳下飞机，抓住几只羊迅速塞入机舱，随后便起飞离去。幸运的是，这架飞机的编号被人记录下来，随后展开的粗略调查表明，这架飞机隶属于军部工作人员。报告中同样提出了对偷羊行径做出惩处的建议，收到这份报告后，上级部门没有继续追究，这两起事件再也没被提起。

4月份时，我们获得了换防。全连从位于工厂、"破冰者"和"蚱蜢"的阵地中撤出，我们将炮位移交给兄弟团里的一个新炮组。从小马车上取下个人装备和轻武器后，我们将反坦克炮留在阵地中，列队朝萨雷戈尔走去。

出发时，我们觉得自己的一部分仿佛也被丢在了阵地上。在这漫长的几个月里，那门反坦克炮一直伴随在身边，我们拖着它穿越了乌克兰的炎热和尘埃。在激烈的战斗中，我们依靠它的效力抵御着敌人的进攻波次，它从未让我们失望过。这个忠心耿耿的伙伴跟随着我们在塞瓦斯托波尔和费奥多西亚前线经历了整个冬季的泥泞和冰雪。为了清理低矮、双层装甲板的火炮护盾以及又长又宽的炮架，我们曾花费了大量时间，炮管和炮架上看不见哪怕是一点点锈迹。炮身上有几个深深的疤痕，这是战争给它留下的创伤，但已被我们精心焊接过，右侧的护盾被无数弹片撞击得坑坑洼洼，维修连已用一块铆接钢板加以修补。炮口制退器后的炮管上涂着几道白色圆环，每一道圆环代表着一辆被它击毁的坦克。

我向负责新炮组的中士详细介绍了火炮的维护和保养。即便在前线，炮口和炮膛盖也应该盖好，以免精细的机械装置遭到灰尘和潮气的侵袭。天气越来越温暖，但夜里还是很冷，为防止炮管内发生凝露积聚，炮膛盖应该在夜里取下，炮闩也应该打开。

清晨的阳光暖洋洋地照在我们没戴钢盔的头上，我们列队行进，享受着不同寻常的奢侈：晴朗的天空下，我们走在开阔的田野里，身子能完全直立，没有钢盔、工兵铲和防毒面具的重负。我们终于到达了萨雷戈尔，这里曾是后勤总部的所在地，我们再次享受到睡觉和洗澡的奢侈享受，我们还去逛了费奥多西亚的军人俱乐部，俱乐部里有一座电影院。在克里木春天的阳光下，我们享受着短暂的和平，在前线，我们居住、爬行于潮湿、泥泞的战壕中，或是蜷缩在阴暗、寒冷的掩体内，这种生活似乎永远徘徊在我们身后。几天后，我们终于彻底放松下来，潜意识里不再时刻警惕敌人对我们发起突然袭击。

在后方跟后勤单位待在一起的两名司机为我们的到来准备了热水和干净衣物。马穆什卡、马鲁茜娅和潘朝我们点头致意，微笑着欢迎我们。潘甚至摘下了他的羔羊皮帽以示致意，这使我们第一次看见了他那头稠密的灰发。

我向连里的行政部门报告了我们炮组的住地。军士长克雷默在连部里，连里的文书克兰普告诉我，除了清洗衣物和保养武器这些常规事宜，没什么其他事情要做，这令我们非常高兴。

第二天清晨，我们突然被附近爆发出的激烈争吵声所惊醒。赶去领取咖啡和食物的海因茨刚刚回来，他匆匆告诉我，为我们提供住处的三名克里木房东昨晚遭窃了。我赶紧穿上军装，走出木门来到清晨的阳光下。我们所住的这所房屋前还有一座建筑，旁边伫立着一堵建造于奥斯曼帝国时期的古老石墙，石墙的背面有一座木结构仓库，仓库的大门敞开着。

马穆什卡和马鲁茜娅站在仓库门前哭泣，潘在仓库与道路之间来回走动，那顶脏兮兮的羔羊皮帽低低地压在他的头上。我走近现场时，两个女人激动地朝我招着手，指着仓库里面让我看。我朝仓库里望去，只看见空空如也的圈栏，地上散落着秸秆和牲畜的粪便，但牲畜已消失不见。

"Kurove zapzerap。（牛被偷了。）"我听见她们大声嚷嚷着。我对面前的这几个可怜人充满了同情，他们显然只有这一头牲畜，整个冬季，这头牛得到了精心的照料和养育。通过她们的话语和手势，我意识到，这头牛很快就会生下小牛犊，还能提供牛奶。也许是担心我们这些侵略者会征用他们唯一值钱的东西，他们三个把这头牛隐藏得非常好。八个星期前，首次住进他们的房屋时，我根本不知道他们还有一头牛，但我依稀记得曾看见潘偶尔会拎着水桶，胳膊下夹着一捆稻草溜进那座小木屋。遭受到这种可怕的损失，我只能尽力让他们冷静下来，并安慰他们："Kurove nassat。（牛会回来的。）"

居然有人闯入我们选中的住处，并对我们的恩人实施盗窃，我们被激怒了，中午前，我们开始了搜索。第13连的后勤单位也驻扎在这里，询问了他们的连军士长，没什么结果。我们又查询了各个后方单位，还有一支操纵着重型海岸炮的沿海防御部队，还是一无所获。我们在墙壁后、破损的仓库内以及整片地区各座房屋里进行了徒劳的搜索，依然没有发现牛的踪迹。

罗马尼亚部队驻扎在萨雷戈尔–费奥多西亚的西部。我们在那里见到了熟悉的工事和防坦克壕，环绕着镇子形成个半圆形。顺着防御圈行走时，我们听见远处传来轻柔的牛叫声。沿着战地工事的墙壁继续向前，我们突然遇到一群在稀疏的干草地上吃草的牛羊，它们正热切地寻找着春季初生的嫩草。利用住房为隐蔽，我们靠近过去，很快便离开了最后一座房屋，形成一个巨大的弧线，朝那群牛羊逼近，迅速到达了罗马尼亚人的阵地。战地工事提供了额外的隐蔽，我们对此加以充分利用，逼近至距离那群牛羊100米处。离开工事，我们翻过一堵墙壁，凑近到牛羊群50米处，10头牛和50只羊心满意足地吃着草，看管它们的两个罗马尼亚士兵无精打采，围着一小堆篝火，背对着我们。

我们迅速制订了进攻计划。海因茨和沃尔夫匆匆朝着最靠近的一头牛爬去。它起初继续吃着草，似乎没有发现我们的存在，但随着两个入侵者的靠近，它开始显露出紧张的迹象。

两个爬行的人小心翼翼地将那头牛隔离开，慢慢地把它赶往我们预先安排好的地方，并仔细留意不要惊吓到这头已起了疑心的牲畜。那头牛避开靠近过来的两个士兵，始终让自己与陌生人保持着安全距离。工事旁有几个水坑，这诱使口渴的牲畜靠了过去，就在它靠近我们这里，并将头伸向水坑时，四只手紧紧地抓住了它的犄角。它心不在焉地挣扎了几下，一根长长的苏军通讯电缆迅速套上它的脖子，两个人在前面拽，另外两个人在后面推，我们费力地拖拉着这头不太情愿的牲畜，沿着工事迅速来到一片洼地。我们回头望去，那两个罗马尼亚士兵什么也没看见。我们牵着牛靠近了我们自己的住宿地，这才欢呼起来，对我们的收获深感满意。我们抚摸着这头牛棕色的毛发，纷纷表达着对这么好的一头牛的赞赏，尽管我们当中一名来自农家的成员认为它小了点，也瘦了点。

黄昏时，海因茨和沃尔夫牵着牛回到我们的住处。马穆什卡、马鲁茜娅和潘已放弃了绝望的搜寻，此刻正沮丧地坐在屋里，没有看见海因茨和沃尔夫把牛牵进了牛棚，并把门关好。我走进屋子，想给他们一个惊喜："Kurove nassat（牛回来了）！"他们跳起身，我招手示意这三个悲伤的人跟我来，很快，他们惊讶地站立在半黑的牛棚里。

那头牛抬起鼻子，小心翼翼地闻着它的新主人。潘兴奋地告诉我，他们丢的那头牛是一头"malenki kurove（小母牛）"，而这一头"bolschoi（更大）"。我说了好多次"nitschevo（没关系）"和"charrascho（这很好）"，试图让他明白，就把这头牛留下好了。这位老人的眼中噙着泪水，两个女人抽泣着。潘跪在我面前，抱住我的双膝，费了好大劲我才从他这个出人意料、令我深感尴尬的感激之举中挣脱出来。

当天晚上，我们和房东们聚在一起喝着甜茶，庆祝"Kurove nassat"，并对自己出色的行动深感满意。过去的几个月里，我们曾征用过他们的鸡、鹅和鸡蛋，能有机会对他们的慷慨做出回报，我们感到由衷的高兴。

克里木的春天来得很早。4月中旬，我们再次搬入费奥多西亚—萨雷戈尔的旧住处，这里之所以还能留给我们，完全是因为我们在"破冰者"、工厂和66.3高地作战期间，我们的司机阻止了其他单位的人员占据这个住处。

第437步兵团的第14连现在由措尔少尉率领，这位职业军官总是对士兵们的各种情况和问题保持着关注。必要的时候，连里的每个士兵都可以直接找他解决问题。

部队奉命调动，再次离开萨雷戈尔温暖的住处时，我曾亲眼看见连里的两名马车驭手——达维德和康拉德，用他们浓郁的施瓦本-巴伐利亚方言大骂柏林那些身穿棕色制服的领导人，特别是我们的元首。当然，这两人的"施瓦本问候语"不会被忘记，一名满怀国家社会主义信念的军官可能已经考虑将其定性为"失败主义情绪"，甚至是"造成士气低落"。对这种行为的惩处通常是被分配到惩戒单位，也有可能更加糟糕。他们的理由是，如果允许这种诋毁言论，只会导致蔑视和失败主义在整个军队中蔓延。我们的连长是一个非常专业的军官，从士兵的角度着眼，对前线生活有着深刻的了解，他知道，只要一个士兵还能咒骂他所处的环境，他就能在战壕中坚持下去。

尽管这两人的直言不讳是"犯罪"行为，尽管他们的脾气太火爆，但这两人还是证明了他们是可靠且又勇敢的战士。在梅肯济耶维戈雷对付敌人坦克的战斗中，康拉德在我的炮组里，以他的英勇行为赢得了铁十字勋章。2月份期间，无论帕尔帕奇防线的情况多么恶劣、多么危险，他总是驾驭着他那辆马车，为我们运去弹药和食物。

一天晚上，他比以往更早地到达了我们的阵地。问起他早到的原因，他告诉我们，他老老实实地穿过沼泽后向左拐，矢口否认穿过一片苏军布设的雷区抄了近道，那片雷区已经用白色胶带清楚地标示出来，禁止穿越；但在有限的时间里走完这样一段路程，那是唯一可能的路线。

我们认为，他之所以能成功地穿越雷区，唯一的原因是覆盖在地雷上的泥土被冻住了，要么就是压力板与雷管之间结的冰没有化冻。整个东线战争期间，他似乎就是他自己的守护天使，也是连里寥寥无几的生还者之一。

某天晚上，温度下降到冰点，一片漆黑。尽管康拉德坚持要在夜幕降临后赶着马车返回总部，但我命令他跟我们待在一起，等天亮后再回去。他毫无抱怨地接受了命令，并获得一杯杜松子酒作为服从命令的奖励。照料完小马，并给它们盖上旧毛毯后，他将一根木棍塞入车轮的辐条中，固定住大车，这才回到掩体里暖和的火炉旁。尽管夜里步枪和冲锋枪声响个不停，偶尔有曳光弹划着弧线穿过夜色，但几匹小矮马丝毫不为所动。这些忠实的仆人跟着德国军队待了这么久，早已熟悉了前线的夜间声响。它们在黑暗中微微移动着，心满意足地嚼着康拉德带给它们的干草。就连它们也受到我们过度延伸的补给线的影响，粗劣的干草是我们唯一能提供给它们的食物。

天色刚刚放亮，康拉德便回到马匹身旁，却发现它们的前蹄已被冻在深深的泥泞里。必须用镐才能将它们救出来，太阳从苏军阵地后升起时，他已吆喝着两匹小马离开了。他们离开时，远处传来一挺马克西姆机枪的射击声，几发机枪子弹落在附近。我们防线对面的苏军一直保持着警惕，随着白昼的到来，康拉德和他的马车成了诱人而又不算太远的目标。

第二天晚上，康拉德的大车再次来到我们的阵地，给我们送来了急需的补给物资。到来后没多久，我们发现军用面包闻上去、吃起来都带有一股浓浓的汽油味，康拉德被我们的抱怨激怒了。我批评他不该把装面包的袋子放在柴油罐旁，尽管掩体里的油灯和暖炉都需要这些柴油，结果，这更加伤害了他的自尊心。

第二天他回来时没有带油罐，我们在黑暗中过了一晚，最后一点柴油被我们用于加热食物并维持掩体内的温暖。尽管我们前一天批评了康拉德，可后来送到的面包吃起来还是有一股汽油味，就像在油里浸泡过那样。几周后我们才获知，面包连的工作人员在刻赤港发现了一些粮仓，但苏军在撤离时已往粮食上泼了油，并纵火焚烧。幸运的是，只有最上面一层被烧毁，剩下的粮食被烧焦，散发出一股臭气。但以德国军队的专业意见看来，这是个意外的收获，他们认为这些粮食完全可以食用。为缓解补给的紧张，这些粮食被用于烘焙面包，所以，这些面包闻上去和吃起来都有股汽油味。我们当时丝毫不知道，在苏联的这场远征结束前，我们会渴望能吃上一口食物，哪怕滋味远不如这些满是汽油味的面包。

搬入萨雷戈尔的宿舍后，我们还有一项任务尚未完成：去看望那些阵亡的战友。我们在附近的山坡上采摘了一些春天新开的野花，寻找着我们师设在费奥多西亚的墓地。

帕尔帕奇防线的激战、对刻赤的进攻以及夺取费奥多西亚使我们师付出了高昂的代价。那些在战斗中阵亡或在战地医院里伤重不治的战友被埋葬于一座可追溯至沙皇时期的豪宅附近的花园里。这座庞大、壮观的建筑呈现出奥斯曼风格，坐落在俯瞰着海湾的一个山坡上，四周环绕着松树和参天柏树。1月18日夺取费奥多西亚后不久，我们师便在这里修建了公墓。许多坟墓仅插着简单的木制十字架，上面刻着"不知名的德军士兵"。

1月初，苏军登陆时，我们的几百名伤员还躺在费奥多西亚的战地医院里。俄国人的登陆迫使施彭内克伯爵做出了后撤的致命决定，这些伤员被留下，由医护人员照料。他们被苏军俘虏后，许多伤员立刻被俄国人枪杀在病床上。其他人，包括一些无法行走的伤员，被扒光衣服后拖至海边，浇上海水后丢在冰冷的温度下等死。

这些暴行被寥寥无几的几名生还者所证实，他们的证词也得到了我们师里许多士兵的确认，重新夺回那座城市后，他们发现了许多受害者。这些身份不明的士兵的墓地围绕在公墓边缘，中间安葬的是过去四个月里我们师阵亡的那些战友。一座巨大的纪念碑伫立在墓地前部，白砂岩基座上刻着一行字："为了更伟大的德国，他们阵亡于费奥多西亚战役——第132步兵师。"数年后，我收到一张这座纪念碑的照片，那是林德曼将军的私人物品，照片背面是将军所写的一句话："他们非死不可吗？"

我们找到了连里战友的坟墓，将鲜花仔细地放在新翻的泥土上。进攻费奥多西亚和刻赤，防守帕尔帕奇、白色房屋、66.3高地以及"破冰者"，阵亡的战友们长眠于这片俄罗斯的土地上。

具有讽刺意味的是，战场上的阵亡者获得了墓地和令人印象深刻的纪念碑，那些在后方地区因为重伤或疾病而丧生的士兵，却连脚上的靴子也无法保全。根据官方的命令，阵亡者的靴子必须被脱下，留给其他人使用，因为皮革已成为一种奇缺物资。随着战争的继续，阵亡者下葬时被允许覆盖或包裹哪怕是一块帐篷布的情况也越来越罕见。战场上支离破碎的尸体被收集起来，放入一个浅浅的坑中，直接覆盖上泥土。那些苍白的面孔半张着嘴，呆滞的目光凝视着天空，仿佛在问："为什么我非死不可？我还没有活过。踏上天路历程前，你们甚至扒掉了我脚上的靴子。"我的忠诚和思念陪伴着你们，越过墓地直至永远。安息吧，亲爱的朋友们，忠诚的战友们！

在费奥多西亚遭受惨败后，苏军第44集团军带着麾下遭到重创的各个师后撤至壁垒森严的帕尔帕奇防线，从1月20日起，他们以一个精心策划的防御姿态坚守在战壕中。敌人的目的是阻止德军继续向帕尔帕奇防线发起进攻，并在这道屏障后对受到重创的部队加以重组和重新装备，同时调来新的部队，为一场新的攻势做好准备。敌人打算不惜一切代价夺回被我们占领的土地。阳光灿烂的克里木是苏俄的一颗珍珠，战略价值极高。苏军的计划是对彼列科普发起攻击，切断德国第11集团军，包围并将其歼灭，这就将德军南线的右翼暴露出来，从而使整个南部战线发生崩溃。

对俄国人来说，重新夺回克里木也是个关乎声望的问题。通过精心策划的攻势，苏军指挥官希望结束德军长期占据克里木半岛的危险，并阻止德国人在高加索和黑海地区的长期存在。用一名苏军政委的话来说："在克里木取得胜利，是彻底击败敌人的关键。"为贯彻歼灭克里木德军的计划，一股强大的敌军集结在刻赤半岛，并获得数百辆装甲车的支援，他们对取得胜利充满信心。

从1月底起，新的苏军师从刻赤和卡梅希-布伦附近的高加索地区调来，许多部队直接踏过冰面赶至集结区。1月25日，德军的兵力总计4个德国和罗马尼亚师，所要对抗的是苏军9个师和2个步兵旅组成的两个集团军。截至2月26日，苏军的实力已增加到12个步兵师和1个骑兵师，另外还有2个步兵旅和2个坦克旅充当预备队。

德国第30军的防区只有一个师据守，在他们对面的是辖5个师的苏军第44集团军。经历了塞瓦斯托波尔和费奥多西亚几个月的激战后，德国军队的实力已严重受损，他们面对的是占据压倒性优势的苏军，这些苏军部队还获得了新锐部队的支援。

1月20日之后的几个星期，前线保持着平静，只发生过一些骚扰性袭击，意在试探对方的防御，双方的损失都不大。这段时间里，俄国人有条不紊地加强了他们的力量。我们猜测敌人的大规模攻势将于1942年2月23日发起，因为这是苏军的"建军节"。重新夺回克里木将作为献给苏联人民的一份特别礼物。预测的日子到了，又平安无事地过去了。由于这片地区降雨不断、阴云低垂，进攻行动被推迟。

2月27日，苏军沿着整条战线发起了庞大的攻势。7个步兵师、2个步兵旅和2个坦克旅以多个进攻波次发起突袭。德国第30和第42军遭到无情的炮击，苏军地面进攻的重点落在后者头上。敌人的进攻目标是夺取弗拉季斯拉沃夫卡的铁路路口，对德国军队濒临断裂的补给线来说，这是个重要的地点。

苏军的进一步行动将扑向费奥多西亚和德尚科伊，打算歼灭盘踞在这些战略要地的德国军队。苏军的3个师、60辆坦克、22个各种口径的炮兵连以及强大空中支援发起的联合攻势落在一个德军师头上，这就是第132步兵师。敌人的所有进攻都被击退，并遭受到惨重的损失。苏军最终在第42军的北翼成功达成突破，但又被德军迅速击退，突破口也被重新封闭。

进攻中的敌人在人员和装备上遭受到严重损失，为了完成后续攻势，各部队首先要进行重新装备，并重新调集兵力。防坦克壕东面和西面的敌军阵地率先获得加强。敌人的进攻未能获得任何重大突破，随后，他们的攻势放缓了，德军指挥官们知道，敌人的步兵进攻力量已近枯竭。

尽管遭受到无法估量的损失，但苏军并未放弃重新夺回克里木半岛的计划。3月中旬，敌人在半岛上的兵力增加至13个步兵师、1个骑兵师、3个步兵旅和4个坦克旅。

获得补充的苏军重新对德国第30和第42军的阵地发起进攻。这些苏军部队由13个步兵师、3个步兵旅和4个坦克旅组成，并获得强大的炮兵和空军单位的加强，他们对德军阵地发起猛攻，但未能取得成功。饱受摧残的德军防线，尽管没有获得重新装备，也没有得到人员补充，但却被德军士兵牢牢地守住。

最近一段时间，英国和美国在战争努力方面发挥的影响变得更加明显。我们见到了大批美国制造的汽车。从苏军那里缴获来的医疗物品带有英文说明书和英文商标。尽管大批援助物资从大西洋彼岸运抵，但形势依然没有发生改变。敌人的俘虏和逃兵多次指出，苏军士兵已丧失了胜利的信心，但解放克里木是斯大林亲自下达的命令，必须不惜一切代价确保其成功。因此，苏军士兵的进攻波次不停地冲击着德军防线，驱使他们的既有强烈的爱国主义，也有对政委的恐惧。

4月9日，敌人对科伊-阿桑两侧的德军阵地发起新的进攻，攻击重点是德国第30军。8个步兵师和4个坦克旅，在强大的火炮和空中力量的支援下对德军阵地发动猛攻，但直到4月12日也未能获得成功。苏军俘虏指出，4月9日的目标原本是夺取费奥多西亚。

面对苏军4个步兵师和2个坦克旅的100余辆各种类型坦克，第132步兵师成功地守住了自己的防线。尽管遭到35个各种口径炮兵连凶猛的炮击，再加上猛烈的空袭，但德军士兵依然坚守着他们的阵地。俄国人的坦克共被击毁53辆，其中包括一些重型坦克，这一点被那些燃烧着的钢铁残骸所证实，被击毁的坦克停在我们阵地前方，一连数天冒着黑烟。

再次遭受到灾难性损失后（据俘虏交待，他们阵亡了数千人），俄国人在4月13日放缓了他们的攻势。根据逃兵和缴获的文件证明，苏军的各个师已遭重创，不得不对部队实施重组，有些单位干脆被解散。

尽管遭到惨败和不计其数的伤亡，苏军指挥部仍坚持着既定计划。又有2个苏军师被调至刻赤半岛，德国第30军对面的炮兵力量得到了38个炮兵连的加强，他们将于5月1日发起进攻。但不知何故，这场进攻并未到来。也许他们认为德军会发起一场反击，也许他们正等待着更多的援兵。

敌人在兵力和装备上占据着巨大的优势，他们的目的是重新夺回克里木并歼灭曼施泰因的第11集团军，但一切尝试均告失败。德国士兵，特别是步兵，奋战于最为不利的情况下，面对占据压倒性优势的敌人，取得了胜利。

5月7日夜间，"猎鸨"行动在费奥多西亚附近打响了。火炮、坦克、高射炮部队、弹药运送车以及徒步而行的步兵连，排成漫长的队列穿过夜色向东前进，沿着仅有的几条铺面道路集结于费奥多西亚湾周围。敌人位于帕尔帕奇防线后方的集结和准备区已被德军突破敌防御的突袭所夺取，必须不惜一切代价对其加以利用。打破令各个部队深陷其中的阵地战的时机到来了。

俄国人断断续续地发射着拦阻火力，苏军黑海舰队的军舰也轰击着我们的行进区域。东南方炮口的闪烁清晰可见，倒影投射在黑色的海面上，地平线的闪烁时隐时现，就像一场遥远的夏季风暴。炮口发出闪烁，隔了几秒钟，炮弹才在集结地炸开。尽管敌人对我们展开了可怕的大规模炮击，但炮弹的炸点并没协调一致，没对我们造成太大的伤害。

一架孤零零的苏军飞机轰鸣着，顺着沿海公路从我们上方的高空飞过。前线士兵早已习惯了这种常见的骚扰，他们将它称作"钢铁古斯塔夫"、"守夜人的缝纫机"或"灰乌鸦"。这种特殊的飞机会用曳光弹扫射地面，再投下几颗炸弹，向地面俯冲时，它会发出令人不快的尖啸，足以让新兵们惊慌失措。老兵们很熟悉这些粗陋的夜间飞行器，这种飞机是用木板和帆布拼凑起来的，机身上漆着一颗红色的五角星。作为东线的夜间经历之一，它们似乎无处不在地陪伴着我们。引擎的嗡嗡声伴随着炸弹落下时发出的呼啸，老兵们对此已不再会做出反应，因为他们完全知道，如果能听见炸弹落下的声音，落点至少在100米外。

我们终于接到了对刻赤发起进攻的命令。这道命令意味着我们在静坐战中一直寻求的改变终于到来，前线部队的士气迅速高涨起来。5月8日凌晨3点，苏军一阵猛烈的炮击突然间落在我们头上，3点10分，这场炮击又迅速结束。3点10分，我们对表，3点15分，整个前线爆发出猛烈的炮火。炮击严格按计划进行，哪怕是最微小的细节。由于黑暗的夜色，我们无法获得观察报告，3点38分，苏军炮兵做出了反应，他们的炮击落在达利尼-卡缅斯基的工厂区。3点50分，苏军一阵猛烈的迫击炮火短暂地落在"破冰者"阵地上。俄国人现在显然已对我方的进攻提高了警惕。

随着炮火的延伸，"海龟"东面已能看见绿色和红色的曳光弹。4点02分，德军战斗机和斯图卡不断出现在空中，它们排着长队朝苏军地面阵地俯冲，在战场上空脱离编队，它们的身影在拂晓的天空中隐约可见。4点18分，苏军的第一批"老鼠"出现在空中，德军战斗机中队立即扑了上去，将对方悉数击落。4点30分，熟悉的战俘身影再次出现，他们排着长长的队伍，被押送到后方。4点44分，第1连发来报告："火炮被直接命中，两人负伤，火炮已无法使用。"清晨5点，他们又发来报告："能见度已可以实施观察射击。我们的步兵已跨过防坦克壕，第436步兵团的单位已用突击舟登陆，并建立起一个桥头堡。"5点35分，苏军的高射炮火力明显减弱。5点45分，"巴克"暗堡和50.6高地上的敌军火力沉默下来。6点25分，第1连的前进观测员已指引着炮火，开始轰击出现在前方的苏军坦克。6点30分，第2连的前进观测员报告说，已在阿斯查卢克建立起阵地。7点45分，一支侦察单位被派出，勘察前线和观测火力阵地。从7点55分到11点，第1连的前进观测员在布拉卡-佩斯查纳亚发现了顽强抵抗的阵地，从第1连的观测点望去，列队向东而去的敌军队伍以及323高地南部敌人的活动都处在我方炮火的打击下。上午11点，第3连将阵地转移至防坦克壕东面。12点15分接到报告，323高地和"莫斯科"暗堡已被我们的步兵夺取。与此同时，第1连在323高地东面击毁一辆苏军坦克。12点20分，指挥部转移位置。下午1点45分，第1营和第2营也跟着转移了阵地。前进观测员指引拦阻性炮火射向50.2高地，随之而来的夜幕遮蔽了战场上的能见度。

第五章

敌人

苏军士兵被证明是一个极难对付的对手，

他们……能承受最为恶劣的条件……

刚开始进入苏联领土时，我们对自己面对的敌人一无所知，他们的作战方式、抵抗力或忠诚度都无从预测或估计。我们不时会遇到少数苏军士兵的拼死抵抗，他们会战斗至最后一颗子弹，即便弹尽粮绝也决不投降。但在另一些情况下，敌人只进行了轻微的抵抗便全体投降，似乎没有可确定的原因。对俘虏的审讯表明，这些变化与他们的受教育程度、出生地或政治倾向没太大的关系。一个普普通通的农村士兵会进行顽强的战斗，而一名受过训练的军官也许刚遇到我们便举手投降。但下一场战斗又会出现完全相反的情况，似乎没有固定模式或可供判断的原因。

苏军的一群军官和士兵被困在刻赤附近的一座铜矿里，他们顽强抵抗，直到整个半岛被我们占领为止。据点内储存的水耗尽后，他们便舔舐潮湿的墙壁上的水滴，以免自己脱水而死。尽管东线战场上的这些对手残酷无情，但与之交锋的德军士兵却对这些不肯投降、顽强抵抗了数周、数月乃至数年的生还者充满敬意。

战争初期，我们面对的是一支庞大、笨拙的军队，他们已丧失了专业的军事领导，经历了政治清洗，并在共产主义思想下重建起来。1918年的革命使苏联的政治人员相信，只要靠坚定的政治思想就能赢得战争，就像革命期间曾证实过的那样。因此，战前的1937—1938年间，斯大林清洗了苏军中的专业军事领导，取而代之的是政治人员，他将自己的命运交付到这些人手中。这些政治任命成功地瓦解了苏联体制初期建立起来的军队。庞大的坦克部队被废弃，重新使用过时的骑兵战术。维持纪律是为了确保政治可靠性，而不是军队的战斗力。斯大林的偏执是布尔什维克体制所固有的，而这种偏执给苏联军队带来的变化，在1941年导致他们遭受到数百万人的损失。

大片国土被占领，严寒和酷暑的恶劣气候伴随着不停的降雨，在春季和秋季将道路变为无法通行的泥潭，最终，俄国人在莫斯科和列宁格勒门前以钢铁般的决心阻止了我们的前进。这些因素为苏联提供了一个喘息之机，尽管这个国家的政策给他们的军队造成了毁灭性影响。随后，他们的政策发生了改变。

苏军重新引入军官团的理念，带有金色饰带的肩章和高筒马靴再度出现。传统的军衔和职务重新恢复，以便为这支焦头烂额的军队灌输纪律、荣誉和传统。那种徒劳地试图激励农村士兵为共产主义国家牺牲和奋斗的教条被放弃，现在的口号是"为俄罗斯母亲和养育自己的祖国而战"。在红军中占据重要职位的政治官员，很快便发现自己被具有军事素养和才能的军官取代了。德国军队取得全面胜利的几个月后，绝望的苏军中出现了一系列重大变化。

战争初期获得的胜利告一段落后，我们发现自己在维持机动性和补充部队损失方面面临着巨大的压力。相反，苏联的实力却越来越强大。其巨大的工业产能集中在武器生产上，形成了庞大的规模，而这些工业中的很大一部分已被转移至乌拉尔山区的保护下。大批食物和作战支援装备也开始从美国运来。面对敌人在兵力和物资上这种压倒性优势，德国军队无法占据上风。

俄国人还采用了德国军队的战术，战术优势本来是我们的军事制度所固有的，现在却被苏军充分加以使用。相反，柏林的领导人却以"不惜一切代价守住"的命令牺牲了大批士兵，而同样的这种心态曾在1941年几乎令苏军灰飞烟灭。局势发生了逆转，但希特勒顽固地不肯让出已占领的土地，从而改善我们的战略态势，因而苏军能以其新募集来的力量洞穿我们的防线，并包围大批德军部队。出于政治原因任命军队指挥官，这一点已被苏军证明是对战斗力的巨大妨碍，但在德国军队里，这种情况却愈演愈烈。面对不利的局面和军事上的挫败，希特勒依靠政治忠诚的军官来监督执行不明智，有时候甚至是荒唐的指令，这几乎是战前斯大林式军队的翻版。

苏军士兵已与我们当初遇到的战士完全不同，他们从当初的冷漠、漠不关心的人变成了热烈的爱国者。这支精锐的部队被灌输了将整个世界从法西斯分子手中解救出来的观点，军队中消失已久的自豪感重新回到他们身上。

苏军士兵被证明是一个极难对付的对手，他们一旦被激发起斗志，就能承受最为恶劣的条件。配发给他们的夏季军装中包括一件宽松的卡其色军上衣和一条面料很轻的裤子。冬季给他们配发的是衍缝棉军衣，抵御严寒非常有效。不分春夏秋冬，他们还携带着厚厚的军大衣，既能充当一条毛毯，也能根据情况需要作为一件军装。

苏军士兵还配发了靴子，几个尺寸都偏大，这就能让他们在严寒的冬季往靴子里塞入干草或报纸。这是一种简单但却实用的办法，能让双脚在冰天雪地里得到保护，而严寒却使我们的军队遭受到严重减员。战争的后几个月里，苏军士兵们还配发了大大的毡靴，防冻效果极佳。不幸的是，发给我们的靴子太合脚了，我们在克里木暗自庆幸，因为我们所经历的冬季远远比不上在北部战线饱受煎熬的那些部队。

我们对手所携带的武器设计简单但却实用。战争初期，我们遇到的敌军步兵，配备着与我们的卡宾枪相类似的手动步枪。随着战争的继续，我们开始装备新式的自动武器，这种武器的射速很高，主要被用于近战。这种战术同样被苏军采用，带有大容量弹鼓的冲锋枪很快便成为苏军士兵的象征。

苏军士兵都是些寻找食物和自给自足的高手。随着战争的延续，德国军队一路败退，俄国人的补给线也随之加长，在很大程度上，苏军依靠占领的土地实行自给自足。端着带有大容量弹鼓的冲锋枪，穿着与环境相符的军装，带着微薄的食物，苏军士兵确实是最难对付的敌人。

德国军队携带着被证明并不太准确的地图和情报进入到苏联的广阔国土。地图上标出的某些路径实际上并不存在，这种情况时有发生。清清楚楚地标明是一条修缮过的主干道，实际上却是一条粗陋的土路。常见的做法是，我们会尽可能地对缴获的苏军地图加以利用；这些地图非常准确，为了便于我们使用，团部人员通常会在地图上用德文和西里尔字母标注地名。

德国国防军与苏军的这场殊死搏杀持续了近四年，这段时间里，两股力量之间的差异，开始时非常显著，随着战争的继续，变得越来越不明显。德军士兵学会了即兴发挥的艺术，随着后勤体系渐渐崩溃，他们同样不得不在很大程度上依靠脚下的土地维生。出于实用性和必要性，就连双方的军装、武器和战术也变得越来越相似。德军士兵最后发现，他们更加了解这个正与自己展开残酷无情战斗的敌人，而不是很早前在德国所知道的那支军容整齐、训练有素的军队。

战争初期，我们留意到苏联军队中出现了大量逃兵，出于各种各样的原因，许多逃兵自愿加入到我们的军队里。德军士兵将这些人称作"志愿者"，他们都曾是苏军士兵，被俘虏或开小差来到我们这里。他们自愿为我们干活，主要是为了逃避战俘营里可怕的生存条件，后方战俘营远远超出了前线部队的管辖权，俘虏们在那里面临着难以想象的恶劣条件。"志愿者"中，也有些人与试图逃避战俘营的俘虏不同，他们在斯大林政权下遭受过饥饿和强制劳动，因而对布尔什维克充满了仇恨。

高加索地区热爱自由的山民、在草原上迁徙的游牧民以及克里木的鞑靼人，为了保卫自己和自己的生活方式，几个世纪来一直与俄国人进行着抗争。宗教也发挥了不小的作用，例如信奉伊斯兰教的克里木鞑靼人，他们激烈地捍卫着自己的宗教自由。

林德曼将军的私人物品中有几封"志愿者"写给亲属的信件，同时附有战地信件审查员提供的译件，译者为二等兵彼得·捷斯雷克。

阿利耶夫·纳姆贝德，FPNr. 17 433

别相信任何人告诉你的任何东西。二十年来我们一直是不敬神的苏联人的囚徒，我们忍饥挨饿、彻夜劳作。现在，我们希望能以自己的全部力量和身心去帮助德国军队。我们为此而履行着我们的日常工作。万能的真神会赐予我们力量，帮助我们击败并消灭不敬神的敌人。愿真主保佑我们。

萨特伊洛夫·维图特，FPNr. 27 076（第132工兵营第3连）

对我们来说，从现在开始，情况会比在苏联人统治下来得更好。对我们这些鞑靼人而言，一个新的、更好的时代到来了。从此以后，我们不再为别人工作，而是为我们自己。

伊斯拉莫夫写信给纳利尔，FPNr. 29 787B

父亲，我于4月4日到达了克里木。我们发现这里的条件很好。我们跟德国士兵们住在一起，吃饭也在一起。每个星期我们都能洗澡。德国士兵对我们很友好，在这里绝不会感到无聊。军官们到来时，一点也不傲慢，反而对我们很关心。这些军官对他们的士兵也很友善，士兵们很尊重他们。事实恰恰相反，士兵们绝不会受到虐待。布尔什维克们言必称社会主义，可是稍作比较就会发现，德国人搞的才是社会主义，布尔什维克们屁都不是。在德国军队里能找到真正的社会主义：同志关系、平等、彼此尊重、公正和友谊。这些品质将确保他们获得最终的胜利。

一名鞑靼人

我告诉你，24日，山上的游击队袭击了泰甘、赖翁和卡拉布萨几个村落。随后，60名德军士兵和50名鞑靼志愿者赶到了，他们一直战斗到第二天早上，这才将游击队赶出这片地区。游击队们偷走了牛、羊和马匹。

库尔塔梅洛夫·瓦西姆，FPNr. 16 691

我为德国军队而活，我们将共同消灭布尔什维克的军队。我为鞑靼人的自由而战，要将伊斯兰教从布尔什维克主义的枷锁中解救出来。每周五我们都去清真寺祈祷。如果能在这场战争中生还下来，我会成为村里的毛拉。

谢韦尔·纳图尔，FPNr. 12 963

事情很顺利，不必为我们担心。我们现在已习惯了这里的一切，我的德国同志都是些好人。他们的慷慨是生活在苏联统治下的人难以想象的。军官们也跟我们住在一起。为我祈祷，给我回信吧。

阿卜拉米特·梅奇特，FPNr. 00 462（第132侦察营）

清真寺再次开放，每个人都去祈祷。我们再次过上了过去那样的生活。阿拉会再度保佑我们。

一位妻子给她担任"志愿者"的丈夫回信，在信中描述了居民们的遭遇：

你好，我的丈夫！

马弗雷姆，我送上我的问候，祝你身体健康。你的儿子罗斯拉克、你的女儿拉娅、姐姐艾莎和侄女列马拉也问你好。马弗雷姆，你的弟弟已被释放，现在在村子里当理发师。马弗雷姆，你问我们获得了什么帮助。我们从镇长那里什么也没得到。每个星期我们获得一次面包。没有钱，我们请求帮助，但镇长拒绝了。这个你没必要报告上级。请不要问我们过得怎样，因为这些话毫无作用，我们的日子过得不太好。你也许过得不错，为此，你离开了你的家。你一个人过活，等你回来时就看不到你的妻子和孩子了。

我们连里有一名高加索志愿者，名叫亚历克斯，过去曾是一名苏军士兵，在战斗中被我们俘虏，他从未被关入过战俘营，而是一直替我们照料马匹，并给厨师们打打下手。他在后勤单位里干活，一直到战争的最后阶段，从未发生过动摇，始终是个忠实的帮手。我们还从战俘营里接收了许多自愿帮忙的劳工。

军队尽可能地为一些俘虏改善条件，由于缺乏交通工具，这些俘虏无法从作战区域转移至后方。我们自己的口粮被缩减，以便养活这些战俘，处在我们直接管辖下的俘虏，死亡率保持在2%，这一点令人印象深刻，尤其是考虑到这些俘虏在被俘时都已疲惫不堪或负了伤。

俄国人在费奥多西亚登陆后，一座关押着5000名苏军俘虏的战俘营即将被他们夺取。面对很快会被同志们解放的前景，战俘们却要求一同撤往辛菲罗波尔的德军防线，这场行军没有安排警卫，因为毫无必要。这些向德国军队投降的苏军战俘非常清楚，再度落入苏联人手中会受到怎样的对待。

一些战俘自愿在后方地区与游击队作战，事实证明，他们有效地保护了敏感的通讯和交通路线。有报告说，各种游击队和土匪部队相互间大打出手，以争夺某些政治和地理区域的控制权，双方之间产生了区别，因为有些部队的组织和补给由苏联政府直接提供，而另一些部队则靠他们的控制权自给自足。

克里木半岛上也有游击队。游击队员都是从当地居民和被打散的苏军残部中招募而来的，在克里木的深山里大肆活动。德军进入克里木半岛前，这些游击队便已按照预先的计划精心组建起来，他们在山里构建了庞大而又坚固的弹药和补给物资仓库。游击队里还有一些妇女，战争初期与我军的战斗中，她们中的许多人失去了自己的丈夫、儿子或亲人。

南部的沿海公路频繁遭到袭击，补给车队经常需要提供武装押运以策安全。大多数情况下，负责押运的安全部队由罗马尼亚士兵、鞑靼志愿者或哥萨克连组成，因为德国部队都已被用于前线作战。就连当地居民也发现自己深受游击队之害。游击队实施着残暴、无法无天的袭击，对所有后方地区构成了持续的威胁，这在整个东线已变得司空见惯。

1942年5月20日，我们列队穿过过去两周的战场向西而去。我们跨过争夺激烈的帕尔帕奇防线、"莫斯科"暗堡、55.6高地，越过防坦克壕，穿过英国-印度电报线路。某些地区的电线杆歪歪倒倒，已然断裂，电缆线缠绕在木桩上。士兵们利用这个机会收集了大批铜电缆，以满足部队在战场上的需求。这条电报线路的起点在伦敦，穿过北海，越过克里木，跨过高加索，经过波斯直至加尔各答。沦为我们这场战争的牺牲品之前，跨越两个大洲的这条线路已为这个世界（主要是为英国的殖民统治）服务了几十年，当然是以和平为目的。

在一道浅浅的山沟的边缘，我们离开了稀疏的草原，进入到一片郁郁葱葱的田野中，这片田野环绕着一座小村庄，村里的房子看上去干净整洁。大多数房屋是用浅色的石头建成，并筑有围墙。鲜花的香气扑面而来，我们很快便发现，这道山谷是玫瑰花瓣贸易的来源地。我们看见一片玫瑰花的海洋从山谷的底部一直延伸到远处的地平线。这里的居民最初来自罗马尼亚，俄国女皇叶卡捷琳娜在位期间，他们移居到这里。夏季，他们对收获来的数百万片花瓣加以处理，一千片花瓣可以提炼出一克玫瑰精油。封建贵族时期，这个行业为上流社会服务，在约瑟夫·斯大林的控制下，它成了这个苏维埃国家的赚钱机器。

先前进攻刻赤期间，我们曾在这片地区缴获过一辆苏制小型履带式车，这辆完好无损的车被其主人丢弃了。继续向刻赤推进前，我们拆掉了车上的发电机，这样就能将这辆车预留下来供我们自己使用。研究了地图并对这片地带进行了搜寻后，我们发现那辆车完好地停放在一道缓坡上，跟我们离开时一模一样。装好发电机并进行了一番调整后，这辆车恢复了状态，我们立即将它投入使用，用于拖曳我们的反坦克炮。这辆履带车配备着与福特汽车型号相同的发动机，我们缴获的福特汽车非常多，因而零部件很容易找到。尽管这辆拖车的履带有些破损，但却被证明非常可靠，它为我们不停地服务了几个月。我们携带着苏军送给我们的这件新装备，向着克里木半岛上的最后一个目标赶去，这个目标就是塞瓦斯托波尔。

第六章

塞瓦斯托波尔

一片猛烈的火力从德军防线上爆发开来。

我调整着反坦克炮，

瞄准了预定目标……

1942年6月初，第132步兵师面临着迄今为止战争中最为艰巨的挑战。自近期的冬季战役以来，敌人一直忙着进行准备工作，并强化其防御，他们调来了装备一新的新锐力量，以加强守卫克里木半岛期间遭受到惨重损失的部队。苏联人从美国获得了大量援助物资，大批军用物品通过海路运入他们的集结区。

塞瓦斯托波尔是一个复杂的防御体系，对德国第11集团军来说，夺取这座要塞势在必行。俄国人仍控制着这座要塞，目的是将德国军队牵制在克里木，而这些部队此刻正是东线战场其他地区所急需的。夺取塞瓦斯托波尔的行动不仅不能放弃，反而必须加以执行，因为俄国人会把这里当作一个桥头堡，从这里发起攻势，深入到乌克兰。一旦他们深深地插入到乌克兰境内，他们就能突破德军右翼，并有可能将深深推进至东部的数个集团军的生命线切断。

利用他们的黑海舰队，俄国人早已完全控制了这片区域；只要德国军队仍留在这片地带，危险就始终笼罩在我们头上。俄国人的大口径舰炮从20公里外的海面上实施炮击，这已变得司空见惯，截至1942年7月，轴心国在这一地区的海上力量只有几艘意大利巡逻艇，停泊在克里木沿岸的港口里。

塞瓦斯托波尔要塞上的阵地控制着赫尔松半岛。要塞构设了大批现代化海岸炮台，配备着大口径火炮，并接受过对陆地一侧开火的训练，另外，陆地方向还有险峻地形的保护。北面，别利别克谷为最外圈的防御提供了一道天然工事。东面，茂密的灌木丛和树林对进攻中的步兵形成了一道屏障，不时被急剧下陷的山谷和沟壑所打断，侧壁陡峭、难以通行，这使得部队无法实施大规模调动。

注定要对俄国这座最牢固、最庞大的要塞发起最后攻击的德军部队，面对着一些制高点，这些高地为守军提供了开阔的视野，并使进攻方突入深深的峡谷、陡峭的沟壑和茂密的灌木丛的任务变得极为艰巨。尤为令人印象深刻的是北面的防线，这道防线沿着别利别克谷延伸，配备着Ⅰ号要塞堡垒、"马克西姆·高尔基"装甲炮台和"希什科瓦"要塞。

骑兵上将汉森指挥的第54军奉命对这座要塞率先发起进攻，该军下辖第132、第22、第50和第24步兵师。口径高达800毫米的重炮连被调了上来，并为计划在6月7日发起的进攻做好了准备。

进攻发起前一连七天，猛烈的炮击覆盖了严密防御的苏军阵地，"马克西姆·高尔基"炮台引起了德军炮手的注意。第132步兵师位于第54军右翼，任务是发起正面进攻，越过别利别克谷，对"奥尔贝格"发起攻击，并向西南方推进，进入阵地后做好从东南方猛攻Ⅰ号要塞堡垒和"马克西姆·高尔基"装甲炮台所在高地的准备。位于左侧的友邻部队是第22步兵师，待我们成功夺取"奥尔贝格"高地后，他们将发起进攻。

5月份的最后几天，我们团辖下的几个炮兵连进入了位于北部的新阵地。接下来的几天里，山谷和沟壑中回荡着低沉的炮击声，炮火不停地轰击着敌人的阵地，以便为后续进攻做好准备。

各个炮兵连彻夜不停地轰击着指定区域。第5连试图在科贝尔贝格建立一个观察点，从那里可以将别利别克谷中的苏军阵地尽收眼底。白天，双方飞机寻找着各自的目标，它们发出的嗡嗡声充斥在空中，偶尔能看见俯冲轰炸机在远处朝着镇子俯冲而下。我们的俯冲轰炸机和炮火成功地压制住敌人的高射炮阵地，尽管德国空军为此付出了沉重的代价。整个夜间，"鹳"式侦察机在苏军阵地上方盘旋，俄国人徒劳地试图用探照灯照明它们的位置，这些探照灯经常以低低的光束扫过地面，足以使我们的地面行动暴露出来。侦察机的行动也是为了掩盖正向前线推进的我方机械化部队所发出的动静。

6月5日，我们到了指定位置，匆匆挖掘阵地，这里距离俄国人的前哨阵地只有100米。我们用缴获的苏制拖车将反坦克炮拖入炮位。靠近阵地时，我们从一尊沉重的600毫米口径迫击炮旁经过，这种火炮的炮管极短，我们对这种从未见过的武器研究了一番。炮组人员告诉我们，这种迫击炮开火时，炮管会后缩，以消除后坐力的影响。我们还被告知，这种迫击炮被部署到塞瓦斯托波尔要塞的前方，专用于对付"马克西姆·高尔基"炮台。迫击炮开火后，能看见巨型炮弹在空中飞过，德军士兵立即将它称作"飞行棺材"。

我们的反坦克炮布设在一道峭壁的右侧，隐蔽在"马克西姆·高尔基"炮台对面的一片洼地里。昨晚，我们在布满石块的地面上挖了条浅浅的战壕，坚硬的地面足以承受我们的履带式拖车，但要在上面挖战壕，只能依靠铁镐了。现在的夜晚很短暂，我们只有五六个小时挖掘阵地，过了这段相对安全的时间，我们便会被距离我方阵地不远的敌军观察哨发现。

对敌人沿海要塞发起突击的准备工作已近完成。据我们所知，这座要塞由数百个钢筋混凝土掩体、暗堡、装甲炮台、深深的战壕、铁丝网和雷区所构成。火箭炮和迫击炮阵地布设在峭壁深处，常规炮火或空袭根本无法轰击到这些阵地，更别提压制对方了。

发起进攻前，我方的大炮、火箭炮、高射炮和突击炮对敌军阵地连续轰击了五天。1300门大炮对着既定目标和火力点开炮猛轰。冯·里希特霍芬将军第8航空军辖下的各个中队无情地轰炸了敌人的阵地。地面在这场杀气腾腾的序曲中翻腾着、扭曲着，整个战争期间，德国军队从未集中过这么多大炮，过去没有，以后也不会有，想当初，蒙哥马利在阿拉曼对付隆美尔的非洲军也只动用了1000门大炮。

火箭炮在突击计划中被赋予了特殊的任务。位于要塞前方的第1重型火箭炮团、第70火箭炮团、第1和第4火箭炮排被分配给尼曼上校负责的一个特别指挥部。21个炮兵连以576门火炮开火射击，其中包括第1火箭炮连射出的280毫米和320毫米高爆弹及燃烧弹。

伴随着每一轮齐射，这个团的炮管每秒钟射出324发火箭弹，朝着预定目标飞去。炮击是为了打垮敌人的士气，也是为了摧毁对方的防御能力，这两个目的都取得了不错的效果。一个拥有6具发射器的火箭炮连可以射出26枚拖着火焰和恐怖尖啸的火箭弹，对遭受打击者造成了可怕的影响。火箭弹弹片的杀伤力并不像常规炮弹那么有效，但在封闭区域或近距离内，火箭弹爆炸的冲击波能将人的血管震裂。驻守在遭炮击区域的敌军士兵，士气迅速被震耳欲聋的爆炸所打垮，本能的恐惧很快演变为惊慌失措。苏军士兵坚韧不拔，甚至对斯图卡的攻击也不甚敏感，但面对火箭炮的齐射，他们往往显得震惊而又无助。

三门特殊的巨型火炮也被投入到对塞瓦斯托波尔的进攻中："伽玛"臼炮、"卡尔"迫击炮（也被称为"雷神"）和巨型迫击炮"多拉"。这三门大炮在当时被认为是传统炮兵部队的神奇武器，设计并制造这些大炮的目的是为了对付特别加固的混凝土掩体和工事。

"伽玛"臼炮是第一次世界大战中"大贝尔塔"巨炮的翻版。这种武器发射427毫米口径、重达923公斤的炮弹，有效射程14公里。巨大的炮管长达6.72米，操纵这门火炮的炮组由235名经过特别训练的炮手组成。

尽管"伽玛"很庞大，但跟615毫米口径的"卡尔"迫击炮相比只能算个侏儒。"卡尔"射出的炮弹重达2200公斤，专用于摧毁混凝土暗堡，与传统迫击炮几乎没有任何相同之处。5米长的炮管和巨大的炮架看上去就像是个轮子上的工厂，竖立着一根巨大的烟囱，倾斜的身影映衬在天空中。

但"卡尔"还不是我们的军工技术所能生产的最佳火炮。最大的炮坐落在巴赫奇萨赖的花园皇宫（鞑靼可汗的故居）里，正式的称谓是"多拉"。德军士兵把它称作"重型古斯塔夫"，这种800毫米口径的巨炮是战争中最大的火炮。运送这门巨炮的零部件需要60节车皮，并在现场进行组装后才能投入使用。"多拉"发射的炮弹重达4800公斤，近5吨，炮管长达32.5米。它还能将7000公斤的穿甲弹发射到38公里外。炮弹连弹壳在内长达7.8米，如果垂直摆放，这种炮弹足有两层楼高。"多拉"的最大发射速率为每小时3发。两个高射炮单位为它提供安全保护。为这具钢铁巨兽提供服务的炮组成员、警卫和维修人员由1名少将、1名上校和1500名士兵组成。

只有过时的军事理论才会依靠这种怪异、庞大的常规火炮，这些火炮的尺寸太过庞大，支持和使用它们所需要的人员和物资毫无性价比可言。不过，听说"多拉"发射的一发炮弹落在塞瓦斯托波尔附近的谢韦尔纳亚湾，穿透30米厚的泥土层，摧毁了一座庞大的地下军火库。

苏军士兵深深地隐蔽在精心构设的阵地里，地形条件也为他们提供了掩护，俄国人等待着我们的进攻。守卫这座要塞的是7个步兵师、1个正下船的骑兵师、2个步兵旅、3个海军旅、2个海军陆战队团、数个坦克营和独立单位，总兵力超过10万人。敌人的防线上还有10个炮兵团、2个迫击炮营、1个反坦克团以及45个海岸重型火炮单位，总计600门大炮和2000门迫击炮。这些力量构成了强大的防御，德国第11集团军必须将他们彻底打垮、俘获或歼灭，但我们只有7个虚弱的德军师和2个装备不良的罗马尼亚师。

6月6日晚，我们聚集在第436步兵团第2营营部里听取了任务简报，这场进攻将在第二天清晨3点05分发起。我的炮组所接到的任务是对距离我们不太远、海拔位置稍高的苏军炮兵阵地展开炮击。从我们的阵地望去，300米外的目标清晰可见。

当晚，我们裹着帐篷布蜷缩在狭窄的战壕中，战壕就挖在我们的反坦克炮后。凌晨时，尽管天色一片漆黑，我们还是从临时构建的掩体中钻了出来，在凛冽的寒夜里进行着准备，以便在3点05分准时发起进攻。

3点05分，一片猛烈的火力从德军防线上爆发开来。东面的天空刚刚展露出拂晓的微光时，我调整着反坦克炮，瞄准了预定目标，一发接一发地开炮射击，轮换着使用穿甲弹和高爆弹。

没过几分钟，我便看见一发红色信号弹穿过硝烟和夜色，飘向我们左侧的地面，这是我们部队发给我们的信号，表明突击部队正向前推进。我对反坦克炮炮火做了相应的调整，以免误炸正冲向敌军阵地的己方部队。尽管天色已亮，但能见度依然很差，蒸汽、硝烟和尘埃覆盖着目标。

愤怒的敌人已被惊醒，我们发现自己正处在"马克西姆·高尔基"炮台的直射火力下。各种口径的炮弹开始在我们四周炸开，包括从军舰上射来的舰炮火力。我们对此束手无策，只能蜷缩在浅浅的战壕里，祷告着，等待这场风暴结束。无数的爆炸环绕在四周，似乎要吞没我们的火炮，弹片漫天飞舞，嘶嘶作响地从上方掠过。在附近炸开的炮弹掀起棕黑色的喷泉，将石块和泥土洒落在我们身上，恐惧甚至令我们感到麻木。地面震颤着，尘埃迷住了我们的双眼，呼吸变得困难起来。我们一动不动地趴着，紧贴着战壕的地面，任由泥土和石块雨点般地落在我们暗绿色的钢盔上。我们用手死死捂住耳朵，紧紧闭住双眼，徒劳地试图将面前惊人的恐怖摒弃在外。

我这个炮组里的一名成员，在过去的战斗中一直很勇敢，此刻却挤在战壕的角落处，将钢盔从头上摘下，尖叫声甚至压倒了爆炸的巨响："我再也受不了了！"

他的嘴角吐着白沫，双眼因恐惧而大睁着，他挣扎着站起身子，想跳出战壕。我朝他扑去，把他按倒在地上，就在这时，一发炮弹在战壕边缘炸开，滚烫的弹片四散飞溅。他紧咬着牙关，拼命地挣扎、撕扭，试图挣脱开。我站起身子，对着他的脸狠狠揍了一拳，再次将他扑倒在地。他一动不动地躺在那里，双目圆睁紧盯着我，我放开他，以便隐蔽到战壕边缘的下方。他突然像着了魔似的向前扑去，一个箭步越过战壕护壁，光着脑袋穿过硝烟和尘云，消失在后方。

冰雹般的炮弹加剧了，我们再次隐蔽起来，将身子紧紧地贴着地面，试图躲避爆炸和纷飞的弹片，我们没指望能再见到活着的他。晚些时候，炮火沉寂下来后，他又回到我们的阵地上，就像什么事也没发生过那样，这件事也没人再提起。

第437步兵团第5连在别利别克谷北端的峭壁处突破了敌人的防御体系。这里已被敌人加强为一个据点，深深的沟壑也为他们提供了躲避我军炮火的掩护。弗里茨和他的小组趴在峭壁前方的一个集结区，早在达姆施塔特接受新兵训练时，我和他就已经是好朋友。他从皮带上拔出一颗手榴弹，猛地拉动拉火绳，将它抛入到前方的敌军战壕中。就在这一瞬间，一名苏军士兵开火了，冲锋枪打出一个点射。一颗开花弹钻入弗里茨的胳膊，他顿时昏厥过去。身边的德军士兵穿过硝烟和尘土向前冲去。恢复意识后，弗里茨沿着地面爬回后方，去报告敌人的防御已被打开个缺口。他那颗手榴弹炸死了敌射手，使敌人的防御阵地被打开个小缺口，身穿灰绿色军装的德军士兵利用这个缺口迅速向前推进，突破了敌人的阵地。这个成功使我们获得了几百米的进展，与此同时，在我们左侧的步兵连也打垮了苏军在别利别克谷的前沿防御。

6月7日下午，夺取"奥尔贝格"高地后，一场跨越别利别克谷的正面进攻全面发起，夺取"奥尔贝格"高地使我们付出了沉重的代价。尽管遭受到损失，但这一高地的夺取使我们与第22步兵师连成一片，并为进一步的推进做好了准备。

6月8日至15日，我们团继续向前，人员和装备在这些行动中付出了高昂的代价，夺取"诺伊豪斯"高地时，每一寸地面都要经过激烈的争夺。在此期间，第213步兵团被派来加强我们师，他们在右翼投入战斗。为重新夺回"奥尔贝格"，苏军在这一侧多次发起尝试，但均未获得成功。

一场大规模进攻计划在6月17日发起。新的打击目标已分配给各炮兵连，从前线可以看见炮弹在敌人实施抵抗的各个据点上炸开。7点45分，我们接到消息，"格别乌"支撑点已被我们的步兵夺取。8点30分，又有消息传来，"西伯利亚"和"伏尔加"支撑点也已被德国军队拿下。经过一个小时的激战，我们的步兵突破了I号要塞堡垒附近、构设在原始住宅间的敌军防线，8点45分，这座要塞被我们的突击部队攻占。上午10点，从巴腾耶夫卡附近开火的敌军炮兵连遭到压制。12点，面对敌人的猛烈反击，我们的前沿突击部队继续坚守着I号要塞堡垒。12点50分至13点15分间，我们团每个炮兵连都对"希什科瓦"要塞发射了80发炮弹。尽管如此，苏军士兵仍顽强守卫着这座堡垒，坚决不肯后退一步。绝望的苏军发起了反击，坚守I号要塞堡垒的德军士兵与他们展开了白刃战，战斗来回拉锯，阵地得而复失、失而复得。战场上满是阵亡者和垂死的士兵。尚能行走的伤员穿过笼罩着阵地的硝烟，毫无意识地趔趄而行。双方部队混杂在一起，士兵们相互射击，或用枪托和刺刀厮杀着。下午2点45分，"莫洛托夫"支撑点落入我们手中。

第641重型炮兵营的任务是摧毁"马克西姆·高尔基I号"炮台，该营配备着2门355毫米口径的臼炮，驻扎在"奥尔贝格"西面4公里处。这些巨大的炮弹，每颗重达1000公斤，需要用起重机将其吊入炮膛。这种臼炮过去曾在法国战役中对列日的防御发起过打击。炮弹上安装着延迟引信，不会触地即炸，而是钻入要塞的混凝土保护层后才会炸开。第一批炮弹从这些钢铁怪物中射出后不久，前进观测员便发回了报告，要塞的炮塔"被炸飞……'马克西姆·高尔基I号'炮台已被炸开"。苏军储存在炮台内的大批305毫米炮弹发生殉爆，硕大的弹片疯狂地飞入空中。最后，这座炮台被硝烟和尘埃所笼罩，陷入了沉默。

工兵和步兵单位对山头发起攻击。在这座300米长、40米宽的混凝土庞然大物内，守军继续实施顽强的抵抗。炮台的陷落已呈不可避免之势时，一些守军发起了绝望的突围尝试。

德军工兵用炸药、火焰喷射器和发烟罐杀入敌军阵地。最初的爆破后，守军继续从射孔和这座混凝土建筑的开口处朝外射击，但第二次爆破将墙壁炸塌了一段。一个巨大的洞穴暴露在工兵们面前，揭示出这座炮台复杂的结构。"马克西姆·高尔基 I 号"炮台有三层楼深，这座自给自足的城市配有供水和发电设备，1所医院、1座食堂和数个带有弹药运送车、军火库以及制造设备的机房。每个房间和每个入口都装着双层钢门，每扇门不得不用炸药炸开。工兵们紧紧地贴着墙壁，等待着爆破的发生，就这样缓缓进入到这座混凝土迷宫的深处。每扇房门被炸开后，数枚手榴弹顺着充满硝烟的缺口被投了进去，接着便是短暂的停顿，这些工兵等待着烟雾的消散。黑黢黢的过道里躺着敌人的尸体，死者和垂死者佩戴的防毒面具使得眼前的场景更加恐怖。

手榴弹不停地在近处炸开，爆炸声震耳欲聋，手枪的击发声在密闭的空间里回荡。攻破一个房间后，德军士兵会将钢门砰的一声关闭，然后，这一过程会重新开始。扫荡行动就这样持续了一个又一个小时，德军突击队深深地进入到炮台中央，逼近了敌人的指挥中心。苏联海军中将已命令守军战斗到最后一个人，不得投降。敌人的一名报务员给塞瓦斯托波尔港口附近一座掩体内的海军中将奥克佳布里斯基发去电报："德国人正在撞门，要我们投降，我们已无法透过门上的瞭望孔开枪射击，我们只剩下46个人。"

半小时后，苏军士兵发出了另一份电报："我们只剩下22个人，我们准备炸死自己，通讯到此结束——永别了！"

随着要塞内部的守军自杀身亡，"马克西姆·高尔基 I 号"炮台的战斗就此结束。1000多名守军中只有40人被俘，而且这些士兵大多身负重伤，无法继续实施抵抗，这才成了我们的俘虏。

"马克西姆·高尔基Ⅰ号"炮台于下午4点45分陷落。这座庞大的炮台被夺取后，塞瓦斯托波尔北部防线上最强大的一座堡垒已落入我们手中。敌军防御体系的支柱被打断，当天晚上，我们的前线已到达"希什科瓦"要塞前。

白天，由于我方飞机执行的轰炸任务，战场上的能见度经常受阻。第1炮兵营的观测点设在防坦克壕东面200米外的高地上。第3连转移了阵地，并于清晨6点在"诺伊豪斯"高地东北方再度准备发起进攻。

我在"奥尔贝格"高地上看见一架容克88飞机被敌人的一个高射炮连重创。一具引擎起火燃烧，这架飞机盘旋着，缓缓地朝北面降去，身后的一股黑烟弥漫着空中。尽管仍在敌军阵地的上空，但飞机的后部还是落下一个东西，朝着下方坠落。突然，一个白点出现在空中，它变得越来越大，我们终于看清那是一顶白色的降落伞，轻轻摇曳着朝地面落下，降落伞越来越大，似乎正直接向我们这里飘来。

风裹着降落伞下的机组成员朝我们这里而来，但敌人的高射炮连和步兵朝着缓缓落下的目标开火了。我们的两个机枪组立即还击，一条接一条的弹链朝敌人的阵地扫去，试图压制住对方的火力。在前进观测员的指引下，我们的一门反坦克炮也开火了，一发发高爆弹迅速射入敌军阵地，我方的迫击炮也闻风而动，那名飞行员靠近地面时，我们的炮火也越来越猛烈。我们的火力成功地将敌军火力压制了二三十秒，降落伞飘过我们的阵地，那名飞行员平安地落在我方防线后，降落伞上满是窟窿。几名德军士兵冲了过去，扶着他站起身子。这位飞行员喘着粗气表达了自己的感激之情，他告诉几个救援者，自己毫发无损，并为能在这场灾难中生还，而且未被苏军俘虏松了口气，因为俄国人就在不到100米外的阵地里。

这里还发生了另一件事，一名军士作为补充人员最近才被分配到我们连，据他说，被征召入伍前，他是一名专业舞蹈演员。他对自己的体型和外貌非常自豪，总是格外小心地留意不让自己受伤或是不必要地暴露在危险下。一天下午，弹片切掉了他的大半个鼻子，我为他包扎时，他告诉我，他打算向政府申请伤残抚恤金，因为他确信，这个毁容使他作为一名舞蹈演员的职业生涯就此结束。

我们还遇到了这样一些罕见的情况，一些新兵到达前线后，偷偷地沿着战壕爬行，并将手高高地伸过战壕的护壁，希望能得到个"heimatschuss"，就此获得一张回家的车票。在这种环境下，一些坚强、可靠的士兵有时候会做出意想不到而又奇怪的反应，而这些事情在平时是绝对不会考虑的。

各个步兵连的兵力越来越少。白天热浪逼人，夜里的情况稍好些。前线士兵只靠香烟、冷咖啡、茶水以及不多的军用口粮维持着每日的生计。定期洗脸或刮胡子是不可能做到的。白垩土像块海绵那样吸收了一切雨水，冬季清澈的溪流现在已干涸，河床上凝结着红棕色、破裂的黏土。

对前线德军士兵的要求被提升到不人道的地步。由于地形复杂，在多次战斗中，我那门反坦克炮无法进入阵地对敌人发起打击，并未体会到步行前进的步兵弟兄们所经历的那些艰难。几乎所有的苏军战壕和防御阵地都必须由步兵和工兵单位逐一攻克，这些部队缓慢地穿过被沟壑贯穿、遍布着茂密灌木丛的地带，还冒着踏上地雷的危险。敌人必须被消灭，阵地必须被夺取，这使双方都遭受到惨重的损失，然后，德军士兵继续向下一个目标扑去。

我接到命令，确保"诺伊豪斯"高地后方通往梅肯济耶维戈雷的公路的安全。夜色降临后，德军的推进暂时停顿下来，我们便协助步兵排往前线运送弹药，并将伤员送往后方。

6月16日夜间，在第437步兵团第2营营部里，我最后一次见到了伯恩哈德上尉。第二天，在对"诺伊豪斯"高地西侧一处阵地的进攻中，伯恩哈德上尉阵亡。

双方阵亡的士兵布满了壕沟，由于存在敌军狙击手的危险，我们无法将阵亡战友的尸体带回来安葬。闷热很快便使腐烂的尸体散发出一种令人恶心的甜味，几天后，肿胀的尸体开始将军装撑破。尸体的面孔和双手变成黑色，僵硬的胳膊伸向空中，这使一具具肿胀的尸体呈现出更为可怕的情形，甚至远远超过噩梦中的场景。

一名医护兵冒着风险在防线间的一些尸体上喷洒漂白粉，试图缓减尸体的恶臭，并阻止传染病的发生。尽管这几个月来不断接触到死者，但我从来不从沟壑的下风处经过，以免被笼罩在令人恶心的臭气中。

6月19和20日，我们的几个步兵团撤出战斗，因为我们的实力几乎已被耗尽。某个连只剩下2名中士和几个士兵，许多连长不是阵亡就是负伤，根本没有可用的补充兵。炮兵前进观测员也遭受到严重伤亡，许多炮手沦为高效的苏军炮兵发起还击的牺牲品。不断增加的兵力损失中，还要添加上通信人员、工兵以及第132侦察营的伤亡。

每天夜里，苏军的"老鼠"都在头顶上嗡嗡作响，从未中断过，它们经常撒下传单，拙劣地诱使德军士兵开小差。1942年6月的一份传单上写道：

阅读并转交给您的战友

第50、第24、第132、第170、第72和第28步兵师的士兵们！

7个月来，你们的上级一直妄想夺取塞瓦斯托波尔。这个企图使你们付出了阵亡80000人的代价，目的却未能实现。

这个企图永远不会实现！

你们对64、4、192、0、104.5高地以及塞瓦斯托波尔其他地区发起的6月攻势，仅在四天内便让你们阵亡、负伤或失踪了15000人，但仍未能成功突破苏联红军的防御。

你们绝不会成功的！

苏联海军和近卫军将继续保卫自己的家园，这座城市四周的防线将继续成为敌人的坟墓。

德国士兵们！

你们将鲜血洒在塞瓦斯托波尔的高地上时，你们国内的城市却每天都遭到数千架英国重型轰炸机的空袭。科隆、埃森、不来梅、埃姆登、罗斯托克、吕贝克和其他德国城市正沦为冒着烟的废墟堆。要不了多久，英美联军就将登上欧洲大陆，欧洲战场的第二战线即将形成。铁木辛哥元帅的部队继续对希特勒南方集团军群辖内的军队实施着毁灭性打击，逃离克里木半岛的唯一路径很快将被封闭。

你们将无路可逃！

但你们还有两种选择：要么为希特勒残暴、不人道的政策做出无谓的牺牲，要么向塞瓦斯托波尔守军投降，以保全你们的性命。

德国第11集团军的士兵们，

不要再参与进一步的进攻。

逃离前沿阵地。

投降，你们就能活下去！

苏军最高统帅部

6月18日，第436步兵团进入到"希什科瓦"要塞的北部区域，第437步兵团则夺取了巴腾耶夫卡的西南角。第437步兵团的实力已严重受损，随后便被撤离前线，分配给第46步兵师，在刻赤半岛负责海岸防卫。

6月19日，"希什科瓦"要塞被彻底攻占，而第97步兵团在西南面获得了更大的进展。6月20日，"列宁"支撑点落入该团手中。第二天，整个炮台防线被该团和师属工兵部队所夺取。与此同时，北部的海港也落入第132步兵师手中。

完成了谢韦尔纳亚湾北部地区的任务后，我们师被调至第54军左翼，奉命向南推进，穿过复杂的地形赶往盖塔尼。此前设在"海员之家"的师部迁至谢尔蓬季那，6月22日又转移到卡缅斯基北部的梅尔泽峡谷。第436步兵团由于损失惨重而被撤离前线，调至刻赤半岛实施海岸防御。接替该团的是第72步兵团。6月27日前，进攻部队成功地穿过茂密的灌木丛地带，经过激烈的步兵战，夺取了盖塔尼的数个高地。他们随后向左转动90度，以攻占隆山。随着这一移动，我们师的防线由东向西坐落在齐切尔纳亚的东岸。第50步兵师位于我们右侧，罗马尼亚第4山地师则在我们左侧。6月27日，我们的师部迁往西北方的切尔克斯－克尔门。

6月29日，第54和第30军麾下的部队再次奉命发起进攻。从位于Ⅱ号要塞的前进师指挥部中，跨过齐切尔纳亚的整个进攻态势一览无余。尽管苏军顽强抵抗，德军步兵单位还是夺取了齐切尔纳亚西面陡峭的高地。伴随着清晰的能见度，前进观测员目睹了德军步兵在突击炮和工兵的支援下发起冲锋的壮观景象，这些观测员从自己所处的位置指引着炮火拦截逃窜中的俄国人。在斯图卡的打击下，敌人的机械化部队损失惨重。

6月30日，面对敌人被不断削弱的防御，我们获得了更大的进展，中午时，师里的先头部队已推进至塞瓦斯托波尔的南部区域。随着这一进展，师部前移至南因克尔曼。

7月1日，塞瓦斯托波尔这座被包围的要塞将在12点30分遭到猛烈的炮击和空袭。按照计划，第54军的主力将夺取东端，第132步兵师的任务是从南面突入这座要塞的防御，夺取其南端。

从南面发起进攻的计划是在第一天夺取塞瓦斯托波尔最南端三分之一的防御阵地，这座要塞剩下的部分将在第二天拿下。上午9点，从师部（此刻已前移至73.0高地）已经能看见炮兵和德国空军对要塞的狂轰滥炸，整个城市似乎被覆盖在一层厚厚的硝烟和尘埃下。

由于只遭遇到轻微的抵抗，我们的师长要求上级批准穿过市中心直奔港口南部，以便在当天便将这座要塞攻克。这个应变计划获得了批准。按照新的突击计划，第42步兵团位于右侧，第72步兵团居中，而在左侧，横扫塞瓦斯托波尔西部接近地的任务交给了第97步兵团。

12点30分，已经能看见向前推进的步兵单位突破了这座城市的外围防御，对南端的炮击被取消，以防误伤己方部队。下午1点13分，德国军旗已飘扬在"全景"高地的制高点上，苏军的抵抗极其轻微，德军步兵继续向前迅猛推进。下午2点，师长接到第42步兵团团长迈塞尔上校的报告，他的部队已越过苏军防线，穿过城市到达炮兵湾。这份报告标志着这座城市正式落入德军手中。

报告被转发给军长，军长立即做出批示，交由德意志广播电台做出特别广播。晚上9点，该电台向全世界宣布，塞瓦斯托波尔已被德国军队攻克。迈塞尔上校被师长授予"第一个进入塞瓦斯托波尔的德国军官"的称号①。

德国军队继续向前，穿过市中心，很大程度上，这里已被夷为平地。在许多地段，燃烧的建筑物和爆炸的天然气管道形成了令人难以承受的热度，驱车穿越满目疮痍的街道变得极为困难。

俯瞰着海湾的"全景"高地上伫立着托特列边将军的纪念碑，1853—1856年间的克里木战争中，他是这座城市的守卫者。尽管雕像已

---

① 迈塞尔后来升至中将，1944年10月，他与布格多夫将军一同赶至隆美尔住处将其赐死。

被一发炮弹"斩首",但我们师还是将其掘出,送往柏林军械库作为战利品加以展示。

市内的居民们慢慢地从地窖和防空洞中爬出来,迎接新的征服者。他们不安地盯着缓慢穿过废墟的德军队列,幸存的市民立即开始哄抢那些没有被炮火摧毁的食物仓库。市内很快实施了军事管制,以便尽快恢复这座饱受摧残的城市的秩序。物资仓库和重要的室内设施派驻了岗哨,劳工队也被组织起来,设法从过去几周给这座城市造成的破坏中挽救尚存的生命。

经过数周的激战,并遭受到严重的损失后,苏联这片最强大的土地和沿海要塞现在牢牢地掌握在德国军队手中。接下来的几天,德军士兵和苏军战俘忙着埋葬数千具苏军士兵的尸体,这些尸体仍散落在激战发生过的地方。

一些地区曾经历过激烈的抵抗。进攻因克尔曼时,我们发现峭壁内有一座庞大的军火库。战前,这座工厂曾是克里木葡萄酒加工、装瓶厂,俄国人将数千名伤员和避难的平民送入这座巨大的工厂内。

德军士兵赶到时,早已埋设在峭壁底部的炸药被引爆。伴随着一声雷鸣般的巨响,300米长的峭壁被炸塌了30米,堵住了入口,并将里面的人埋在数吨泥土下。遇难者中包括一支德军侦察部队的士兵,他们逼近这座工厂,到达入口处时,突然发生了爆炸。

无情的阳光照耀着塞瓦斯托波尔,伴随着日出,闷热也接踵而至。这座城市已被轰炸和炮击严重破坏,但通过废墟,还是能看出这座城市曾经的美丽。被19世纪60年代的克里木战争摧毁后,沙皇以一种后古典风格重建了这座城市。许多在战火中残存的建筑依然带着精致和美丽伫立着。

港口设施已被破坏,海水中浮着半沉的船只,裹着油污和杂物的船头或船尾高高翘起。火焰席卷了整片地区,苏军战俘在废墟中铲出一条通道。

塞瓦斯托波尔战役并未彻底结束。苏军沿海部队丢失了塞瓦斯托波尔要塞，但许多部队已逃入西面赫尔松半岛上的新阵地。按照斯大林的命令，如果无法撤离，这些阵地就必须坚守至最后一个人。少数高级指挥官和政委已搭乘巡逻艇逃离，其中包括塞瓦斯托波尔城防司令彼得罗夫将军。

赫尔松半岛的激战一直持续到1942年7月4日。苏军试图突破德军防线，到达游击队出没的亚伊拉山。残存的苏军士兵排成密集的队形，胳膊挽着胳膊（他们用这种办法来防止某些士兵畏缩不前或向后逃窜），以一个又一个的波次朝我们的防线冲来，这种打法我们曾在梅肯济亚经历过。

这些自杀式进攻者中，许多是妇女和共青团里的姑娘。这些缺乏训练、毫无准备的部队遭受到惨重的损失，残存者试图穿过沟壑和峡谷逃出包围圈，但没能成功，最终于7月4日举手投降。扫荡行动中，光是在赫尔松半岛便抓获了30000名俘虏。

在这座被征服的城市里，疾病的威胁依然很大，无数的苍蝇覆盖在死尸上，或是形成大片灰黑色的云层，在伤者头上盘旋。宿舍的墙壁上爬满了传播疾病的昆虫，吃饭成了件颇费周折的事情，因为每吃一口食物都要仔细将虫子剔除。尽管我们下了很大的功夫小心避开食物里的虫子，但还是有许多苍蝇被我们吃了下去，不过我们并未因此而生病。

即便在和平时期，瘟疫也曾降临在这座城市，来自君士坦丁堡的船只将瘟疫带至克里木，并带进高加索的港口。遭受我们围困期间，携带着芽孢杆菌的老鼠数量激增，幸运的是，这种疾病被控制住。没有任何警告或解释，数以百万计的苍蝇便死于席卷这片地区的传染病，这种飞行的害虫被神秘地根除了。

英军公墓是第一次克里木战争的纪念物。这里曾被苏军作为指挥中心，为阵亡英军士兵竖起的一块块大理石墓碑被炸断，倒在被炮火翻掘出的遗体残骸间。

许多负伤的苏军士兵躺在葡萄园里，忍受着炽热阳光的烘烤。他们没有水喝，很快便被一种冷漠感所征服，躺在露天里等待着死亡的降临。德军医护人员试图挽救这些伤员，苏军的军医、护士和军士也从战俘营中放了出来，帮着在山坡上搜寻负伤的苏军士兵。苏军军医从地上拔出粗木棍，穿过葡萄园，用木棍来说服那些尚能行走的伤员到急救站去。面对棍棒的威胁，许多伤员不肯站起身来，军医和护士便会扑过去，用棍子拼命地抽打他们。面对痛骂和棍棒的殴打，尚能行走的伤员们被迫站起身，朝着急救站的方向走去。

伤员们疲惫地彼此倚靠着，身上沾满苍蝇，裹着血淋淋的绷带，两个一群、三个一组，蹒跚着朝他们的目的地走去。很快，漫长、可怜兮兮的队列便冒着炙热的阳光走向水井和战俘临时收容所，对他们中的许多人来说，这就是一段最后的旅程。

随着这座城市的陷落，我们师承担起刻赤半岛的守卫之责，直到1942年8月27日奉命调往北部战线。

站在海边，高加索山脉清晰可见，经过几个月的艰苦奋战，我们师终于得到了相对舒适的休整。我们在这里游泳，组织一些娱乐活动，偶尔才站站岗并接受些培训。克里木南部海岸的雅尔塔通常被称作俄国的里维埃拉，在这里建立起一片休闲区。远离炮弹的爆炸和狙击步枪的射击声，士兵们坐在温暖的阳光下，一连几个小时玩着纸牌。两年后，丘吉尔、罗斯福和斯大林在这座风光宜人的城市会晤，决定了数百万人的命运。

休假的限制被取消，一些士兵获得批准离开前线。我欣喜地获知自己也被选中，于是，很快便登上挤满了休假者的火车返回德国。临行前，我来到位于刻赤的团部报到。我在那里获知，由于参加了击毁三辆苏军坦克的行动，我已作为一名候补军官被推荐到军校接受培训，而且，这个推荐获得了批准。

雅尔塔无忧无虑的日子被证明是短暂的。德国军队向东方的推进以及在东线所取得的胜利，此刻已到达顶峰，反正宣传报道上是这么说的。宣传部门宣称，一统天下的最终梦想正在实现。

但随后，"胜利的东线勇士们"休假了。离开前线单纯的环境，他们踏上了归国之旅，在国内，他们开始听到一些关于自己国家所做的可疑行径的传闻，偶尔还有些耸人听闻的故事，说的都是远离前线的被占领地区所执行的政策。重返前线的士兵经常牢骚满腹，有时候甚至有一种理想破灭感，因为他们意识到，战争中的经历已将自己彻底改变。他们在德国不再感到轻松自在，部队里的战友和朋友才是自己真正的家人，战争已成为他们的生活。

1942年夏季前，德国军队已从顿河和库班进入高加索地区。他们到达了里海海岸和伏尔加河河畔。斯大林格勒这个名字经常能听到，但没有任何迹象表明第6集团军会在伏尔加河遭遇到什么不幸。

按照最初的计划，克里木的德军部队将跨越刻赤海峡，穿越高加索，与南线德军相配合，转身向北发起一场精心策划的攻势。希特勒更改了这个计划，我们的这位最高统帅身居柏林，现在，他偶尔会被称为"有史以来最伟大的军事统帅"。按照希特勒的构想，第11集团军麾下夺取塞瓦斯托波尔的各个师，应该被用于攻克列宁格勒。就这样，一个荒唐的命令下达了，驻克里木部队中最核心的几个师将从东线最南端调至最北端，在那里投入战斗。东线的南翼需要这些部队来稳定，但这种迫切的需求被抛诸一旁。如果克里木这些经验丰富的部队继续留在南翼，第6集团军的不幸本来是可以避免的。

第七章

盖托洛沃

> 这片冰冻的荒原上，出现在我们眼前唯一的色彩是猩红的血色，
> 它覆盖着那些倒在我们枪口前的死者和垂死者。

8月份临近结束时，第11集团军辖下的大批部队离开了刻赤半岛的阵地。师里的各个单位登上火车赶往遥远的北方，平均在路上耗费8—10天，这才到达列宁格勒前线。9月中旬，全师重新集结，做好了战斗准备。

有传闻说，我们将对列宁格勒发起攻击。1941年夏季，如果投入这些新调来的部队，是有可能夺取列宁格勒这座城市的，可是那个时候，上级决定以围困的方式迫使城内的居民就范，以免德国军队遭受严重的损失。俄国人以顽强的勇气和坚定的决心证明了这是个错误的决定，他们在夏季利用船只、在冬季利用铺设在拉多加湖厚厚冰面上的铁路线为这座城市提供补给。尽管成千上万人被饿死在这座被围困的城市里，但俄国人承受着这一切，守住了他们的防线。从德国这一方来看，列宁格勒的战事已成为一场代价高昂的消耗战、僵持战，不断消耗着我们已严重萎缩的战争资源。

敌人很快便获知德军调来了新的部队，他们立即对我们的阵地发起一场攻势，试图从陆地方向突破我们的封锁，并破坏德军计划中的进攻行动。从克里木调来的各个师没有展开夺取列宁格勒的最后决战，反而被迫投入到击退苏军纵深突破的战斗中，这一调动迅速演变成拉多加湖南岸的一场激战。

水滴形包围圈沿着前线延伸了8公里，楔入德国第18集团军的防线达12公里深。德军计划发起一场反击，从南面对这个包围圈实施打击，第132步兵师被投入战斗，任务是向北攻击前进，直抵盖托洛沃，封闭包围圈的西口，防止苏军突围，同时建立起一道向东的新防线，以抵御敌人对我军侧翼的进一步攻击。

9月5日早晨，先头部队成功推进至托斯诺。敌人集结起兵力，沿着瓶颈的东部边缘一次次发起进攻，向东面的姆加冲去，并在数个地段达成了突破。从克里木新调来的几个师击退了俄国人的渗透，而第132步兵师被留作预备队，集结在姆加—萨布利诺—夏普基这片地区。

第二天一大早，情况发生了变化，我们师再次被置于第11集团军的指挥下。9月8日，第436步兵团的各单位和第132炮兵团第2营投入了前线。平均每隔一天便以7—10节车皮运载，9月16日夜间，全师已集结完毕，再次做好了对敌人发起打击的准备。

与此同时，敌人的突破已在姆加地区被遏制，随后又被德军从北面和南面发起的进攻所封闭，德军的钳形攻势在盖托洛沃会合，将突入的苏军部队彻底包围。

起初，德军第170和第24步兵师发起的进攻并未能获得成功，第132步兵师随即被投入战斗，向索戈卢波夫卡—姆加地区攻击前进。9月17日至19日，师里的几个团沿着勉强可供通行的道路，艰难地向目标赶去。每前进一步都需要付出非凡的努力。暗堡和防御阵地构设在沼泽中，很少或根本就没有住处，部队经常露宿在湿漉漉的地面上，饱受着潮湿、寒冷的空气。冬季用品依然缺乏，士兵们忍受着逐渐降低的寒冷温度，每当夜幕降临，他们便被冻得瑟瑟发抖。

9月21日，我们接到了准备发起进攻的命令。这需要彻夜行军、跨过粗陋的木排路赶往集结区，无法通行的森林中狭窄、泥泞的小径再次给我们的行进造成了严重妨碍。黎明过后，各个团终于到达了位于阿普拉克辛的指定位置。8点，参谋人员召开情况简报，对任务进行最后的分配。

从宿营地到进攻发起地只有2公里，但由于糟糕的路况和地形条件，完成这段距离需要2个多小时。进攻计划在中午12点发起，第436和第437团立即意识到无法按时发起攻击，最快也要到下午2点。参谋人员尽可能地调整了计划，将进攻推迟到下午1点。尽管付出了最大的努力，但部队还是无法准时执行计划，于是，进攻再次被推延。实际上，对乔尔纳亚的进攻最终得以发起，完全依赖于德军士兵值得赞颂的个人努力，而部队进一步向北推进，以获得更大进展的行动不可避免地遭到了失败，只能归因于进攻的准备时间不足。

由于准备工作不够充分，这场进攻遭受的损失奇高无比。9月22日，师里的几个团阵亡了510人，包括7名军官，另外还有8名军官负伤、1人失踪。我们团的四个营，作战实力只剩下1600人，这表明，对谢尔纳亚的首次进攻就让我们付出了30%的伤亡。

9月23日，我们奉命于上午10点发起进一步进攻。为我们提供支援的坦克和突击炮很快便陷入沼泽中，无法越过乔尔纳亚河。由于地形难以逾越，再加上团部与各个营之间糟糕的通讯联系，早上那几个小时的准备时间被证明对这场进攻来说远远不够，前进了100米后，部队报告说，他们无法取得进一步进展。

三个小时后，下午1点，上级命令重新发起进攻，必须不惜一切代价穿过茂密的沼泽地带赶至盖托洛沃。但这场进攻再度失败。在猛烈炮火的支援下，德军于下午3点30分再次发起攻击。炮火异常凶猛，全师和军属炮兵连持续不停地进行了30分钟的炮火准备，彻底覆盖了进攻发起线前方的整片区域。尽管这场进攻投入了我们最后的预备队，但由于部队损失过重、太过疲惫，已无法取得进展。进攻再度停顿下来。

9月25日，在营长的指挥下，我们又一次发起进攻，这场进攻在苏军防线上打开个缺口，并与盖托洛沃北部的德军部队建立起联系。12点30分，全营进入盖托洛沃。面对占据压倒性优势的敌人，营长施密特上尉完全依靠他出色的领导能力和他个人的英勇，这才完成了这番壮举。由于这场胜利，他随后被推荐获得骑士铁十字勋章，并在10月8日得到了这枚非常受人尊敬的勋章。

夺取盖托洛沃再次给部队灌输了这样一种信念，他们可以完成上级交付给他们的一切任务。大家普遍相信，我们师与第437步兵团先头部队之间，已不存在完整的敌军部队。可是，9月25日，敌人却在第437团右翼与第436步兵团之间打开个缺口，而第436团的实力过于虚弱，无法封闭这个缺口。此刻，我们师并未接到进一步的任务，因为所有士兵都已疲惫不堪，无法执行后续行动。苏军显然也面临着同样的情况，他们对我们团据守的2公里防线多次发起进攻，均未能取得成功。

9月26日，我们师再次接到发起进攻的命令。命令要求我们将敌人赶过乔尔纳亚河，控制住该地区，以便建立起一个桥头堡，我们可以从那里封闭防线上出现的一切缺口。但面对掘壕据守、严阵以待的敌人，虚弱的德军部队再一次无法完成这个任务。

9月27日，我们再度发起尝试，第437步兵团设法杀至乔尔纳亚桥东面500米处的一座苏军指挥掩体，他们在那里挖掘了阵地，等待着敌人必将发起的反扑。我们的两翼没有获得任何支援，孤零零的第437团无法阻止苏军部队向西面撤离。面对潮水般涌来的敌人，我们团继续坚守着阵地，苏军部队涌过这座"孤岛"，冲击着德军防线。9月30日，德军第3山地师发起一场进攻，救出陷入困境的第437步兵团，封闭了前线，阻止了敌人对我们团的包围。

这些天里，我们团遭受到严重损失，剩下的兵力只够维持防御，无法对敌人哪怕是最轻微的抵抗发起进攻。我们师从10月5日起正式实施防御，10月11日接到命令，第24步兵师将接替我们师。疲惫的士兵们将阵地交给赶来换防的部队，返回维里察地区的休整地。

争夺盖托洛沃的战斗中，师里的天主教神父获得了"背包神父"的称号。他背着破旧的军用背包跟着部队一同行军，背包里塞满了最简单的食物，他坚持将这些食物分给坚守在最前沿阵地的士兵们，在这些士兵看来，这不啻为奢侈品。他总是愿意帮着救助伤员，有一次，一名德军士兵在前线开阔处被苏军狙击手击中，神父亲自找到这名身负重伤的士兵，并将他救回后方。他经常暴露在前线，为了前线士兵的福祉甘冒风险，但他所做的这一切匆匆告一段落，俄国人的迫击炮从数百米外茂密的树林中开炮射击，一块弹片重伤了他的胳膊。神父的伤势非常严重，不得不进行截肢，就这样，我们师失去了一位宝贵的战士和朋友。师长想对他英勇的奉献精神做出正式承认，因此推荐他获得勋章，但这个建议被典型的国家社会主义理念所否决，他们拒绝颁发这种受人尊敬的勋章，除非神父同意放弃身上的法衣。

9月22日至10月7日这几周里，我们营阵亡了62人，另有280人负伤、30人失踪。二三十名轻伤员和患病者仍跟我们待在一起，营里尚能作战的有生力量只剩下50人。

10月至12月，在维里察地区这段短暂的休整期间，我们采取了非常措施来恢复全团的实力。后勤部队、工兵排、运输单位和其他并未面临迫切危险的部门被彻底梳理一遍，以获取可充当步兵的人员。最近一段时间，拉多加湖南岸进行的激战导致我军遭受到惨重的损失，从其他渠道根本无法获得补充兵。我们自行募集的这些补充人员几乎没有接受过任何正规训练，但在10月28日，我们接到命令，赶往波戈斯季耶包围圈附近一个新分配的地区。随之而来的冬季，双方都很少发起行动，这给了我们喘息之机，直到来年2月份前，我们一直忙着对新招募的士兵加以训练，并恢复自身的实力。1943年2月初，各单位报告说已基本恢复了有效的战斗力，尽管新兵们尚缺乏全面训练。

不久后，我们师再次投入战斗，以发起一场新的攻势，我又一次负了伤。不知道是一发跳弹还是一块弹片击中了我的左脚，彻底穿透了厚厚的皮靴，留下锯齿状的入口和出口。幸运的是，我的骨头没断，受的似乎只是表皮伤，这个伤势很快会复原，不需要后送。在团属医疗站养伤期间，我接到通知，要求我立即赶往军校报到。第一次世界大战期间，下级军官的伤亡率奇高无比，因为他们遵循的是普鲁士的一句座右铭："无论生死，一名少尉的职责就是冲在最前面！"我们团里，身处前线的营连级军官，没有谁没负过伤，甚至有许多已在战斗中阵亡。

再次回到祖国，我却产生了一种奇怪的不适感。我接到的命令是让我先到吕内维尔，再从那里赶至马恩河畔沙隆，补充兵司令部就设在那里。随后的命令又指示我到布拉格附近米洛维茨的军校报到。除了正规军，德国军队中还设有预备役，这是德军的传统，尽管我积极性很高，但并未对自己即将成为军官团的一员抱以太大的希望。

我很快便参加了强化的课堂学习和实地操演，由于最近在前线的经历，教官要求我给这些预备军官们讲解在东线会遇到的各种情况。就在这时，我脚上的伤口突然再次破裂，我不得不在当地的军医院住了三周，那里的军医设法为我缝合了伤口。

与美军不同，此时的德国军队没有青霉素，如果伤势得不到控制，哪怕是最轻微的伤口都有可能造成感染，并导致致命的结果。实际上，即便在医学得到发展的后期，腹部的伤口也经常导致伤员送命，士兵们在投入战斗前常常被劝告少吃点东西，如果被子弹或弹片击中，填满的腹部会增加并发症发生的可能性，而这通常是致命的。

在军医院卧床休养期间，预备军官冯·毛奇常来看望我，他是普鲁士著名的毛奇元帅的后人，他给我送来教案和上课时讨论的问题，以便让我能跟上教学进度。一天下午，班主任里希特少校赶到医院，来到我的病床旁与我交谈。我惊讶地听见他问起金斯米勒上校的情况，他们俩以前曾在一起服役过。审查预备军官的档案时，里希特少校注意到我是金斯米勒上校团里推荐来的。二十年代，第一次世界大战后那段政治动荡时期，他俩同在"自由军团"里干过。

看望我的时候，里希特少校不无担心地谈到，由于我缺课太多，很可能无法跟同班同学一同毕业。我立刻向他展示了这段休养期间温习的功课，这让他非常高兴，离去前，他向我保证，他会设法干预由于我的伤势而受到影响的毕业和随之而来的晋升问题。

12月1日，我在这一天同时被提升为中士和少尉。12月17日，军校第11届预备军官毕业生坐车赶往柏林，齐聚体育宫聆听帝国元帅赫尔曼·戈林的训话。各军种近2000名刚刚获得晋升的预备军官，按照各自获得作战勋章的先后顺序就座。作为一名早就获得过一级铁十字勋章的学员，我荣幸地获准在前排就座，距离讲台仅几米之遥。

突然，伴随着震耳欲聋的军乐，帝国元帅出现了，肥胖的身躯穿着一身华丽的象牙色军装，走近了讲台。他的脖子上挂着大铁十字勋章和一枚"蓝色马克斯"，后者是他在第一次世界大战期间作为一名战斗机飞行员获得的。大铁十字勋章则是最近刚刚恢复，戈林是这款勋章的唯一获得者，这枚惹人注目的勋章似乎盖过了德皇"蓝色马克斯"的风头。他的胸前挂着金光闪闪的勋章和奖章，代表着不久前在另一场战争中他做出的令人印象深刻的成绩，在某种程度上还代表着他强大的政治影响力。他的右手握着一根硕大、镶满宝石的元帅权杖。

他先谈起政治话题，最后谈到东线，谈到了斯大林格勒正在发生的灾难。伏尔加河畔，斯大林格勒的废墟中，冯·保卢斯第6集团军的残部尚未向占据绝对优势的敌人投降，因此，戈林带着坚定的信念和权威谈到了这一点。他谈到自己已承诺用空军为被围的部队提供补给，我们后来获知，他并未信守这个承诺。他以流畅、高亢的嗓音谈到了我们这些年轻军官必须面对的牺牲、必须忍受的危险和必须克服的困难，他还告诉我们，敌人从左右两侧对我们实施包抄时，我们应该想起一句古话："远方的过客啊，如果你去斯巴达……"

我们就这样聆听着这场"临刑演说"。为了强调自己的话，帝国元帅开始用他的权杖敲击讲台，力量如此之大，我不禁担心自己随时会被迸飞的珠宝击中。

斯大林格勒！被包裹在一种政治信条中，"荣誉"和"祖国在看着你们"这些说法已被滥用，不惜一切代价坚守阵地是其本质，"有史以来最伟大的军事统帅"（我们的元首）将一个集团军投入到东线一场痛苦的死亡中。

随着战争的继续，极高的伤亡率和德军士兵自愿付出牺牲的精神已成为一种常态。由于错误的指挥延续得太久，士兵们的献身精神渐渐消退，这反过来导致东线崩溃时部队生存机会的下降。但是，对那些端着武器保卫祖国的德军士兵来说，固有的荣誉准则仍深深地留存在他们的意识深处。这些士兵继续付出牺牲，不是为了那些党员，而是为了自己的祖国。

这个体制继续与一场人道的战争保持着距离。我们当时并不知道对犹太人和其他被国家社会主义理念认为不受欢迎的民族实施清算和流放的政策有多么严重，但我们已充分认识到，那些曾忠实服务于国家的勇士，由于政治理念的不同或冲突，已从我们的行列中消失了。

帝国元帅在体育宫的训话表明，我们的军官培训已告结束，接到毕业证明和新的命令后，我们获得了几个星期的圣诞节休假。当天晚上，我跟军校的另外两名毕业生决定留在柏林过夜，以庆祝我们刚刚获得的晋升。三天后，我们登上火车，踏上了各自的旅程。在这几晚的狂欢中，我们几个很不明智地将军官服装津贴挥霍一空，每人大约1500帝国马克。缺乏睡眠使我疲惫不堪，破旧的军装也令我的形象大打折扣，就这样赶往家乡斯图加特。我一贫如洗地到达那里，身上仍穿着普通士兵的军装，只是在肩膀上匆匆缝着新购买的军官肩章。

几天后，我收到了父母和亲属作为圣诞礼物送给我的几套军官制服，配有新购买的礼服佩剑和短匕首，另外还包括战争初期作为一名国防军军官仍需要的配饰。德国已到达其军事胜利的巅峰。我们的军队在苏联控制着幅员辽阔的土地，胜利似乎已近在眼前。尽管困难重重，但隆美尔在非洲不断击败英军，赢得了一个又一个胜利。我们依然坚信第6

集团军会在斯大林格勒取得胜利，依然坚信对布尔什维克主义的这场远征会获得最终的胜利。作为一名获得过勋章的军官，我在家庭圈子里成了大家的关注焦点。我在叔叔克里斯蒂安的家里住了几天，他自豪地将他这个刚从东线战场归来的侄子介绍给他的朋友们。几年后的1944年9月，我们处在彻底失败的阴影下时，美国人对斯图加特发起的一场空袭使克里斯蒂安叔叔惨死于火焰中。

1943年1月初，我赶至洛林的萨尔堡报到，我们团的补充兵站就设在那里。我穿过这座前法国兵营的巨石和铁门时，门口的哨兵立正并向我敬礼。作为一名刚获得晋升的少尉，我对这种自己还不太习惯的致敬稍有些手足无措，我迅速回礼，然后便突然停了下来，看着那名哨兵。我仔细打量着他，这才发现他是我在第14连的老朋友奥布鲁斯·迈斯纳。德国军队中仍保留着这样一个传统，新获得晋升的少尉要对第一个向自己敬礼的士兵做出回报，于是我们约好在当地的一个酒吧碰面，谈谈近况和往事。

向驻军行政管理办公室报到后，我遇到了一些第14连的老朋友。出乎我的预料，约瑟夫·福格特、泽普·克莱门斯、魏斯中士和胡贝尔少尉都在这里。当初征募我的雅各布·霍厄纳德尔下士也在。这些战友聚集在这里是因为他们在前线负了伤，在各个军医院康复后，回到补充兵站报到。

我们接到了必然的工作安排和训练任务。第二天的计划安排要求我们为一个反坦克阵地构设一个圆形防御圈，包括布设防坦克障碍和战壕。作为负责这项训练的军官，我向器材室申请配发必要的铲子和铁镐，他们却告诉我，一件工具都没有。就连最基本的工具也没有，或者就是严重短缺。为完成任务，我们四处搜寻，结果在兵营地下室里发现一批崭新、未使用过的工具整整齐齐地挂在墙壁上。现在，展开训练任务的准备工作已就绪，我们信心十足地握着工具，身穿全套作战服，列队赶往附近的训练场。

当晚返回营地后，我接到命令，立即去总部。在那里，我按照命令向一名大腹便便的后勤军官报到，他坐在一张硕大的办公桌后，桌上散落着各种文件。随后我便聆听了一番可笑的长篇大论，批评我未经批准擅自动用专门留作防空用途的工具。他那粗粗的手指在空中挥舞着，强调着自己所说的每一句话，就这些工具的重要性给我上了一课，并严厉地指出，根据明确的条款，相关设备必须留在地下室里，以便为不可避免的空袭做好准备。

铲子和铁镐奉命归还，就这样毫无作用地挂在地下室的墙壁上。直到今天，这些工具可能还挂在那座兵营冰冷的地下室里，随着时间的流逝慢慢生锈、发黑，但为了完成任务，它们曾被德军士兵使用过。

在前线跟朋友和战友们待了几个月后，我在补充兵站的日子过得不太愉快，这一点并不令人感到意外。其中的部分原因可能是我跟仍是普通士兵的战友们过从甚密，这不符合和平时期德国军队的传统。与另外两名新近获得晋升的少尉（霍斯特·林哈特和汉斯·迪尔迈尔）一起，我邀请了一帮第14连的老伙计来到一位法国军官的故居，彻夜畅饮高歌。

欢聚时的话题不可避免地谈到了其他人，我们的另一些朋友仍跟过去那个团一同待在北部战线。我们都对眼下的行政环境有一种疏远感。这里不是我们的军队，也不是我们该待的地方。我们更适合前线。

获得军官委任后不久，我就给过去的团长写过信，要求批准我返回第437步兵团。很快，1943年1月中旬，我接到命令，让我向第437团报到。我跟霍斯特·林哈特一起返回前线，搭乘一列人满为患的休假列车，穿过德累斯顿、柯尼斯堡、科夫诺、普斯科夫，向更远方的托斯诺而去。

由于冯·保卢斯第6集团军的残部在斯大林格勒的最终命运已定，另一片战区的优先性急剧上升，其政治重要性也引发了高度关注。斯大林格勒和列宁格勒这两座城市的名字代表着这个共产主义国家巨大的政治、经济和精神意义。列宁是俄国红色革命之父和精神领袖，而斯大林这位铁腕统治者，作为一名红色沙皇，用皮鞭和手枪统治着苏联，这两座城市便以他们的名字命名。因此，夺取这些庞大、人口密集的居住地的意义已远远超过其战略必要性，她们已成为俄国人实施抵抗的象征，我们的军队必须不惜一切代价将其击败。在这两个战场上，我们牺牲了数十万名将士。

自1941年秋季以来，列宁格勒一直处于德国军队的围困下。1941年9月24日，留作对这座城市发起最后突击的装甲部队和支援单位被希特勒调离。随着这一抽调，夺取这座城市的计划烟消云散，我们再也无法集结起如此规模和力度的军队，以便对坚守这座城市虚弱、毫无准备的敌军发起最后的进攻。

推延对这座城市的进攻是个极大的错误，随之而来的900天列宁格勒围困战充分证明了这一点。从1942年9月到1943年11月，我们师卷入到拉多加湖南岸和沃尔霍夫前线的激战中，这些战斗造成了兵力的严重短缺，德国军队再也无法从这些损失中得到恢复。

夏季的几个月里，列宁格勒只在陆地方面被彻底切断。由于这座城市伫立在拉多加湖西岸，无数的小船可以为这座被围困的城市提供有限的补给物资。从西岸到东岸这片区域仍在苏军控制下，拉多加湖只有30公里宽，这段距离大致相当于加来地区英吉利海峡的宽度。这座湖泊是个空白，正因为这一点，我们为封锁这座城市所做的一切努力都化为泡影。

沿着拉多加湖南岸，德国第18集团军据守着一条14英里宽的走廊。施吕瑟尔堡和利普卡这两座城市依然是我军侧翼所倚靠的基石。这条狭窄、危险的走廊被称作"瓶颈"，穿过锡尼亚维诺的高地，两侧环绕着无法通行的沼泽。这条防线的整个南段坐落在涅瓦河，遭到围困的苏军多次试图打破包围圈，并对我们的东段防线施加了相当的压力。位于

"瓶颈"南端的基洛夫公路连接着列宁格勒和乌拉尔山区。

列宁格勒已奄奄一息。大批士兵、平民、妇女、老人和孩子因为我们的围困而被饿死。不在街垒实施防御或在工厂从事生产的市民无法获得配给口粮，但那些有资格获得口粮的人每天也只能得到两片面包。一切可以燃烧的东西都被用于住宅和工作场所的取暖。一切能吃的东西都不见了。就连壁纸也从住房的墙上撕下，煮过后从纸张和糨糊中获得微乎其微的一点营养物。列宁格勒的军政指挥官日丹诺夫，毫无同情心地驱使着市内的居民，以挽救他的城市和国家。妇女、老人和年幼的孩子被迫轮班挖掘防坦克壕。那些没有工作能力的人已注定要被饿死，所有食物只发放给那些能帮助守卫城市的人。武器和军用物资的生产夜以继日地进行着。驻扎在市郊的德国军队几乎能看见苏联工厂里的坦克隆隆地驶下装配线。

德国的战略策划者显然低估了冬季对拉多加湖造成的影响。巨大的湖面被冻得严严实实，延绵出去30多公里。谁也没有想到，俄国人在厚达1.5米的冰面上成功地构设起一条道路，这是列宁格勒的生命之路。冬季漫长的夜晚，重型卡车只携带最重要的军用物资，隆隆地驶入市内。运送食物的优先级别最低。汽油几乎没有。凭借夜幕的掩护，日丹诺夫很快便在冰面上建起一条铁路线。化冻后，俄国人又在湖底建立起一条输送燃料和电力的管道。斯维尔河上的沃尔霍夫发电厂为列宁格勒的兵工厂送来电力，这些兵工厂始终没有停止过生产。

1942年9月，第一次拉多加湖南岸的战役中，第132步兵师在突破至盖托洛沃的行动中发挥了重要的作用。在这场攻势中，苏军试图突破至姆加，以便从陆地上为列宁格勒解围，结果却成了苏军的一场惨败。

拉多加湖南岸的第二次战役开始于1943年1月12日，我们师驻防在波戈斯季耶包围圈和沃尔霍夫的南面。这一阶段的战斗在2月11日席卷了我们的防区。涅瓦河上的这座白色城市，俄罗斯的文化明珠，俄国革命前一直叫作"圣彼得堡"，以示对这位最伟大的沙皇的敬意，红军庞大的钳形攻势即将把她从德国人的铁钳中解救出来。两年半来，这座拥有300万人口的苏联第二大城市，一直承受着东线北翼德军部队的围困。与斯大林格勒一样，这座以布尔什维克主义创建者之一的名字来命名的城市具有重要的政治意义，即将获得解放。

1943年2月，苏军成功突破德军防线，形成了要将德国军队困在奥拉宁包姆包围圈内的威胁。面对这场灾难，第132步兵师的士兵们坚守阵地、顽强抵抗，以此阻止了一场规模堪比斯大林格勒的大溃败。

向团里报到时，许多过去的战友已消失不见，但我还是有一种回到家里的感觉。我立刻被派往沃尔霍夫前线，在那里担任两周排长职务，苏军在该地区的活动越来越频繁。

此刻，我们在列宁格勒南部地区所面对的气候和战场条件，与我们所熟悉的克里木有很大的差异。这里的沼泽地带满是茂密的灌木丛和白桦树，其间穿插着一些浅浅的土丘，利用这些条件可以建立起断断续续的防御网。气候温暖化冻的那段时间里，所有阵地都会渗水，在地面上深挖掩体根本无法做到。战壕中，粗陋的圆木屏障高高堆起，伴以泥土和树枝，这就构成了我们的防线，这种阵地堪比古罗马军团曾构设过的原始栅栏。

一条窄窄的铁轨穿过沼泽地，从而使波梅拉尼亚、利波维克和其他地方能够获得补给物资。另一些阵地，例如克罗斯特多夫和瓦泽尔考普夫，必须用茂密森林中砍伐来的圆木铺设起穿越沼泽的木排路方能到达。通过这些狭窄但却有效的道路，马拉大车为部队送去补给物资，沿路上，牲畜吃力地拉着货物，整个夜间，木头的吱吱作响声清晰可辨。大车的底盘经过改装，安装了从废弃军用车辆上拆下的车轴和轮辋，从而建立起一个小型铁路运输系统。

受到斯大林格勒以及东线南翼胜利的鼓舞，俄国人进行了积极的尝试，意图在北线发起大规模攻势。严寒的冬季可以让他们的坦克部队越过冰冻的沼泽，唯一的麻烦是茂密的白桦林，这使得苏军无法展开大规模坦克突击。

严寒降临到我们身上时，俄国人直接对斯梅尔德尼亚发起进攻。第二次拉多加湖南岸战役于1月份打响了。第437步兵团被划给沃尔霍夫前线的第37军，为防御部队提供支援。该地区再次稳定下来后，我们团返回第27军，在分配给"韦伯"战斗群的防区内接管了我们师右侧的防区。第132师负责的是一片防御薄弱的地带，防线长达40公里[①]。

1月底，波戈斯季耶包围圈内敌军的活动日益频繁。无数的侦察巡逻和连级规模的进攻表明，在这里施加的压力是为了配合苏军在拉多加湖南岸发起的攻势。2月9日前，由于能见度过低，我们无法实施空中侦察，此后，空中报告传来：大批敌军车辆正在穿越波戈斯季耶包围圈内的道路。夜间，谢尼诺地区可以看见无数的篝火。

敌军士兵的变化非常明显，他们的许多阵地都已获得大批新锐部队的加强，这些士兵身穿新配发的雪地伪装服，配备着新制造的、弹鼓供弹的冲锋枪。我们师确信，在我们对面的敌军已获得补充兵的加强，接下来的一两天里，他们就将发起新的进攻。

2月11日，敌人发起了进攻。德军第96步兵师已筋疲力尽，第436步兵团被投入防线，抵御由10辆坦克和支援步兵组成的一股苏军部队的进攻。面对敌人密集的坦克突击，严重减员、疲惫不堪的第436团无法守住自己的防线，敌人成功地达成了突破。第二天，已在夜间获得增援的敌军继续进攻，突破至克罗斯特多夫西南方，消除了我们发起一场快速反击的可能性。

---

① 德军作战序列中没有第37军，此处疑为第38军的笔误；另外，此刻的第27军隶属于"中央"集团军群，此处疑为第28军的笔误。

疲惫的德军士兵据守着脆弱的阵地，拼命阻挡着苏军在克罗斯特多夫的突破。尽管如此，到2月13日，沿着木排路，我们的防线上还是出现了一个无法被消除的突出部。接下来的两天里，敌人已越过克罗斯特多夫公路，并巩固了刚刚夺取的阵地。俄国人用坦克对第132炮兵团第6连的阵地发起攻击，该连士兵炸毁他们的火炮，被迫放弃了阵地。

武器决不能落入敌人手中，尽管这些炮管被炸毁的火炮对敌人没有任何作用，但这些装备的损失对我们师来说无法弥补，这也标志着在这场战争期间，我们师第一次损失了重型火炮，尽管只是暂时性的。

2月16日和17日，封闭防线缺口的一切尝试均告失败。德军从南面和西翼调来数个营，试图堵上缺口，但未能成功，苏军的防御阵地仍沿着道路布设，随着坦克的到来，这些阵地已获得加强。俄国人成功击退了德军的一切反击，但在2月18日，德军第96步兵师终于打开一条通道，在第132步兵师的支援下，他们夺回了先前丢失的炮兵阵地，那些已无法使用的大炮仍在炮位中。

灼热的战场气息猛烈地降临到这些在沃尔霍夫与拉多加湖之间森林、沼泽和灌木丛中困顿不已的士兵们的头上。拂晓的光线穿过雪地时，战争之神现身了，充满死亡的一天再度拉开帷幕。平静的沼泽从冰冷的梦乡中苏醒过来，恢复了生气，与昨天一样，整片白色荒地将被激战声所笼罩。伴随着喷涌而出的火焰和钢铁，晨霭升起，播撒着毁灭的种子。近两周来，死亡幽灵一直蔓延在冰雪覆盖的沼泽上。

每个日出都带来一场猛烈的炮火，无情地轰击着德军阵地。迫击炮、重炮和反坦克炮不停地开火，以此迎来新的一天。炮击减缓后，德军士兵便爬入各自的阵地，准备迎接棕色的步兵波次，俄国人穿过灌木丛向前冲来，为其提供支援的坦克将松树和赤杨木细长的绿枝卷入宽大的履带下。

苏军拥有压倒性的力量，这使他们可以突破德军数个虚弱的防区，向主防线渗透。争夺补给路线的战斗变得愈发激烈。敌人的目的是穿过孤立的防御地段，深深插入到德军控制区的腹地；但是，德军掷弹兵战斗到最后一颗子弹的决心最终占据了上风。

俄国人的进攻在沼泽地茂密的灌木丛中陷入了停顿。雪地上布满了黑褐色的弹坑。断裂的树枝和树桩对一切行动都造成了妨碍。无法判断是否会有重型步兵支援武器赶来助阵。布满冰块、泥泞和茂密森林的沼泽地混乱不堪，我们根本无法确定在何处可以构设新的防御阵地，以便为敌人的下一轮进攻做好准备。

夜间，苏军又一次在某处达成突破，穿过旷野一路推进至公路处，最后才被一个隐蔽得非常出色的反坦克连所阻止。雪地上密密麻麻地布满了黑褐色弹坑，茂密的树林中，树木被炸断，绿色枝叶撒落得到处都是。断裂的松树成为穿越沼泽地的障碍。从哪里能调来重型步兵支援武器？从何处可以发起一场反击？

敌人的坦克再度突破了我们的防线，试图对为我方提供支援火力的炮兵阵地发起打击。四辆钢铁巨兽被击毁后起火燃烧，剩下的坦克退回苏军防线。遭受这场失败后，他们不再将自己局限于穿越狭窄的道路，而是冲过复杂的荒野，不愿再冒上在一条显眼的道路上遭到摧毁的风险。

我们的反坦克单位对此做出了应对。炮组人员将反坦克炮拆散，靠人力和马匹背负着它们穿过沼泽，再在可能的防御阵地将火炮组装起来。冰冷的水和雪堆经常淹至臀部，步兵们就这样深入到森林中，以抵御并击退敌人。每前进一步都要付出一番努力。每一米地面都消耗着士兵们的体力。短暂的休息成了件奢侈的事情，只有趁着苏军进攻的间隔我们才能睡上一会儿。

每到第二天，苏军必然会投入新的部队。他们像一股无尽的洪水般涌来。被冻僵的德军掷弹兵挣扎着爬起身，构设成"刺猬"阵地，一直等到最后一刻才以致命的火力对敌人发起打击。灰色的迷彩服像湿漉漉的硬纸板那样挂在疼痛的身躯上，白天，我们的军装会化冻，但夜幕降临后又再次冻结。战斗间歇，筋疲力尽的德军士兵倒在雪地上，疲惫、苍白的面孔和灼热的双眼紧紧地贴着湿漉漉的地面。沼泽地里的黑水渗透了我们破破烂烂的军装，冰冷冷地贴上我们的肌肤。月光下，霜冻再度降临。一天接一天，情况始终如一：没有睡眠，没有掩体或暗堡，也没有一堆可温暖冰冻四肢的篝火。肌肉变得僵硬而又迟钝，双脚在酷寒中疼痛不已，我们的双臂在战斗间歇无力地挂在身子的两侧。

随之而来的命令会让我们再次挣扎着站起身子，从雪地中蹲伏了几个小时的洞中钻出，我们向前而去，穿过暮色，执行发起反击的命令。满怀着杀敌的欲望，我们向前冲去，我们要尽可能多地干掉那些戴着涂成白色的圆形钢盔的敌人，歼灭那些随时威胁着我们生命的敌军。伴随着反击，我们顿时焕发出新的活力，直到这一进攻在森林深处停顿下来为止。每迈出一步，积雪和泥泞都显得那么沉重。尽管在冰冻、无路可行的丛林中无法获得解脱，但迅猛的进攻使我们获得了一个扼住敌人喉咙的机会。我们已进入到地狱深处，这里无路可逃。投降意味着死亡的立即到来。活着不过是拖延必然的结局而已。我们这个饱受折磨的世界已变得不真实、不明确，一个个灌木丛、雪堆和四分五裂的树干沉默不语，严守着它们所目睹的秘密。

无论布尔什维克的怒火降临在哪段防线，面对德军掷弹兵的抵抗，进攻都将陷入停顿。我们继续坚守着防线。这些来自东普鲁士、威斯特法利亚、巴伐利亚和莱茵兰的德军士兵疲惫、寒冷、严重减员，承受着苏军一次次的进攻。

俄国人获得坦克支援的一次进攻突破了德军设在树林中的薄弱防御，直奔我们的营部杀去，一名普鲁士中士试图将一门反坦克炮带入阵地中，但粗粗的树枝和树桩形成了障碍，这使他无法将火炮带入炮位。伴随着苏军机枪的阵阵射击，他穿过齐腰深的积雪赶至附近的一门火炮处，这里的炮组人员已悉数负伤。这位中士过去从未摆弄过这款火炮，两名掷弹兵冲上去帮助他。迅速调整了射程和风力偏差后，他瞄准敌坦克开炮射击。他命中了。为首的苏军坦克颤抖着停了下来，窜出一团火焰，很快，另一辆坦克又被击毁。这时，俄国人的进攻发生了动摇。

目前，苏军的战线几乎已将虚弱、疲惫的德军营彻底包围，该营成了个"抵御的孤岛"，深深地嵌入敌军防区内。这个营击退了敌人的进攻，并保持着补给路线的畅通。被摧毁的敌坦克散落在阵地边缘，烧得漆黑的车身默默地见证了这场发生于近距离内的激战。

一天晚上，一个突击小组消灭了苏军的四个掩体和一个反坦克阵地，但在随后的交火中，他们遭到切断和孤立。在敌后奋战了九昼夜，在无情、冰冷的天空下没有得到任何休息，两名筋疲力尽的下士背着一名负伤的战友，于拂晓时到达了我们的防线。他们用一块帐篷布兜着他，又将帐篷布两端打结，再用一根木棍抬着这具"担架"，趁着夜间的几个小时穿越敌军防区，白天，他们则隐蔽在雪堆中。

到达我们的防线后，他们瘫倒在地，昏睡了几个小时后才苏醒过来。这两位下士拒绝了我们送他们去后方休息的建议，挣扎着站起身，向自己的连队走去。第二天夜里，他们连发起突袭，两名下士冲在最前面，打垮了敌人的一个掩体，消灭了防区内敌人的最后一个据点。

斯梅尔德尼亚北部沼泽地持续数周的战斗要求我们将最后的预备队和士气悉数投入。一场森林中的激战，耗时而又缓慢，面对占尽优势、实力无穷的敌人，我们不停地战斗着。为了对抗无情大自然最为恶劣的条件，德军掷弹兵、炮兵、工兵和高射炮部队付出了沉重的代价。

主战线仍沿着我们团防线上的一个突出部延伸。第7连阵地的左翼在列斯纳河河床狭窄的洼地内由北向南延伸。脆弱的防线随即向右拐去，面朝南方，直到森林的边缘。防线随后消失进茂密的森林中，沿一条直线延伸了数百米后再次向右弯曲，面对着西面和西南面。在这个突出部内，位于前线30米的后方便是该连连部。所谓连部，不过是战壕中覆盖着泥土和冰雪的一座小屋子而已。两天前的夜间已开始对防线进行调整，在此期间，右翼已被疏散，缩短防线以免遭到苏军的孤立和歼灭。防线之间是一片布满灌木丛和常青树的中间地带。

2月15日，整个前线一片寂静。伴随着这种沉默，各个据守着薄弱防线的步兵排产生了一种不适感。听不到什么动静，只有冬风卷过树梢时发出的死一般的低语。前线的生命迹象几乎总是来自偶尔发出的狙击步枪的单发或是试探我方阵地的马克西姆机枪的连发声。

前一天，俄国人已沿着我们的阵地边缘试探了突出部的防御情况。无论他们从哪里出现（在最多不超过50米的距离上，通过茂密的森林和厚厚的积雪，对方阴森森的身影清晰可辨），这些敌人不是被消灭就是被击退。尽管此刻并未发现俄国人，但我们有一种强烈的感觉，他们正在赶来。

突出部的左翼和右翼获得了加强。两挺重机枪被带入阵地，小心地隐蔽起来。越过工事向右急转的那段区域也在夜间得到了强化，砍倒的树木和沉重的坑木被堆在阵地前。我下令将一挺重机枪布设在防线的这个拐弯处，它在这里能获得最大的射界；由一名一等兵率领的一个班则将一挺轻机枪布设在这段防线的中间位置。

掷弹兵们挖掘着阵地，每个雪洞里布置两名瑟瑟发抖的士兵，各个雪洞间相隔10—15米。在雪地上忙碌了一天后，夜晚依然酷寒难耐，他们的双脚在冰冷的靴子里被冻僵，严寒和疲惫使他们越来越麻木。这些士兵就这样挤在潮湿、冰冷的雪地工事里，几乎没有任何御寒措施，寒意渗入雪洞中，折磨着他们。

突然，震耳欲聋的机枪射击声打破了寂静，一个声音高叫着："小心！伊万！"那名一等兵扣动了MG-42的扳机，一个个迅速、短暂的点射飞向暮色中，森林边缘的重机枪也加入进来。劈啪作响的卡宾枪射击声夹杂在其中。俄国人的马克西姆机枪做出了回应，发出低沉的敲鼓声，无处不在的苏制冲锋枪也发出高亢、刺耳的叫嚣。子弹呼啸着穿过那些常绿树木，断裂的树枝裹着雪团落在地上，子弹还在我方阵地前的雪地上划出长长的尾迹。守在重机枪阵地上的一名中士趴在机枪旁，卡宾枪抵在肩头，迅速拉动枪栓，打光了一个又一个弹夹。

整片森林中满是布尔什维克分子。我们先是看见他们距离我们的阵地大约30米，他们穿过灌木丛，数十双，也许是数百双俄国军靴下传出树枝断裂、冰面破裂的声响。机枪咆哮着，冲锋枪和卡宾枪的射击声掺杂其间，但却被自动武器的吼叫和手榴弹的爆炸声所淹没。

轰鸣的射击声稍事停顿的瞬间，可以听见"乌拉！乌拉！"的喊叫声，几秒钟的射击过后，喊叫声变为了惨叫，死者、伤者和垂死者摔倒在我们阵地前的雪地上。身穿土褐色军装和白色伪装服的尸体在我们机枪阵地前堆积起来，更多的俄国人填补了我们冒着烟的机枪在冲锋人群中造成的空白。我们前方的那片森林已变为一个集中的杀戮场。此刻已没有必要寻找目标，因为俄国人自己朝着我们的防线扑来。跳跃、躲避、射击、惨叫，他们就这样向我们涌来。尽管每个德军士兵都产生了一种恐惧感，但他们继续坚守着阵地，没有发生任何慌乱。仿佛是一场训练演习，德军士兵控制并持续着他们的火力，观察着防线前方的射界，并未意识到左右两侧可能会出现的敌人。一些卡宾枪陷入了沉默；俄国人的进攻在距离我们机枪枪口仅有6米远的地方崩溃了，但战场上的态势越来越危险。

战斗的轰鸣声在森林里回荡了一个小时。敌人的进攻波次一眼望不到头，我绝望地命令我们最后的预备队（四名士兵组成的一个小组）做好投入战斗的准备。就在这时，我接到了位于我们左侧的排要求增援的请求。防线面临着即将发生崩溃的危险，尽管轻机枪不停地射出长点射，其间伴随着绝望的掷弹兵们向前方投掷手榴弹不断发出的爆炸声。

森林中布满了死伤的苏军士兵。我们的损失相对较轻：2人阵亡、3人负伤。这个伤亡与我们给敌人造成的伤亡相比甚是轻微，但我们得不到任何补充。射向我们右翼的火力减弱了，最终陷入沉默，苏军停止了进攻。据守在那里的四五名掷弹兵疲惫不堪，但他们依然保持着警惕，手指搭在扳机上，武器在寒冷的空气中慢慢冷却下来。

忽然，我们看见苏军防线出现了动静。30米外，一个异常高大的俄国人从满是积雪的森林中站起身子，叫喊着我们听不懂的命令，并举起胳膊向左侧打着手势。一轮新的进攻波次涌向他所指的方向，但在重机枪火力的打击下，迎面而来的苏军队列崩溃了，一个个俄国人倒在地上，那个高大的身影也在其中。

敌人的进攻最终被打垮了，但他们仍留在小径上，从雪洞中、从折断的树枝和断裂的树桩后、从森林中隐蔽的阵地里向我们开枪射击。渐渐地，他们的火力减弱下来，战场上只剩下苏军伤员的惨叫声，他们倒在我们的防线前，痛苦地呻吟着。在这两个多小时的激战中，这些俄国人曾不顾一切地冲向来自东普鲁士、莱茵兰、巴伐利亚、普法尔茨、巴登和符腾堡的掷弹兵所据守的脆弱的防线。

我开始意识到，重机枪已沉默下来，卡宾枪的射击声也已慢慢消退。机枪阵地上，组员们倒在他们的武器旁。那位一等兵像睡着了似的趴在冒着烟的武器后，弯曲的枪托仍牢牢地抵在肩头。他的头向前伸出，涂抹成白色的钢盔靠在冒着烟的供弹仓上，弹链和铜制子弹就是从这个供弹仓进入枪膛的。整个机枪组只剩他一个人。

慢慢地，伤员的惨呼停息下来，打破寂静的只是试图爬回防线的俄国人所发出的低沉的声音。雪花开始落下，我惊讶地意识到，此刻已是中午。我们周围的森林已在这场进攻后彻底变了样。整棵树木被轻武器火力射断，地面上弹痕累累，枝叶挂在断裂的树桩上。位于射线上的树木，树叶已被剥离，只剩下光秃秃的树干伫立在雪地上。这片冰冻的荒原上，出现在我们眼前唯一的色彩是猩红的血色，它覆盖着那些倒在我们枪口前的死者和垂死者。

苏军开始动用迫击炮，炮筒发出沉闷的"砰"声，在树林间回荡。他们先前发起的进攻几乎将我们打垮，就在危急万分时，我们击退了他们的进攻。当时，再有几分钟他们就能突破我们的防线，但实际上，他们的力量也已被耗尽。我们据守着树林旁一段大约80米长的防线，树林深处，步枪的射击声已消失。我们击退了发起突击的一个苏军营，逃回防线的敌军士兵寥寥无几。

后来，我们冒着遭遇敌狙击手的风险走出阵地，去查看这片杀戮地。掷弹兵们数了数被我们打死的敌人，160多具尸体，大多数阵亡在我们布设于树林边缘的那挺重机枪前，也有不少尸体散落在那位一等兵所操纵的机枪前。

率领最后一次冲锋的那个高大的俄国人的尸体也倒在雪地上。在他的皮带上，我们找到一把哥萨克匕首，显然，他曾带着这把匕首参加过过去的一些战斗。匕首上生了层薄薄的锈迹，刀身和刀鞘沾满血迹。刀柄上刻着12道刻痕，意思非常明显。

"左侧，敌坦克；前方，敌坦克；右侧，敌坦克！"苏军的坦克从三个方向扑来，大多是T-34，试图突破我们师的防线。我们隐蔽得非常出色的反坦克炮阵地喷吐出凶猛的火力，可无论多少钢铁巨兽发生爆炸或起火燃烧，总有其他坦克隆隆向前接替它们。我们的防线在克罗斯特多夫与斯梅尔德尼亚之间茂密的森林中被切断了。激战声到达了高潮。

"德雷克塞尔"掷弹兵团的一个小股战斗群继续坚守在树桩间，他们趴在雪洞中，隐蔽于匆匆搭建的圆木路障后。第436掷弹兵团第14反坦克连的一门反坦克炮为他们提供支援，指挥这门火炮的是基尔迈尔上士，他是我们团里的老兵之一。

透过战场上的轰鸣，经验丰富的他意识到声调高亢的坦克炮声来自右侧。从敌人的位置只能看见树桩、一堆堆圆木、错综复杂的树枝和树根所构成的迷宫，对任何进攻者来说，这都是一个难以逾越的障碍。这位来自下巴伐利亚州农民的儿子，以猎人般的耐心等待着，山猫般的双眼在反坦克炮护盾后凝望着前方的树林。炮组里的其他成员聚在他身边，静静地站立在雪地中，试图以目光穿透那片冰冻的丛林。

迎面而来的苏军部队的位置，最终被一辆冲过树林的钢铁巨兽所出卖。基尔迈尔示意其他人不要开火，让敌人靠近些再打，俄国人的进攻波次在不知不觉中踏入了这片杀戮场。第一辆坦克后，他们又发现了敌人的第二辆、第三辆和第四辆坦克，成群的苏军士兵跟随着坦克，幽灵般地穿过树林。基尔迈尔在反坦克炮护盾后一动不动，此刻，他的眼睛贴上瞄准器的橡胶目镜。他用瞄准镜内的十字线对准最后一辆坦克，用力按下了发射钮。

炮弹从反坦克炮的炮管射出，命中了那辆坦克，灼热的弹片在炮塔内四散飞溅。这辆坦克起火燃烧，腾起一股浓浓的烟雾。伴随着一声巨响，坦克内的燃料和弹药发生了殉爆。这辆坦克的残骸挡住了前方坦克的退路，碎片和闪亮的灰烬雨点般地落在位于树林边缘的这几辆坦克上。基尔迈尔已将准心对准了下一个目标，连发两炮，第二辆坦克也燃起了大火。另外几辆苏军坦克无法确定反坦克炮弹的来向，便用主炮和车载机枪对着灌木丛胡乱开火射击。第三辆和第四辆坦克起火、爆炸。隐蔽的反坦克炮又射出一发炮弹，击毁了第五辆坦克的传送装置，车组人员丢下坦克，躲避着轻武器火力，跟随着后撤中的步兵向后方逃去。这个反坦克炮组后来又击毁三辆坦克，当天，他们总共摧毁八辆坦克。

团长接到摧毁敌坦克并击退敌军进攻的报告后，推荐炮长获得骑士铁十字勋章。不幸的是，整个战斗群在这段时间的战斗里只被批准获得一枚骑士铁十字勋章，这枚勋章被颁发给林德曼将军麾下一名据守在斯梅尔德尼亚北面的将军。

基尔迈尔后来获得了一级铁十字勋章，击毁坦克的壮举直接导致了敌人的进攻被击退，德雷克塞尔中校还为这位炮长提供了获得晋升的机会。基尔迈尔谢绝了这个机会，他很清楚，战争的这个时期，最大的生存机会是跟那些能让他彻底信赖，并一同经历过整场战役的士兵们待在一起。晋升能让他获得受人尊敬的军衔，但也会让他离开这个炮组，调至另一个单位任职。

2月20日，德军第405和第408步兵团从北面发起攻击，试图切断敌人在木排路上的突破。这场进攻引发了一场激战，并导致惨重的伤亡，夜间，两个团成功地封闭了防线上的缺口，并将苏军残余的抵抗肃清。从38.9阵地至克罗斯特多夫的道路畅通了，但我们已不再拥有足够的实力来切断并歼灭苏军的任何突破。十天来的激战令俄国人伤亡惨重，德军趁机发起一场进攻，扑向北面的斯梅尔德尼亚，这场成功的攻势使我们稳定住防线，军里也趁机将受损严重的师从前线撤下。2月28日，严重减员的"林德曼"集群被暂时换下。

我们被告知，步兵团将更名为"掷弹兵团"[1]。也许最高统帅部想要证明在近战中对手榴弹的使用，"掷弹兵"这个头衔将作为对部队在战斗中表现出的能力或做出的成绩的一种奖励。我们不太在乎自己被称为"掷弹兵"还是"步兵"，因为无论是否被冠以"掷弹兵"头衔，我们投掷手榴弹的能力并未发生改变。

击退苏军向盖托洛沃的突击后，我们将阵地交给第12空军野战师，被调至前线一个较为平静的地段。刚刚获得新头衔的掷弹兵们排着长长的队伍，离开防线上的圆木壁垒，踏着穿过沼泽通往后方的木排路而行。在粗糙的道路和小径上必须不断变换位置，因为敌人离得不远，他们发现我们的行踪后，经常会动用迫击炮和火炮实施轰击。德军士兵们

---

① 1942年10月，第132师辖下的几个步兵团均已更名为"掷弹兵团"。

排成单路纵队，肩头扛着沉重的装备，偶尔会得到结实的西伯利亚矮种马的帮助，它们总是出现在我们的队列中。

师部已转移到波普鲁德卡，安排给我们师的防区集中在摩尔达姆周围。我们在这里安安静静地恢复着盖托洛沃之战中遭受的创伤，直到6月30日，我们再次被第225步兵师所接替。我们暂时退出战斗，来到柳班—夏普基—乌斯夏基地区，在这里集中精力对新来的补充兵加以训练。训练期结束后，我们师被派回前线，又一次据守在波戈斯季耶包围圈西北部防线上一处相对较为平静的地段。

1943年7月这段休息期内，团长金斯米勒上校把一座小屋子作为自己的宿舍，这座屋子的门廊被漆成蓝色。这个小而散乱的村庄里，大多是粗陋的木质建筑，这样一座漆成彩色的房子显得很特殊，很快，这座颇具吸引力的小屋成了团部人员夜间聚会的场所。

金斯米勒上校50来岁，第一次世界大战期间，作为一名年轻的少尉，他因伤致残，左臂的胳膊肘发僵。由于这个伤，他经常以一个僵硬、正式的姿势将这条胳膊放在身后，这不禁让人想到油画上弗雷德里希大帝的姿态。

盛夏的一个夜晚，团长举办了生日庆祝会，团里的下级军官们为他准备了一个惊喜。我们此前已跟"乌苏拉"士兵广播电台商量过，他们的节目在这片地区每晚都能听到，我们请他们制作一档特别节目，祝我们的团长生日快乐。我们欢聚在生日聚会上时，广播中突然宣布，"某掷弹兵团里的一批少尉想为他们团长的生日送上祝福，借此机会，他们希望播放下面这首歌，以示敬意。"说罢，广播中响起了当时颇为流行的《夜魔》（Der Nacht-Gespenst）的旋律。

团长对此做出的最初反应是想掩饰他的惊喜，他试图向大家传达，他对此并不太满意。当然，为了表达对他的敬意，我们花了些功夫，他对此印象深刻，但很显然，我们的选择并不太符合他的口味。他坦率地指出，《费尔贝林骑兵进行曲》（Fehrbelliner Reitermarsch）这首歌更对他的胃口。尽管如此，我们还是对他的反应感到高兴。

接下来的几天里，敌人在我们防区内的活动有所增加。俄国人的飞机再次成了"麻烦制造者"，随时可能飞过我们的阵地投掷炸弹，并用机载武器扫射我们的车辆和部队集结区。伴随着越来越响的飞机引擎声，德军士兵本能地躲入战壕，或在树林间寻找隐蔽处。每天晚上，火炮的轰鸣会显著加强，远处传来的爆炸声隆隆地掠过树梢。

7月份的一个晚上，团部召开的任务简报会结束后，我看见金斯米勒上校独自站在蓝色的门廊边。他凝望着北面，那个方向传来的炮击声越来越激烈，一排白色信号弹从地平线升起，缓缓地划过漆黑的夜空。尽管从我这个位置几乎听不清他在说些什么，但我还是隐约听到他喃喃地说"波西米亚二等兵"肯定要输掉这场战争了。

我并不觉得这句话是一种指责，也不认为这反映了我们团长的"失败主义"情绪，他的话只是证实了我们都已开始产生强烈怀疑的某些东西。上校是一名优秀的职业军官，也是个伟大的战士，他和许多前线将士都已清楚地认识到一个绝对的事实。四周后，金斯米勒上校阵亡。

一个消息在我们的阵地上流传，战地剧团的一些演员要到前线来慰问士兵，现在已到达师部，其中有几名女演员——这个消息立即引起了我们的高度关注。第436掷弹兵团团长德雷克塞尔上校提议由他负责剧组人员的安全和保卫工作，以此为交换，请他们为该团专门演出一场。

师里的副官I·G·盖尔少校对此不太热情，因为这些演员都由他负责，批准她们离开自己的视线，他对此感到担心。盖尔少校敏锐地觉察到一个事实，与师部相邻的是我们的作战部队，包括3个掷弹兵团、1个炮兵团、各种后勤营和行政单位，以及管理一支军队各项职责的大批工作人员。他是个出色的参谋人员，知道自己如果接受这个建议，会由此产生出许多问题。

消息传到我们这些下级军官耳中时，剧团已经超出了在我们师规定的停留时间，而德雷克塞尔上校的提议尚未获得批准，于是，一份计划被制订并呈交给泽普·德雷克塞尔"大叔"，以便将两位女士从师部人员的"魔爪"里解救出来。突击组在夜间出发了，他们一个个配备着长矛和佩剑，戴着传统的假胡须，身穿与之相吻合的古装。泽普大叔走在最前面，紧随其后的是一群喧嚣的德国雇佣兵，他们像沃坦和弗洛里安·盖尔麾下那些狂野的大军那样向前冲去，做好了不惜一切代价救出两位女士的准备。突击队冲入"敌人"的巢穴，摊开一张羊皮纸，宣布两位女士正式获得解放，在一片欢呼声中，他们舞动佩剑，护送着两位女士穿过黑暗的树林，安全到达我们的营地。这场"营救"行动给我们带来了一个愉快的夜晚，我们在一起饮酒、唱歌，随后，两位女士又被送回师部。

前线的平静很快便被打破。7月22日清晨，波戈斯季耶火车站西南方2.5公里处和西北方3.5公里处，我们的防线遭到猛烈的炮击。用"斯大林管风琴"和迫击炮火狂轰滥炸一气后，敌人向第437掷弹兵团第3营据守的阵地扑来。

据后来抓获的俘虏交待，敌人曾计划在北部防线发起一场大规模攻势，以配合此次进攻行动，从而包围我们的军队。这个计划的完成将依靠从东面而来的一场钳形攻势，它随后会转身向南，切断我军主防线所在的突出部。这片区域被德军参谋人员称为"扎蓬角"。

尽管我们用猛烈的炮火轰击着敌人的进攻线，但敌人还是于12点15分前在波戈斯季耶火车站西面打开一个250米宽、300—400米深的突破口。敌人以压倒性兵力实现的这一突破，此刻已集中在第437掷弹兵团第10连据守的阵地上。对这一地区另外两个连守卫的阵地所发起的进攻遭到失败。我们投入预备队，将苏军逐出包围圈的左翼，并于下午3点35分前恢复了这一地区的主防线，在此期间，敌人被迫将大批死伤者丢弃在战场上。

与此同时，第437掷弹兵团第3连沿着右翼成功地发起反击。尽管敌人试图以猛烈的炮火封锁苏军达成突破的南部地区，但残余的敌军不是被迫后撤就是遭到分隔和歼灭。

敌人实施了重组。在这段平静的时间里，他们准备发起新的进攻，德军士兵则匆匆将伤员们撤离。马车拉着一箱箱手榴弹送往前线。机枪手们装填着闪闪发亮的弹链，并将沙子和尘埃清理出他们的武器。有人带着一壶冷咖啡和一大帆布袋黑面包出现了，士兵们狼吞虎咽地吃了起来。医护兵为轻伤员进行着包扎，这些伤员随即端起枪，返回到各自的排里。

飞来的迫击炮弹宣布这片杀戮场上短暂的停顿结束了。苏军随即对"扎蓬角"地区的两翼发起顽强的攻击，再次将目标对准波戈斯季耶火车站，经过一个半小时的激战，他们于傍晚6点在"扎蓬角"阵地成功达成突破。我们再次投入虚弱的预备队发起反击，切断了敌军，几个小时内这已是第二次。尽管敌人集中起大炮和"斯大林管风琴"火力，但第437掷弹兵团第3连还是于晚上8点45分前，在波戈斯季耶火车站西面2公里处，肃清了防线前的敌人。随着这一成功的反击，敌人的推进失败了。通过对俘虏的审问以及在战场上发现的大批地图和文件，敌人的计划被披露和证实。

俄国人遭受到较大的损失，我们团的报告中列举了敌人的伤亡：主防线上，抓获20名俘虏（2名军官）、击毙69人（15名军官）；主防线前，清点出100名被击毙的敌人，估计共有270人被打死；缴获物资中包括5挺重机枪、12挺轻机枪、2支手枪、6支步枪、63支冲锋枪、2支反坦克枪和3部战地电话。

击退敌人的最后一次冲锋后，黑暗笼罩着战场，前线一片寂静。黑暗中，我们听见苏军防线上传来我们所熟悉的声音，拂晓时他们还将发起进攻，我们做好了准备。可太阳升过树梢后，前线依然保持着可疑的平静，没有发现敌人的活动。没跟俄国人进一步交手，我们便被赶来接防的第121步兵师换了下去。

1943年7月30日，苏军的一架飞机在第437步兵团上空投掷下传单：

对我们来说，战争已结束了！

同志们，我们是第437步兵团第10连的路德维希·赫伯特中士、一等兵卡尔·贝尔、二等兵古斯塔夫·戈尔泽、列兵欧根·吉泽、列兵奥古斯特·巴特尔、列兵埃米尔·库伦，1943年7月22日，我们在苏军的进攻中被俘。我们从苏联红军的军官和士兵那里得到了良好的对待。伤员立即获得了医护人员的照料。苏军士兵甚至拿香烟给我们抽。

对我们来说，战争已经结束。我们再也不用害怕俄国人的大炮了。

营长施密特少校、第9连连长林德纳上尉、第10连连长米卡少尉、比瑙中士和埃勒内尔中士曾告诉我们，一旦落入俄国人手中便会遭受到暴行和虐待，现在我们知道，这些话都是骗人的。我们被苏军俘虏后获得的良好对待，证明了这些可笑的说法都是谎言。

请转告我们的亲人和朋友。

（签名）：路德维希·赫伯特中士
一等兵卡尔·贝尔
二等兵古斯塔夫·戈尔泽
列兵欧根·吉泽
列兵奥古斯特·巴特尔
列兵埃米尔·库伦
A—100.24.7.43 30 000

1943年7月下旬，我在马鲁克萨指挥着团里的突击预备队。一天下午，我奉命向指挥部报到，到了那里，他们告诉我，一名士兵被判处死刑，由行刑队来执行。接到这个令人震惊的任务后，我便向营副官询问这起案件的详情。如果派我执行这个枪决自己人的任务，那么，出于良心，我想知道这个士兵为何会受到如此严厉的惩处。

他告诉我，第5连的一名士兵看见另一个士兵从邮政运输车上偷了个包裹，他从里面取出香烟和食物独自享用起来。军队里人人都知道，这种盗窃行径在德国军队中是一种严重犯罪，会为此而受到严厉的惩处。

后来，与偷东西的士兵一同站岗时，这名目击了犯罪行为的士兵告诉对方，自己看到了他的盗窃过程，他应该立即归还赃物，否则自己就将把此事向上级汇报。那名小偷显然很害怕事情败露的后果，他迅速跑到机枪处，转动枪口，在近距离内用这具自动武器对那位目击者打了个连发。他随后又抛出几枚手榴弹（这些手榴弹总是拧开盖子，放在机枪阵地触手可及处），伪装了前沿阵地遭到苏军侦察队袭击的假现场。

那名负伤的士兵并未当即身亡，而是被送入了急救站，他的胸部和腹部都受了重伤，已经活不了太久。但他短暂地恢复了意识，并将此事报告给军医。凶手被逮捕后送上临时组建的军事法庭，他被判处死刑，枪决执行。执行枪决任务并不缺志愿者，受害人所在的连队提供了一个排的步兵来执行这一判决。

第二天早晨，我开始为行刑进行细致的准备工作，并从团部得到了该如何执行的准确细则。军规要求将一根2米长的木桩垂直插入地面，抵住被执行人的后背。如果可能的话，木桩后不远处最好能有一堵墙壁，以挡住子弹。我在距离团部不远处构设起一堵小小的沙堤，以此来充当挡子弹的墙壁。

行刑队静静地集结列队，带领他们的中士右手攥着一支鲁格尔手枪。执行枪决时，如果罪犯没有当场毙命，中士就将上去补枪。按照军规的规定，一名军医也来到现场。我低声向行刑队讲解了执行程序。我一边说一边打量着他们的面孔，看是否有谁对扣动扳机产生紧张或犹豫的迹象。按照我的命令，士兵们静静地站立在队列中规定的位置，步枪放在身侧。

按照命令，枪决将在下午3点准时执行。3点前几分钟，团里的军法官带着几名宪兵赶到了，被判处死刑的那名士兵跟跟跄跄地走在他们当中，脸色苍白，身上仍穿着我们的原野灰军装，但军衔和所有徽章都已被去除。

没有丝毫停顿，几名宪兵押着他向前走去，将他绑在木桩上，而他的双手则被反绑在身后。沉默中，一块眼罩遮住他的双眼，并在他的脑袋后牢牢地扎紧。几名宪兵随即走开，师里的牧师走上前去，轻声对他说着话。

沉默的气氛变得凝重起来。罪犯被绳索紧紧地捆在木桩上，他的头垂向胸前，牧师低声说着话，说了些什么，我们完全听不到。几公里外的炮声和零星的枪声，穿过旷野传入我们的耳中。尽管这名罪犯犯下了确凿无疑的罪行，有必要执行分派给我们的任务，但我的情绪依然很复杂，因为我们要执行的是一个难以想象的任务，枪杀自己人，朝一个和我们穿着同样军装的人开枪。

各种想法掠过我的脑海。我完全知道，换一个地点，换一个时间，这个人可能过着完整、有所作为的生活，本该属于他的生活被那些我们无能为力的轻率和愚蠢所偷走，就像其他数百万人一样。我想到了他的家庭、他的母亲、父亲和兄弟姐妹。我问自己，他们是否会知道自己心爱的人所遭遇的命运，知道他在俄国的下场？战场纪律严酷无情，在这种情况下，只能认为判决是公正的。

行刑队站立在这名士兵的对面。我看了看在场的人，发现所有见证者和参与人都盯着这个即将送命的家伙。行刑队面容严峻、疲惫，冷漠无情。军法官和军医站在不远处，避开了射击线，双手背在身后，面无表情。只有那名中士，攥着手枪，期待地望着我。

我看看手表，3点整，就像在操练场上那样，命令从我的喉咙中喊出："Zur Salve—hoch—legtan—gebt Feuer！"

伴随着枪声的轰鸣，他的前胸被子弹射穿，绑在木桩上的身体向后仰去，鲜血从弹孔中涌出。他在绳索中瘫软下来，所有的意识和力量都已离开他的身躯，就这样默默地靠在木桩上。几秒钟后，军医大步走了过去进行检查。尽管伤势严重，但他还是发现了脉搏迹象，他先看了看我，随后又望向那名中士，示意他过去。

中士走了过去，举起手枪，在近距离内对着他的耳后部扣动了扳机。军医再次走上前去，确认对方已没有生命迹象，便招呼宪兵们把这具尸体带走。两名宪兵过去解开绳索，其他人则帮着将尸体放入一个木箱。他们没说一句话，就这样驱车离去，消失在车辆卷起的尘埃中。

说出这段难以忘怀的经历时，我必须指出，这起事件是我在东线服役期间经历过的唯一一次，甚至再也没有听说过士兵们当中有盗窃行为。

1943年8月，我们师接替了第121步兵师，在涅瓦河上的这场战斗中，该师在10公里的防线上遭受到惨重的损失。自8月2日以来，第436掷弹兵团已划归第5山地师指挥，该师遭到敌人无数次攻击，损失严重，敌人的进攻还获得了坦克部队的加强。

第132师到达前线的前几天，战场上还比较平静，可是，8月11日，敌人发起一场大规模进攻。他们以团级规模的兵力攻向波列茨恰桥头堡，成功突破了德军薄弱的防线，但随后又被我们发起的反击所击退，遭受到惨重的损失。苏军又在夜间发起第二次进攻，我们在重炮火力的支援下再度将其击退。夜间，士兵们准备着后续的战斗。在对疲惫的部队进行补给时，苏军飞机在我们的防线上空不停地进行着轰炸。尽管在夜色中看不到"老鼠"们的身影，但嗡嗡的引擎声会迅速加剧，然后，它们俯冲而下，掠过我们的阵地，投下炸弹，并用机枪对地扫射。

8月12日上午9点整，沿着整条战线，敌人倾其全力发起了新的攻势。在大炮、坦克以及占据压倒性优势的空中力量的支援下，无数个棕色步兵波次朝我们的阵地涌来。

他们以连级、营级、团级兵力一次次发起进攻，但不是被残酷的白刃战击退，就是被多种可用手段的组合所打垮，激战持续了一整天。零星的渗透被我们集结起的预备队消灭。但是，在第437掷弹兵团据守的阵地上，敌人成功地突破至桥头堡前沿，并向南渗透了300米。面对敌人猛烈的炮火和坦克的推进，预备队发起的反击全然无效。

夜间，19辆敌坦克在近战中被摧毁。第436掷弹兵团第7连的赖因中士亲手击毁了2辆坦克，连长身负重伤后，他又承担起指挥全连的工作。他率领连队抵御着一股占据压倒性优势的敌军，挫败了对方切断德军防线、从两个团防区之间的结合部穿过的企图。他的英勇和技能为阻止全团被切断、甚至有可能被歼灭做出了巨大的贡献。

8月13日凌晨4点30分，苏军再次对德军防线发起进攻，起初成功地逼退了德国守军，但未能在德军残部据守的防线上达成进一步突破。清晨6点，我们对敌人发起反击，占据兵力优势的敌军获得了重炮拦阻火力的支援，我们没能取得进展，无法恢复先前的防线。我们的反击陷入停顿时，敌人调集起新锐部队，再度发起进攻，他们在猛烈炮火的支援下，以密集的坦克部队突破了我军的防御。激战在被炸得支离破碎的森林和沼泽中来回拉锯，俄国人一路向南推进，占据了波列茨恰东北方地带。

我们团再次投入到进攻中。激烈的战斗持续了一整天，下午5点，我们终于成功遏制住苏军的推进，并重新夺回波列茨恰地区。遭受到惨重的伤亡后，俄国人沿着山脊停顿下来，这道山脊被称作54.1，位于巴尔斯科亚湖南面200米处。这场反击动用了我们最后的预备队和物资储备，经过一下午的激战才取得成功。

第二天，第1掷弹兵团第2营、第132侦察营、第132工兵营和第437掷弹兵团第3营的一部被抽离防线。这些部队组成了"施密特"战斗群，他们将投入战斗，沿着在报告中被称作"桑多考勒"的一片地区重新夺回主防线。尽管俄国人以猛烈的炮火实施拦阻，但进攻还是取得了进展，左右两侧的部队很快便到达了他们的目标。俄国人以大规模空袭发起反击，并辅以猛烈的炮击和密集的坦克部队。虽然取得了初步胜利，但面对占据压倒性优势的敌人，"施密特"战斗群不得不后撤，将桑多考勒高地让给对方。

当天下午，敌人利用"施密特"战斗群后撤之机再度发起进攻。尽管"施密特"战斗群已战斗了一整天，但他们还是阻挡住敌人的进攻，并将对方逼退。战斗中，该战斗群几乎一直遭受着苏军战斗轰炸机投下的杀伤性炸弹的轰炸，这些飞机还用机载武器扫射进攻中的德军士兵。俄国人在这场试图达成突破、包围我们残缺不全的部队的行动中遭受到惨重的损失，到傍晚时，主防线仍控制在我们手中。

敌人在夜间重组其部队。福特卡车引擎的轰鸣回荡在森林中，伴随着T-34坦克的隆隆声，这股声浪穿过苏军阵地向前涌来。德军士兵补充着弹药，包扎着轻伤员，将重伤员后送，并等待着他们本能意识到第二天会发生的激烈战斗。

拂晓，寂静笼罩着广袤的森林。疲惫的士兵们趴在临时搭建的壁垒后，或靠在匆匆挖掘的散兵坑里，试图睡上一会。黎明的微光中，狙击手们向前爬去，透过枪上的瞄准镜，在这片可怕的战场上搜寻着可疑的迹象。他们训练有素的眼睛贴着瞄准镜的橡皮圈，将射界从左转至右，又从右转至左，有条不紊地查看着一个个在心中确认的网格，不放过任何一根断裂的树枝、一棵炸断的树木或是一片被翻搅过的土地。当天早上，狙击手们的步枪保持着安静，敌人的侦察队没敢出来，他们也没布设哨兵。苏军狙击手也没有出来展开一场对决。德军士兵在壁垒后等待着，沉默笼罩着前线，带来一种复杂、可能是不祥的预兆。俄国人没有挖掘阵地。

太阳已爬至树梢，上午9点，苏军飞机掠过我们的阵地。炸弹在守军隐蔽的队伍中炸开，随后又响起迫击炮弹落在预设目标处尖锐的爆炸声。德军士兵朝壁垒更深处爬去，紧紧贴着地面，等待着这场炮击的结束。漫长的几分钟后，爆炸平息下来，苏军发起了冲锋。灰绿色的身影从战壕和散兵坑中跃出，端着机枪和卡宾枪，攥着手榴弹的拉火索，准备迎接这场进攻。

苏军密集的步兵波次在两个地段突破了德军薄弱的防线，试图以一个巨大的钳形攻势扑向"雪堡"、"窝棚"和犹太人公墓。尽管遭到炮击和敌机轰炸，德军还是成功地阻挡住对方的推进。

苏军向"幽灵森林"西面发起进攻，已突破至纳西亚地区，并试图向南攻击前进，为击退这场进攻，第437掷弹兵团第2连做出了卓越的贡献。尽管如此，我们还是发现，现在必须将部队撤离桑多考勒高地。8月14日夜间，部队撤出阵地，并被匆匆用于加强战地补充营。这一举动表明，波列茨恰桥头堡将被疏散，以免据守着防线的部队遭到敌人的包围。8月15日夜间，疏散行动付诸实施，阵地被放弃，只留下纳西亚东面100米宽的一段地区。这场疏散在16日凌晨2点30分完成。

经过这场后撤，尽管丢失了一些土地，但我们获得了更好的防御地形，遭到突破的威胁也被暂时阻止。我们师控制的防区内，主防线依然未被敌人突破，苏军多次试图达成渗透，但都未能取得成功。

为了将第132步兵师撤离前线，8月16日凌晨，第1步兵师接替了严重减员的第437掷弹兵团。当晚，第132步兵师开始撤离阵地，由第254步兵师接防。面对铺天盖地的敌人，我们的掷弹兵坚守着防线，经历了七天七夜连续不断的激战，因伤亡和疲惫造成的减员已极为严重。随着这一撤离，第132步兵师经历的波列茨恰桥头堡之战已接近尾声。

在这场战斗中，敌人投入了以下这些部队：步兵第364师，辖3个团；步兵第374师，辖2个团；步兵第165师，辖2个团；步兵第378师，辖2个团；步兵第311师，辖1个团；步兵第256师，辖1个团；坦克第503营，14辆坦克；坦克第35团，15辆坦克；坦克第50团，15辆坦克；另外还包括独立工兵第77营。

苏军的14个营中，12个被歼灭；24辆坦克被摧毁，其中有10辆是在近战中被轻武器所击毁。在这场试图突破我军防线的战斗中，俄国人付出了极为高昂的代价。随着我们师的撤离，拉多加湖南岸的战斗宣布结束。

8月18日清晨8点，林德曼将军将第132步兵师的指挥权移交给他的继任者瓦格纳少将。与此同时，我们师的防区也正式转交给第254步兵师。林德曼将军给我们师写了封道别信：

第132步兵师   *师部*

师长   *1943年8月18日*

第132步兵师的全体将士们！

由于另有任务和安排，我已于今天交出了自1942年1月5日来便有幸率领的这个师的指挥权。我会怀着无比的自豪和满足回顾这段日子。每一场战斗，每一次激战，我们无往而不胜。进攻中，我们能击败敌军，往往将其彻底歼灭。防御中，我们依然是战场的主宰，从未将一门大炮丢给过敌人。塞瓦斯托波尔战役后，全师集结起六个营，于1942年1月再次对敌人发起打击，穿过冰雪，穿过雨水和泥泞，在费奥多西亚冬季战役中击败了敌人，并将对方赶下大海。

1942年2月至4月，在达利尼-卡缅斯基地区的防御战中取得多次胜利后，我们师于5月8日突破了帕尔帕奇防线，从卡梅希-布伦迅速推进至刻赤港，我们在那里目睹了残余敌军的仓皇逃离。

1942年6月7日，我们师被调至塞瓦斯托波尔的北部战线，奉命进攻"奥尔贝格"。在极为不利的条件下，经过激战，我们夺取了"诺伊豪斯"高地。随着对Ⅰ号要塞堡垒和"马克西姆·高尔基"装甲炮台（它被视为当时最现代化、最顽强的防御炮台）的突击，以及"希什科瓦"堡的陷落，整个北部要塞系统落入到我们手中。我们在港口北部穿过炮台边缘，向西攻击前进，越过齐切尔纳亚，并于7月1日以一个大胆的动作从南部横扫一切，夺取了这座城市。随着这一胜利，特别公报宣布了这座强大要塞的陷落。我们师随后被调至俄国北部，在那里，各个英勇的团立即投入战斗，1942年9月间，我们在盖托洛沃包围圈的沼泽和森林中与苏军的七个师展开了残酷的激战。

在这场浴血奋战中，苏军的一切突破企图均被我们击退。1943年2月，斯梅尔德尼亚的防御战中，面对我们师钢铁般的防御，苏军五个步兵师、两个坦克旅和两个步兵旅构成的优势兵力崩溃了。尽管面对着占据压倒性优势的敌人，我们师英勇的将士们顽强防御，击毁了敌人75辆坦克。在我担任师长的最后日子里，我们师成功击退了第三次拉多加湖南岸战役中敌人试图突破我军主防线的一切尝试。尽管面对着敌人重炮和迫击炮猛烈的火力，尽管遭受着敌机不分昼夜的轰炸，英勇的全师将士还是击退了敌人的每一次进攻，并给占尽优势的敌人造成了重大的损失。无论何时受到召唤，下级军官和军士们都会勇敢地应对每一个挑战，不仅击退敌军，通常还将对方悉数全歼。我们的炮兵单位提供了钢铁弹幕的掩护，从未在激战中让我们失望过，凭借着他们的技能和专业能力，他们击退了来势汹汹的敌军，包括对方的坦克部队。进入我们步兵武器的射程前，敌人往往因为我们的炮火而士气低落，甚至已被歼灭，因此，如果没有炮兵的支援，我们的步兵将遭受严重的伤亡。

我们的反坦克单位，以其对各种武器的娴熟运用，成功摧毁了24

辆敌军坦克，其中的7辆是在近战中被步兵干掉的。这一壮举值得我提出特别表扬！这些事例也奠定了我们取得防御战胜利的基础。

士兵们！列队穿越俄国南部缺水草原的途中，奋战于塞瓦斯托波尔冰雪覆盖或燃烧的高地上，或是在刻赤半岛的平原上，在盖托洛沃的泥泞和沼泽中，穿过斯梅尔德尼亚齐腰深的积雪，在拉多加湖和纳西亚南部坑坑洼洼的地带，你们已完成了看似不可能完成的任务。我要向我手下那些出色的指挥官们表达无尽的感谢和特别表彰，他们的名字将永载师史，对那些下级军官、军士和士兵们同样如此，他们坚定地克服了一切困难，他们的许多事迹并不为人所知，但却对我们的生存和随之而来的胜利至关重要。我要向所有后勤单位的坚忍和无私奉献表达谢意。在我向这个因为在俄国广袤土地上进行的激烈战斗而牢牢团结在一起的师道别之际，我想到了阵亡的4520名将士，他们已长眠于第聂伯河两岸、克里木战场以及拉多加湖南岸的森林中。

我知道，我刚刚担任本师师长时下达的第一道日训令曾用过的结束语"信任可信任者"已经说了很多次。我带着牢不可破的战友之情和团结精神离开我的老部队。祝全师每一位将士好运，我以高度的赞誉结束这番告别：

第132步兵师——呼啦！

一切为了德国！

（签名）林德曼

中将，师长

第八章

加特雷

敌伤员的惨叫声爆发开来，我滚入战壕中，

正落在一个苏军伤兵身上……

1943年8月，纳西亚谷地、桑多考勒、犹太人公墓、幽灵森林、波列茨恰、沃罗诺沃，这些微不足道的战场名称依然蚀刻在那些生还者的记忆中。战事来回拉锯，致命的搏杀在列宁格勒附近的森林和沼泽中肆虐了几天、几周、几个月。这是一片杀戮场，成千上万人和机器被投入其中，士兵们毫无同情或怜悯地在这片崎岖、争夺激烈的战场上厮杀。小小的路口会被坚守至最后一颗子弹；沼泽中的一个小高地会突然间变得重要无比，并成为一个浴血奋战至最后一刻的堡垒。在这片复杂的丛林中，无数英勇的士兵送了命，永远消失在无名墓地里。

这里曾经是一片茂密、翠绿的森林，长满了灌木丛和雄伟的松树。郁郁葱葱的灌木丛中，白桦树和赤杨的树梢上传来鸟儿的歌唱。后来，军队来了。冰雹般的炮弹和炸弹不停地将地面撕开。森林再也不敢展示其清新的翠绿，以免再次遭到摧残。大自然痛苦地望着手榴弹和炸弹造成的弹坑；粗粗的树干被机枪子弹撕裂；大片树林被曳光弹引燃，只剩下烧焦的树干，士兵们穿过这片废墟冲入战场，背负着沉重的作战装备——卡宾枪和冲锋枪、装满手榴弹的亚麻袋、装着机枪弹链的灰绿色子弹箱、反坦克武器和地雷。他们绝望地躲避着炮弹的爆炸，在这片饱受摧残的地面上寻找着藏身处。垂死树木的树枝苦闷地伸向空中，这个人造地狱中的一切生命已不再重要。透过弥漫在空中的战场硝烟和尘埃，太阳只呈现出一抹淡淡的橙色。

这里曾有一条清澈见底的河流，蜿蜒穿过这片土地汇入沃尔霍夫河，最终流入拉多加湖。过去，彼得堡的知识分子和有钱的游客会来这里享受郁郁葱葱的森林，以躲避城市8月份的炎热和压抑。可现在，纳西亚的土地被踩躏、被粉碎，曾经清澈的河流发生淤堵，变得浑浊不堪，森林中堆积的大批尸体令河水深受污染。清澈河水灌溉的绿草地现在成了泥泞的沼泽，已被降临在此地的邪恶所破坏。清新的空气中充斥着死人、死马的恶臭，这些尸体在夏季的炎热中发生了怪异的肿胀。

这里也曾有过一座村庄，伫立着一些漂亮的木制小屋，石板屋顶上铺着一层柔软的苔藓。窗户上精心安装着百叶窗帘和窗玻璃，雕刻着俄罗斯风格的纹饰。这些小屋的门前通常都装有门廊，两旁放着长凳。格里戈里、伊万、顿尼亚和塔玛拉会在夜间坐在这里，吸着俄国手卷烟，凝望着夜空，同一片天空也曾被尼古拉·果戈里在《死亡灵》中描绘过。

后来，士兵们来了。先是住房被摧毁，只剩下一个个丑陋的黑色残垣，灰烬中的烟囱痛苦地伸向空中。远处一门苏军大炮射来的炮弹将烟囱和暖炉砸向地面，炽热的砖块和弹片撒落到黑色的废墟上。

这片废墟随后被六名德军士兵占据。他们从皮带上取下工兵铲，匆匆在地上挖掘起来，深深地钻入烧黑的木块和灰烬下。他们随后又从被炸毁的烟囱处取来砖块，再搬来些断裂的树干，以此强化他们的阵地。凭借从过去许多次战斗中学来的技能和专业知识，他们建立起一座面朝东面的堡垒，并在废墟中构设了射击阵地。一下午的忙碌令他们感到满意后，这些士兵仔细架好机枪，并将揭开盖子的手榴弹堆放在一旁。他们打开子弹箱，检查并装填好信号枪。然后，他们等待着夜幕降临，届时，他们将迎来下一场进攻。

夜间，黑暗突然被爆炸所震碎。枪口的闪烁暴露出那些迅速穿过林间空地的幽灵般的身影所在的位置。德军士兵们攥着手榴弹，趴伏在机枪后，心脏怦怦直跳，四肢紧张不已。突然，俄国人的冲锋枪子弹呼啸着掠过他们的钢盔。德军机枪组拉响了他们的手榴弹导火索，将其投入黑暗中，满怀期待地等待着。手榴弹的爆炸席卷过那些微小的人群，伴随着一名苏军伤兵发出的惨叫声。机枪组长抓过机枪，朝黑暗中打出一阵连射。其他人也用卡宾枪和冲锋枪开火了。惨叫声渐渐模糊，人群踩过灌木丛的可怕声音清晰可辨，敌人的巡逻队撤走了。

镁照明弹幽灵般的光亮下，进攻者的身影消失进黑暗中，敌人的试探暂时被击退了。德军掷弹兵们趴在散兵坑里，准备迎接敌人的下一轮进攻，明确无误、悸动的引擎声越过支离破碎的地面飘来。坦克来了！德军炮兵连展开齐射，炮弹越过废墟射入敌军阵地；大口径炮弹的爆炸声淹没了引擎的轰鸣和履带发出的声响。俄国人的坦克放缓了速度，犹豫、等待着。

随着黎明的到来，敌人的一千多门大炮展开齐射。俄国人控制着天空，他们的飞机投下杀伤弹，并以机枪和机炮扫射德军阵地。德军士兵们紧紧贴着地面。巨大的砖块和石头在空中飞舞。阵地上的土墙坍塌在掷弹兵们原野灰色的钢盔上。地面痛苦地震颤着。一名士兵用钢盔捂住脸，徒劳地试图结束这场噩梦——什么都听不见、什么都看不见、什么都感觉不到。

就在这时，苏联波罗的海方面军的装弹手格雷戈尔·博加特金将一发152毫米炮弹塞入他那门已打得滚烫的榴弹炮炮膛内。这场进攻由近卫步兵第364师和坦克第35团发起。呼啸的炮弹从空中掠过，撞上地面后炸开，将四名蜷缩着的德军士兵埋在泥土和碎片下。四个人原先所在的阵地上只剩下一个硕大的弹坑。泥土中伸出一只手，半张着，手指上的金质婚戒闪闪发亮。

大炮和火箭炮弹幕向前延伸时，六人小组中的两名幸存者，由于隐蔽在废墟深处而捡了条命，他们屏住呼吸蠕动起来。这两人发现自己正趴在他们的机枪旁，机枪已半埋在沙子和石块下。他们脆弱的工事也已被炮火轰击所打垮。他们清楚地听见不祥、熟悉的引擎轰鸣声透过森林传来。俄国人来了，还有T-34坦克，苏军步兵尾随其后。

朦胧的身影在森林边缘突然间变得清晰起来。两名幸存的德军士兵试图用他们的机枪开火，过去的战斗中，这挺机枪曾忠实地保护过他们。但它并未发出德制自动武器特有的连续速射声，只射出一发子弹便沉默下来——供弹仓卡住了。敏感的供弹装置由于炮弹爆炸掀起的沙土而发生卡滞。机枪组长将机枪转过来，两人拼命试图让枪机复位。他们用身体的重量抵住机枪，竭力清理枪膛，并用靴子猛踹拉机柄，想让它后缩。但供弹机构纹丝不动。

敌人逼近了，坦克履带声越来越响，敌步兵发出的"乌拉"声越来越近。一名德军士兵跳起身朝另一个阵地冲去，想找到另一件武器，但他在那里只看见一个空荡荡的弹坑，边缘处，孤零零的一只手从泥土中伸出。就在这时，苏军机械化第35旅为首坦克中的炮手伊万·切尔尼科夫中士按下了76毫米主炮的射击钮。炮弹将两个德军士兵膝盖下的双腿炸飞。伴随着惨叫声，他们撞向地面，大声呼救。但没人听见他们的惨叫，这两人拖着残肢向后方爬去。

坦克到达了此刻已无人防守的阵地。两颗长柄手榴弹在坦克履带下毫无作用地炸开。坦克隆隆地碾过机枪阵地，停了停，在引擎的带动下转动着履带，将散兵坑夷为平地，埋葬了这片防御阵地上的一切痕迹。

这辆T-34继续向前，冲过德军防线后终于遭到了厄运。一辆隐蔽在茂密枝叶下的虎式坦克射出一发88毫米炮弹，击穿了苏军坦克的炮塔，将其从底盘上掀飞，庞大的车体起火燃烧。轻武器愤怒的射击声在森林中回荡，渐渐减弱下来。敌人的又一场进攻被击退了。

第1营的无线电通讯已中断。炮弹雨点般地落在营部，营长古泽尔上尉、副官福格尔少尉和他们的参谋人员悉数身亡。通讯设备被炸毁，报务员阵亡。大批负伤的士兵或爬行，或蹒跚而行，或由其他战友用帐篷布做成的临时担架抬着，冒着苏军大炮和"喀秋莎"的猛烈炮火，朝后方的团急救站赶去。

我匆匆向一小群德军士兵做了任务简报，准备以团里的预备队发起一场反击，所谓的预备队只是由步兵和工兵混合而成的一个排。我们迅速穿过战场上震耳欲聋的喧嚣，从一个弹坑冲至另一个弹坑，用冲锋枪和手榴弹战斗着，就这样，一直杀到桑多考勒。我们在这里抓获一些苏军俘虏，他们中的大多数人因为身负重伤而无法撤离。

夜晚并未能让人得到休息。嘶嘶作响的照明弹划过夜空，在这片饱受折磨的土地上洒下一片银色的亮光，为携带着致命负载的苏军轰炸机提供了照明。舍肯巴赫上尉率领一小群德军士兵据守着犹太人公墓，苏军突击队却在他们身后达成了突破。夜间，我们的传令兵和弹药运送者在黑暗中遭到零星火力的射击。

我挑选了两组老兵跟我一同行动，我很熟悉他们的名字，知道他们都是些绝不会动摇的士兵：卡默迈尔、赫费尔纳、奥伯迈尔、尤克尔、马克尔斯多费、马金格尔、福伊尔施泰因、瓦格纳、甘泽、马丁、霍尔茨曼、库尔茨、哈克、希普和另外几个人。我们迅速进行着作战准备，将手榴弹和冲锋枪备用弹匣塞入靴子和皮带。我们还带着3挺轻机枪。几只水壶在这个突击小组中传来传去，徒劳地试图在这最后时刻缓解因紧张而引起的焦渴。

我们冲入黑暗中，跨过一片满是弹坑的战场，从一个隐蔽处跃至另一个隐蔽处，朝着战壕和散兵坑开枪射击，高呼着，将手榴弹投向我们的前方、左侧和右侧。身穿卡其色军装的鬼魅身影在我们前方晃动，他们戴着橄榄色的圆形钢盔，背着表明苏军士兵特征的小背包。他们像夜色中的兔子那样散入黑暗中。我们抓获了7名俘虏。

补给队跟在我们身后，在犹太人公墓找到了我们。我们急切地打开了食物和弹药箱，默默无言地吞咽着微薄的口粮：冷香肠和面包。

激战持续了七天七夜。双方伤亡惨重、疲惫不堪，却不肯后撤或停下来休整。后撤意味着失败，停下休整意味着死亡。对这片地狱的生还者来说，这些沼泽和森林，这些参差不齐的树桩和备受折磨的地面将成为这场战斗炽热的回忆，许多人只有通过死亡方能逃离。

最终，8月16日，由于损失惨重，师主力撤出了拉多加湖南岸的防线，第437步兵团仍留在防线上。8月17日，格拉夫·什末林·冯·克罗西克上校出任普鲁士第1步兵师师长，该师仍据守着前沿阵地。

当天晚上，我们团的金斯米勒上校来到第11连连部，该连仍顽强地坚守在犹太人公墓的阵地中。经历了长达七昼夜的激战，顶着敌军坦克、大炮的猛烈火力，遭受到持续不断的敌机波次投下的数吨炸弹的轰炸，绰号"倔强的费迪南德"的舍肯巴赫上尉仍不肯将阵地拱手让给铺天盖地的进攻者。苏军在左侧达成突破后，他的阵地成了个支撑点，肩负起打破敌军进攻波次的责任，以防止整个左翼发生崩溃。尽管苏军步兵试图渗透至阵地后方，并死死地守在炮弹和炸弹形成的弹坑中，但第11连仍牢牢地坚守着阵地。

夜间，舍肯巴赫上尉叫来他的传令兵。二等兵弗莱克，第2排这名19岁的传令兵，连爬带跑地穿过饱受战火蹂躏的开阔地，从排阵地赶往连部。尽管持续不断的炮击使地面景观不停地发生着变化，但他还是凭着本能在黑暗中找到了正确的方向。嘶嘶作响的照明弹点亮天空时，他便扑倒在地，一动不动地趴着。最后，弗莱克气喘吁吁、汗流浃背地赶到了连部。他的肩头和脖子上挂着四支苏制冲锋枪，这是他在穿越交火地带时，从散落在犹如月球表面般坑坑洼洼的地面上的苏军士兵尸体上捡的。与后方的运输和后勤人员进行交易时，这种武器非常值钱，经验丰富的前线士兵从不会放过这样的机会。

"倔强的费迪南德"解释道："我们唯一一条补给线已被俄国人的渗透所切断。"五名传令兵被派了出去，他们的任务是：穿过苏军封锁线，带回够两天食用的食物。

这时，金斯米勒上校完成了他的视察，五名传令兵奉命护送他返回团部。传令兵每人携带着两个食物罐，一个横跨在胸前，另一个绑在背后。除了一支德制MP-40或缴获的苏制波波沙冲锋枪外，他们还将手榴弹塞入皮带和军靴上端。就这样，他们肩负着使命，走入黑暗中，上校走在队伍中间，他那僵硬的左臂一如既往地背在身后。

这个小组在黑暗中慢慢地寻找着道路穿过这片饱受蹂躏的区域时，判明方向变得越来越困难。行进了几百米后，走在最前方的一名传令兵刚刚靠近一个大弹坑的边缘，一挺重机枪突然在近距离内开火了。与此同时，一发照明弹嘶嘶作响地窜入空中后炸开，照亮了整片地带。二等兵弗莱克本能地趴倒在地，就在这时，一串机枪子弹从他的头上飞过。他摘掉身上的食物罐，翻滚进一旁的弹坑中，这才发现另外四个传令兵也在坑里，他们将武器对准弹坑边缘，揭开了手榴弹的盖子。他们立即判断出自己误入了一个伏击圈，即将为此而付出惨重的代价。

随之而来的短暂平静中，他们听见机枪子弹射来的方向传出了低低的德语说话声。一名传令兵喊道："别开枪，是自己人！"

机枪保持着沉默。弹坑里的人数了数人数，有人不见了。他们朝黑暗中大声呼叫着上校，但无人回答。几秒钟后，来自第2排的传令兵发现金斯米勒上校倒在距离弹坑10步远的地方。传令兵抱起上校一动不动的身体，扶着他坐了起来，手上立即沾满了黏糊糊的鲜血。另外几名传令兵也赶了过来，解开金斯米勒上校的军装，这才发现子弹已射穿了他的心脏。

19岁的二等兵将上校扛在肩头，跌跌撞撞地朝机枪阵地走去。据守在这里的是友邻团的一个机枪组，他们获知被他们打死的是己方的一名团长时，一个个惊骇得说不出话来，对这场灾难简直无法想象。

前线这段防区的情况非常危险，所有哨兵时刻保持着警惕，随时准备对敌人的进攻扣响扳机。就在这场误击事件的一个小时前，他们刚刚在这里击退了苏军巡逻队的一次渗透，因此，防线外的一切声响和动静都被认为是敌人在活动。

这场悲剧使我们团失去了一位最具才华、最受尊重的领导。自我们团在下巴伐利亚组建以来，金斯米勒上校便一直跟我们在一起，共同经历了巴尔干战役以及在俄国的战事。他的死，对我们团乃至我们师都是个沉重的打击。两天后，他和他曾经的战友们一同被葬入索戈卢波夫卡的墓地。据说，根据军里和师里的指示，下葬时配以全套军礼。

这个墓地里安息着我们师在两次拉多加湖战役中阵亡的将士，师属医救中心就设在附近。墓地里，一个硕大的桦木十字架竖立在一座保存完好的希腊东正教教堂的阴影处。几个月后，德国军队疏散了这片地区，墓地里再也见不到一个十字架。为了不让苏军情报部门弄清楚在附近参战的德军序列，也为了不让敌人知道我方阵亡将士的姓名和数量，一片地区被疏散时，阵亡将士墓地上的一切标记都将被去除。战争结束后，苏联政府又将这些墓地中残余的标记和入侵者为纪念其阵亡战友而竖起的纪念碑彻底销毁。那些倒在东线广袤战场的德军士兵，他们的墓地现在已荡然无存。

德国军队继续试图满足其军事领导人在战场上贪得无厌的欲求时，一等兵和中士们开始在率领和指挥作战部队方面发挥越来越重要的作用。许多"永久性二等兵"晋升为士官，构成了军队的骨干。

一个常见的笑话广为流传，反映出俄国战场上德军士兵的腔调和性格。据说，待胜利大军从东线返回后，会在柏林举行一场盛大的阅兵式。成千上万名观众将在菩提树下大街观看列队而过的军队，士兵们穿着他们的军礼服，排成壮观的队列穿过勃兰登堡门。将军和他们的参谋人员位于队伍最前方，一辆辆指挥车擦得锃光发亮，车上的一面面团旗随风飘扬。紧随其后的各单位指挥官和他们的参谋人员，胸前佩戴着熠熠生辉的勋章，礼服佩剑挂在身侧。跟在他们身后的是通讯车辆、后勤和补给单位，他们潇洒地坐在油漆一新的桶式车内。然后，各个野战炮兵连来了，隆隆的半履带车和装饰一新的马匹拖曳着重型火炮，一切都干干净净、井然有序。整个阅兵式将由帝国元帅戈林率领，他穿着漂亮的白色军装，军装上装饰着红色和金色的滚边，脖子上挂着配有橡叶饰的大铁十字勋章。为了给观众们加深印象，他的随行人员都将搭乘半履带车。

行进的队列过去了，军乐也终于停顿下来，拥挤的观众人群开始散去。突然，壮观的阅兵队列身后，一名衣衫褴褛的士兵（这是一名"永久性二等兵"）出现在人们的视野中。他那双磨损、破裂的靴子反映出从俄国大草原到这里的遥远距离。破烂、褪色的军装上挂着一些苏军军用装备，他已有一个星期没刮胡子了，还背着防毒面具、工兵铲、饭盒、帐篷布、步枪和手榴弹。弹痕累累的勋章别在胸前，表明他经历过无数次战斗，还多次负伤。走近勃兰登堡门时，他停下脚步，被人问道，他为这场胜利做出了什么贡献？他摇摇头，一脸疑惑，随后说道："Nix ponemayu！（俄语：我不知道！）"漫长的东线战役期间，作为损失殆尽的团里唯一的生还者，他已忘记了德语。

每当这些老二等兵负伤或生病时，他们会尽力避免自己被送去补充连或作为补充兵被派至另一个新组建的单位。他们的经验告诉他们，待在老部队里才有可能活下去，在这里，他们彼此了解，知道只有相互依靠才能保住自己的性命。有些单位的军官和军士一同在前线同生死共患难了数年，离开这个熟悉的环境和这些面孔，对他们来说不啻为一种折磨。随着一个个经验丰富的士兵遭受到损失，缺员只能从后勤单位、工作人员或空军单位中抽调补充，这些人几乎没有什么步兵作战经验。部队中有经验的二等兵渐渐减少，新兵们的伤亡会随之急剧上升。

有一次，从前线被换防后不久，我们得到了一群补充兵。一名中士护送他们来到新连队，按照惯例，我与这些新兵们交谈，询问每个人的姓名、过去的职业、背景等情况。在他们当中有四名士兵来自阿尔萨斯，其中一个矮壮的二等兵看起来有点面熟。我忽然想起他是新兵中心的"厨房蛮牛"，刚入伍时，我在那里接受过新兵的基础训练。

我问他是不是在达姆施塔特的反坦克新兵连干过，他爽快地回答道："是的，少尉先生！"于是，我让他稍后去连部找我。他按照命令赶来了，携带着全套作战装备，包括钢盔和防毒面具。我开始了轻松的交谈，让他放松下来，然后告诉他，过去我曾是他手下的一名新兵。我谈起在他的领导下的往事，我和我那些朋友曾忍受过许多次骚扰和辱骂，他赶紧立正，满脸紧张之色。

我还特别提到一件有趣的事情，当时他在我负责清理的铝制大咖啡壶中发现两滴小小的咖啡渍，于是，我遭到他的痛斥，他还郑重其事地向我讲解了清洁对士兵的福祉来说有多么重要。随后，我不得不把下午剩下的时间用来清理厨房设备，直到每一件物品都令他满意为止。为了让他放下心来，我拍拍他的肩膀，告诉他，一个人要成为真正的战士，就必须忍受那些令人难以置信的考验。他后来证明自己是连队里英勇而又可靠的一名成员。

7月22日，敌人投入压倒性兵力，对"扎蓬角"发起猛攻，我们作为团预备队被投入战斗，以封闭局部缺口。激战中，来自阿尔萨斯一名20岁的新兵身负重伤，在送往团急救站的途中不幸身亡。当晚，排中士将他的个人物品归拢到一起。按照惯例，有些不太适合寄给他家人的东西将被寄给他的亲属。执行这个并不令人愉快的任务时，中士走到我身边，要求跟我推心置腹地谈一谈。然后，他给我看了一封那名阵亡士兵的母亲写来的信：

> 亲爱的孩子，现在你已作为一名德国士兵被派往遥远的俄国。将来的某个时刻，待太阳再次闪耀时，我们会重归法国。我听说俄国人对待阿尔萨斯人很好。邻居告诉我，她已写信给她的丈夫，让他向俄国人投降。丢下你的步枪，到俄国人那里去吧。他们肯定会好好待你的。

信里还有些其他内容，都是伤心的母亲写给远离家乡、身处前线的儿子的常见内容。中士把信交给我后，默默无语地走开了。按照规定，我应该把这封信交给上级。但我没这样做，尽管写信者很明显既不相信也不希望德国会取得"最终的胜利"。同样明显的是，这位母亲甘愿冒上生命危险，以便将自己的儿子从已降临在许多东线将士身上的厄运中解救出来。我慎重地决定，不要再给这个家庭带去更多的苦难了。身居阿尔萨斯的一位伤心欲绝的母亲并不支持德国的军事行为，也不赞同我们的政治制度，这个事实并不会决定我们在这场世界大战中的胜败。失去了自己的儿子，她所承受的已经超出了一位母亲不得不承受的东西。

1943年8月28日，我在战地医救中心的手术台上迎来了我的23岁生日。几天前，我被拉多加湖南岸一个苏军炮兵连射出的炮弹崩伤了左上臂。尽管接受了粗略的治疗，但伤口却出现了感染，医生怀疑是锯齿状的弹片将军装的碎片卷入了伤口中。对我的伤口进行了检查后，团里的军医黑格尔博士亲自操刀实施手术，为此，他使用了麻醉剂，据认为，这种药物会使患者进入恍惚状态，对所有问题都会如实回答。

等我苏醒过来后才知道，团里的大批朋友——弗里茨·施密特、博奎特、多伊舍尔、雷希和其他人——都跑来见证这种"吐真剂"的效果。在黑格尔博士的鼓励下，他们从我嘴里盘问出许多不可思议的事情，对药物的效果信服不已。毫无疑问，他们的许多问题是关于我在女人方面的经历。为防止使用麻醉剂后常见的后遗症，例如恶心、呕吐等，医生给了我一瓶樱桃酒，显然它会与在场的人一同分享。当晚，我们喝酒、唱歌，其间穿插着大量新笑话，这些段子都跟我的个人生活有关，是我在手术中透露出来的。

尽管遭受着伤口带来的疼痛和发烧，我还是坚持跟自己的部队待在一起，数天后，我接到了休假的命令。很快我便跟着黑格尔博士和德德尔上尉离开前线返回祖国。休假结束后，我们按照事先的约定在柳班会合，在那里搭乘火车返回位于俄国腹地的团里。

沃尔霍夫—基里希桥头堡

第132步兵师辖内的各单位被调至波列茨恰的西面和南面，随后又被派入德拉切沃地区执行任务，原先在这里的是第81步兵师，他们据守着沃尔霍夫和基里希桥头堡。除了双方巡逻队偶尔出现些冲突，或是沿着桥头堡边缘发生些小规模战斗外，我们师在8月20日接手的这片防区保持着平静。8月27日，第438掷弹兵团团长阿尔特曼上校视察基里希桥头堡前沿阵地时阵亡。

没有任何征兆，9月11日，上级下达了命令，让第81师、第132师和第96师做好从桥头堡疏散的准备。库辛卡地区和米亚戈雷南部的阵地同样将被放弃。

9月14日，疏散的准备工作开始了。作战单位的非急需物资不是被运走就是被付之一炬，包括弹药和燃料储备。军用物资的运输用了五天，这一任务完成后，被认为会被敌人加以利用的一切资产，例如桥梁、公路、铁路、住房和水井，都由工兵单位做好爆破准备。准备撤离的德军士兵有条不紊地将无法转移的物资和装备予以摧毁，浓浓的黑烟弥漫在空中。

作战部队完成疏散和撤退计划需要五天时间。为防止敌人尾随追击，某些地段被指定为阻击点，只有在行动的最后阶段才能被放弃。这些阻击点包括基里希桥头堡和重要铁路交通地段内的一些据点。

10月1日夜间，随着第2连的撤离，疏散行动正式发起，第437掷弹兵团已被指定为桥头堡预备队。只有一条铁路线可供全师的调动所用，目前，我们师主要依靠马匹来拖曳大炮，步兵则是步行。但我们的疏散行动执行得完美无瑕，没有被敌人破坏，人员和物资没有遭受任何损失。

在此期间，主防线又被坚守了24小时，最终，这些士兵在午夜时刻悄悄放弃了防御薄弱的阵地。最后一个德军排列队离开阵地后没多久，敌人就派了侦察队和轻步兵单位，小心翼翼地对德军弃守的阵地进行了侦察。

不过，我们并未发现敌军有什么大规模动作，直到10月5日下午，我们才看见塞满步兵的苏军卡车进入了伊尔沙–杜布洛沃地区，他们立即遭到炮火的轰击。10月2日夜间，最后一批疲惫的德军士兵跨过沃尔霍夫河后，早已布设好的炸药被引爆，铁路桥被彻底炸毁，从而使其无法被敌人使用。

10月5日午夜时刻，我们师在库辛卡占据了新的阵地，并完成了防御准备。随着第437掷弹兵团和第132燧发枪手营最后的后卫部队于10月6日清晨撤离，"胡伯特狩猎日"行动告一段落。

这个月，我们又从苏联红军那里收到了更多的传单：

致第132步兵师第437步兵团第7连的士兵们！

德军将士们！希特勒已将你们带入到一场灾难中。为掩盖这个事实，你们的统帅部说什么"灵活防御"和"缩短防线"。

希特勒集团所发动的东线战争，在两年内已令上百万德国年轻人送了命，国内的寡妇和孤儿也已超过百万，仅仅是为了所谓的"缩短防线"。

你们自己可以判断出"灵活防御"的结果，苏军已将德国人赶过第聂伯河，解放了扎波罗热，切断了克里木，目前正胜利地奋战于基辅和戈梅利郊区。德国军队的实力将在东线战场上损失殆尽。

法西斯独裁者们过去说，你们必须为"闪电战"的最终胜利而牺牲自己。他们现在又说，为取得"灵活防御"的成功，你们必须战斗到最后一兵一卒。

你们很容易辨别出这是法西斯分子们的谎言。可是，还要你们继

续付出怎样的代价呢？这里有几个贵连悲惨经历的例子：

1941年11月2日—7日，在巴赫奇萨赖（位于克里木）前方的战斗中，贵连的180名士兵，伤亡人数不少于62人。贵连获得了补充，短暂休整后再次投入塞瓦斯托波尔的战斗中。经历了这场战役后，你们只剩下16个人。

1942年9月，贵连重组，在沃尔霍夫前线遭受的损失得到了补充，随后又投入到姆加河上盖托洛沃的战斗中。经过这场战斗，你们的100名士兵只剩下15个人。

1943年10月11日，已经后撤的第7连又匆匆奉命为第12空军野战师提供支援。你们的指挥官将你们投入到一场反击中，不仅徒劳无益，还遭受到严重的损失。第7连被击退，至少有三分之一的士兵倒在了战场上。

德军将士们！

你们在为希特勒流血，你们的牺牲不是为了你们自己，也不是为了德国人民。

没有什么能将你们从这场杀戮中拯救出来。

逃离希特勒政权压迫者的这支军队吧，否则，你们将面临没顶之灾。你们团第1连的26名士兵，在连长鲁道夫·克雷默中尉的带领下，已于1943年3月12日向苏联红军投降，这为你们指明了生存之路。对他们来说，可怕的战争已经结束。这场战争结束后，他们将健康地返回自己的祖国。

是回到自己的家人身边，还是作为法西斯侵略者被消灭在苏联的土地上，完全取决于您做出的决定。尽快做出决定，否则就太迟了！

俄国人的宣传单位通常会使用粗糙的照片蒙太奇效果，照片和姓名都来自德军俘虏或阵亡者的士兵证。在我们防区和其他德军阵地上，苏军飞机投下数吨传单。德军士兵们踊跃地收集这些传单，以便在上厕所时使用，因为厕纸总是供不应求。

师里的通讯部门保留了一个特种侦听和无线电拦截排，他们会派出受过专业训练的小组深入敌后，接入电话网，这样便能经常拦截、监听到敌人的电话通讯。通过这种方式，我们能获悉苏军军官的消息，从他们的污言秽语中，我们得知女性在敌指挥部里开始发挥越来越重要的作用，主要是担任通讯技术人员和后勤人员。

我们还监听到敌人所进行的动员。有一次，我们拦截到俄国人下达给我们阵地对面的一个苏军步兵连的日训令。命令中详细阐述了夺取位于基里希重要的铁路路口和苏联最大火柴厂的计划和时间安排。我们后来又监听到，敌人郑重宣布，对壁垒森严的基里希发起进攻，英勇的苏军随后将其胜利夺取。其实，在他们执行这道命令前，基里希已被我们有条不紊地放弃了。

还有一次，我们听见一名苏军团长怒斥一名下级军官在行动中没能缴获战利品。"德国佬把所有的scheissdreck（垃圾）都带走了，我能缴获什么？"那名被激怒的下级军官回答道，"scheissdreck"这个词是用德语说的。

一天晚上，我们的主阵地被50余名苏军士兵渗透。凭借高超的技能和伪装，他们没开一枪，在一片守卫薄弱的地带溜过我们的防御工事。发现敌人已摸进我们的防线后，据守在被渗透区域左右两侧的德军士兵操纵着两挺机枪开火了，将敌人笼罩在弹雨下。几个苏军士兵中弹身亡或负伤，其他人借着夜色逃离了我们的防线。这场战斗中，敌人没有开枪还击，天亮后，我们检查了那些倒在机枪子弹下的尸体，发现他们没有携带武器，冰冷的手中紧攥着已打开的剃须刀，看来，他们打算悄无声息地割断我们哨兵的喉咙。

涅韦尔以西

12月4日，我们再次发起进攻。率领着团里的突击预备队，我来到一条穿过一片三角形树林地带的小溪旁。在我们左侧，施密特的营已卷入到激战中，敌人的坦克投入战斗，朝我们这里冲来。我命令部下们要绝对保持安静，只有在必要情况下才能对清楚辨认出的步兵目标开枪射击。我随即请求上级派一个反坦克炮组来提供支援，但不知道这种急需的炮组何时能赶到。

福伊尔施泰因的班位于我们的前方和左侧，整片战场和溪流顶端的情形被他们尽收眼底。突然，福伊尔施泰因阵地上的一挺机枪开火了。苏军的一个步兵连正沿着小溪前进，以便为两辆T-34提供步兵支援。遭到火力打击后，他们立即躲到坦克后，一辆坦克停了下来，硕大的炮塔转动着，瞄向隐藏着的机枪阵地。一发炮弹直接命中机枪阵地，几个月来，一直勤勤恳恳在我指挥下工作的福伊尔施泰因当场阵亡。

苏军的其他坦克也在我们对面的树林线处开炮了。我跟尤克尔和泽普站在一条浅沟中，用望远镜查看着敌人的动静，就在这时，一发坦克炮弹击中我们左侧的一棵树木，断裂的树干跌倒在地上。尤克尔慢慢地转过头来面对着我，我发现，一直叼在他嘴上的烟斗只剩下短短的一节。一块弹片从他钢盔边缘飞过，干净利落地切断了他的烟斗，尤克尔低声说道："我被击中了。"随后便慢慢地瘫倒在地。

他的左上臂满是鲜血，白色作战伪装服已被鲜血浸透，我解开他的罩衫和军装，这才发现一块硕大的弹片几乎已将他的左臂切断，就在肩膀下端。我取下挂饭盒的带子，从腋下将他的胳膊紧紧扎牢，直到伤口不再流血。整个过程中，尤克尔一声未吭，现在，他微微一笑，说他终于得到了一个期待已久的"heimatschuss"。我帮着他站起身来，尤克尔稳稳地迈开脚步，独自一人向后方走去。

几周后，我收到一封寄自维也纳医院的信件，打开来信，开头是这样一句话："亲爱的少尉。"尤克尔告诉我，除了左臂，他完好无损。另外，他还说，他的烟斗现在缺乏烟丝，由于补给体系陷入困境，医院将烟草列为次要考虑项目。我用地图囊中的红色记号笔在他信中的这段话下划上线，并将这封信转交给团里的后勤军官黑特尔，请他给尤克尔寄点烟丝去。令我深感满意和惊喜的是，四周后，我又收到了尤克尔的来信，对我满足了他前一封信中隐含的要求表示感谢。

第二天，我们等来了携带着一门75毫米反坦克炮的炮组。得到一门反坦克炮，这令我们大大地松了口气，因为面对苏军坦克，我们没有任何有效的对抗手段。我再次发现了自己作为一名反坦克猎兵早已被遗忘的天赋，我跟反坦克炮组的成员们交谈着，以便让自己重新熟悉这种武器。我们仔细地将反坦克炮推入阵地，等待着，但敌人的坦克没有出现。

次日，我们跨过一条用橡皮艇搭成的浮桥，渡过将我们与第3营分隔开的河流。敌人注意到我方援兵的到来，试图以坦克发起突击，结果，两辆坦克被我们的75毫米反坦克炮击毁，其他坦克仓促后撤隐蔽起来。

夜里，苏军的两辆坦克搭载着步兵，在施密特据守的防线上达成突破。我们的一些连队被逐出阵地，我率领着获得加强的第437工兵排，作为突击预备队发起反击。我们赶到距离苏军突破口150米处的一片洼地，我挑了两个班发起反击，剩下大约60来人，隐蔽在我们身后200米处的一片洼地里。按照计划，我将以最少的必要兵力发动反击，以减少伤亡，其他人将在我们发起进攻后展开后续突袭。

按照预先安排好的光信号，前进观测员们通知我们的炮兵提供支援，几秒钟内，我方的炮弹落在我们前方三五十米处。炮火向前延伸，笼罩住敌人的阵地时，我们向前冲去，很快便遭遇到敌人的零星火力。一条隐蔽的战壕里，一支冲锋枪在近距离内对着我们开火射击，击中了一名机枪手的肩膀。

我们抓紧时间冲入阵地，在近距离内猛烈扫射，并朝工事里投掷手榴弹。我扑倒在一条战壕的边缘，在这里，我能清楚地听见不到1米外，蜷缩在漆黑战壕中的苏军士兵发出的低语。他们的阵地里充满了恐惧，这些俄国人根本不敢探头张望战壕外的情形，否则，他们完全能把我一把拉进战壕里。我的心怦怦直跳，我拉动2枚手榴弹的导火索，稍等了等，这才将它们投入到下方的战壕。

手榴弹爆炸了，腾起一股尘埃和硝烟，我握着手枪翻过战壕边缘，对着看不见的目标连开数枪。敌伤员的惨叫声爆发开来，我滚入战壕中，正落在一个苏军伤兵身上。我呼叫其他人赶紧跟上，朔尔施冲入战壕，MG-42机枪抵在腰间，打出一个个连发，确保了我的左翼。

泽普、洪佩特和其他人跟着我冲进战壕。在阵地上，我们看见一群俄国人从右侧的地面上跳起，穿过我们的火力，沿着阵地边缘，朝一辆坦克跑去。这辆坦克不祥地蹲伏在后方的黑暗中，在我们阵阵炮火的闪烁下，坦克车身清晰可见。没用几分钟，俄国人便被赶出了战壕，他们中的一些人隐蔽到一片洼地里。就在我们实施重组准备再度发起反击时，泽普·施图尔姆收集起一把手榴弹，朝着洼地边缘冲去。他拉动导火索，将手榴弹一颗接一颗地投入洼地内，俄国人被炸得非死即伤，我们抓获了12名俘虏。

由于我们这支小股部队实施的突袭，苏军失去了发起进攻的出发阵地，接下来的几天里，他们没有显露出进一步发动进攻的迹象。我随即为泽普·施图尔姆申请铁十字勋章，第二天早上，团长为他颁发了勋章。

11月14日，第132步兵师被换防，库辛卡地区的阵地交给第96步兵师和第12空军野战师。我们随后搭乘火车赶至"洛赫"集团军级集群，在普斯托什卡附近加强涅韦尔西面的防线。

在这片地区，我们师没有被立即投入战斗，而是作为一支突击预备队实施防御，并为受到威胁的各个师提供支援。除了留在伊萨科沃的部队外，第81和第329步兵师已将所有的营投入到进攻和防御中。

按照计划，第132步兵师将从位于涅韦德罗湖南面的阵地向西发起进攻，以支援第16集团军在11月底发起的攻势。这场攻势的目标是将突入普斯托什卡南部的苏军部队包围。这场进攻将于11月29日发起，第436掷弹兵团和第16、第9警察团将被用于解救舍格洛沃—洛帕托沃这条重要的补给线。面对占据压倒性优势的敌军，先头部队朝瓦西里耶瓦、普斯特基和192.7高地这些目标而去，可是，由于前几个月里遭受的严重损失没有获得补充，进攻陷入了停顿。

随着另一条补给路线成功到达伊德里察、尼斯谢斯恰火车站、卢舍伊和洛帕托沃，我们计划于12月10日发起第二次进攻。师里打算为这场新的攻势投入第436和第174掷弹兵团。可是，这个计划未能得以实施，因为我们师被改称为"瓦格纳"战斗群，与党卫军第3爱沙尼亚志愿者旅和拉脱维亚"里加"警察团一起，被派去加强德里萨河与亚斯诺湖之间的防区。上级预计，敌军从涅韦尔地区发起的攻势将落在这片区域，他们会对波洛兹克方向发起打击。这场预计中的攻势将对"北方"集团军群的整个右翼产生威胁。

1944年1月中旬前，除了偶尔的侦察巡逻外，我们师连绵50公里的新防区保持着平静。这几周里，各个单位忙着修建和加强工事、道路和桥梁。俄国北部地区，游击队在密林中的活动极为猖獗，我们的后方单位不得不将所有平民百姓加以疏散。

1944年1月12日，敌人发起了预料中的进攻。新年的前几天里，涅谢尔多湖、亚斯诺湖和涅韦德罗湖地区都发现了敌人的活动。苏军向西北方发起进攻，目标是夺取我们师防区北部的伊德里察。

面对我们由外国和警察部队守卫的薄弱防线，敌人迅速取得了进展，并向普斯图亚、莫格利诺湖和斯维布洛湖渗透。南面更远处，在亚斯诺湖与古希诺湖之间实施防御的拉脱维亚"里加"警察团，沿着普恰里察—伊斯比斯谢斯恰—萨加佳—舒尔雅济诺—加特雷构设起一道拦截线。1月12日夜晚前，苏军的推进停顿下来，在第132步兵师提供的装备和指挥控制的帮助下，警察团加强了他们的防御。

1月14日，我们师接到第16集团军的命令，让我们对沿着杜布洛沃南端至安德烈多沃一线达成突破的敌军发起进攻。这场进攻于当晚8点发起，成功地遏制住敌人。1月15日清晨6点30分，敌人投入8—9个营，对我们的薄弱防线再度发起突击，我们守卫这道防线的兵力只有3个实力不足的连。敌人在重炮、飞机和多管火箭炮的支援下，对普恰里察、伊斯比斯谢斯恰、萨加佳、舒尔雅济诺和波德别列夏展开攻击。通过反击，普恰里察、萨加佳和舒尔雅济诺遭到的区域性突破被遏制，在猛烈炮火的支援下，察里基和卢舍伊北部爆发了激烈的贴身近战。

1月16日这一整天，敌人对加特雷和东北方阵地的多次进攻均被成功击退，据守在加特雷的120名掷弹兵奉命于当晚6点发起反击。这场反击击退了敌军，并将萨加佳西面的突出部成功封闭。1944年1月19日，我们师将防区移交给新赶到的第290步兵师。

1944年1月—2月，加特雷附近，温度计显示为零下20摄氏度。苏军再次突破了德军薄弱的防线。虚弱的保安部队主要由外国志愿者组成，面对敌军强大的压力，他们被迫放弃了自己的阵地。

冬夜，我带着部下们沿着一条破旧的道路向前而去。德军士兵们端着步枪，本能地向前走着。队列中还有3具小马拖曳着的雪橇，雪橇上堆放着武器和军用装备。这是个漆黑的夜晚，尽管我们的眼睛早已习惯了夜晚，但每个人只能依稀分辨出走在前方几步远外的战友。我仔细地沿着计划路线前进，偶尔用遮蔽在帐篷布下的战地灯，对着皱巴巴的地图查看一番。

经过几个小时的行军，我们到达了一个外国保安营的营部，接下来的一个小时，我们试着了解这片地区的情况，结果是一片混乱。与守卫阵地的外国志愿者进行了多次令人沮丧的沟通后，一名德国军官被找了出来，但他也没能提供确切的前线情况，于是我再次依靠自己的本能行事。

我们沿着一条通往东南方的狭窄小径出发了。几个小时前，我从团长那里接到指示，要在这片地区利用地形地貌建立起一道防线。我们的目的地是一座小小的山丘，在地图上被标为"加特雷村"。靠近村落时，突然从左侧射来了冲锋枪和机枪火力。我们立即还击，对方的火力被打哑了。透过拂晓的微光，我用望远镜搜索着暴露出村庄位置的木屋和建筑。随着地平线变得越来越亮，我忽然意识到，我们已在黑暗中绕过了村子，此刻，这座隐约可见的村庄就在我们身后。村庄已沦为战争的牺牲品，只剩下几个被熏黑的烟囱伫立在那些模模糊糊、被烧毁房屋的废墟间。一堵低矮的围墙和一口水井出现在我的望远镜中，标明了原先建筑物的位置，残垣断壁上覆盖着一层厚厚的雪毯。

我迅速下达了指示，命令施塔芬中士带着他的排赶往右侧。伯恩哈特中士继续留在目前的阵地上。我们在村庄的废墟里构设起机枪阵地，拂晓的微光中，零星的步枪声开始响起。

黎明的到来使我能够对所处的环境做出更好的评估。这个村庄坐落在一个高地上，四周都是均匀下降的缓坡。1公里外的另一片有利地形上，驻守着施塔芬中士的排。我当时并不知道，执行我的命令时，这位排长成了一名隐藏在森林中的苏军狙击手的受害者，对方开了一枪，正射中施塔芬的头部。

上午晚些时候，一名德国军官小心翼翼地朝我们走来，野战外套下，表明他炮兵身份的红色滚边领章清晰可见。这名上尉自我介绍说，他是炮兵连的前进观测员，该连就在我们身后2公里处，大炮已做好为我们提供支援的准备。得到这个令人安慰的消息后，我们继续为俄国人必然到来的进攻做着准备。

当天剩下的时间里，森林保持着沉寂。我们忙着将深埋于地下的一座澡堂修建为指挥部，那名前进观测员也加入到我们的行列中。随着温度的下降和夜晚的来临，我批准部下们轮流站岗放哨，以免挨冻，由于在阵地上生火会立即引来敌人的火力，因此被严令禁止。我早就知道，加快换岗频率能让哨兵们更加警觉，同时使他们不太会成为冻伤和疲劳的受害者。

我们到来前，俄国人曾打算对据守在这里的外国保安营发起突袭。夜色再次降临时，我们怀着紧张的心情趴在雪洞中等待着。午夜前，清晰可辨的命令声和喊叫声从苏军阵地上传来。随后便是沉重的靴子踏在雪地上所发出的不祥的声响。我们默默地等待着，直到幽灵般的身影出现在我们前方的空地处，位于我左侧的一挺MG-42开火了，喷吐出长长的连发。

照明弹划过天空，空中弥漫着爆炸和激战声，曳光弹在黑暗中四散进飞。伴随着震耳欲聋的轰鸣，答应为我们提供支援的炮兵连开火了，炮弹准确地落入敌人队列。炮弹的爆炸中，敌人纷纷溃退，但我的朋友、班长赫费尔德尔也身负重伤倒下了。

第二天，敌人再次发起进攻，但同样被我们击退。第三天拂晓时，我们仍牢牢地据守着饱受摧残的阵地。敌人吼叫着，一次次试图攻克我们的阵地，此刻，他们得到了迫击炮和大炮的支援，猛烈的炮火下，敌人准备再次发起进攻。

我奉命据守的防线有1公里长，但我只有40名士兵。在我们防线的右侧有一个500米的缺口，据报告，夜间这里由一支侦察巡逻队防守。

1月16日夜间，俄国人再次活跃起来。在夜色的掩护下，他们的一支加强突击队绕过村子来到我们左侧，悄无声息地渗透进一片区域，我们在这里没有支援力量，他们对守卫在这里的一支小股部队发起了打击。我们从阵地上能看见枪口的闪烁和手榴弹的爆炸。大约1个小时后，泽普·施图尔姆出现了，在黑暗中手足并用地朝我们的阵地爬来，他的迷彩外套、饭盒和工兵铲上布满了苏军冲锋枪子弹造成的弹孔。黄昏时，苏军部队打垮了我们的左翼，泽普躲在一片洼地里，子弹嗖嗖地落在他身边，他的外套和装备被打得满是窟窿。一直等到自己不再被敌人所注意，他才设法逃到我们的阵地。

我们加强了澡堂周围不断萎缩的防线。黑暗中，我站在齐胸高的战壕里，查看着左侧一辆被烧毁后的坦克发出的灯光信号。灯光在我们身后间歇性地闪烁了几秒钟，停顿1分钟后，灯光信号再次重复。

我刚想派一个小组去查看我发现的这个灯光信号，突然发现二三十个人迅速向着20步外的信号灯走去。他们的身影在白雪的映衬下依稀可见，我立即用手里的冲锋枪开火射击，警报声响遍了我们的阵地。我们的机枪都安装在三脚架上，面对着前方，无法立即用来对付那些渗透者。我们用轻武器和手榴弹打击着对方。我隐约感觉到一枚苏制手榴弹冒着火花从我身边飞过，随后便是一阵发软、发沉感。然后，我就失去了知觉。

我慢慢地苏醒过来时，只觉得头晕目眩，完全不知道自己身处何处。我的双腿阵阵作痛，浑身无力，任何一个部位都无法移动。我渐渐意识到自己的作战外套被拉至头上，慢慢地，我恢复了动作能力，只感到四肢传出阵阵疼痛。我伸手将盖在脸上的外套掀开，只觉得一阵寒意，脑中的嗡嗡声消失了。几秒钟后，我的双眼开始看清黑暗中的事物，这才发现泽普和尤克尔正弯着腰看着我，涂成白色的德制钢盔下，他们的眼中充满了关切。战斗最激烈的时候，他们设法将我拖离火力的直射线，避开了冲过雪地的苏军士兵。

俄国人用莫洛托夫鸡尾酒攻击着澡堂。我们左侧的据点已被打垮，我们防线上只剩下10个人。曙光出现在地平线时，我们得到了援兵——来自西里西亚的1个师派出1名中士，带着25名士兵赶到了。我们和援兵重新夺取了村子的右翼，俄国人据守在100米外的一条小山沟里，面对我们的炮火，这条山沟为他们提供了隐蔽和保护。

随着黄昏的到来，我们发起了进攻。在没有炮兵支援的前提下，我们突击并打垮了敌人的阵地，一名俄国兵带着一具肩扛式反坦克武器逃入一片洼地，我和泽普、尤克尔凑了过去。借着越来越深的暮色，我刚看清他蹲伏的位置，这名苏军士兵便扣动扳机，火箭弹呼啸而过，将我胳膊与臀部之间的作战外套和军装烧穿。我抢起步枪砸中他的胸部，他向后倒去，尤克尔扑了过去，用冲锋枪枪口抵住他的脸。这名苏军士兵惊恐地盯着我们，睁大的双眼中满怀恐惧，他躺在那里一动不动。尤克尔把他拉了起来，命令一名通讯兵把他押往后方。

俄国人迅速发起反击，他们从黑暗中冲出，不停地投掷着手榴弹。增援我们的那支小股部队的中士，与我们一同战斗时表现得极为英勇，却不幸被一颗子弹击中腹部，子弹的力量将他打得转了个身后才倒在地上。我们再次击退了敌人的进攻，面对巨大的困难，我们重新夺回并牢牢守住了加特雷村。

天亮后，冒着成为敌狙击手目标的危险，我们检查了这片小小的战场。在我们身后有一辆被摧毁的坦克，我们发现里面铺着稻草，成了个温暖的栖身处。我们判断，肯定是游击队员或一个潜伏进来的家伙用这辆坦克充当定位点，以引导进攻部队穿过我们薄弱的防线。穿过防线上的缺口，将大批兵力集结在我们身后，然后将我们一举歼灭，这对他们来说本应是轻而易举的事，但信号灯暴露了他们的位置和计划，这才使我们免遭没顶之灾。

这里还发生了另一件事，一名德国军官孤身一人出现在我们面前，领章和肩章上镶嵌着代表炮兵的红色滚边。他出人意料地跑到前线上来，没穿作战外套，只携带着一把手枪，这引起了我的怀疑。我命令他停下，说出自己的姓名和所属部队，他撒腿就跑，还朝着我的方向胡乱开了两枪。我用冲锋枪还击，但他已消失进黑暗中。

显然，这是个设法潜入我们防线的家伙，穿着缴获来的德国军装，有传言说，在某些地段，率领俄国人发起进攻的人穿着我们的军装，说一口流利的德语。我们的哨兵有时候能听见苏军防线方向传出完美的德语所发出的痛苦呼救声，显然，这是敌人想利用德军士兵对战友的关心来诱杀他们。

获得1个工兵排和1个警备连的加强后，我们在2月份接防了加特雷西北方的一片地区。最初的几天里，我们遭受到大批伤亡。俄国人埋伏在一条构设于林木繁密的高地上的战壕中，他们还占据了距离我们150米外的一片阵地。我们始终处于敌狙击手冷枪的危险下，另外，只要稍稍暴露，便会招致敌人的机枪火力。为了结束这种无休止的骚扰，我们调用迫击炮火轰击对面的阵地，但俄国人顽强地趴伏在他们的战壕中，继续用狙击步枪射来致命的子弹。

最后，我在防线上布设了一挺重机枪，仔细调整着三脚架，让这挺机枪瞄准当天清晨我最后一次看见一支狙击步枪的枪口发出淡蓝色闪烁的地方。除了机枪，我们还用反坦克炮瞄准了一处可疑的苏军阵地。暮色降临后，我们再次遭到敌火力的打击，于是，我们的机枪开火了，反坦克炮也加入其中。一条条7.92毫米子弹弹链迅速进入MG-42的供弹机，一发发高爆弹也射入苏军的阵地中。只要一遭到敌人的火力骚扰，我们便重复这个过程，一周内，据说我们占据的是全团最为平静的防区。实际上，我们的侦察单位报告说，敌人在我们对面只安排了很少的狙击手和机枪组，而且，只在夜间使用，拂晓到来后，他们便撤入后方阵地。接下来的几周里，我们这段防线上没有遭受到更多的伤亡。

2月中旬的某个晚上，检查防线时，一名机枪手向我报告说，他看见30米外有一条很大的狗。我问他，狗身上有没有绑着挽具，背上是否背着背包。这名士兵回答说很可能有，但由于看不太清，所以他无法肯定。于是我下令，只要看见这种动物，立即射杀。过去的战斗中，俄国人曾派出背着反坦克地雷的狗冲入我们的阵地。这些狗受过训练，会冲入引擎发动着的坦克和车辆下寻找食物，车辆的底盘会触发地雷上的雷管。俄国人还派这些狗穿过我们防线上的铁丝网，利用这种战术炸开缺口，或摧毁无法替代的技术装备。地雷的爆炸会将半径几米内的人员炸死，纷飞的弹片会在更大范围内造成人员受伤。

第二天早上，我检查了阵地前方的区域，发现了一条大型犬类留下的痕迹。当天晚上，一条大狗被射杀在我们的防线间，但那个位置我们无法过去查看。第二天傍晚，我穿过阵地返回连部时，一只猛犬突然出现在10米开外，穿过暮色朝着敌人的阵地冲去。

我用挎在身上的冲锋枪开火射击，这只狗跌倒了，一动不动地躺在雪地上。附近的一挺马克西姆机枪吼叫起来，我和哨兵们赶紧隐蔽，但后来，我们查看了倒在防线间的那头动物。事实证明，这是一只成年的狼，显然是被两军阵地间的大批尸体吸引而来。

这只狼体格健壮，长着长长的嘴巴和强健的下颚，双耳短而圆，厚厚的毛皮在其侧部呈灰米色，腹部的颜色渐渐变浅，呈浅棕色，而它的背部几乎为深棕色。泽普将狼皮剥下，用盐和桦木灰处理后，再用钉子把它钉在我们掩体内的墙上晾干。几天后，泽普宣布狼皮已处理好，尽管稍有些刺激性气味，轮到多泽中士休假时，他把这张狼皮卷起来，带回了德国。没过一个星期，这张狼皮便在斯图加特得到了硝皮工的专业处理，最终成了我在东线战场上为数不多的战利品之一。

3月11日—12日，我们师和第120步兵师提供给我们的1个团，仍在夏维利附近进行着激战。3月13日—19日，师里的各单位被置于第32和第83步兵师的指挥下。罗格的战斗激烈而又残酷，陷入困境的德军士兵拼死守卫着每一寸土地。3月29日至4月4日，我们师沿着涅谢尔多湖和洛博沃继续实施防御作战。尽管苏军在坦克、火炮和飞机力量上占据压倒性优势，但他们突破德军防线的多次尝试均未能获得成功。

冰雪渐渐消融。1944年复活节时，苏军的一个连队跨过冰冻的涅谢尔多湖发起攻击，但这场进攻被我们击退，死者的尸体散落在冰面上。据俘虏交代，苏军认为我们在西岸的防御比较薄弱，一些俘虏还告诉我们，由于近期的化冻，湖面已无法通行。但我们都知道，湖面冻得严严实实，至少有1.5米厚，至少能通行到4月底或5月初。

复活节早上，情况简报会结束后，离开连部时，连里的朋友们送给我一个"复活节篮子"，这个篮子是用阵地上找来的材料编织而成。一层柔软的苔藓上放着12枚圆形、橄榄绿色的苏制手榴弹，这些手榴弹是从敌人尸体上找到的，现在被小心地放在这个篮子里。我们就这样庆祝了1944年的复活节。

第九章

临近的结局

我们这个朋友圈里所剩无几的幸存者已变得形影不离，

只有负伤或阵亡才能打破情谊的纽带……

1944年6月23日，俄国人沿一条400英里宽的战线对"中央"集团军群发起打击。从维捷布斯克至基辅，整个中央防线陷入一片火海。齐装满员、装备精良的苏军师在坦克、飞机以及大批美援物资的支援下，对勒热夫、斯摩棱斯克和更南面的德军薄弱防线发起了一场猛烈的攻势。

俄国人重创了德国军队，所采用的方式正是1941年和1942年我们获得巨大胜利期间对付他们的办法。由于希特勒的固执，德军将领们无法采取必要的措施来避免整个军队被围。这场庞大的攻势突破了我们的前线，迅速深入至德军腹地，大批人员和物资被切断，被围的众多部队不是举手投降就是被全歼。

我们的阵地位于尤什诺沃，而在南面的博布鲁伊斯克包围圈，被围的德军师被击败后遭到歼灭。这场庞大的包围战发生于7月初，包围圈里的幸存者踏上了赶往古拉格和战俘营的苦难之旅。

中央防线迅速崩溃的原因非常明确。我们的兵力、坦克和资源太少，无法控制住东线的庞大区域，而在柏林的最高统帅却拒绝接受这一事实。现在已没有哪个德军师还拥有我们在早期获得胜利时的那种实力。原先辖3个营的团，现在只剩下2个实力大打折扣的营。工兵单位和炮兵团的实力同样被严重削弱，不仅在战斗中遭受到严重损失，还要抽调人员去补充步兵单位。

德国国内组建起一个又一个的新师，试图以这些部队守住前线，击退日益强大的敌人，但那些自战争开始便一直身处前线的旧师，却从未能获得足够的补充兵以弥补过去几年里遭受到的惨重损失。然而，前线士兵面临的最为严重的问题是，大批经验丰富的军官和军士阵亡或负伤，已不在我们身边。

另外，德国军队从未研究或学习过实施后撤的战术和方法。德军士兵被灌输的观点是，后撤就是失败，没有什么可供学习的优点。就连早期的魏玛国防军，对后撤的研究，包括对这种通常对我们获得优势很有必要的战术的使用，同样令人沮丧。1936年后，甚至连战斗后撤的教案也从课程中删除。灌输给我们的只有"进攻"和"停止"这两种打法。德国军队在这方面毫无准备就投入了这场战争。

"中央"集团军群在6月和7月的崩溃导致了一场混乱。无数部队沿着道路和桥梁逃往后方，既没有人率领，也毫无目的地可言，与此同时，一些实力严重受损的部队又试图穿过这些杂乱的士兵赶往前线，去阻挡汹涌而来的敌军大潮。有些遭受到打击的部队惊慌失措，或步行，或搭乘各种类型的车辆向西溃败。混乱、惊慌的德军士兵挤满了各条尚能通行的道路，这在过去被认为是一幅不可思议的场景，但纪律和秩序的崩溃已成为现实。

俄国人的空中力量不停地发起空袭，给这场惊恐和混乱雪上加霜，他们对所有的公路和铁路线实施轰炸和扫射，令一个个曾经无比自豪的德军团惊慌失措、士气低落。德军的战略预备队无法穿过混乱的人群赶往前线，他们被堵在潮水般退下的人员和车辆中。整支部队的行动已不复可能。造成这场灾难的最高统帅并不在场，没有目睹他的决定所造成的恶果。一如既往，承担这些错误的是前线士兵，他们为此付出了自己的生命。

"北方"集团军群也受到中央防线崩溃的影响，就像位于南面的第30军。6月底，敌人的右翼冲出波洛兹克前方的高地。第132步兵师在尤什诺沃—莫斯卡斯切沃前方和韦利卡亚地区据守着一片宽大的防区。6月28日夜间，一个警察保安团来到前线，将第437掷弹兵团第1营的士兵们换了下去。第2连只剩下60人，我们爬出自己的防御阵地，面对铺天盖地而来的敌人，我们在这里坚守了数周之久。我们列队经过冬季战役中被击毁的坦克，此刻，坦克车身上布满铁锈，舱盖敞开着，就像裂开的伤口。我们沿着狭窄、弹痕累累的木排路穿过沼泽地，饭盒、工兵铲和其他装备与挂在皮带上的钢盔相碰，发出轻微的叮当声，身后的敌人为我们开枪送行。

距离前线5公里的后方，全营集结在一片小树林的边缘，面对无时不在的敌机，这片树林为我们提供了一个隐蔽地。连军士长诺沃特尼为我们提供了热饭菜和其他一些物品，由于身处前线，这些东西已经有好几周没有得到了。我们坐在路边，或躺在松树下，享受着清晨第一缕暖暖的阳光，就这样消磨了几个小时。我们再次奢侈地享受到直立行走的快乐，而不必担心危险，再次体会到自由的可贵，而不必害怕遭到狙击手的子弹。

杜松子酒酒瓶在我们手中传来传去。近期分配到连队里的新兵们拒绝了这种自酿的烈酒，这种酒在我们的喉咙里造成一种不同寻常的灼痛感。能拥有这份罕见的享受，要归功于天才的罗雷尔中士，我们在克里木战役期间缴获过一部苏军战地厨房车，结果被他熟练地改装成一个蒸馏设备。为了进行改装，我们使用了一些铜管和橡胶燃油管，至于酿酒材料，我们用的是从废弃村落里收集来的土豆和大黄，这些东西我们也曾在游击队的储备物资中缴获过。

传递着酒瓶，我们感觉到只有战场生还者才能感觉到的一种本能纽带。我们在一起感受过寒风、炎热、生与死。我们一同经历过雨点般落下的炮弹和炸弹。我们曾包扎过彼此的伤口，埋葬过阵亡的战友，赶往前线迎接下一场战斗，知道自己最终也将踏上一条不归路。我们中的大多数人，依靠连里其他战友的技能和自我牺牲精神而活着，他们中的许多人已不在我们身边。我们这些幸存者，躺在俄罗斯的土地上，这里的一切都已变得熟悉不已，就这样，在温暖的阳光下打起了瞌睡。

我们静静地躺着，喝着杜松子酒，讨论着与战争无关的事情，就在这时，这种田园诗般的宁静被由远而近、有节奏的马蹄声打断了。我坐起身，这才看见新近调到我们师的卡茨曼中尉带着团里的几名工作人员走了过来。离我几米远处，他勒马停下。我跟跄着站起身，收敛心神，向他敬了个礼，表达了在这种特定环境下尽可能的尊敬。

"下午好，中尉先生！"我说道，保持着敬礼姿势。他坐在马背上朝我怒目而视，随后也狠狠地回了个礼。

"比德曼少尉，您喝醉了！"他大声说道。

"是的，中尉先生，"我回答道，"我喝醉了。"

我站在那里，也许站得不太稳，他开始斥责我的状态。一番严厉的训斥刚刚开始，我便看见平诺夫中士站起身子，朝我们这里走了过来。他的嘴角叼着一根长长的、点燃的雪茄，就这样走了过来。"怎么回事？"他突然问道，通常都很冷静、正确的举止显然受到大量杜松子酒下肚后的影响。"没人跟我们的少尉这样说话，"他从我身边走过，凑到骑在马上的中尉身边大声吼道，"我们不许任何人像对待新兵那样对待我们的少尉！"

我赶紧跑上去，抓住他的肩膀，试图阻止他再说出更多的不敬之语。卡茨曼恼怒地在马鞍上坐直身子，目光交替落在我和朝他冲去的平诺夫的脸上。我还没抓住他，卡茨曼也没来得及说出措辞严厉的回答，平诺夫已一把抓住了马缰绳。他紧紧地攥着缰绳，俯过身去，似乎对马儿低声说了些什么。突然，点燃的雪茄碰到了卡茨曼坐骑敏感的鼻子，这匹马爆发开来。它猛地抬起身子，钉着铁掌的前蹄拼命摆动着，它摆脱了平诺夫的掌握，缰绳在空中飞舞着。猝不及防的中尉从马鞍向后滑去，跌落在俄国道路边常见的沙土中。一名士兵冲过去，抓住惊恐的马匹的缰绳，其他人赶紧过去搀扶中尉。没有理会众人的帮助，卡茨曼挣扎着站起身，走回到他那匹受惊的马身旁。他恼怒地盯着我看了几秒钟，翻身上马，调转马头，带着另外几个人，从我们这些一言不发、心怀恐惧的士兵们身边策马而过。

剩下的杜松子酒被几名二等兵收集起来，拿去交换糖果和香烟。这种被禁止的烈酒，相当一部分以这种方式流至法沃利、艾格纳、比瑙和各位连长手中，被他们大批喝掉。剩下的烈酒则被慷慨地分发给连里的成员，最后，这个违反规定的烈酒来源遭到追查，我受到团长的口头批评。至于在路边发生的那起事件，尽管我心怀恐惧地等着遭受纪律处分，但却没有下文。卡茨曼中尉的脾气不太好，对某些问题的处理也不够老练，但他很可能充分意识到，在目前这种状况下搞出一个有争议的问题不会带来积极的作用。

几位连长被召至营部，就目前的态势听取营长施马儿费尔德上尉所做的简报。他严肃地告诉我们，南面的敌人已突破我军防线，我们的任务是挡住向西疾进的苏军大潮，保护"北方"集团军群敞开的侧翼。

全营迅速登车出发，冒着公路上呛人的尘埃向南面赶去。下午晚些时候，我们到达杜纳河以南地区。经过短暂的停顿和全营重组后，我们继续向南，随后才下了汽车。士兵们做着战斗准备，扎紧钢盔带，检查水壶，确保弹匣已装满子弹，武器运作良好。装着手榴弹的帆布袋被分发下去，步兵们帮着机枪组拎着备用子弹箱。突然，一辆桶式车急速驶入我们的阵地，坐在前排座位上的卡茨曼中尉，以压倒大众风冷发动机的声音大声喊叫着："比德曼少尉！现在让我们看看您的能耐！"我将手举至钢盔边缘敬礼，他的车消失在一团尘埃中。

没有炮火支援，我们就这样向南冲去，穿过一个苏军榴弹炮连的拦阻火力，没多久，又遭到迫击炮火的猛烈轰击，可奇迹般地，我们没有遭到任何伤亡。我带着全连向前猛冲，肃清了一片小高地后，我们突然发现自己踏上了一条公路，暮色下，苏军工兵正忙着在路上埋设木盒地雷。俄国人惊慌失措地寻找着隐蔽，并用冲锋枪开火，试图保护自己，但这支工兵队伍被艾格纳抵在腰间的机枪所打垮。

敌人试图分散逃窜，2辆小马车和1辆卡车被笼罩在我们的轻武器和手榴弹火力下。没多久，这场战斗便宣告结束，枪声也平息下来。我们立即对散落在路上的尸体进行搜索，在那辆被打得千疮百孔的卡车前座上，我发现了1名奄奄一息的苏军上校。借着夕阳的微光，我对他进行了搜查，找到一个沾满鲜血的地图盒，除了几块香皂和几包香烟外，我在地图盒里发现了一些文件和地图。将这些东西塞入皮包后，我把这个地图盒挎在肩头，招呼部下们集合，他们正翻寻着2辆马车上的物品。对饥肠辘辘的掷弹兵们来说，这是个重要的时刻，他们发现了几个印着黑色英文字母的纸箱，箱子里都是肉罐头，这些士兵急切地将这些罐头塞入自己的口袋和背包中。

经师里的情报官确认，在垂死苏军上校身上找到的文件揭示出白俄罗斯第3方面军的详细作战计划，从地图上可以确定敌人在我军防线上的主要突破点。这些文件还表明，敌人将对我们采取一种新的打法：进攻将以一场猛烈的炮击拉开帷幕，紧随其后的是对通道两翼展开一场低角度拦阻火力打击。炮火构成两堵墙壁，中间的通道，宽度通常不超过100米，坦克和步兵将沿着这条通道推进。敌人又一次采用了我们的战术。

当晚剩下的时间里，我们一直控制着公路，第二天早上，我们继续向南推进，到达了一个废弃的苏军榴弹炮连阵地。阵地上扔着大批空弹壳，还有许多空的和丢弃的罐头，罐头上标着"奥斯卡·迈耶——芝加哥"的字样。

我们的兄弟营也在向南攻击前进。但在穿越苏军猛烈的炮火齐射时，该营损失惨重，营长施内普夫少校、副官冯·德·施泰因以及其他许多人都阵亡了。

通过这场进攻，我们在苏军敞开的侧翼向前推进了30公里，这片区域的敌军，目标直指我们国土的一部分——波罗的海和东普鲁士。

"到柏林去！"苏军的口号这样说道，"慈父斯大林已下达了命令，具有爱国精神的方面军向西前进，歼灭可恨的德国侵略者。你们必须向西前进，为你的祖国，为这片工农的土地复仇。敌人的女人属于你们。他们那里，墙上会流出自来水，你们可以洗澡，可以用精美的容器喝水。"我们本能地感觉到即将到来的灾难，但即便是我们当中最具怀疑态度的人也从未想象过这些来自东方的敌人在我们的国土上所发泄的怒火。

我们团据守着位于南面的阵地，结果被敌人绕开，并对我们形成了包围态势。6月30日的夜间，我们接到命令，向南赶往米奥利亚。全营分成2个战斗群。我率领着2个步兵连、1个警备连、2门自行高射炮和1门重型反坦克炮，归"安布罗修斯"战斗群指挥。安布罗修斯上校是位于里加的士官学校校长，近期的一个下午，他和他的参谋人员以及学校的学员们从那里被调来，直接投入了战斗。这段前线，与我们曾经历过的许多防线一样，防御极为薄弱，有限的兵力只能布置在最为重要的地段。我们的战斗群奉命守卫一段2公里长的防线。我把反坦克炮和20毫米高射炮部署在阵地左侧，以掩护穿过阵地通往东南方的道路。其他地段由步兵连实施防御。右翼则由4挺重机枪和2门80毫米迫击炮加强。

伴随着初升的太阳，俄国人以连级规模的兵力向我们的阵地涌来。中午时，重型炮弹开始在我们的防区内炸开，我们很快便被笼罩在雨点般落下的炮弹中，只有当敌人再次试图突破我们的防线时，炮击才有所减弱。7月4日这一整天，我们一直坚守着阵地，俄国人在我们右翼的南侧阵地达成了突破。守卫南侧阵地的第1连被迫发起反击，试图堵上缺口，该连连长在战斗中身亡。

下午2点，我们的电台陷入了沉默，已无法与据守在米奥利亚的安布罗修斯上校和他那些军校教官们取得联系。我过去所在的老连队派出一个侦察排，朝我们的右翼赶去，试图与对方建立联系，但他们回来报告说，他们看见那座镇子已被苏军占领。

尽管获得坦克加强的苏军步兵多次试图突破我们的左翼防线，但我们这个战斗群始终牢牢地控制着阵地。黄昏时，士兵们趴在各自的武器后，我蹲伏在无线电报务员身边，他正以规定的频率徒劳地试图与安布罗修斯上校取得联系："米娜，米娜，能听到吗……米娜，请回话。"

夜色降临时，我们终于接到了指令，这个指令由1个150毫米火炮单位的前进观测员传递，命令我们向北-西北方后撤5公里。我们兴奋地进行着后撤的准备，在夜色的掩护下，我们放弃了这里的阵地。打头的是一辆自行高射炮，车身上爬满了步兵连的士兵。该连剩下的士兵带着反坦克炮尾随其后。另1门自行高射炮和另外2个步兵连殿后。我和第2连的2个小组担任后卫。简洁的命令要求我们在晚上8点整实施后撤，阵地上不必留下后卫部队。动身前，双方发生了交火，轻武器和2挺重机枪射出的曳光弹钻入夜幕中。我们出发时，敌人的1个迫击炮排打了几个齐射，炮弹在我们身后炸开，我们没有还击。

我们沿着小径穿过一片茂密的树林，最终转身向北。当晚10点前，我们到达了一座燃烧的村落的东郊。前哨部队停了下来，我匆匆赶上前去。对形势做了番评估后，我们意识到，我们已遭到包围，要想活命，现在决不能浪费任何时间。从我们所处的位置能看见村子里挤满了俄国人，可怕的火光照亮了整片地区，敌人的身影在火焰的映衬下清晰可见。树林边缘距离村内第一座燃烧的房屋约有100米，我站立在20毫米高射炮炮手身旁。艾格纳将机枪架在炮车的挡泥板上，做好了开火的准备。身后的其他人隐蔽在树林的阴影中。犹豫了片刻，我们向前而去，穿过村子转身向东。木屋燃烧所腾起的火焰，在树木间投下幽灵般的阴影。尽管自行高炮行进时发出引擎的轰鸣，但敌人并未留意我们，就这样，我们将他们甩在身后，终于到达了一片遍布树林的沼泽地。

借着军用电筒微弱的亮光，我在地图上查看这片沼泽北部边缘的情况，越过这片沼泽，地图上空白一片，没有我们所需要的信息。尽管如此，我还是认为这份糟糕的地图所提供的信息远比这片区域中我们许多单位所掌握的情况多。我们穿过树林继续向前，进入到一片被茂密的树冠所遮蔽的林间空地。我站在一个小土丘上向北面和西北面张望，大约10公里外，一串照明弹静静地悬挂在空中。那是苏军飞机投下的照明弹，正准备实施投弹。那里就是前线，肯定就是我们的目的地。我把观察结果告诉部下们，于是，我们在黑暗中继续前行。

1944年7月5日，初升的太阳带来了新的一天。我们离开树林时，第一缕晨光在草地上舞动，远处的麦田轻轻起伏着。100米外，一座山丘出现在视野中，山上伫立着一座粗陋的小木屋。我带着先头部队，小心翼翼地朝那座木屋走去，打算让我的副手带着后续部队随后跟上。突然，30米外齐腰高的麦地里，一名身材高大的苏军少校冒了出来，挥着手枪，用拙劣的德语喊道："德国佬，投降吧！你们被包围了！"这一瞬间，空气似乎凝滞了，没有任何警告，乌沙科夫中士的冲锋枪响了，一个点射击中了那名少校的前胸。

顿时间枪声大作。苏军的冲锋枪子弹从近距离内射向我们，从两侧投来的手榴弹也在我们身边炸开，我们趴在开阔地里，试图还击。我们的第一辆自行高射炮仍隐蔽在100米后的树林中，并未被敌人发现，此刻，它开火了，炮弹凶猛地掠过我们的头顶。我们清楚地看见这些炮弹在我们前方炸开时掀起的尘埃。第二辆20毫米自行高射炮车也迅速投入战斗。遭到这一压倒性火力出人意料的打击，我们前方的100余名敌人四散奔逃，匆匆隐蔽到一片洼地里。

几个步兵连从道路的左右两侧向前涌去，迅速穿过绿色的麦秸秆。自行高射炮和拖曳式反坦克炮沿着道路隆隆而行，我们拼命向北推进。战斗群里的每一个士兵都知道，形势很严峻，因而这场短暂的交火显得绝望至极。我转头向身后的人喊道："想投降的人可以留下，不想投降的人跟着我突围！"不用回头张望就能知道，没人留在后面，所有人都匆匆向前冲去。

下午早些时候，我们来到一片居民地附近，这片居住区坐落在一座俯瞰这片地区的小山丘上。排除了村庄已被敌人占据的可能性后，我暗自祷告这里距离杜纳河已不太远，我们的防线就在杜纳河。

两辆老旧但依然强大的T-26坦克据守在这片居住区，排气管冒出阵阵黑烟，我们靠近时，炮塔转动着指向我们。平诺夫中士展示出优秀的技能和勇气，凑近到坦克旁，用一枚锥形装药反坦克手榴弹将一辆坦克炸毁。我们的一辆自行高炮，引擎部位被一发坦克炮弹直接命中。我蹲在冒着烟的车身旁，高射炮手仍在不停地开火射击，一缕鲜血顺着他的衣袖淌下。第二辆苏军坦克停了下来，车组人员试图弃车逃窜，结果被我们密集的轻武器火力射倒。我们爬起身，迅速冲入村内，高呼声从我们的喉咙中迸出，我们朝村舍里开枪，投掷着手榴弹。

一名20岁左右的机枪手肩头中弹。我停下脚步，抓过他的机枪，让他到反坦克炮那里去，炮组人员会把他送到自行高射炮上。我将机枪抵在腰间开火射击，带着其他人冲在前面，一路冲杀到村子的另一端。

我们向前猛冲，将那些燃烧的房屋甩在身后，很快便到达了下一个村落。这里没有发现苏军的身影，但村民们已做好了迎接苏军的一切准备。我们突然出现在村子里，村民们没有从我们褴褛的军装和包裹着伪装布的钢盔上识别出我们的身份，他们从门口和窗户处探出身来，挥舞着白色和红色的布欢呼着。妇女们准备了一碗碗甜奶油来迎接她们的解放者，兴奋的孩子们拿着木勺站在一旁。突然，他们惊恐地发现全副武装的到来者并非苏军，而是敌人。我们疲惫不堪，饥渴交加，破旧的军装上满是泥土和汗水，迅速拿起为我们的对手所准备的食物和饮料狼吞虎咽起来，完全没有理会那些恐慌不已的村民。

太阳落入地平线时，我们终于靠近了目的地。突然，右侧射来一串机枪子弹，有惊无险地从我们头上掠过，远处的道路边缘，我们辨别出一个蹲伏在武器后的重机枪组组员们所戴的形状独特的钢盔。我们的心兴奋得砰砰作响，随后便小心翼翼地靠了过去，用德语大声呼喊对方。双方接近时，他们瞪大双眼，惊讶地盯着我们。

实施突围重返防线的过程中，步兵连的士兵们征用或缴获了一些小马车，用于搭载我们的机枪和伤员。有些士兵赤足行进，磨损的靴子挂在马背上。军装已破破烂烂，白色的绷带已染成红褐色，这充分证明了我们所经历的激战。

筋疲力尽的战斗群走进了一位上校的阵地，这名上校负责米奥利亚地区的防卫。在参谋人员的簇拥下，这位上校穿着整洁的军装，站立在路口的一张桌子旁，身后不远处搭设着一顶帐篷。我的双腿因疲惫而颤抖着，但还是走上前去向他报告，我的部队现已归队。桌子上铺着一张大幅地图，我试着向他介绍我们的后撤路线。一连三天三夜，我们不停地行军，没有得到片刻休息，我的手指着地图，眼皮越来越沉。突然，没有任何征兆，这名上校以自我从军校毕业后就再没听过的方式朝着我吼叫起来。

我立即清醒过来。他对我的仪表和举止做出斥责时，我强忍着将桌子和地图朝他和他那些参谋军官砸去的冲动，旁边的这些军官，有些人对我怒目而视，还有些人则显得尴尬不已。上校结束了他的训斥，他让我把我肮脏的手指从他的地图上拿开，并告诉我，如果要向他介绍我们的行军路线，我应该拿一根树枝来比画。我突然停止了汇报，一声不吭地离开了他们这个高雅的连队。我那些衣衫褴褛的部下们站在尘土飞扬的道路旁，回到他们身边后，我们再次出发。尽管回到己方防线让我们大大地松了口气，但我们还是急于回到自己的团里，回到我们所熟悉的大家庭中。就在我们试着寻找本单位的驻地时，我们看见一辆炮车上漆着我们师的圆形战术徽标，我们知道，肯定就在那里了。

第二天早上，7月6日，我们在德鲁亚地区占据了一道防线，接下来的几天里，我们转移了阵地，以掩护德鲁亚—安东诺夫卡—索斯诺夫卡—马利诺夫卡南面一条10公里的防线。7月12日，我们逼近了斯努德湖湖畔的克拉斯诺戈尔卡，随即再次向南发起一场进攻，冲向苏军敞开的侧翼。这场进攻从7月13日延续至19日，我们一直杀到斯特鲁索托湖和普柳萨河附近的敦德勒。

7月12日，我们团驻扎在杜纳堡东南方50公里处，前方的地形为我们的敌人提供了出色的射界。我带着第2连守在一片洼地里，这里很容易遭到附近苏军阵地的火力压制。挖掘战壕时没有引来敌人的迫击炮和轻武器火力，但在白天，我们几乎无法从泥泞的战壕中探出头来。我们多次要求大炮和突击炮提供支援，没有这些武器，根本无法将那些对我们形成威胁的炮火打哑。我们敏锐地感觉到，贸然探头出去，很可能招致一场灾难。泽普·德雷克塞尔上校率领第436团赶来救援我们，他的任务是封闭我们师与普柳萨河西南方友邻部队间的缺口。令我如释重负的是，泽普大叔接手了两个团的指挥权，安排经验丰富的指挥官，率领着两辆突击炮深深地插入敌军侧翼。随着这一行动，我们从位置较低的洼地冲上高地，打垮了敌人的阵地，一路向南，冲向斯特鲁索托湖。这个行动为集团军司令部提供了一个临时而又短暂的喘息之机，作为"北方"集团军群右翼的主力，该集团军前几天一直奋战于波洛兹克前方的高地上，现在终于可以撤至一片威胁较小的区域了。由于德雷克塞尔上校的积极进取和英勇行动稳定住南翼的局势，他被授予骑士铁十字勋章，这是他理应获得的奖励。

7月29日，我们转移到阿克尼斯泰。我们在这里的阵地中坚守了一周，在此期间，施马儿费尔德上尉阵亡，我奉命指挥全营。上级命令我们向南转进，衣衫褴褛的德军士兵排着长长的队列，向杜纳河桥头堡的施托克曼肖夫赶去。我们在一条薄弱的防线上据守了两周，随后再次出发，转身向北，跨过一座木制浮桥，渡过了杜纳河。过河后，我们朝着埃尔格利北部攻击前进。

1944年7月20日，克劳斯·冯·施陶芬贝格伯爵将炸弹放在元首大本营，试图炸死这个褐衫独裁者。对德国国防军最高统帅、"有史以来最伟大的军事统帅"的这起暗杀，其影响甚至连我们这些位于东线最前沿的士兵都能感觉到。

自1944年6月30日以来，我们各个残缺不全的连队一直进行着持续不断的战斗。闭上双眼，暂时逃避恐惧的睡觉机会，是按照小时、分钟、秒来计算的。我们疲惫不堪。环境打垮了德军士兵的身体和精神；前线要求每一个士兵为了自己的生存而苦战，从一分钟到一个小时不等。就在我们经历着困境和损失时，传来了暗杀希特勒的消息。

简单的话语无法表达我们听说这一消息后的想法。数年来，我们一直在为自己的家园和家人的生存而奋战，但随着关于国内真实状况的传闻越来越多，再加上政治领导人所做的训诫远离前线，我们开始对柏林领导人的诚实产生怀疑。我们痛苦地意识到，除了对他们个人有利的事情，这些领导人对我们这些年来付出的牺牲、遭受的痛苦和损失根本漠不关心。我们开始寻求和祈祷尽快结束这场令数百万人卷入其中的战争。

一个星期后，我从炮兵团的几名前进观测员那里获悉，林德曼将军的儿子已被宪兵单位逮捕。他曾在第132步兵师的炮兵团里服役，暗杀希特勒失败的消息宣布后，他说道："他没死真是太糟糕了！"随后，他被他的一名部下举报揭发。

事实证明，我们的前任师长林德曼将军是抵抗组织的一名成员，他儿子的被捕很可能是所谓的"Sippenverhaftung"①的结果，党的人热忱而又毫不留情地执行了这一法规。

林德曼将军是一名老派军官，这位出色的战地指挥官有一种优雅的

---

① 这个词指的是对犯有政治罪或叛国罪的人，逮捕其家人，实施连坐。

贵族举止。担任师长时，他竭力确保自己的士兵得到最好的照料，进攻费奥多西亚、刻赤和塞瓦斯托波尔期间，他那一丝不苟的敬业精神展露无遗。他总是尽一切可能部署炮兵、空军和一切支援手段，以减少前线士兵的伤亡。

盖托洛沃战役期间，面对来自上级的反对意见，经过仔细的研究，他数次冒着声誉和职业生涯受损的危险，要求推迟或重新部署进攻行动。这种行为可能让柏林方面对林德曼将军印象欠佳，但肯定在同样确保胜利的前提下减少了士兵们的伤亡。同样是在他的指挥下，苏军在斯梅尔德尼亚和拉多加湖发起的庞大攻势被击破。

我们现在知道，林德曼将军是抵抗组织的一员。从这一刻起，所有自我奉献的理由，所有为国家和国家社会主义政府尽忠的理由，所有我们一直被灌输要在前线做出牺牲的理由，将永远遭受到质疑。这起行动比其他任何因素都更为明确地向我们揭示出，这场战争已输掉了。我们当中一批最具才华、最值得信赖的军事指挥官试图杀掉无情、独裁的国家元首，这一事实证明，我们在军事上已无法打赢强大的盟军力量。

令我们下定决心继续这场日益艰难的战争的一个原因是，苏军的行为表明，他们侵入我们的祖国后，不会表现得彬彬有礼或遵守人类的惯常法规。试图了结元首生命的行动所造成的另一个结果无法否认，希特勒采用了一切残酷手段来对付他的政治反对者，无论报复行为多么有理由，这位数百万人曾经的偶像，现在在许多人眼中不过是一个褐衫独裁者而已。一些深得我们信赖，并托付我们的生命和命运的前线指挥官，也成了希特勒实施报复的受害者。在士兵们看来，元首的光环已被打破。施陶芬贝格伯爵安放的炸弹没能炸死那位独裁者，但这起行动却破坏了（如果不能说彻底摧毁的话）政府对我们这些年轻人悉心灌输和培育的偶像崇拜。

一段时间以来，一直有国家社会主义政治军官被安插到军队中。几个月和几年前，前线士兵几乎没人拿他们当一回事。起初，这些人都是些经验丰富、值得信赖的老兵，来自前线单位，由于负过重伤，已不再适合作战服役。可是，随着战争态势的逆转，我们渐渐发现，他们变得越来越像苏军中的同行，德军士兵开始将他们称作"政委"。

"7·20"暗杀事件后，军礼也发生了变化。传统的敬礼是将手举至军帽帽檐或钢盔边缘处，这种敬礼现在被禁止了。我们国家级别最高的军官，帝国元帅赫尔曼·戈林认为，纳粹举手礼更适合展示国防军对统治体制的忠诚。纳粹党的举手礼是将直挺挺的右臂向前伸出，那些钟情于军事传统的士兵对此鄙夷、反感，许多人将这道命令视作一种侮辱。实际上，在许多士兵看来，批准使用这种敬礼方式，是将他们与置身于战争之外、狂热的纳粹党徒们混为一谈，这种敬礼代表着那些被他们鄙视的人。甚至在这道命令下达前，在军事环境中这样敬礼也被视为荒谬和不切实际。命令下达后，经常能看见整连士兵用他们的右手拎着饭盒，以避免被迫展示他们"对党的忠诚"。

鉴于在前线所面临的状况，我们对这起政治暗杀行为的关注很短暂。前线普通士兵专注于生存的艰难，无暇思索这起事件的后果。几年后，在朋友圈里我们相互坦露，整起事件没有在我们当中博得一滴眼泪。对政客们的一切同情，无论在何种情况下，都已消失在前线所经历的痛苦以及随后被囚禁的几个月乃至几年的漫长岁月中。不过，最为重要的是，我们作为一名德国士兵曾宣誓要恪尽职守，曾发誓要以手中的武器保家卫国，哪怕牺牲自己的生命也在所不惜。指挥权或政策的变化无法让我们从这一誓言中解脱出来。这起暗杀事件并不一定会被士兵们视为背叛，因为我们已将自己和自己的忠诚置于前线的事态发展上，这也导致了武装部队与柏林褐衫领导者之间的分化。

15年后，我获知了林德曼将军身亡的内情，在我看来，他是一位非常勇敢、深具才华的师长，是一名出色的军官，在那些了解他、曾在他手下服役过的人的记忆中，他是一位令人难忘的领导。将军的儿子和遗孀慷慨地向我提供了所发生事情的详情，他们曾收到过柏林州警察医院的医生夏洛特·波默夫人的一封来信。

林德曼将军躲在柏林一名建筑师的家中避难，结果这让他俩和建筑师的妻子付出了生命的代价。政府悬赏50万马克缉拿他，盖世太保也在四处搜捕他。据德国红十字会前护士格特鲁德·卢克斯说，1944年9月3日，林德曼将军被一名盖世太保开枪击中，后者将他送至柏林的州警察医院。这名特殊的官员戴着一枚戒指，上面刻着AT或是TA的缩写。她被告知，这些秘密警察在犯罪调查员扎尔德的指挥下闯入帝国总理广场的一座住宅，林德曼将军就藏在里面。秘密警察到来后，将军设法将自己锁在顶楼的一个房间里，随后又试图从窗户爬到楼顶。盖世太保官员踢开房门，朝着爬出窗户的身影开了两枪。将军倒下了，盖世太保上前问他是否被击中了，林德曼回答道："是的……我想被击中了两枪。"

下午2点30分，林德曼将军带着腹部和大腿上端的枪伤被送至医院。医护人员被找来为他治疗伤口，对伤者的治疗被列为最高机密，并做出了相应的处理。进行医疗准备工作时，林德曼坐在一张凳子上，随后又躺上手术台，他的右手被铐在台上。林德曼对自己的手被铐住表示不满，盖世太保向他解释，这种预防措施是手术前的正常程序。随后便为他注射了麻醉剂，就在失去知觉前，他大声说道："我是林德曼将军……我是无罪的……我为德国而死！！！请问候我的妻子。"

手术持续了100分钟，他的结肠被两次打断，造成的毒素泄漏又导致内脏器官受到感染。大腿上端的枪伤也得到治疗。手术结束后，他被送入外科116号病房，两名盖世太保在那里看守着他。林德曼仍处在昏迷中，他的两只手被铐在病床的两侧。随后部署了审讯安排，一待身体状况允许，林德曼就将受到审问。

第二天，伤者的状况得到了很大的改善。夜间护士格特鲁德·卢克斯告诉秘密警察，只要伤者的手还被铐着，就无法得到适当的照料，她设法说服他们，在早上和晚上为伤员清洗时解开他的手铐，每次持续一个半小时左右。

9月4日，夏洛特·波默夫人和玛丽娅·达伦医生设法将病人的状况通知给家属。9月5日，林德曼的手铐被解开，术后检查发现出现了腹膜炎，这使得审讯工作无法展开。尽管伤势很重，但他的血液循环和血压状况尚可接受。

多次空袭警报期间，林德曼从病房转移到地下手术室，他注意到盖世太保竭力确保他总是待在安全区域内，就像秘密警察为保证一名将军的安全所做的那样。有一次，盖世太保离开了，屋内只剩下林德曼和护士，林德曼将军问她："格特鲁德护士，前线的情况怎样？"鉴于近期所发生的事件，护士不知道该如何回答这个问题，她迟疑地问道："您不知道您自己出了什么事吗？"

"当然知道，可这并不重要，前线有那么多人正在死去。"他回答道。还有一次，他感谢她对自己的照料，并提到自己的两个儿子在前线服役。

孤立性腹膜炎发展为常见的腹部感染，将军的病情开始恶化。9月11日实施了输血。当天中午，盖世太保接到一个电话，警告他们，一个营救林德曼将军的计划正在进行中。一连数天，盖世太保们都将上了膛的手枪放在伸手可及的床头柜上。

9月13日，州医院首席外科医生霍赫教授到外科病房为林德曼进行检查。他做自我介绍时，林德曼闭上眼，未做回答。在没有实施麻醉的前提下，教授打开他的伤口，进行了排脓处理，整个检查期间，林德曼将军没说一句话，也没哼过一声。检查完毕后，霍赫教授给犯罪调查员扎尔德打了电话，告诉他林德曼的伤势非常严重，如果他们想获得些有用的信息，就必须尽快展开审讯。谈话结束后，夏洛特·波默医生联系了医院内科主任蒂策医生。他们决定给病人注射大剂量的止痛剂，而不是在夜间每隔一小时的常规剂量。但这个决定未能付诸实施，半小时后，更多的盖世太保赶到医院，对林德曼的审讯持续了两个小时。

9月13日晚，广播中播出了林德曼被捕的消息，第二天早上，这起事件首次出现在报纸上。9月21日下午，林德曼再次受到审讯，但持续的时间很短，当晚，他的病况严重恶化。9月22日凌晨3点左右，他的血压急剧下降，大约2小时15分钟后，他失去了意识，再也没有醒来。

在医院受到拘押和审讯期间，他从未表露过任何疼痛的迹象。林德曼将军死后，尸体被盖世太保带走，他的最终安息处至今不为人知。

最后的后撤

7月和8月的那些日子里，我们成了撤退专家，尽管缺乏这种战术的正式训练。老资格的二等兵们充分发挥出自己的作用，在各个营里担当起骨干。部队分成一个个小股战斗群，我们不再隶属于本师，而是不停地从一个单位调至另一个单位，看似没什么计划和组织安排。补给和支援方面，我们在很大程度上依靠的是自己的聪明才干，我们还获知，任何既定的情况都有可能在毫无警告的前提下发生变化。以前，每当占据新的阵地，建立一个恰当的后勤支援体系都有一套标准程序，这个体系要为所有人提供弹药和口粮，包括照料伤员的一个系统性计划。随着作战序列被打破，这样一套标准性体系已不复可能，我们发现它越来越依靠我们自力更生，而不能指望或依赖上级部门。

我们已建立起一个敏锐、独立自主的情报网，它可以告诉我们前线的大体情况。例如，如果邮件投递发生大规模延误，并持续一段时间的话，肯定意味着又发生了一场大规模灾难。从我们的前线阵地不可能辨别出数公里外所发生的事情，但那些久经沙场的老兵能对周围的状况迅速做出评估，并本能地意识到即将到来的灾难。我们能听见远处传来大口径火炮隆隆的轰鸣，敌人正准备对前线的某一地段发起打击，通过遥远的炮声、重型坦克熟悉的引擎轰鸣和履带声，我们可以判断出突破发生在左翼还是右翼，这就使我们得到几分钟时间，可以匆匆组织起一场后撤，而实施后撤的正式命令肯定会在最后关头送到。

清晨时，我来到我们位于杜纳堡地区的新防区，着手建立新的防线，并向战斗群的残部和第437步兵团第1营做情况简报。我得到了几名军士和上等兵的协助。在阵地后方数百米处，我们发现了一个仓库，一名后勤中士在那里看守着大批尚未被转移到后方的物资。我们问他，我们是否能让士兵们从仓库中取一些补给物资，并小心翼翼地提醒他，用不了几个小时，这里就将成为前线，并补充说，根据我们的经验，第一批迫击炮弹将在中午时刻落下。这位中士回答说，他很愿意为我们打开仓库的大门，这样我们就有足够的时间将物资分发给作战部队，但他补充说，他已接到命令，正等待一支救援队来转移仓库中的大批面粉、酒和香烟。

我立即向战斗群指挥部汇报了这里的情况，并要求上级就补给物资仓库的问题做出指示，但我没有收到关于这些物资的指示或命令。与此同时，我们的第2连已开始进入仓库前方的阵地，大批物资等着大家去拿的消息像野火般在士兵们当中传播。

第2连连长带着他的部下来到仓库处。就在那名后勤中士犹豫之际，几个排的士兵已赶了过来，他们穿着洗得发白、破旧的军装，弹痕累累、包着迷彩布的钢盔遮掩着他们胡子拉碴、满是晒斑的面孔。脏兮兮的灰绿色队列向前涌去，这些士兵疲惫不堪，手榴弹塞在他们的皮带上，冲锋枪挎在胯部。机枪手披着长长的弹链，7.92毫米的子弹在阳光下闪闪发亮，反坦克火箭筒扛在他们的肩头。后勤中士突然意识到整个形势的严峻性，前线正向他而来。他迅速跳上自己的汽车，裹着一团尘埃消失了，将仓库和仓库里的东西丢给了我们。

一辆辆小马车被迅速组织起来，在机枪连的指挥下，士兵们进入仓库转移物资。大批香烟、食物和烈酒被搬了出来，放在道路两侧，以便让列队而过的其他部队自行取用。黄昏前，大部分物资已被分发出去，这时，苏军的炮火已经袭来，仓库很快便被炸毁。

接下来的几天里，过去招募我的那位下士，第14步兵–反坦克连的排长霍厄纳德尔下士，在近距离战斗中获得了他的第9个坦克战果。当天下午晚些时候，他接到命令，带着三个扛着反坦克"烟囱管"的士兵搭乘一辆汽车驶上公路。这条公路是我们与友邻师之间的分界线，霍厄纳德尔的任务是堵住试图使用这条道路的苏军坦克。他们在途中遇到一群正向后方撤退的友邻师士兵，他们警告这四人不要再往前去，因为一队苏军坦克正在逼近。

他们听从了这个警告，开始寻找适当的防御阵地，就在这时，车辆的传动机构发生了故障。在两名士兵的陪伴下，霍厄纳德尔步行向前。绕过道路上的一个弯道，他们突然发现一队苏军坦克就在前方几百码处。暮色下，霍厄纳德尔看见坦克车身上攀满了全副武装的苏军士兵，几名德军士兵立即躲入路边的灌木丛，暗自祈祷没有被对方发现。苏军坦克渐渐驶近，一名二等兵将"烟囱管"扛上肩头，仔细瞄准了第一辆坦克，一发命中。整支车队立即停了下来，步兵们从坦克上跳下，冲入茂密的灌木丛，距离霍厄纳德尔的藏身处仅有20步。霍厄纳德尔端起冲锋枪朝俄国人开火射击。苏军士兵在近距离内突然遭到袭击，再加上天色越来越黑，敌人的队伍顿时乱成一片。俄国人展开还击，但在黑暗中，霍厄纳德尔这个反坦克小组已溜至道路的另一端，另一名士兵正在那里等着他们。俄国人投出的手榴弹落在几秒钟前已被他们放弃的地方炸开。

几名德军士兵迅速转移阵地，隐蔽到路边的一条壕沟中。几秒钟后，苏军队伍再次前进，霍厄纳德尔和几名士兵相互示意，让前两辆坦克过去，朝第三辆坦克开火。几分钟后，他们听见坦克队列叮当作响地朝他们驶来。就在敌人逼近时，一名德军士兵打响了手中的"烟囱管"，直接命中了为首的一辆坦克，这辆坦克燃起熊熊大火。剩下的坦克向后退去，在大批步兵的掩护下停留在远处。尽管寡不敌众，但霍厄纳德尔的小组还是用冲锋枪和突击步枪猛烈开火，并冲上了公路，占据压倒性优势的苏军士兵仓皇逃窜。

就在这时，几名德军士兵听见更多的坦克正从100米范围内逼近，借着被摧毁坦克燃起的大火，他们辨认出一辆"斯大林"坦克，这辆重达64吨的庞然大物从黑暗中驶出，出现在眼前。

又一具"烟囱管"打响了，令德军士兵惊恐的是，火箭弹击中了炮塔，但未能射穿装甲板。幸运的是，这辆坦克停了下来，挂上倒挡，退入到黑暗中。霍厄纳德尔注意到，坦克被击中时，车上的步兵已逃离，于是，他拎着一具"铁拳"，跟在坦克身后追了上去。摸近到距离敌坦克几米远处，他在近距离内扣动了"铁拳"的扳机。火箭弹击穿了厚厚的装甲板，在车体内炸开。这辆坦克迅速燃烧起来，紧接着，车内的燃料和弹药发生了殉爆。

就在这时，我们的一群步兵赶来增援霍厄纳德尔小组，他们据守着这条道路直到第二天早晨。这使工兵单位有足够的时间炸毁一条重要的桥梁，从而使敌人在两个德军师之间打入一个楔子的企图宣告失败。

1944年仲夏，在德里萨河—德鲁亚南部的战斗中，我们驱车行进了30公里，渡过杜纳河，试图与"中央"集团军群麾下的第3装甲集团军会合。尽管付出了一切努力，但这番尝试劳而无获。7月10日，"北方"集团军群与遭受重创的"中央"集团军群之间被撕开一个25公里宽的缺口。在博布鲁伊斯克包围圈，苏军歼灭了20个德军师。这场灾难堪比第6集团军在斯大林格勒的覆灭，但德国的宣传机器几乎没怎么提及这一灾难，而是试图让人们相信，这场耻辱的败绩实际上是一次胜利，尽管敌人的这场攻势造成大批德军将士丧生。

打击"中央"集团军群的战役取得重大胜利后，苏军在莫斯科举行了一场胜利游行。后来，作为一名战俘，我遇到过一些经历过这场惨败的德军士兵，侥幸生还的他们参加了那场游行，随后便列队走入战俘营。投降的德军俘虏被送至莫斯科，他们中的许多人在漫长的跋涉中死于干渴和疲惫，要么就是因为负伤或患病无法继续行进，在倒下的地方被直接处决。最后，这些战俘被关押在莫斯科附近庞大的战俘营中，准备参加苏军的胜利游行。为了让这些饿得半死的俘虏加强体力，以便面对即将到来的羞辱，他们得到了油腻腻的浓汤，一个个吃得狼吞虎咽。

他们被迫排成24人一行，列队穿过莫斯科。他们从检阅台上的苏军将领们面前走过，成千上万名市内居民站立在街道两旁，盟国的使馆人员和政要作为嘉宾应邀出席，这场胜利游行的情形被来自世界各地的记者们拍下。经历了数周的忍饥挨饿，战俘们的消化系统已无法承受提供给他们的食物，在这场穿过城市的游行中，衣衫褴褛的俘虏们饱受急性腹泻的折磨，这使他们的身体状况严重受损。游行过程中，数千名俘虏无法控制他们痛苦不已的肠子，后来在美国放映的一部影片中显示，"法西斯侵略者"留下的秽物被清理出莫斯科的街道，以此作为"失败的痛苦"的一个例子。

古代，胜利大军押着他们的俘虏穿过罗马或迦太基，这很常见。俘虏将成为胜利者的奴隶，但不管怎样，通常会通过法律和基本权利提供一些保护。可在20世纪，俘虏们很少或根本得不到任何形式的保护，成了胜利者肆意妄为的玩物。人们可以殴打他们、驱使他们劳碌至死、枪毙他们或干脆让他们饿死。奋战于东线的德军士兵普遍接受的一个观点是，与其在苏军战俘营里面对一个未知的命运，不如战死在战场上。这种心态发挥了重要的作用，许多士兵和部队展示出的英勇充分证明了这一点。战争末期，整连、整营、整个战斗群奋战到最后一兵一卒的现象数见不鲜，生还者束手就擒完全是因为弹尽粮绝或伤势太重，无法实施进一步的抵抗。

7月，波罗的海第1方面军、白俄罗斯第3方面军的29个步兵师和1个坦克军组成了庞大的突击力量，冲过"中央"集团军群防线上的缺口，向西直奔波罗的海。随着这一推进，23个德军师构成的"北方"集团军群的命运已定。这些面临厄运的德军师遭到孤立，与德国的联系被切断，他们随后改称"库尔兰"集团军群，面对占据压倒性优势的敌人，他们将奋战至最后一刻。

埃尔格利

1944年7月，集团军群的南部防线从舍隆河以西一直延伸至米陶。苏军成功地让20个师冲过这条防线，7月29日，他们到达图库姆斯，随后便冲至波罗的海。尽管德军部队在阿克尼斯泰、施托克曼肖夫的杜纳河桥头堡以及埃尔格利地区进行了殊死奋战，但苏军还是切断了集团军群退回德国唯一的陆上通道。

8月，格拉夫·施特拉赫维茨将军试图以他的装甲战斗群重新夺回我们身后的图库姆斯。8月20日，他成功夺取了这一战略要地，我们的压力暂时得到了缓解。这个了不起的胜利不仅仅归功于施特拉赫维茨和他的装甲部队，还应属于"欧根亲王"号巡洋舰、护航驱逐舰以及鱼雷艇上的水兵们，他们从海上对图库姆斯的苏军阵地展开炮击。

8月21日和22日，我们以第437步兵团实力虚弱的第1营对埃尔格利镇发起进攻。在奥格雷河河岸附近，我们夺取了前进阵地，并穿过埃尔格利镇公墓对苏军实施攻击。面对敌人的迫击炮和大炮火力，我们在墓碑间寻找着隐蔽，嘶嘶作响的弹片四散飞溅，将我们面前的墓碑炸得粉碎。待在这里不是被炸死就是被炸伤，福勒和我端着冲锋枪一边奔跑一边射击，带着营部人员冲过这片弹幕。前方不远处的一片灌木丛为我们提供了掩护，我避开一块块墓碑朝那里跑去。突然，我惊讶地发现，两步外，一顶圆形橄榄色苏制钢盔下，一双睁大的眼睛正紧盯着我。

我俩四目相投，这一刻的时间仿佛凝滞了。我本能地高喊起来："Stoi（别动）！"苏军中士的冲锋枪当啷一声落在我的脚下。几米外的福勒将一枚落在他身边的手榴弹踢入灌木丛，随即抓获一名苏军士兵，这个俄国人双手抱头，步履蹒跚地走了出来。

对这片地区的粗略搜索发现，苏军中士将一部野战电话藏在灌木丛中，二等兵特赖贝尔从营部人员那里要过这部电话，还没等他接通电话线另一端的苏军部队，对方已打了过来，他大喊道："这里是德国人，没错！"

电话线消失在灌木丛中，这向我们表明了应该前进的方向。那名苏军中士已指示迫击炮和大炮火力拦阻我们的进攻，随着他的被俘，他所在的炮兵单位已无法获得关于我们行踪和阵地位置的情况。

我们呼叫位于埃尔格利镇东南方高地上的第13炮兵连提供80毫米迫击炮和150毫米榴弹炮的火力支援，在这种炮火的掩护下，我带着50名士兵朝山上冲去。克里木战役期间，福勒曾是第132炮兵团的一名炮手，他在我们的阵地与师里的两个连之间建立起联系，这两个连已于夜间在埃尔格利镇后方占据了阵地。

据守阵地，面对铺天盖地而来的敌人时，我们开发出一种新的、危险的战术。很明显，仅凭一支实力虚弱的守卫部队，如果没有炮火支援，我们根本无法守住阵地。

夜间，我们在山顶上建立起两个机枪阵地。拂晓到来时，我们放弃阵地，将士兵们撤至山丘背面，距离山头200米处。可以肯定，俄国人会尾随我们的后撤向前推进，等我们看见第一批俄国人的钢盔出现在山顶时，我便命令105毫米火炮猛轰我们先前所在的阵地。这一招成功地将敌人驱赶回他们的出发线，到了晚上，我们再次占据先前的阵地。

通过这种方式，我们在埃尔格利镇前方的"鸡蛋山"上成功坚守了两周。8月份的最后几天，施泰因哈特少尉带着80名空军人员，作为补充兵向我们营报到。这些补充兵被分配到第438掷弹兵团，迅速调整自己的角色成为步兵，并在战斗中证明他们都是可靠而又勇敢的战士。这段时间里，我们与团长西尔特斯上校以及他的副官冯·戴姆林上尉保持着良好的关系。

8月份的最后几天，我们被撤了下来，作为团里的预备队返回埃尔格利镇的旧住处。经历了长期的后卫掩护任务后，我们终于再次回到原先的团里。现在指挥全团的是第436团的一名老兵，奥克斯纳少校。他已听说了我们在"鸡蛋山"上的防御，赶来看望我们时，我和营里的120名部下正躺在埃尔格利镇的教堂墓地里休息。他热情地问候了我，用胳膊搂住我的肩膀，我们在一起简单地谈了谈团里的一些往事。有些话没有说出口，但我们都知道，很有可能我们已临近最后的战场。谈到已葬身于俄罗斯土地上的那些战友时，他停顿下来，凝视着眼前这批衣衫褴褛、浑身污秽、躺在墓地上的生还者，他的双眼湿润了，他突然转身离去。

搜罗士兵的任务落在我们头上。大批后勤人员被找来，塞入各个部队充当步兵。空军人员仍穿着他们的灰蓝色军装，他们来报到时，我们发现这些人没受过一天步兵战术训练，只接受过如何使用自动武器的粗略指导，完全没有抵抗日益强大的敌人的心理准备。对这些身处后方，远离苏军枪炮声的人来说，"转入步兵"这个词带有一种新的、不祥的含义。前线危险重重，在那里，迫击炮和大炮炮弹不停地炸开；在那里，狙击手将击毙粗心大意的人视为一种有趣但又危险的游戏；在那里，双方士兵在触手可及处展开厮杀的现象司空见惯，这足以让许多后方人员心神俱裂。"惩罚性调动"这个词在士兵们当中经常能听见。部队里的老兵和经历过多次战斗的生还者对这个词持蔑视和厌恶态度，对违纪者实施惩戒，调入我们的部队中，这种做法加剧了营里老兵与被调来的违纪者之间的恶感。这种情况变得越来越普遍时，职业步兵们不禁扪心自问，在前线度过的这些年，经历的那些痛苦，遭受的那些恐怖，会不会被视为只是一番纪律处分？

有一位大将很特别，在许多亲身经历过他独特领导风格的人看来，他获得受人尊敬的军衔完全归功于他所佩戴的金质党章，以及他将自己对国家社会主义工人党的忠诚置于他对那些把性命托付给他的士兵们的忠诚之上。舍尔纳大将经常因为一些微不足道的违规现象对士兵、军士和军官做出惩戒，他会立即将他们转入步兵作战单位。普遍的看法是，这位大将先生显然对德国步兵的荣誉准则一无所知。将违规者送入步兵单位，以此作为一种惩戒手段，他导致了士兵们为他们曾被教导过的正确、公正的东西付出自己生命的意愿大为下降。

一天晚上，一名军士从营部赶来向我报到，他曾是一名武器专家。他告诉我，根据舍尔纳大将的命令，他已被降级，并被派到最前线。第二天，我们收到了惩戒令，这道命令被精心打印成正式文件，用的是"北方"集团军群的信笺，大将的签名用了个超大号的S，代表"舍尔纳"的缩写。

这位训练有素的中士过去曾是一位精密工具制造者，在陆军武器学校学习过，这种人会被他所在的营视为不可替代的资产。他解释说，舍尔纳大将并不关心该营如何修理他们的机枪和突击步枪，他考虑的是，纪律必须得到维持，违规行为必须加以严惩。

这位中士赶往后方武器仓库，为营里寻找急需零部件的途中，"违规"现象发生了。他一直站在团里一辆汽车的踏脚板上，看见一名高级将领站在十字路口，他老老实实地跳下车，准备向对方报告。他用左手攥着烟斗，放在身侧，然后举手敬礼。他不能把烟斗放入口袋里，因为烟斗是点燃的，会把军装烧坏。他敬礼时，将军要求看看他手里握着的东西。他把烟斗给这位佩戴着深红色和金色领章的将军看时，却被告知立刻把它丢掉。

中士老老实实地将烟斗在靴子上磕了磕，迅速塞入军装口袋，这个举动对任何一位通情达理的军官来说都是可以接受的。就因为这个严重的冒犯，他受到惩罚。一连几天，他跟我们待在营部里，在这里，他找到了活儿——维修和翻新我们磨损的武器。

差不多一周后，一名独臂参谋军官突然出现在我们的指挥部，来找我接洽。这名少尉接受的是一项毫不令人羡慕的任务：确认涉及上述事件的那名中士已受到惩处。这时，我做出了在我整个军人生涯中第一次，也是唯一一次假报告："那个人已在战斗中阵亡……两天前。"

独臂军官转身离去，我从未对这次假报告感到过后悔。确保部下们的福祉是每一个军官的责任，我认为那名中士的能力和技术能让我们的武器处在最佳状态，其价值远远超过遵守那道荒谬的惩戒令。

这几周里，我们师正在撤过俄国—波罗的海国家的边境，我们再次踏上了欧洲的土地。几个世纪来，这片地区一直是中欧和北欧，也是东方与西方之间的地理缓冲带。在粗心的观察者看来，这片微微起伏的地带呈现出一种和平的气氛。山顶疏散地覆盖着松树、枫树和橡树。浅浅的山谷中铺满青草，潮湿的沼泽和小小的湖泊被桦树所包围。地面景观上点缀着奔腾的小河流，这些河流汇入杜纳河，在里加流入波罗的海。

这里的居民主要从事农业和林业。这里的土地很肥沃，因为东欧的气候相对比较温和。这里还生长着大量的牛、猪、羊，当地居民住在木屋子里，卧室很大，有一间浴室，还有为牲畜搭建的坚固的谷仓。房屋附近通常建有大型、构设良好的地窖。在施托克曼肖夫、阿克尼斯泰、埃尔格利地区以及从里加到库尔兰的战斗中，我们尽可能地将这些地窖作为营部、连部使用。当地的居民区，与西面的邻居普鲁士相比略小些，分散在整片土地上，村庄沿着原始道路的两侧而建，这些道路更适合马车通行，而不是汽车。尽管农场和村庄内的建筑显示出一种独特的东方风格，但城市里更大的建筑却明显是德国风格。市内的教堂和公共建筑有一种中世纪德国巴洛克风格。

在这片和平的景象中，干净的房屋、村庄和城镇让我们想起自己的家园，甚至到了以此为彼的程度，被隔离和切断在我们所熟悉的环境和家庭中，更容易承受些。战地厨房对新鲜蔬菜、新土豆、猪肉的到来深表欢迎，后勤军官和各个连的军士长努力提高着自己的声誉，他们相互竞争，尽可能地为前线士兵们提供最好的食物。

8月份的最后几天，第132步兵师的各营各团在马多纳西面和埃尔格利附近投入战斗，抗击着在人员和物资方面都占据绝对优势的敌人。经过这场激战后，第437掷弹兵团由于损失惨重，也没有获得补充兵的希望，不得不被解散。9月14日，第437团最后一任团长，骑士铁十字勋章获得者奥克斯纳少校，在埃尔格利的战斗中阵亡。在这场对苏战争中，他至少负过八次伤，阵亡时，他最近所负的伤刚刚康复。

9月初，德德尔上尉被派来担任我们营营长。他是个土生土长的巴伐利亚人，体格健壮，深具幽默感，并以嘴上叼着的短嘴烟斗而著称。我仍担任营副官，福勒则出任军械官。格尔德·皮尔纳是我们的医务官，机枪连由金发上尉弗雷德·福赫修斯指挥，我们给他起的绰号是"培尔·金特"。

我们这个朋友圈里所剩无几的幸存者已变得形影不离，只有负伤或阵亡才能打破我们之间情谊的纽带。必须指出，这是我们在这场"全面战争"中经历到的唯一的积极因素。第437掷弹兵团解散后，团里的人员被分配给师部、第13步兵连、第436掷弹兵团第14反坦克连和第438掷弹兵团。只有一个掷弹兵营建制完整，因而允许他们继续使用第437掷弹兵团第2营的番号，尽管这个营已划拨给第436团。我们这些第437团的老兵继续自豪地佩戴着过去的番号。

第436掷弹兵团团长，骑士铁十字勋章获得者泽普·德雷克塞尔上校，是参加过两次世界大战并得以生还的为数不多的军官之一。他一贯公正而又忠诚地对待自己的部下，因而声望卓著。他是个深具才华的指挥官，知道该如何根据形势的需要来执行严格的纪律或接受适当的放纵。部下们非正式地称他为"德雷克塞尔老爹"，跟他关系较为密切的人则称他为"泽普大叔"。新来的军官和士兵们立即跟他形成了良好的关系。

我们再次侥幸逃脱了一场灾难。9月14日，敌人在强大的坦克部队的支援下，突破了我们的右翼。他们一路向前，于9月16日绕过埃尔格利，从而将我们与西面的主力部队切断。面对这种严峻的形势，守住阵地已不复可能，于是，我们再次冲出包围，占据了埃尔格利西面的高地。我们在这些阵地上坚守了数天。

树叶开始披上秋日的色彩。我们排着长长的队列，踏着鹅卵石道路向西而行。"向西转进"，这句话成了我们后撤时的黑色幽默。尽管在突出苏军包围圈时遭受到一些损失，但我们继续进行着一场井然有序的后撤，我们越来越靠近大海，到了那里，我们就没有退路了。

9月底，北面的俄国人在纳尔瓦与普斯科夫之间发起了他们的攻势。这场攻势迫使杜纳河北面的所有德军部队全部后撤，疏散里加的计划被付诸实施。漫长的行军标志着我们最终撤入库尔兰半岛的行动已经开始。

里加是一座曾参加过汉莎同盟的古老城市。我们得到了并不光彩的殊荣，看着身后这座曾经美丽的城市做着最后的垂死挣扎。粗陋的道路上挤满了卡车和坦克尘土飞扬的队列。一队队难民赶着大车，推着小推车，车上堆满了他们的东西，没日没夜地涌出拉脱维亚的首都。疲惫而又困惑的牛群踏过砖块铺就的街道，被赶向西面，它们发出的叫声弥漫在空中。苏军战斗轰炸机不祥的身影不断提醒着我们所面对的险峻形势，这些飞机呼啸着掠过瓦片铺就的屋顶。

1944年的秋季带来了风、雨和寒冷的夜晚。正如我们在战争中多次经历过的那样，许多道路再次沦为深不见底的泥沼。疲惫、饥饿、寒冷，士兵们机械地从一处阵地撤往下一道防线。摆脱敌人追踪的唯一机会随着夕阳而到来，越来越深的夜色会为我们提供掩护，免遭死亡之眼的无情注视。敌人在我们身后紧追不舍，每当我们撤离一处，他们便会迅速填补我们留下的空白，涌入一个又一个村庄和城镇。苏军步兵挤坐在T-34坦克的炮塔上，火炮轰鸣，低空飞行的飞机寻找着我们的下一处防御阵地，在那里，我们会停下脚步，转过身来面对这些无情的追击者。

1944年10月，"北方"集团军群的参谋人员精心策划了"雷霆"行动，这个行动将把德国军队最终撤入库尔兰，并疏散里加。1944年10月初，冯·纳茨默少将签署命令，将位于波罗的海地区的德国军队集中到我们最后的战场上[①]。

10月5日，"雷霆"行动付诸实施。这个行动发起时，第132步兵师正在里加东南部据守着阵地。从10月6日起，整个集团军在我们身后穿过城市，跨过杜纳河桥头堡，一路向西而去。集团军群所能控制的只有一条45公里长、6公里宽的狭窄通道，这条通道位于里加与施洛克之间，这是进入库尔兰的唯一通道。红色游牧部落到来前，所有难民和军事单位被迫渡过这一地区的杜纳河和阿河。每天都有两个师，外加一个各种单位七拼八凑而成的混合部队穿过这条通道，自10月初以来，这条通道已处在苏军炮火的间接打击范围内。"雷霆"行动的计划和组织堪称杰作，是由第215步兵师能干的弗兰科维茨少将制订的。他的部队提供了1000名军官和士兵，对后撤的军队进行组合和控制，后撤大军缓慢但却有条不紊地进入了库尔兰。

另外还从预备队里抽调了一些军官，以加强对后撤行动的管理。古斯特尔·希克尔后来告诉我，为了管理交通，也为了尽可能多地挽救德

[①] 纳茨默少将是"北方"集团军群最后一任参谋长。

军士兵的生命，当时采取了严厉的措施。任何车辆，无论是高级参谋人员还是衣衫褴褛的士兵所用的，只要无法开动（无论是遭到敌机扫射还是炮火轰击，或是因为燃油耗尽），便被推出公路，沉入到路边的沼泽中。所有丢弃的装备均被摧毁，以免为敌人所用，嘎嘎作响的马车上挤满了伤员和难民，缓慢地向着大海而去，徒劳地试图逃离苏军。

10月12日寒冷而又阴郁的夜晚降临在里加郊区占据着机枪和步兵阵地的士兵们头上。一场蒙蒙细雨落下时，我们营里最后一批步兵，作为后卫掩护部队，终于穿过了这座燃烧着的城市。在杜纳河桥接近地，第132步兵师师长瓦格纳将军，与德雷克塞尔老爹静静地站在一起。他们默默地看着原野灰队列从身边走过，破旧的靴子在鹅卵石地面上发出稳定的节奏，偶尔被步枪枪管或冲锋枪碰到他们挂在皮带上的饭盒或钢盔所发出的叮当声所打断。火焰从市中心的歌剧院升起，在黑暗的天空中舞动着，这使灰色队列投下了幽灵般的身影，他们跨过古老的桥梁，曾经的征服大军成了衣衫褴褛的后撤者。

午夜零点30分，我所在的队伍靠近了杜纳河上的桥梁，夜色中，这座黑黢黢的桥梁令人望而生畏。我在队伍最前方监督着全营的后撤，我知道，我们是德国国防军由东向西跨过杜纳河的最后一支部队。孤零零的两个人站立在桥边，在里加市内发出的火焰的映衬下，两个模糊的身影隐约可见，我走上前去，举手敬礼。我们默默地看着破衣烂衫的士兵们列队而过，最后，将军、上校和少尉走过桥梁，到达了杜纳河的另一端。我突然想到，25年前，就是在这里，施拉格特站立在他的大炮旁进行了英勇的战斗，以阻止红色革命席卷古老的条顿骑士团国。

清晨5点，黎明带来了潮湿、寒冷的一天。太阳试图穿透灰蒙蒙的地平线时，工兵单位的一名军官按下了与杜纳河桥梁相连接的引爆器手柄。一团巨大的火球腾入空中，剧烈的爆炸将空气撕裂，被炸断的桥梁塌入河中，再一次将我们与苏联军队分隔开。

100米外，一艘渡船携带着后卫部队的残部渡过河来。桥梁伴随着一声巨响塌入河中时，巨大的石块雨点般地落在船上，重伤了一些后撤中的士兵。"雷霆"行动带着某种不祥宣告结束。

第十章

库尔兰：最后的战线

勇气和恐惧是正常的情绪，

却不存在于我们所进入的这片毁灭性泥沼……

我们到达了新的、最后的战场——库尔兰。三年半的时间里，第132步兵师一直在东线与敌人作战，几乎没有获得过任何喘息之机。这条最后的战线不仅为我们提供了最终抗击铺天盖地而来的敌军的一个地理位置，也是我们作战行动最后的高潮。遥远的国土在战争最后几个月里陷入火焰和死亡时，"库尔兰"集团军群麾下的各个师继续坚守着阵地，尽管遍体的鳞伤已使其越来越虚弱。

弹药严重短缺。各个炮兵连每天只配发两份有限的炮弹，机枪只允许以半自动模式开火射击，只有在击退敌军进攻的必要情况下，才能将整条弹链射光。最新式的突击步枪是在战争最后几个月里研制完成并配发给部队的，它所使用的短药筒子弹耗尽后，这种武器便成了废铁。士兵们经常依靠自己小心隐藏起来的弹药存量来应对那些突发事件。这种伎俩不仅仅体现在弹药上，还包括汽油和食物。足智多谋的司机们经常存有一些油罐，以备不时之需。一些额外的大麦或干大黄总是会为马匹们留好。由于我们的补给线经常中断，因而各个连队的运作有时候只能依靠士兵们各显神通。

依靠畜力的单位里，牲畜们的健康问题得到了极为认真的对待，与士兵一样，所有报告都需要附上关于马匹状态的报表。但每支部队此刻都严重依赖的马匹已变得越来越少。马拉补给大车每天行进20公里赶赴前线，这种情况并不罕见，这一过程中，他们被迫在炮火下隐蔽，还要躲避敌战斗机中队的对地扫射。

最后几个月里，库尔兰包围圈里的士兵们很少能获得肉食，于是，许多被弹片炸伤的马匹交给厨师宰杀，以充当食物。这些绝望的措施让我们清楚地了解到自己所面临的严峻形势。

厨师们试着用洋葱烤马肝。炖马肉作为一道深受欢迎的菜肴添加到我们微薄、单调的伙食中。1945年1月初，由于作战英勇，我获得了一次难得的休假，连里发给我一大块烟熏马肉，作为回家途中的食物。这块肉呈暗红色，硬邦邦、甜丝丝的，但不管怎样，我吃得津津有味。

从里加疏散后，我们再次获得了享受新鲜香肠的机会，这些香肠是从拉脱维亚首都的一座仓库里抢救出来的。挤上德国国防军的卡车和马车，赶往新防线的途中，我们品尝着坚硬的香肠，并把各自的面包袋塞得满满当当。为了不让前进中的苏联军队有所收获，所有食物，甚至包括一间杜松子酒厂里的所有存酒都被我们带走。

我们已在路上行进了数日；这场后撤在夜间进行，天亮前我们便挖掘阵地以阻挡敌人对我们敞开的身后发起突然袭击——正向波罗的海全力推进的敌军很可能会这样做。在我们这支后撤大军的前方，道路上挤满了逃离苏军的难民，牛车和农用大车、妇女、儿童和老人们带着痛苦和悲伤，从湿透的道路上走过。

我们团在弗劳恩堡西南方，立陶宛的土地上进入新防线的阵地。第437团第2连占据了皮克利艾镇。镇中心威严地伫立着一座古老的木制教堂，100米外还有一座较小的木教堂，至少也有两百年历史。准备构设阵地，并将小教堂后的一座圆木建筑作为我们的通讯中心时，我对其进行了查看。这座建筑并不壮观，但厚木板结构非常结实，几个小房间可以作为行政办公区。我还发现了一个与通讯室相邻的房间，面积约为12平方米。一扇小窗户提供了光线照明，窗对面粗糙的墙壁上挂着一幅17世纪的圣母像，镶嵌在一个陈旧的木框里。圣母像旁边，一张硕大、古老的木床占据了房间的一端，床上铺着破旧但却舒适的床垫。除了圣母像和床铺，屋内所有的家具都已被原先的主人带走。透过敞开的窗户，一股微风扑面而来，破碎的窗玻璃散落在窗棂下的地板上。

我将身上的冲锋枪解下，挂在圣母像下方伸出的一个钩子上，穿着军装倒在床上稍事休息，享受着这份已不太习惯的奢侈。士兵们忙着挖掘、加强阵地时所发出的声响从远处隐约传来。在昏暗的光线下，我凝视着天花板，回想着前几天所执行的后撤和后卫掩护行动，很快便睡着了。

暮色降临在皮克利艾镇附近的居民区时，我醒了过来，夕阳洒下微弱的金色光芒，透过孤零零的窗户进入房间。我从舒适的床垫上坐起，隐约听见屋内传出迅速但又安静的脚步声。突然，几枚手榴弹投向这座圆木建筑所发出的爆炸声将我惊醒，昏暗的光线下，我挣扎着爬起身向前冲去，拼命寻找着我那支MP-40冲锋枪。就在这时，我用眼角的余光看见一个身穿卡其色军装、头戴钢盔的身影出现在窗口。一根满是散热孔的苏制冲锋枪枪管伸入窗口，伴随着震耳欲聋的枪声，枪口喷吐出的刺眼火焰充斥了这个小小的房间。子弹击中了墙壁，我趴在地上拼命爬动，一把抓住挂在我上方的武器。我的目光盯着窗户，闪烁的枪管后，苏军步兵所戴的圆形钢盔清晰可见，枪管下，圆形的弹鼓也看得一清二楚。就在我拼命试图抓过自己的武器时，苏制冲锋枪射出的子弹不停地击中我上方的墙壁，小小的房间里满是硝烟、无烟火药味、铜弹壳和碎木片。

我握住MP-40，本能地翻过身来，对准敌冲锋枪枪口的闪烁处开火了。我一边祈祷不要有手榴弹投入房间里来，一边扣动扳机，将整整一个弹匣的子弹射向窗口。没用几秒钟，子弹便打光了，从皮带上抽出另一个弹匣时，我才意识到，寂静已降临在房间里。硝烟和尘埃在微光中慢慢地落下，我听见远处传来自动武器急速的射击声以及手榴弹零星的爆炸声，伴随着德军士兵的喊叫，他们正在阵地上抵御着苏军的入侵。卸掉空弹匣，重新装上一个满弹匣后，我爬到窗口，透过破碎的窗棂朝村内张望。

那名朝我房间里射击的敌军士兵已消失不见，他留下的唯一痕迹是几十枚7.62毫米的弹壳，洒落在窗前的地上以及屋内的地板上。我惊魂未定地查看了我们的阵地，欣慰地获悉，我方没有遭受任何伤亡，俄国人则丢下两名死者和数名伤员。我回到那座圆木建筑，打算放弃这个看似诱人的住处，它差一点成为死亡陷阱。检查这间住处时，我发现那幅圣母像被敌人的冲锋枪子弹击中，木框被打得粉碎。显然，那名苏军士兵从窗前匆匆经过时，正看见我从床上坐起，仓促间，他本能地将冲锋枪枪管伸入窗户，对着微弱光线下所看见的第一个身影扣动了扳机。在这关键性时刻，那幅圣母像吸引了他全部的注意力，在这间狭小的房间里，在这个近得致命的距离内，他的火力集中到那幅画像上。正因为如此，我才得到了重要的几秒钟，拿起武器保卫了自己。

数天后，村子遭到炮火的猛烈轰击，建筑物起火燃烧，我把那幅千疮百孔的圣母像从墙上摘下，去掉破裂的相框，决心不让这张救了我性命的圣母像再遭到破坏。后来，我又将这幅画摊开，仔细检查这张数世纪前的油画所受的损坏，才发现，尽管子弹在近距离内射中了它，但没有一发子弹击中圣母的面孔和身体。数发子弹射穿了画像的背景区域，但圣母的面容毫发无损。我一直把这幅油画带在身边，直到最后一次回国休假，我把她留给家人保管，以此作为一个提醒，无论战争的结局是什么，我可能都会受到保佑。

两个世纪前，皮克利艾镇的牧师为传播德国文化来到立陶宛，在这座粗陋的建筑中，我发现了一些十七八世纪的灵修书籍，还有一份冗长的、描写化学艺术的手稿，名为"一切知识的起源"，由约翰·卡斯帕·艾伦瑞德尔博士撰写，1723年印刷于汉堡。利用防区内短暂的平静时刻，我在夜间借着烛光阅读了这部手稿。蜡烛是用本地出产的纯蜂蜡制成，燃烧时发出一种令人愉快的香味。我们后来将蜡烛和美丽的枝状大烛台转移到地窖中，希望这些艺术品能在必将到来的苏军炮弹所引发的大火中幸免于难。

一天晚上，一名德军士兵坐在古老的管风琴前（这东西需要两个人鼓动巨大的皮革风箱），弹奏了一首合唱曲和《玛利亚之歌》，就连位于阵地最前沿的人都能听见。整场"音乐会"期间，交战双方都未发一弹。接下来的几天里，这座小教堂没有挨炮弹，苏军炮手们似乎做出了一个清醒的决定，尊重美丽的宗教目标。但最终，这座教堂还是沦为那些看不见的大炮的猎物，很快便被火焰所吞噬。

就在当天，一位平民出现在我们的面前，带着巨大的痛苦，他自我介绍说他是教堂的牧师。我们把为安全起见而转移到地窖中的祭杯、烛台、床上用品以及其他一些具有经济和精神价值的物品交还给他时，他欣喜不已，并为这些对他和他的教会来说至关重要的物品物归原主而倍感欣慰。后来，这位牧师多次穿越炮火，把他所能带的东西转移到安全处。

镇里的居民知道苏军会发起进攻，这座镇子肯定会落入他们手中，于是，纷纷躲入到周围的森林。牧师请我们陪同这些居民转移到相对安全的地方，但在此之前，他为我们做了祈福。鉴于我们极不确定、极度不祥的状况，我们非常感激能从他那里获得祝福。

第一次库尔兰战役期间，除了遭到敌军一个连的进攻及断断续续的炮击外，我们的防区保持着不祥的平静。直到10月中旬，苏军坦克才出现在梅梅尔北部的帕兰加附近，我们再次得到了残酷的提醒：通往祖国的生命线已被切断。部队中充斥着各种可疑的、来源未经过证实的传言和消息："我们将向南突围，作为一个移动的包围圈返回我们的主防线……我们将作为一支充当杠杆的力量，对苏军侧翼发起打击，将他们逐出东普鲁士……我们将把苏军赶出德意志帝国的边境，从而使中欧免遭苏联的主宰和奴役。"

实际上，10月底时，位于利耶帕亚南部的一些德军部队就已构思过一个突出包围圈的计划，但这个计划尚未付诸实施，苏军便发起了猛烈的攻势，各个幸存的单位不得不认为自己幸运地躲过了一劫，并继续在既设阵地中坚守下去。

"北方"集团军群司令下达命令，禁止使用"库尔兰包围圈"这个词。甚至有传言说（尽管据我所知从未执行过），如果有谁不小心说出我们在"包围圈"中的形势已毫无希望的话，他就会被判处死刑。自从第6集团军在斯大林格勒覆没以来。"包围圈"这个词带有一种即将到来、不可避免的灾难的不祥含义。可是，随着这道命令的下达，就连我们当中最乐观的人——那些仍坚信能获得"最终胜利"的人，也开始意识到我们的形势已毫无希望。尽管如此，这些库尔兰战士的斗志以及抗击苏军的意志丝毫没有发生改变。

"库尔兰桥头堡"这个词成了被困部队的正式名称。从战略角度看，一座桥头堡被视为发起攻势的出发点。使用这个词的目的是给大家留下这样一种印象，我们的阵地日后将作为一个桥头堡，从这里发起一场攻势，以解救东普鲁士，这就要求我们继续坚守正日益萎缩的阵地。

当年10月，一些部队准备离开库尔兰，乘船赶往东普鲁士前线；但这个计划随后又被取消了，因为几个实力严重受损的师，再加上寥寥无几的坦克，根本没有足够的实力来发起一场攻势。因此，身陷库尔兰的部队注定要留在阵地中，并依据"奋战到最后一颗子弹"的原则行事。

战壕中士兵们的勇气和决心根本无法归功于佩戴着金质党章的大将先生。这些品质，包括抵抗意志和牺牲精神，已在过去三年半的战争中，我们师在俄国南部和北部战场所经历的那些战斗中被灌输给士兵们。就这些品质而言，我们不需要一位政治官员的指导。

我们将自己在库尔兰半岛作战的真正意义视为：保卫欧洲文明。我们相信，我们坚守在苏军的北翼，能够阻止苏军坦克深深地插入欧洲的腹地。也许，一个新欧洲的诞生即将到来，它完全依赖于我们抵御苏军直至最后一刻的意志。我们完全没有意识到，西方政客已对席卷东欧和中欧的悲剧闭上了双眼。西方国家的军队停步不前，停止作战行动时，共产主义侵入到整个欧洲文明中。枪炮声早已平息，库尔兰的生还者在被高高的岗楼和铁丝网所环绕的苏联战俘营内慢慢死去。

元首大本营里，陆军总参谋长古德里安大将，竭力试图说服希特勒，撤出库尔兰守军，用这些部队来保卫柏林。多年来，苏联宣传部门用大量投撒于我们防线上的传单明确表示，苏军的最终目标是夺取柏林，现在，他们的传单上印制着苏军士兵挥舞着旗帜，在坦克的伴随下冲向勃兰登堡门的场面，这就使得他们的目的更加明显。

希特勒没有面对现实并遵循战略需要，而是坚持他的命令：坚守库尔兰的每一寸土地。舍尔纳大将发誓，沿着1944年10月的前线坚守防线根本无法做到。尽管德国海军准备了详细的计划，以便疏散库尔兰的德国军队，但希特勒坚持认为，库尔兰阵地是将来发起一场攻势所必需的。他发现舍尔纳这位将领会屈从于自己的每一个要求，并承诺能创造奇迹。古德里安和其他高级将领的专业意见则被他否决。通常，伴随着歇斯底里的发作，希特勒会再次用那些早已在俄国广袤土地上被歼灭的部队来策划一个个不切实际的反攻计划。尽管盟军铺天盖地的轰炸机群已将德国的工业夷为平地，但希特勒仍承诺，新式的神奇武器将引领作战计划和战略决策的进程。1944年12月，阿登攻势止步不前，对所有现实主义者来说，迫在眉睫的灾难已指日可待。

就这样，"北方"集团军群（现在已更名为"库尔兰"集团军群）麾下的第132步兵师，在"最后的战线"上坚守着最后的阵地。近7个月的时间里，师里的各个团在波罗的海沿岸克服着兵力和物资上的巨大困难。我们下定决心，决不投降，库尔兰地区的部队肩负着一种不祥的荣誉：他们是德国国防军里唯一一支未在战斗中被击败的作战部队。

1944年11月，库尔兰"最后的战线"从利耶帕亚南部30公里的波罗的海沿岸向东延伸，绕过马热伊基艾后再次转向图库姆斯北部，直抵里加湾的波罗的海地区。我们师所处的位置非常类似于第18集团军麾下各部在列宁格勒战役期间面对的情况，从这个意义上说，苏军试图到达位于利耶帕亚的德军补给通道，从而将包围圈一切为二。整个前线被拉伸至近200公里，从1944年底起，我们师一直据守在弗劳恩堡东南方，防线大致沿着文塔河布设。1944年11月1日，我们师占据了文塔河上的阵地，几天内，这些阵地得到了几个连的加强。尽管获得了一些增援单位，但11月19日的形势变得极为严峻，我们被要求守卫一段长达11公里的防线。这就是说，每100米的防线上只有2名德军士兵据守。

11月初的一个下午，我从第437团第2营获知，舍尔纳大将即将到这里来。这位担心不已的集团军群司令将视察我们的阵地，并听取我们的情况简报。舍尔纳注重通讯的细节问题，并以此而出名，同样广为人知的是，一旦被他发现他不喜欢的东西，训斥、撤职这些惩罚就将接踵而至。他会心血来潮地做出降职或提升的决定，有传言说，他的司机在指挥车上放着三套军装，通常情况下，这位司机在天亮时是一名中士，但很快便会因为一些小小的违规或微不足道的错误而被降为列兵，当天下午晚些时候，他又被重新提升为军士。每次对前线的视察都伴随着威胁，而那些在后方地区服役的人则会受到立即调至最前线的惩罚。

山地兵上将迪特尔，从各种意义上说都是一位职业军官，他曾说过，舍尔纳更适合担任一名战地宪兵中士（这些宪兵被我们称为"链狗"），而不是一名将军。这个观点在士兵们当中广为传播，他们的感觉甚至比指挥官们更加敏锐。具有讽刺意味的是，就是这位对前线士兵毫不理解、无情地驱使成千上万名将士死守根本无法守住的阵地的舍尔纳将军，战争结束时，在阿尔卑斯山上的一座小屋中被美国军队抓获，德国投降后，他逃到那里，试图逃避自己应承担的责任。被捕时，他穿着传统的巴伐利亚山区居民的服装，那是他用军装和金质党章换来的。可就在几周前，无数士兵因为类似的怯懦行径而被他处以死刑。

舍尔纳大将确实对我们的阵地进行了视察。黄昏时，他乘坐的桶式车赶到了，车上挂着战地指挥官的方格图案三角旗。我按照预定的方式迎接了他，他走过来时，我举手敬礼。他粗暴、毫无人情味地回了礼，没有跟我握手。我立即得出这样一个结论，他是专门来找茬的。

为迎接他的视察，我让部队做了认真的准备。掩体入口处布置了两名哨兵，一丝不苟地穿着全套作战服，按规定戴着钢盔，端着步枪。通讯中士施特尼策亲自守在办公桌前，以确保一切都按计划顺利进行。通讯兵事先已多次检查和测试过他们的设备，与炮兵联络指挥部和前进观测员的联系都很顺畅。

将军要求对我们防区的状况作一个简报，我事先已对此作了准备。于是便按照自己的判断，坦率而又诚实地向他作了介绍。每天都有一个苏军的观测气球出现在地平线上，尽管我们多次提出要求，但没有德国飞机赶来破坏敌人的观察行为，因此，苏军炮兵可以随心所欲地轰击他们所选定的任何目标。另外，我们相信，文塔河上的许多阵地一直处在敌人的炮火轰击下，这是敌人准备发起一场坦克突击的前奏，我们认为这场进攻将在未来的几天内发起。据守防区的部队太少，整条防线上，我们的防御太过薄弱。我们还缺乏重型武器，尤其是至关重要的反坦克武器，提供给我们的42型地雷无法使用，因为缺乏必要的雷管。

从一名下级军官那里得到这样一份负面报告，受人尊敬的大将先生显然并不太高兴。他突然转身离去，给我们留下一种明显的印象，他不太满意。后来有传闻说，视察了后方阵地后，他与朔茨基的炮兵营分享了几瓶酒，并对前线步兵单位的态度提出抱怨。他的指挥能力肯定没能唤起我的信任或信心，只是确认了早已听说过的、他那独特的指挥风格。他没对任何人说上哪怕是一句鼓励性话语，无论是对我还是对那些扛着武器为他守卫阵地的人。我已习惯了不同类型的德国将军。另外，他还嘲笑了我对形势的评估，并对我预测的坦克突击提出指责，他的结论是，如果这样一场攻势确实发生的话，那一定会向西而去，直奔利耶帕亚。

"伟大的战略家"说错了。11月20日，苏军炮兵对我们的阵地以及左侧友邻团发起猛烈炮击，随后，大批苏军坦克涌过文塔河。在这场被称作"第二次库尔兰战役"的攻势中，苏军在数个地段撕开了德军防御，包括我们师据守的防线。几天后，从各个单位调来的援兵才将敌人的攻势遏制在弗劳恩堡附近。

与战争初期我们庞大的装甲突击相类似，苏军的标准战术是沿着一条战线，在各个不同位置上发起进攻，无论在何处达成突破，各种额外资源都将集中到那里，以获得一个桥头堡，然后，所有可用部队都将穿过那里的缺口向前推进。他们有时候会发起一场佯攻，待守军的预备队被调离后，他们便在另一个地区发起大规模进攻，以期达成突破。为控制形势，经常需要将整个师在数小时内投入到突破已经发生或即将发生的薄弱地点。秋天的雨季期间，由于恶劣的道路状况，这一点很难做到，沉重的车辆、无数人员和马匹的践踏，道路和阵地已沦为一片泥沼。

第二次库尔兰战役期间，我们的部队成功地阻挡住苏军的突击；但降雨接踵而至，所有行动，无论多么微不足道，都必须付出最大的努力。整个前线地区沦为一片巨大的泥沼，就连俄国人占据压倒性优势的机械化部队也不得不偃旗息鼓。

德军侦察部队报告，俄国人的坦克部队已向南后撤，目前集结于瓦伊诺德—皮克利艾附近。这标志着第二次库尔兰战役的结束。士兵们疲惫不堪。我们的防线主要由浅浅的泥坑构成，坑内满是积雪和冰块融化后形成的积水，德军士兵就在这些泥坑中轮流站岗执勤，以保持继续击退敌军的体力。尽管补给工作已尽到最大努力，但由于道路无法通行、炮击不停破坏以及突然出现在空中的敌机无情的扫射，已变得断断续续。由于缺乏营养，马匹经常会瘫倒在地。对蜷缩在工事中的德军士兵来说，热饭菜已成为一种罕见的奢侈品。

斯特迪尼和潘帕利

12月初，我震惊地获悉，自己被处以两周监禁。尽管我诚实而又准确地评估了我们所面临的态势，但舍尔纳大将显然对我的消极态度感到不满，结束对阵地的视察后，他做出了这一惩戒。也有可能是他对我的斯瓦本方言感到不满，这种方言告诉他我来自符腾堡，而符腾堡则让他想起著名的沙漠之狐隆美尔元帅，隆美尔的名望和声誉大概令他感到嫉妒和憎恶。师长瓦格纳将军赶到营部，亲自告诉我即将到来的惩罚。这位专业而又负责的将军还告诉我，那份负面报告在任何情况下都不是我在军队中服役的真实反映，他对自己奉命执行这道命令感到极不情愿。另外，他还指出，我拥有多年作战经验，这些经验是后方其他地区急需的。

我随后向团里的作战军官德尚少校报到，他告诉我，修建营和其他一些单位已集中到包围圈的腹地。趁着战斗间隙在后方区域着手修建防御阵地非常必要。过去的经历证明，发生突破后，诸如炮兵部队这些驻扎在后方的单位已成为阻止敌人渗透的至关重要的力量。因此，我被派去执行这个计划，负责构设第二道和第三道防线。这些防线中包括深深的、相互连接的防坦克壕、区域防御战壕、炮位以及环环相扣的掩体工事体系，这些工事在阵地间延伸达1000米。

在我们的后方纵深处有一道后卫阵地防御网，一旦收到最高统帅部的命令，被困在库尔兰的德军部队便能实施最终的疏散。在德军士兵们看来，这很简单："挖战壕好过挖坟墓。"由于获得了一台推土机，我的工作大为加强，这台机器能在一夜之间完成一条0.8米深、500米长的战壕。

白天，我们忙着研究和制订修建额外防御阵地的计划；夜里，没有了敌战斗轰炸机的威胁，我们便着手挖掘阵地，趁着敌人发起大规模攻势，穿过我们的防线直抵波罗的海前，我们构设了长达数英里的掩体和工事。

12月中旬，我们的工作被一场突如其来的霜冻所打断。地面被冻得硬如坚石，泥泞的道路再次畅通无阻，一种可怕的预期席卷了我们这支衣衫褴褛的军队。位于最前沿的连队和炮兵观测员报告说，敌人的防线上已传来车辆行进的轰鸣声。一连几晚，敌坦克履带发出的叮当声清晰可辨，我们的炮兵无力对临时目标展开炮击，因为弹药短缺，已经实施了严格的配给制。

一队队机身和机翼上漆着红色五角星的战斗机和轰炸机，随意地从我们上方飞过。12月这些晴朗、霜冻的日子里，它们每天出来巡弋，没有遭受任何惩罚，这些飞机赶去轰炸利耶帕亚和文茨皮尔斯港，试图摧毁我们脆弱的生命线。德军高射炮部队和集团军群所剩无几的战斗机英勇地对抗着大批敌机。我们的几个战斗机中队由航空兵上将普夫鲁格拜尔指挥，光是12月15日和16日，他们就在库尔兰半岛上空击落了25架苏军飞机。

为了让我能更好地完成构设防御阵地的任务，第438团的军医官施利普博士邀请我住到他那所拉脱维亚农舍里。两名妇女和一位老人仍住在这里，其中一位较年轻的女人是女儿，能说一口流利的德语。问及他们为何没有逃至后方更远处以策安全时，他们回答道："逃到哪里去呢？那里没有我们的家，只有大海。"

他们为我们加热了浴室，还炸了土豆，那位老人则在附近的一所小木屋里劈柴，他曾见过一只燕子将巢筑在一块木板上，从那以后，他便在这片土地上度过了自己的一生。他曾说过："现在，我们拉脱维亚人的土地上有狗……但很快我们就不得不把狼当作朋友。"这番话的意思不言而喻。

我们给医生起了个"波尔蒂"的绰号，他每天的工作忙得不可开交。通常在夜幕的掩护下，铺着稻草的马车将大批伤员送到他那里。这些伤员包扎着脏兮兮、满是血迹的绷带，一个个胡子拉碴、虚弱不堪、浑身脏透、不抱任何希望或丝毫乐观主义。"波尔蒂"照料着这些伤员，在一面不见得能起到保护作用的红十字旗下，他为这些伤员治疗伤势、更换绷带、注射止痛针、缝合撕裂的伤口、用夹板固定断裂的骨头。重伤员会被雪橇送往位于后方几公里处的师救护站，在那里接受手术治疗。这些医护人员疲惫不堪（医生和医护兵佩戴着镶有墨丘利节杖标志的肩章，口袋里放着手术刀），日后被囚禁在俄国的那段岁月里，他们多次证明了自己是不可或缺的人。

"波尔蒂"和我在他的木屋里进行过许多次深刻的交流。深更半夜，结束了修建工事的任务后，我会坐到壁炉旁，凑近温暖的火焰。闪烁的火光下，他和他的医务助理坐在我身边，为我平安归来干上一杯。这里有一种温暖和舒适，一种家的感觉，这种感觉不仅仅来自壁炉，也来自战友间的情谊。"波尔蒂"是一位非常认真的医生，一头黑发，一双深棕色的眼睛。我经常把他想象为罗马或高卢军团士兵的后裔，他们曾占领过卡斯特尔-美因茨地区，波尔蒂的家乡就在那里。我们时常谈论起自己的家，有时会问自己，我们是否还能再次站立在家乡的古建筑前，是否还能再次踏入美因茨幽暗的教堂进行祷告。

每次交谈时，未卜命运的幽灵总会笼罩着我们——这一切会如何结束？共产主义者获得了盟国强大工业能力的支持，面对他们势不可挡的攻击，库尔兰的德国军队会被歼灭吗？日后，我们的墓地上会不会出现这样的话语，就像斯大林格勒惨败后所说的那样，库尔兰集团军群"为国家和人民尽到了自己的职责，战斗至最后一颗子弹，抗击着占据压倒性优势的敌军，从而使新的防线得以建立，使保卫祖国成为可能"？那些最终被孤立、被遗弃在克里木半岛上（那是我们过去的战场）的德军士兵的命运出现在我们的脑海中。据说，船只和渡轮驶过大海赶往敖德萨时，被留在克里木半岛上的守军打电话给离去的船只："我们是国家的荣誉公民！"随后，他们列队走上了步入苏联战俘营的漫漫苦旅。

预期的苏军攻势到来的几天前，我们在团部附近修建起一座医救掩体，从而使伤员们被送至一个安全地带加以照料。斯特迪尼的那座拉脱维亚农舍，"波尔蒂"和我曾在那里享受过暂时的舒适，后来被坦克炮火所毁。我们再没见过那几位居民，也不知道他们的最终命运。

一条坚固、畅通的道路穿过师里的一片防区，从潘帕利通往斯特迪尼，然后分成两股。一条道路朝西北方通向弗劳恩堡，另一条则通向利耶帕亚。苏军试图在这个岔路口取得突破，从而分割库尔兰的德国军队，并夺取利耶帕亚。

第三次库尔兰战役

1944年12月21日清晨6点整，我们师的防区被笼罩在一片风暴中。地平线活跃起来，被无数门重炮炮口的闪烁照亮。经确认，光是第438掷弹兵团的防区便遭到800多门大炮的轰击，大口径火炮、火箭炮和迫击炮的致命组合朝我们的阵地投下一轮轮齐射。

一股令人难以置信的猛烈炮火雨点般地落在我们的阵地上。防线上的机枪阵地、工事、掩体和加强火力点都被笼罩在硝烟和尘埃中。地面震颤着、咆哮着、起伏着、摆动着。掩体坍塌，战壕被夷为平地。一连三个小时，一股看不见、摸不着的力量猛烈地袭击着地面，寻找着战斗阴影中我们最后的避身处。凶猛的炮火先是落在我们的前沿阵地，然后便席卷过斯特迪尼的高地，最后进入我们后方的林区，冲向我们的团部。树梢被撕裂，整棵树木被抛向半空，纷飞的弹片击中了我们加固的掩体，将我们彻底包围。每一分钟都显得漫长无比。

第一批伤员出现了，跌跌撞撞，踉踉跄跄，大多没戴钢盔，军装上沾满血迹。而那些无法行走的伤员则被战友们用帐篷布抬着送往后方。等待医护人员的治疗时，伤员们发出痛苦的惨叫，在地上疯狂地翻滚。"波尔蒂"和他的几名助理忙得不可开交。我试着帮点忙，于是拿起一

264

卷绷带为一名胸部负伤者进行包扎。一些仍保持着清醒的伤员报告说，俄国人已在邻近的左侧阵地达成突破，他们看见大批坦克，坦克上挤满了苏军步兵。

突然，落在我们这里的炮火转移了。远处，我们的左侧和右侧，异常猛烈的炮弹和火箭弹仍在不停地落下。我朝临时手术台旁的"波尔蒂"望去，只觉得心里一阵阵发紧。他抬头朝我瞟了一眼，会意地点点头，一言未发，继续为伤员缝合伤口。我们这片地区的沉寂是一种不祥的征兆，我在过去的战斗中曾经历过。苏军的炮火已离开这片区域，目前正集中于我们的两侧。敌人的坦克部队肯定会试图冲过我们所占据的这条通道，直抵我军后方。

我丢下绷带卷，顺手抓起一支卡宾枪，朝医救掩体的门口冲去。在入口处，伴随着震耳欲聋的爆炸声，我听见引擎的轰鸣和履带式车辆刺耳的尖叫。俄国人的战斗轰炸机掠过树林，投下炸弹，并用机载机炮和机枪实施扫射。引擎的轰鸣越来越响，透过滚雷般的爆炸声，我清楚地分辨出，那是苏军的T-34坦克。从指挥部的废墟中，我看见几名德军士兵惊慌地从我们身边跑过，步枪挂在身侧。他们朝掩体跑去，然后一头扑倒在地，大口喘着气，尖声喊道："坦克！坦克！"

我朝外冲去，结果被一棵大树断裂的树枝所绊倒，这棵大树只剩下一根光秃秃的树干，直直地指向天空。炮弹在四处落下，靠近通信掩体时，我遇到了老朋友雷希少尉，他来自萨尔布吕肯，是一名牧师的儿子。就在这时，一发坦克炮弹炸开，弹片击中了他的腹部，他跪下了双膝，我赶紧抓住他，扶着他慢慢躺在地上。看着他那双垂死的双眼，一股强烈的怒火占据了我的全身，过去的战斗和其他人的阵亡很少激起我如此强烈的愤怒——这是一种毫无理智的怒火，只能让人勉强分辨出敌人与战友间的区别，这种压倒一切的愤怒感无法被抑制，远远超出了任何勇气和恐惧。勇气和恐惧是正常的情绪，却不存在于我们所进入的这片毁灭性泥沼。单纯、原始的复仇欲压倒了一切。

"报仇……报仇……"这种念头在我的脑中萦绕，"消灭那些进攻者，杀掉他们，杀掉那些杀害了我朋友的家伙。那么多战友已经阵亡，我干吗还活着？最好是现在就死，杀掉敌人总比等死要好。"

我跳起身，盲目地向前冲去，隐约感觉到雷希的两个战友跟着我一同往前跑去。靠近第14连连部时，我看见反坦克单位的几名士兵正忙着为近战准备"铁拳"。一些已准备好的反坦克武器靠在掩体入口处的墙壁上。

"快点！"我大声喊道，"我们上！我们上！他们来了！"我抓起一根长长的灰绿色"铁拳"发射管，上面安装着一枚钝圆形火箭弹，穿过树林，朝着50步外的树林边缘跑去，坦克的轰鸣声正从那里传来。子弹在我四周嗖嗖作响，炮弹不停地在树梢处炸开，炽热的弹片四散飞溅，呼啸着钻入泥土中。

突然，我看见20米外一辆坦克长长的炮管正穿过灌木丛，这辆T-34缓慢而又稳定地向前驶来。我知道，敌人的坦克至少伴随着一个排的步兵为其提供支援，于是，我沿着原路返回，绕了个大圈子穿过树林，从隐蔽处逼近了这辆庞然大物。我跳入坦克旁的一片空地，伴随着急促的呼吸跪在断裂的树枝间，我清楚地看见30步外，坦克炮塔上的红五星旁漆着几个硕大的数字。

我迅速摘下"铁拳"的保险销，翻起穿了一排孔的瞄准器，屏住呼吸，徒劳地试图让自己跳动的脉搏平静下来。我意识到自己的心脏剧烈跳动，喉咙里阵阵发紧，我将注意力集中在瞄准目标上，用瞄准器对准了炮塔上镶着白边的红五星，以最后的意志力迫使自己保持冷静，稳稳地瞄准了目标，然后，缓慢而又稳定地按下了扳机。伴随着低沉的爆发声，一团火球从我身后发射管敞开的后膛窜入树林。火箭弹呼啸着向前飞去，用肉眼可以清晰地看见，它直接命中了坦克炮塔。弹头完美地爆炸开来，火焰和炽热的弹片在炮塔内四散飞溅。

一个又大又圆的舱盖随即被打开，一缕细细的烟雾从坦克内升起，接着便是一片沉寂。我紧紧地趴在地上，就在这时，我看见了第二辆苏军坦克，先前没有发现它，50步外的这辆坦克挂着倒挡，丢下被击毁的同伴，穿过树林向后逃去。它穿过林木线，驶入一片开阔地，那里匍匐着一个连的苏军步兵。就在我击毁那辆为首的坦克时，跟在我身边的两名反坦克连士兵干掉了这辆坦克。

从树林线的隐蔽处，我们三个用卡宾枪朝着200米外、匍匐在冰冻地面上的苏军士兵开枪射击。我们引来一阵短点射火力，随后，俄国人带着他们的伤员开始撤离。我们瘫倒在地，这场战斗令我们身心俱疲。我们成功地击退了敌人的一个加强连，而且，我们还活着。

布兰特纳上尉率领的自行火炮赶到了。其中的一辆在道路上被敌人直接命中，另一辆进入到阵地中，朝着迎面而来的苏军坦克队列开炮射击。在斯特迪尼爆发的第三次库尔兰战役，第一天，第438团便在通往弗劳恩堡和利耶帕亚的小路口的战斗中击毁了20余辆苏军坦克。

我的"铁拳"击毁了敌突击群中为首的坦克，第二辆则被第14反坦克连里的两名士兵摧毁。另外三辆坦克被其他掷弹兵在近战中击毁，剩下的战果则由自行火炮包办，遗留在战场上的坦克残骸燃烧着、爆炸着。就这样，战斗的第一天，敌人的进攻矛头被折断，我们避免了一场大难。12月10日，第436掷弹兵团第14连连长，骑士铁十字勋章获得者措尔上尉，奉命带着一百多名士兵赶往潘帕利。他这个战斗群由两个步兵排、一个重机枪排、一个五人反坦克炮组、一小群工兵和一两名炮兵前进观测员组成。

12月12日这天依然保持着平静，天色昏暗，阴云低垂，措尔的战斗群开始构设防御阵地。他们等待着俄国人必然到来的进攻，日子一天天过去，他们忙着加强自己的阵地。12月16日，猛烈的炮火在工事上炸开，迫使德军士兵隐蔽进狭窄的战壕和临时掩体内。骚扰性炮火持续了数日，每次炮击的到来毫无征兆，平息几个小时后又再次恢复。12月21日，苏军发起进攻，猛烈的炮火使得德军无法采取任何行动。中午，潘帕利附近的阵地被苏军步兵和坦克部队突破，当天下午，驻守在那里的德军遭到切断和包围。死伤者不断增加，阵亡的士兵倒在战壕中，伤员在敌人无情的炮火下只能得到些粗略的救治。弹药、医疗用品和食物很快便消耗殆尽，与团部和师部之间的无线电通讯已中断，他们收到的最后一道命令反复强调，必须不惜一切代价守住阵地。

包围圈不断萎缩。面对数小时内便会被全歼的局势，他们迅速制订了突围、朝师主力方向撤退的计划。重武器弹药全部发射一空，由于没有拖车，火炮被摧毁后丢弃。他们迅速组织人手后送伤员。尽管尽了一切努力，但与师部取得联系的多次努力宣告失败，因此，这场后撤没有获得正式批准。在未接到上级命令的前提下，他们做出了拂晓前突围的决定。伤员被送上雪橇或是用帐篷布临时构成的担架，这些疲惫不堪的幸存者做好了向我方防线突围的准备。

12月22日凌晨3点30分，突围的命令下达了。队伍动身赶往德军防线，一个小时后，他们到达潘帕利西面，穿过一片无人占据的洼地后向北而去。这支衣衫褴褛的队伍排列得很分散，最前方是一支先头部队，伤员们位于队伍中央，后卫掩护部队尾随其后。尽管这场后撤进展缓慢，但却取得了成功，他们没有引起敌人的注意，顺利到达了德军防线。刚刚与"库尔兰"集团军群的阵地发生接触时，由于无法说出口令，他们遭到德军火力的打击，但很快便被认出是自己人，清晨7点，他们进入了友军的防线。这些生还者到达的是第436掷弹兵团第2营的防区，他们立刻被送往团部，在那里，他们庆祝了这场死里逃生，并得到了食物和短暂的休息，随后再次被派往前线。

激战一直肆虐到12月底。对士兵们来说，这场战争中的第六个，也是最后一个圣诞节仍是无声无息、令人沮丧。我们的思绪被自己所面临的紧张（如果不能说绝望的话）局势所占据。我们只是从那些共同经历过几周、几个月、几年战斗的战友们那里获得了一些安慰。12月24日，平安夜，从另一个师调来的一个燧发枪手营赶来加强我们的防线，寂静中，只能听见他们破旧、满是泥泞的靴子踏过冰冻地面时发出的稳定的节奏。这支队伍慢慢穿过战壕时，士兵们当中传出了模糊的"平安夜"歌声，但这个世界依然毫无和平可言。

我们师在近期的战斗中损失惨重，许多士兵沦为苏军炮火和机枪的牺牲品，我们不得不将一些阵地让给俄国人，以免遭到歼灭。12月底，我们师被换了下来，转移到利耶帕亚南部一片较为平静的地区。第三次库尔兰战役是对德军士兵能否承受占据压倒性优势的敌人的又一次测试，我们再次通过了这场测试，尽管为此付出了惨重的代价。

国防军统帅部在官方报告中列举了我们在1944年最后一场战役中的战绩："'库尔兰'集团军群摧毁了513辆坦克、79门火炮和145架飞机。"最激烈的战斗并未发生在我们师的防区，而是来自北德的第225步兵师，该师的防区位于我们左侧。面对德军第24、第205、第215、第290、第329步兵师以及第31人民掷弹兵师守卫的薄弱防线，苏军20个获得加强的师被击退。隶属于第12装甲师的第912突击炮旅，以及高斯上尉（前线许多地段的士兵称他为"戴大檐帽的人"）率领的第5团装甲车营，不停地投入到一次次反击中。"库尔兰"集团军群的坦克寥寥无几，没有自行火炮的增援，我们的防御战不可能击退敌人的进攻。第二次和第三次库尔兰战役期间，我们这个已被严重削弱的师，阵亡、负伤和失踪的士兵超过1000人。

第十一章

苦涩的结局

中午12点整，我们接到团里发来的电报，

犹如一道晴空霹雳……

1945年1月，我们的祖国已在烈火和硝烟中坍塌崩溃。一波波盟军轰炸机覆盖着城市和工业中心上方的天空。房屋和街道在夜间的燃烧伴随着灼热沥青的融流。无辜的妇女和儿童成千上万地死去，他们的尸体在闪着磷光的漩流中化为灰烬。我们早已知道，面对强大的敌人的无情联合，我们的国土正在不断萎缩，长期以来我们拒绝承认的毁灭和失败正变为事实。

1945年1月2日，我跟师里的另外四名士兵站在一起，他们也在近战中击毁了敌人的坦克。第18集团军司令，步兵上将艾伦弗里德·伯格将我们召至司令部，对我们的表现加以表彰。

集团军司令部设在一座风景如画的庄园里，18世纪风格的城堡内有一座古老的别墅，城堡四周环绕着美丽的公园。雄伟建筑周围的参天大树上覆盖着厚厚的积雪。在旁边一间小屋里，我们理了发，理发师还给我们刮了胡子，以便让我们为将军的接见做好准备。一名副官在一旁耐心等待着，随后，我们被带入城堡的客厅。

一扇沉重的镶板门打开了，有人宣布了司令官的到来，我们赶紧立正。一位满头灰发的将军出现在我们面前，从他的双眼中可以清楚看出他所肩负的沉重责任，特别是在最近这些日益艰难的日子里，他承受着巨大的压力。他与我们热情握手，停了片刻，问了我们一些问题，然后便为我们颁发黑银色"击毁坦克"臂章。然后，他给我们提供了一些白兰地和香烟，再次感谢我们为祖国做出的贡献，又推荐我们获得额外的休假奖励，随后，我们解散，返回各自的部队。

自夏季以来，休假已被取消。返回德国不再获得批准，部分原因可能是因为我们的城市和工业中心已遭到盟军轰炸机的大规模破坏，所有人口稠密的地区无一幸免。"库尔兰"集团军群也实施了这道禁令，但做出特别贡献的人例外，其中包括用轻武器和炸药击毁敌坦克。这种例外被严格控制在使用锥形装药反坦克手榴弹、地雷或"铁拳"这些武器上。在这种特殊情况下，探亲假是被允许的。

第二天，1月3日中午，我和另外四名士兵（一名中士、两名一等兵和一名二等兵）在利耶帕亚湾登上一艘已被德国海军征用的渔船，很快，我们向西驶去，越过波罗的海，朝祖国而去。我的山地兵背包里塞着一些个人物品，还有一大块熏马肉，这是我在途中的食物。我还小心地携带着那幅救了我性命的圣母像，撤离皮克利艾镇以来，我一直把它带在身边。

经过八小时平淡无奇的波罗的海之旅后，我们到达了古老的但泽港。此刻已是夜间，我们下船后入住斯德丁酒店。第二天早上，我们踏上返乡之旅，赶往德国南部和莱茵河。沿途，我们目睹了被摧毁的城市和工厂；我们体会到平民们的绝望，这些无辜者遭受着别人的愚蠢所带来的灾难，我们也感受到妇女和孩子们的痛苦，而我们在库尔兰战壕中奋战的目的正是为了保护他们。知道我们的亲人和其他人每天都生活在炸弹的恐惧下，这使我们对自己能再次回家休假一点也不感到快乐。我们逃离了一个地狱，但又进入到另一个地狱中，一个不同的地狱，在这里，抗击敌人的个人风险微不足道，但我们同样无法阻止一波波飞过头顶的轰炸机，无法用"铁拳"或突击步枪击退敌人，只能无助地等待。

远离我们所熟悉的环境后，几乎没什么乐趣可言。看望父亲时，我见识到我们领导人带给这个世界的邪恶。我的父亲是一名警察，他向我吐露了他的疑问和猜测——被褐衫领导人视为"不良分子"的公民的命运。他告诉我，过去几个月里，从各个政府机构收到大批被政府拘押者的死亡证明，有时候还有死者微薄的个人财物。他悄悄地告诉我："这么多人死于心脏病发作，这不可能。其中必有蹊跷。"这番话以及在日常生活中偶尔发现的其他一些细微的证据，揭示出我们的政府犯下了无可否认的罪行。

我震惊地看到，毁灭已落在斯图加特这座城市上。尽管我早已习惯东线燃烧的村庄和被摧毁的设施，但见到整座城市沦为熏黑的瓦砾堆时还是感到难过不已。斯图加特在1944年间的空袭战中遭到重创，大半个城市已被夷为平地。符腾堡皇室过去的住宅——新宫，已被彻底摧毁，透过破碎的窗户，可以看见曾经优雅的帷幔在拂过焦黑废墟的风中微微摆动。城市里，由战俘、希特勒青年团以及外国劳工组成的劳动单位清理着街道和废墟。张贴在建筑物和街角的通告宣布，劫掠者将被枪毙。拍摄任何损坏处被严格禁止，并会受到严厉惩处。我年少时所熟悉的这座城市已然消失，只剩下一堆堆可怕的废墟和瓦砾。

我来到多恩斯特丁的黑森林镇看望爷爷奶奶，看见偏远城镇和村庄依然完好无损时，我松了口气，与那些大城市相比，这里遭到的破坏相对较轻。我又搭乘火车赶往穆拉克尔探望亲属，途中，我们遭到一架美军战斗轰炸机的攻击，它对这列行速缓慢、毫无防御能力的火车实施了扫射。敌机的机载武器击中火车头，列车尖啸着停了下来，大团蒸汽和烟雾腾入冬日清澈的空中。旅客们惊慌失措地逃离车厢，在四周围寻找隐蔽，那架飞机兜了个圈，引擎轰鸣着，开始了第二轮俯冲扫射。我帮着几名乘客下了车，随后，自己也赶紧趴倒在地，就在这时，那架飞机掠过头顶，机炮咯咯作响，对火车头再次发起打击。

没过几秒钟，这场空袭便结束了。这是我第一次与美国敌人直接接触，也是唯一的一次，而且是在我们的国土上。令人难以置信的是，只有少数旅客负了轻伤，几个小时后，我们得以继续我们的旅程。

2月份的头几天，我向师管区报到，斯图加特的司令部被摧毁后，师管区已迁至路德维希堡。结束休假后，必须向师管区官员报到，这样我才能返回位于库尔兰的部队。在值班室前台，我遇到一名军士长，他注意到我所获得的勋章。获知我结束休假，正要返回库尔兰的部队时，他告诉我，我在前线的经验，特别是在近战中对付敌坦克的经验，在这里能发挥更大的作用。他补充说，正在搜罗像我这样有经验的军人，对希特勒青年团成员们使用"铁拳"这类武器加以训练，以便为西线盟军即将对德国发起的入侵做好准备。

训练那些十五六岁的孩子，让他们去对付敌人的坦克，这个提议令我毛骨悚然。我坚信，无论我们的军事形势如何，让这些孩子扛着肩射武器投入到必死无疑的近战中，这不仅毫无意义，而且无异于谋杀。另外，面对一个下定决心、经验丰富的敌人，这种做法根本无法阻止其坦克的推进。

这位军士长肯定觉察到我对这个提议的愤慨，他又补充说，西线也很需要我，英美联军正在那里突破帝国的防御。我问起东线的形势，他告诉我，苏军现已在奥得布鲁赫突破了德军防线。于是我回答道，我的师需要我，我必须返回库尔兰，回到自己的部队里。

2月8日，我在父亲的陪伴下来到斯图加特火车站，一名年轻的红十字会工作人员递给我一杯咖啡，随后我便登上驶往柏林的列车。火车带着我穿过一个已被彻底摧毁的国家，间歇性停顿使这场旅程被延长至近20个小时。在柏林，我差一点被第五军区的官员们扣留，并被派往莱茵河前线，那里急需补充兵以阻挡美军的推进。另一些部门还命令我去奥得河防线报到。我下定决心要回到自己的师里，因而拒绝服从这些命令。我希望这场战争结束时，自己能跟那些同生死、共患难的老朋友和老战友们在一起。

在安哈尔特火车站，我看见军官和宪兵们拦住所有身穿军装的人，仔细检查着每个人的证件。一些士兵被分配到各个小组，在哨兵的看押下，等待着下一步的指示。由于我佩戴的勋章，宪兵巡逻队绕开了我；

可是，一名党卫队高级军官在几名宪兵的陪同下走了过来，他礼貌但却态度坚决地要求我去波茨坦广场附近的城防司令部办公室报到。我在柏林市中心的废墟中找到了城防司令部，摇摇欲坠的残垣断壁不祥地伸向夜空。一群群士兵站立在司令部附近，军官们查看着报到情况，空袭警报的哀嚎响起时，他们又慌慌张张地离开了。混乱中，一名军官告诉我，俄国人已到达奥得河上的法兰克福，距离柏林只有70公里了，因此，我将奉命指挥一支应急部队，立即赶赴前线。证件归还给了我，我得到的进一步指示是，到柏林广播塔附近的一个防空中心报到，外面有一辆巴士会带我去那里。

　　走出临时司令部，我看见一辆大型军用巴士停在那里，我得到的命令是乘坐这辆汽车赶往防空中心。目光掠过这辆等待着的汽车，我看见50米外有一个淡蓝色的灯柱，勉强辨认出上面写着"地铁"的字样。我从那辆巴士旁大步走过，没有掉头张望，继续向一个电车站走去，消失进通往地下的楼梯中。我的心怦怦直跳，很快便登上了通往柏林郊区策伦多夫的地铁，在那里，我找到了表姐格特鲁德·布勒扎姆勒博士的住处。策伦多夫在无数次空袭中受损甚微，在一座壮观的别墅附近，我跟表姐谈论着这起事件，就这样过了一夜。那座别墅里住的是演员特奥·林根。

　　第二天下午，格特鲁德陪着我来到斯德丁火车站，我将继续自己返回库尔兰的旅程。火车站内就跟我在安哈尔特车站遇到的情况一样，巡逻队有条不紊地检查着军人们的证件。为了避免与宪兵和党卫队巡逻队发生接触，格特鲁德挽着我的胳膊，我俩就像一对浪漫的情侣，正进行着深情、临别时的交谈，我们小心避免着与周围人发生目光接触。这个伎俩居然奏效了，谁也没来打扰我们。

　　几分钟后，我们看见一位将军在一名中士的陪同下来到车站，我本能地朝他身边走去，希望他的存在能让我免遭宪兵巡逻队的盘查，那些宪兵似乎特别愿意调查孤身军人。终于，我走到将军面前，举手敬礼后做了自我介绍。随后我又解释说，我正设法赶回库尔兰，回到自己的部队中，我问他，是否允许我在短时间内待在他身边。

"当然可以，我的孩子！"他大声说道，"我完全理解您重新回到战友们身边的心情是多么迫切。"听到这番话，我便向格特鲁德挥手道别，她迅速离开了这个令人压抑的环境。我一直站在将军的身边，因而不再受到宪兵巡逻队的盘查，列车开动后，将军邀请我到他的车厢就座。这位将军非常友好，他告诉我他的名字叫穆勒，正赶赴但泽，去担任那里的城防司令。他的副官，也就是那名中士，也走进车厢内跟我们坐在一起。第二天早上，我毫无延误地到达了什切青。数年后我获知，但泽被苏军攻占后，穆勒将军被绞死在市内。

到达什切青后，我入住但泽酒店，这座酒店处在德国海军的控制下。接下来的几天里，我享受着军事生涯中很少享受过的生活，这让我相信了一个普遍的看法：为照料军人们，我们的海军尽了一切努力。食物丰富、精美，晚上，我们还欣赏到一个剧团的演出，剧团成员大多是来自维也纳、颇具吸引力的年轻姑娘。尽管在这种环境下得到了奢华的享受，但我们还是意识到俄国人正迎面而来，此刻，他们距离港口已不太远。市内挤满了逃离苏军进攻的难民。大批临时组建的军事单位随处可见，大多是从防空炮组、修建单位或军医院里抽调人员组成。

每天早上我都去什切青港务部门报到，四天后，一支船队被组织起来，取道但泽赶往库尔兰。最后一次去港务部门报到的途中，我看见一个老人穿着不再时髦的冲锋队制服，显然是被召入了人民冲锋队。他背着一支第一次世界大战期间的老式步枪，肩头还扛着一根"铁拳"，这就是他用于对付苏军的武器。看来，我们已到了穷途末路的地步。

数条渔船、一艘驱逐舰、几艘鱼雷艇、扫雷艇和两艘潜艇组成了护航队，此刻仍驻锚在但泽。在那里，我们看见军舰正在开炮支援陆地上的作战部队。搭载着我们的船只出港时，有必要使用扫雷艇清理这片区域，据说英国人趁着夜间在这片海域布设了水雷。中午时，我们到达了梅梅尔附近的公海。

船队多次遭到苏军战斗轰炸机中队的空袭。一颗炸弹炸坏了我们这艘船的船舵，这艘船过去是一条货轮，是船队中航速最慢的船只。另一艘船的右尾舷遭到重创，没过15分钟，她便消失在黑乎乎的波涛下，船上搭载的士兵，只有半数获救。

我不在的这段时间里，1月24日至2月3日，爆发了第四次库尔兰战役。我所在的师并不是这次战役的主力，因为苏军的进攻主要集中在普列库莱和施伦顿。第132步兵师的士兵们仍坚守着利耶帕亚南部的阵地。除了敌人的小规模试探和一些偶发冲突外，在我最后一次休假期间，我们的防区保持着相对的平静。

2月份，气候开始转暖，春天带来了蓝天和阳光，只在清晨时会有一层薄薄的霜。阵地内和道路上潮湿的地面开始干燥，短期内，道路很快便可以再次畅通。随着一股暖风从南面和西面而来，这种田园诗般的天气很快便宣告结束，随之而来的是密布的阴云和无休止的雷暴雨。来自农村的士兵曾预测，1945年2月和3月间，会有一场"稳定的霜冻"，就像"万年历"中指出的那样，但就连专家也犯了错，今年的气候并未遵循日历的预告。

身经百战的库尔兰士兵保持着健康的身体，特别是那些曾在更东面的冬季中得以生还的士兵，那里的气候远比波罗的海沿岸严酷得多。几乎没什么士兵患病，而那些轻伤员也会尽快返回到自己的部队里。仍留在前线的老兵已所剩无几，他们的军装上，近战勋饰下方佩戴着银质或金质战伤勋章，这表明在作战生涯中，他们曾负过五次或五次以上的伤。利耶帕亚南部的阵地构设得非常完善，我的老部队和第438掷弹兵团就驻守在这里。第438团（目前已严重减员，和一个战斗群差不多）

第1营的残余者几乎就靠着波罗的海。据守在一片低洼沼泽地里的士兵们，在一片略高于周边地形的沙地上构设了一排圆木栅栏。前沿阵地修建了暖和的掩体，没有铁炉子，士兵们便用石块和黏土制作了烟囱和壁炉。这里的柴火很多，但德军士兵更喜欢使用桦树枝，因为这种树枝燃烧时很少产生烟雾，不大会暴露自己的位置。大家对发出烟雾持谨慎态度，因为这会把阵地暴露给敌人，但我们每天都能看见许多股烟柱，这表明敌人正在我们对面的战壕和树林中生火取暖。

首次检查阵地时，我注意到我们的掩体不仅仅是温暖舒适。从寒冷、潮湿的外部走入掩体，就像踏入了一个烤箱。尽管如此，掩体的房门被推开，或是挂在入口处的帐篷布被掀开时，掩体内的士兵仍会发出大声的抗议。这种强烈的抗议通常意味着士兵们"宁愿臭气熏天也不愿挨冻"，我尊重他们的愿望。

我们在北部战线构建防御的经验被很好地运用到这片地区。这场战争中一个有趣的现象是，双方士兵都使用了最为先进的武器，但同时，蜿蜒穿过沼泽和树林的战壕和阵地中也使用了可追溯数百年甚至上千年历史的原始防御手段。士兵们修建的掩体和木栅栏，看上去与北美印第安战争中前线所使用的防御工事相类似。炸弹、迫击炮弹和中口径炮弹击中阵地的侧翼或角落会造成一些破坏，但其核心依然保持完好。弹片和轻武器火力通常无法穿透粗粗的圆木。由于铁丝网短缺，德军士兵在阵地前方布设了树枝和圆木，以此来阻挡敌人的突击部队。

2月20日，俄国人以数个加强连再次对我们的阵地发起进攻。我们遭到敌炮兵连中等强度的炮击，炮弹、火箭弹和迫击炮弹落在我们的阵地和阵地后方的开阔地上。整个上午，敌人的炮击力度不断加强，最终达到了一个高潮。

俄国人认为这场炮击足以将我们的前沿阵地夷为平地，炮火延伸后，大群苏军步兵朝我们的防线涌来。在这片林木繁密的地带，他们逼近到离我们阵地20米处，这才招致我们的还击。机枪、突击步枪、手榴弹和"铁拳"构成致命的交叉火力，劈头盖脸地对着进攻者扫去。我方炮兵也瞄准进攻者后方的苏军阵地开炮射击，枪林弹雨中，我指挥着我们的迫击炮排，猛轰战斗最激烈的地点。守卫最前沿阵地的德军士兵们在障碍物后或站或跪，射击着那些仓皇逃窜的土棕色身影，此刻，俄国人正撤入沼泽地和树林中。

迫击炮弹追击着后撤中的苏军士兵，寂静再次降临在防线上时，我查看了阵地，以便对我们的形势做出评估。带着几名士兵，我来到阵地前方，搜查那些被打死的苏军士兵。暮色降临时，我们带着缴获的文件和大批武器弹药返回阵地。在阵亡的敌军中发现了一些军官，他们扎着新皮带，戴着新的手枪套。检查他们所携带的文件时，我们发现他们的地图包也是新的，款式与我们的类似。棉衣和长裤所构成的军装质地优良，新的亚光钢盔也是最近刚刚涂抹过。我们还收集了大批手枪和自动武器，这些武器上标明，制造年份为1944年。我们还在敌军士兵的尸体上发现了一包包手榴弹和莫洛托夫鸡尾酒，看来，他们打算一旦达成突破，便将我们的阵地摧毁。

一些倒在我们阵地前的苏军伤员，有的是装死，有的是暂时昏迷过去，现在，他们试图在夜色的掩护下逃回己方防线。我们的哨兵和侦察巡逻队抓住他们，押回到我们的阵地，这些苏军士兵看上去强壮、健康、吃得很好。相比之下，我们的士兵就像是衣衫褴褛的稻草人，被恶劣的生活条件折腾得瘦削、憔悴，但"库尔兰"集团军群的士气始终未曾动摇。尽管如此，双方的冲突每天都在发生，对面的敌人变得越来越强大。

正如我们的军队所做的那样，苏军早已将许多部队调至东普鲁士前线，他们认为那里的战斗更加重要。现在，出现在我们前方的敌军都是些新部队。在我们阵地前遭遇到一场惨败后，他们不再试图突破我们营的防线，而是以侦察巡逻队和零星炮火不断试探、测试我们的防御。修建工作在我们的防区内继续进行，构设新阵地，加强老阵地。很少能发现敌人的活动，但偶尔也会有一名大胆而又鲁莽的俄国人被我们警惕的狙击手击毙。

更新、更壮观的"厕所消息"继续流传，许多人听说，"库尔兰"集团军群将奉命向南面的东普鲁士突围。还有人说，我们将撤出既设阵地，赶往利耶帕亚和文茨皮尔斯这两个库尔兰的补给港口，乘船返回德国。

每次交谈中，一些无法回避的问题变得越来越突出。这场战争会变成怎样？它会如何结束？这会是一场无尽的恐惧吗？我们是否能平安逃脱？宣传部长戈培尔已证实了我们都听说过的、美国人提出的"摩根索"计划。德国将分裂，被分割成一个个封建采邑式的领地，彻底沦为一片纯粹的农业牧场，一个"牧羊场"。据说，知识分子和军官们将被清除。德国人的生活水准将低于布尔什维克统治下的俄国农民。面对这些关于德国未来的可怕预测，战壕中的德军士兵下定决心要奋战到底。后来，德国投降的那天，一些士兵和军官自杀身亡，而不愿面对毫无希望的未来。

国内的城市和村庄已在冰雹般落下的炸弹中沦为烟尘和灰烬。从德国东部和东普鲁士涌来的成千上万名难民汇入到漫长、泪流满面的队列中，大股难民群赶在无情向柏林推进的苏军部队前向西面涌去。

1945年初，一周接着一周，形势继续恶化。在兵力和物资方面均占据压倒性优势的敌人变得越来越强大，被困于库尔兰的德国军队举步维艰。前线和后方的德军士兵意识到，形势已毫无希望。他们都知道，敌人试图歼灭他们，每个人都清楚这样一个事实，在我们身后和侧面的波罗的海是逃回德国的唯一通道。

来自德国的消息越来越不稳定。3月初，我们已无法收到国内寄来的邮件。德国国防军公报成了一个必要的消息来源，偶尔会有人听到一些国内形势的消息，这些消息会通过设在利耶帕亚的"士兵广播节目"，以一种带有乐观主义色彩的方式播报出来。有时候，印制的新闻简讯会分发到前线。最后，我们不再相信自己的消息来源时，一些士兵开始偷偷地聆听瑞典广播电台的节目。通过这些支离破碎的消息，我们获知，英美空军仍在实施大规模空袭，而苏联红军在奥得河与维斯瓦河之间发起了新的攻势。

被困在库尔兰，尽管手中有武器，但我们却无法阻止灾难性命运降临到祖国头上。一天接一天，令人痛苦的消息变得越来越糟糕，库尔兰的德国军队继续坚守着阵地，因为我们接到的命令是："将敌军牵制在波罗的海，减轻帝国边境的防御压力。"

坚守在库尔兰的士兵所获得的奖励是"库尔兰"袖带。这种袖带在库尔迪加的一座小纺织厂内制作，接到活儿的拉脱维亚妇女们在家里用手工完成了德国最后一款荣誉袖带。袖带宽38毫米，上面绣着一面盾牌（这是条顿骑士团的徽章，银灰色的背景映衬着一个巴尔干十字）和一个驯鹿头（这是米陶市的市徽），两个徽记之间是用鲜明的黑色字母拼写的"KURLAND"。

3月和4月过去了，基本没发生什么战斗。直到第五次库尔兰战役打响，我们才再度经历了激烈的战事。我们在普列库莱西部和西北部接替了遭到重创的第126步兵师，直到德国投降的那一天，位于瓦尔塔亚的这片地区将是我们最后的抵抗地。在邦卡前方的左侧地区，苏军再次集结起大批兵力对德军防线发起进攻，冲向利耶帕亚。这场进攻遭到惨败，在第70火箭炮团和第276陆军高射炮营猛烈炮火的轰击下，苏军向后撤去。德军第14装甲师与第21空军野战师共同守住了这片地区，俄国人遭受到严重的伤亡，大批死伤者被丢在德军阵地前的战场上。苏军一直没能从这场惨败中得到彻底恢复，2月28日后，他们不再试图以大规模进攻在这片狭小的区域内达成突破。

3月中旬出现了一场化冻，道路沦为深不见底的泥沼，不得不付出最大的努力方能通行。工事和机枪阵地里似乎塞满了灰黑色的泥泞，就连俄国人的行动也陷入了停顿，无法通行的道路破坏了一切进攻计划。

3月18日，一阵短暂但却猛烈的炮击落在我们的阵地上，仿佛宣布最后一场库尔兰战役已拉开帷幕。师里的各个单位在弗劳恩堡和施伦顿附近投入战斗，他们在那里抵抗着苏军的进攻，直到敌人的这场攻势陷入停顿，俄国人的坦克和车辆陷入泥沼中。对德军士兵来说，守卫防线的艰难困苦难以形容，言语无法表达在这最后的日子里他们所经历的牺牲和痛苦。苏军近卫第8师达成突破后，我们师在左侧（位于施伦顿南面）击退了这些俄国人，苏军伤亡惨重。我们抓获500名俘虏，缴获和击毁了263辆坦克、249挺机枪、185门大炮、29门迫击炮和27架飞机，这充分证明了德军士兵坚持到底的决心。

4月中旬，第18集团军等待着敌人的下一场大规模进攻。第438团第1营被换下前线，作为预备队准备投入战斗。但预期中的进攻并未到来。敌人已将兵力和资源投入到争夺欧洲中部的战斗，不再愿意为夺取里加与利耶帕亚之间顽强的德军阵地而使大批人员牺牲。

因此，我们也不得不等待着。前线保持着相对的平静，但并未彻底平息下来。我们的防线经常被苏军侦察部队渗透，他们溜过德军防御薄弱的阵地，展示出极高的技巧，而我们的防线依然是每一百米只有两名士兵守卫。这些苏军侦察部队总能达成渗透，并与我们后方日益活跃的游击队取得联系。库尔兰战线上没有休息可言，我们正为了生存而战，睡觉已成为一种陌生、奢侈的享受。春天已经到来，前沿阵地上的掷弹兵却对此浑然不觉。

1945年5月1日晚，我们获知"有史以来最伟大的军事统帅"死了。大体说来，士兵们对希特勒死亡的消息表现得很冷漠，但必须指出，也有些人为此而长长地松了口气。不久后的一天晚上，敌人的防线上爆发出一阵炮火齐射，短暂的停顿后，我们听到一名苏军宣传人员嘶哑的声音通过扩音器传来，"柏林已被我们夺取！"第二天一大早，我看见对面400米处的树林边缘，暗淡的阳光下，敌人用木块或硬纸板拼出几个硕大的字母："Russians in Berlin！"黄昏时，我们的一个重机枪组对着敌人的牌子开火射击，将其射为碎片。

5月5日，营里接到命令，派一支侦察队去抓"舌头"，以便弄清楚驻守在对面的是苏军的哪支部队。我挑选了几名信得过的士兵，夜幕降临后，我们离开了防线。拂晓前，我们带着两个吓坏了的俄国人返回，将他们交给师里加以审讯。

执行这次任务时，我的通讯员库尔特获得了一份毫不光彩的殊荣——他成了战争期间连队里最后一个负伤的人。苏军冲锋枪射出的子弹擦过他的肩膀，这种表皮伤只需要注射破伤风，再包上绷带即可。尽管我想把他送往后方，但他坚持要跟我们待在前线。

1945年5月8日，这一天的到来伴随着灿烂的阳光。几周来，我们将获救的传言不绝于耳。据说，"库尔兰"集团军群将被撤离。据说，西线盟军已止步于易北河，德国国防军的残部将被组织和集结起来，并将俄国人赶过帝国旧边境，逐出欧洲中部。美国人、英国人和法国人终于意识到，俄国人向西的推进对整个欧洲构成了威胁。我们终于没有被出卖给苏军。还有传闻说，英国和美国的舰队已被派来疏散库尔兰的德国军队，甚至有人说，我们将与美国人合兵一处，他们在易北河已跟俄国人发生了公开冲突。

但我们很快通过可靠的渠道获知了另一个消息，这个毁灭性消息粉碎了我们将在近期内获得疏散的一切希望。英国陆军元帅蒙哥马利在德国北部地区接受了德国海军上将冯·弗里德贝格的投降条款，但这些条款只适用于西线。仅存的唯一希望是，盟军最高统帅艾森豪威尔将军也同意这些条款，并认为这些条款同样适用于东线。这样一来，将使大批难民从苏军的可怕行径中获得解救，另外，也能使仍在抵抗俄国人的德军士兵免遭进入集中营和战俘营的厄运。

我们终于收到消息说，"库尔兰"集团军群司令希尔珀特大将已于5月1日下达了一份公告，这份公告以口头传播的方式一直传送到前沿阵地：

在西线继续进行战斗已毫无意义，因此，那里的战事已宣告结束。但我们将带着一如既往的顽强继续东线的战斗。尽管我们遍体鳞伤，但统帅部和祖国完全相信库尔兰的德军将士将恪尽职守到最后一刻。全体官兵必须保持信心！集团军群随后将投入易北河的战斗，撤离库尔兰的计划依然有效。

第132步兵师在普列库莱西部守卫着库尔兰防线的南端，距离利耶帕亚大约30公里。就在我们继续击退苏军对我方防线的试探之际，我们身后的第11和第24步兵师正赶往利耶帕亚港。一连三天，利耶帕亚和文茨皮尔斯港口内各种类型的海军船只将尽可能多的人员塞上船。通过电台，海军指挥官们从国防军最高统帅部受到如下命令：

发给海尔、利耶帕亚、文茨皮尔斯和博恩荷姆：从德国夏令时5月5日8点起，与蒙哥马利元帅签署的停火协议将生效。海上所有运输船只继续执行海军司令部的命令，营救东部的德国人。任何船只不得作战、破坏或自沉。安全至关重要。

各类舰船上的海军通讯员于5月6日收到了海军司令部发来的命令：

波罗的海的所有舰船：由于即将投降，所有海上力量、保安部队以及货轮必须在1945年5月9日零点前撤离库尔兰和海尔的港口。运送德国公民离开东部的任务将以最高优先级加以执行。

德国水兵们试图尽可能地实施抢救。第5巡逻艇舰队与苏军鱼雷艇展开了最后一次海上交锋，并在战斗中成功击沉对方的一艘鱼雷艇。

但骰子已决定了我们的命运。艾森豪威尔认为，只有让仍在东线抵抗苏军的德国部队同样放下武器，他才承认西线的停火协议。盟军在飞机、坦克和大炮方面拥有不可估量的优势，完全有能力消灭残余的德国军队。据说，为了歼灭仍在库尔兰殊死抵抗的德军，俄国人已从柏林派出坦克部队，赶来对付我们。

5月7日，"库尔兰"集团军群司令给苏军指挥部发去电报，提出投降。俄国人提出，只有希尔珀特亲自率部投降，他们才能予以同意。俄国人希望他们在最后时刻获得的胜利多具备些政治价值。就这样，深受库尔兰将士们尊敬的希尔珀特将军走上了他这一生中最为艰难的道路，遵照他最后的命令，放下武器投降的德军士兵将面对自己可怕的命运。希尔珀特将军再也没能回到德国，1946年，他死于苏军战俘营。

5月7日的夜间，我们师接到了如下命令：

所有作战部队：戈沃罗夫元帅已同意于1945年5月8日14点起停止一切敌对行动。各部队应立即遵照这一指令。各处阵地均应悬挂白旗。最高统帅部希望这道命令能得到严格的执行。库尔兰所有将士的命运将取决于对这道命令的严格遵从。

集团军群投降的两天前，每个营被允许挑选出12名士兵（大多是孩子较多的父亲）送往后方，等待坐船返回德国。被挑出的人员带着全副装备来到营部，等待接受最后的任务。

那些被留下的士兵，没有谁发出不满的抱怨。部队的纪律和战友情谊一直保持到最后一刻。35架老旧的JU-52飞机从挪威飞抵库尔兰，那些被挑选出的士兵列队登机。伴随着引擎的轰鸣，机身闪闪发亮的飞机在戈洛宾机场起飞时，被留下的士兵眼中噙着泪水。没人能想象这些飞离库尔兰的飞机会遭遇到怎样的命运。起飞后没多久，这些航速缓慢、毫无防御能力的飞机便遭到一队苏军战斗机的攻击，32架JU-52被击落。它们是德国空军最后的飞机，与机上搭载的士兵们一起，裹着火焰坠入外国的土地和波罗的海冰冷的海水中。

另一些令人不安的场景发生在5月8日，利耶帕亚和文茨皮尔斯港口内。第11步兵师和第14装甲师（这是"库尔兰"集团军群的两个"救火队"）的士兵们匆匆登上海军第9保安舰队的船只。水兵们驾驶着扫雷艇、渔船、渡轮和港口巡逻艇，船上一切多余的设备和货物都被抛弃，以便腾出空间，搭载更多的人。

士兵们耐心等待着登船离去，再次展示出钢铁般严格的纪律。面对苏军战斗机疯狂的扫射和轰炸，没有人抱怨，没有人惊慌失措，也没有出现混乱的场面。由于搭载士兵的一些船只已达到危险程度，海军军官不再让士兵们继续登上严重下沉的船只。一些年轻士兵看见船上已没有多余的空间，主动下船，将自己的地方让给那些有家人要照料的年迈士兵。解缆后，船只缓慢地驶向波罗的海。第18集团军司令，步兵上将伯格在利耶帕亚港朝那些离去的士兵们喊道："代所有库尔兰将士们问候祖国！"

船艏卷起泡沫，船只分开波罗的海的滚滚海浪向西部港口驶去。突然，俄国人的战斗轰炸机出现在空中，像猎食的鸟儿那样，朝缓慢行驶的船只俯冲而下。最初的攻击中，敌机的机枪和机炮扫射令船上的一些人送了命，但船上的人严格遵守了不得开火还击的命令。可是，敌机转过身来逼近，准备发起第二轮攻击时，遭遇到猛烈的防空火力，这些飞机转身离开，消失在地平线处。

运送第44东普鲁士掷弹兵团的三艘船只无法跟上船队，于是驶入了特雷勒堡。尽管瑞典在这场战争中保持着表面的中立，但这些德国士兵后来被移交给苏联。

一些船只离开文茨皮尔斯港后，在公海上遭到苏军鱼雷艇的拦截。为首的"鲁加德"号转过身来，面对着迎面而来的鱼雷艇，以便让随行的两艘扫雷艇逃离。船上的1300名士兵焦虑地等待着，他们已做好最坏的打算。"鲁加德"号上的水手取下88毫米甲板炮的炮闩盖。俄国人的鱼雷艇仍在逼近中，他们拦下德国运输船队的意图已非常明显。"鲁加德"号接到舰队司令发来的电报，让他们继续向前航行的同时，第一发炮弹已射出。这发炮弹直接命中了一艘苏军鱼雷艇，另外几艘鱼雷艇迅速转身逃离，不再理会继续航行的"鲁加德"号。欧洲的最后一场海战就这样宣告结束，25000余名库尔兰的德军士兵越过波罗的海，到达了德国荷尔施泰因的港口。

5月初，前沿阵地上的士兵们并未充分意识到发生在第132步兵师后方的事情。他们没有听到1945年5月9日最后一次德国国防军公告，这也是德国最后一道官方命令：

> 我们在库尔兰的集团军群已成功地抗击了敌人占据压倒性优势的坦克和步兵部队达数月之久，在六次战役中展示出无与伦比的勇气和耐力。

清晨，瓦尔塔亚河床处，我走出第14重机枪连的掩体，在春季香甜、清凉的空气中眨了眨眼。这片地带并未被肆虐数月之久的战火撕碎，大自然开始展露出新的生长，翠绿色的嫩芽从黑色土壤中钻出。就连被弹片撕裂的树枝和灌木丛也长出了细细的新芽，仿佛在表明，尽管精神错乱的人类将磨难施加于它们，但生命仍将继续。就在我思忖之际，却被接二连三落在附近的迫击炮弹所惊醒。

第14连仍拥有6挺重机枪、4门80毫米迫击炮和2门120毫米重型迫击炮。库尔特在两天前的行动中肩部受伤后，全连士兵没有一个负伤。在迫击炮阵地上（我将该阵地设在连部后方200米处），我们遭到敌军阵地上射来的零星步枪火力。我指挥着阵地上的2挺重机枪，瞄准对面的林木线开火射击，敌人在那里的活动清晰可辨。俄国人动用了火炮，我方炮兵也开炮还击。上午9点左右，一队敌机飞过我们营上空，炸弹从闪亮的银色机身内投下。几颗杀伤弹在迫击炮阵地后方炸开，没有造成任何伤害。前进观测员报告说，在对面敌步兵旅防区的腹地内发现敌人强烈的活动迹象。报务员向我报告，我们与营部之间的电话线被炮弹炸断，我们准备好武器，等待敌人发起进攻。中午12点整，我们接到团里发来的电报，犹如一道晴空霹雳：

"库尔兰"集团军群将于14点投降。各前沿阵地将打出白旗。所有士兵放下武器待在阵地中；武器不得上膛，弹匣应卸下，枪膛应清空。各级军官继续管理其部队。

下午1点，我最后一次通过电话听到了团副官冯·戴姆林上尉的声音。他严厉命令我不要做出任何非理性行为，应该立即停火，承担起确保投降令顺利执行的责任。他强调指出，严格遵从命令将决定"前线部队的命运"。

无条件投降的消息迅速在士兵们当中传播开来。数年来，我们一直拼死奋战，埋葬阵亡的战友，从不肯向我们仍在全力抗击的邪恶的敌人屈服。

我到阵地上绕了一圈，告诉部下们，我们前方将是未知的命运，并试图安抚他们的情绪。我们不再害怕死亡的前景，因为我们已跟它打过多年的交道，从某种程度上说，阵亡于东线战场是一种预料之中的事情，我们不可避免的命运就是，将在俄国一个无名墓地找到最后的安息处。令我们恐惧的是对未知的恐惧，我们不知道自己会遭遇些什么，更重要的是，不知道德国的家人会遭遇些什么。我们早就知道波兰卡廷森林中发生的事情，俄国人在那里处决了数千名波兰军官，我们相信，一旦落入敌人手中，同样的命运也将落在我们身上。奋战至死在过去几年中已成为根深蒂固的想法，现在，奉命投降，这对我们来说，完全无法想象。

降临在前线的寂静被远处传来的手枪击发声所打破。调查后发现，我们的一名军官，接到投降命令后，从枪套中掏出鲁格尔手枪，放在自己的地图包上，又在笔记本上写道："没有了军队，就没有荣誉。"随后，他平静地将枪口抵住自己的太阳穴，扣动了扳机。

一名连长朝我跑来，挥舞着手枪喊道："我决不投降！"我命令他收起武器，返回自己的连队，对我的命令，这位连长发出了威胁。我拔出自己的手枪，他这才消失进瓦尔塔亚河床的灌木丛中，边跑边喊着："不投降，我决不投降！"我后来获知，他冲向后方，遇到一辆自行火炮的车长，他挥舞着手枪，试图强迫这位车长驾驶自行火炮赶往前线，并喊叫道："他们正在前线投降！"最后，一名士兵用枪托把他打晕在地。这位连长后来也成了战俘，可是，即便在战俘营中，他的情绪也极不稳定。

这场欧洲战事的最后一个清晨，敌人对我们的兄弟团——第436掷弹兵团，发起最后一次突击。激战进行时，泽普·德雷克塞尔大叔接到了投降的命令，不得不花了很大功夫来说服手下的营长立即停火。

当天下午，德雷克塞尔上校迎来了拉德尤诺夫将军，他是德雷克塞尔防区对面的苏军师长。俄国人在德雷克塞尔的对面集结起炮兵和一整个步兵师，以此给德军上校留下深刻的印象。陪同苏联将军的是他的情报官，这位情报官与德军参谋人员核对了地图。俄国人告诉他们，德军构设的阵地非常出色。我们投降的几周前，这位情报官曾潜入我们守卫薄弱的防线，化装成平民，对前线的整个腹地进行了侦察。他的笔记本上经常将德雷克塞尔称为泽普大叔，德雷克塞尔上校对此只能一笑置之。另外，这位情报官还知道，第436团第1营营长——金发弗雷德，有时候喜欢喝上一杯。

我们守卫防线的力量非常薄弱，俄国人对此感到惊讶。令他们感到惊异的原因之一是，在苏军部队里，前线作战士兵与后勤人员的比例为3∶1，而德国军队的情况恰恰相反。俄国人随后带走了德默将军，以此作为我们师的正式投降。5月8日晚，师主力在师部附近集结，随后，全师步行赶往泰尔夏伊的战俘收容所①。

下午2点，挑在步枪枪管上的破衬衫、袜子和绷带伸出我们的阵地。随着这个投降的信号被发出，一股土黄色人潮从我们对面的树林边缘向前涌来。俄国人冲入我们的阵地，他们穿着新军装，一个个吃得饱饱的，这跟我们形成了鲜明的对比，我们看上去破衣烂衫，由于营养不良而憔悴瘦弱，长期隐蔽在掩体中使我们面色苍白。

苏军士兵没有理会我们的武器装备，而是冲入仍站立在阵地上的德军士兵中，抢夺他们军装上的勋章和徽标，又从他们高举的双手夺走手表和戒指。我的军装外套着一件迷彩外套，因而躲过了这场劫掠。

我随即命令所有士兵到连部集合，并在附近布设了哨兵，每隔10米1名，端着突击步枪，但枪栓拉开，并卸掉了弹匣。做出这一布置后，苏军士兵停止了劫掠，到其他地方去搜寻战利品了。

---

① 鲁道夫·德默少将是第132步兵师的最后一任师长，在苏联战俘营被关押了十年后，于1955年10月获释。

一名年轻的苏军炮兵中尉来到我的连部。他的外表无可挑剔，穿着一身干净、合身的军装。我走上前去，他那张细长的脸上，一对蓝色的眼睛紧盯着我。从他的外表看，就像是一个来自海德堡或图宾根的德国大学生。我们相互敬礼，他从一个厚厚的皮包中取出一幅地图，说他需要了解我们炮兵阵地的位置。我只为他提供了大致的情况，他对我们的炮兵连居然在后方那么远的地方感到惊讶。

　　他又问道："为什么？你们为什么还要抵抗？希特勒早就完蛋了！"一群群苏军士兵再次出现，他们在站立不动的德军士兵间跳着舞，高声唱道："希特勒完蛋了！战争结束了！"这些俄国人唱歌跳舞时，圆圆的面孔上流露出一种孩子气的天真。战争的噩梦正从他们的意识中抹去。德军士兵只能以沉默相报，他们的脸上流露出此刻的痛苦和沮丧。

　　最后，这些胜利者离开了，我们没有收到团里的进一步指示，最后一道命令是让我们留在各自的阵地上。下午3点左右，一辆小马车朝我们的掩体而来，在连部前停下。马车上坐着一名苏军少校，长着一张东方人的面孔，脸上满是麻点。他跳下马车，迈着罗圈腿朝我走来，胸前挂着一排勋章。我们相互敬了传统的军礼，他那双黑眼睛偷偷地打量着我们的周边环境。

　　他从一个装迫击炮弹雷管的小盒子里掏出一张《真理报》上裁下的纸张，又摸出一撮烟丝，卷了根香烟递给我。我礼貌地谢绝了，递给他一根德国的埃克施泰因香烟，他点点头接受了。随后，我叫来能说一口流利俄语的莱曼，让他来担任翻译。苏军少校告诉我，这里的德军士兵应该列队穿过防线，到俄国人那里去。他又补充说，军官们可以保留随身武器，以维持部队的纪律。我向他解释说，我无法照办，因为我得到的最后一道命令是留在阵地上，目前尚未接到其他命令。他沉思着点了点头，登上马车，返回自己的防线。

30分钟后他又返了回来，再次通过翻译命令我将部下们组织起来，离开防线。我告诉他，没有从团部接到这种命令。他掏出手枪告诉我，如果我拒不执行，他就毙了我，其他德军士兵会跟他走。对此，我只能回答："好，好。"随后，我命令部下们集合，全营向前出发。

　　我们朝着普列库莱方向行进了几公里，穿过一片森林，我们惊讶地发现，与我们作战的俄国人，兵力绝对占据了压倒性优势。森林中停满T-34坦克，后勤单位的"史蒂倍克"卡车车头连着车尾，密密麻麻。我们沿着道路行进时，遇到一队迎面而来的T-34坦克，车身上用树枝进行了伪装，底盘还绑缚着粗粗的圆木，以此来防备我们的反坦克武器。为首的坦克驾驶员突然操纵着坦克朝战俘队列冲来，我们跳到路边，绕过这队苏军坦克，这些坦克组员从炮塔上紧紧地盯着我们。

　　我们很快来到森林中一片小小的林地，一名苏军上校已带着他的参谋人员等候在这里。这些参谋人员站立成一个半圆圈，他们当中还有些妇女，穿着漂亮的紧身军装，看见我们的到来，她们惊讶地睁大了双眼。一股不太熟悉但却久未闻道的香水味飘向我们。队伍停了下来，我大步向前，正式宣布第438掷弹兵团第1营向苏军投降。沉默了几秒钟后，我听见那群苏军军官中有人低声说道："纪律严明！非常有纪律！"

　　苏军上校向我敬礼，随后又跟我握手，这是我没想到的。他反复问我："你们为什么还要顽抗？希特勒早就死了。"我只能这样回答他："因为我们是军人。"

　　随后，一个戴着镶蓝边军帽的内务部军官走了过来，他向我询问几天前被我们俘虏的两个俄国人的下落。我告诉他，他们已被送到团部，身体很健康，他用磕磕巴巴的德语说道："如果你说的不是真的，那么……"说着，他威胁性地拍了拍手枪套。

　　俄国人随后问我，是不是已将所有的武器交出，我解下自己的手枪带，递给一名苏军军官，然后转身询问一动不动地站立在身后的部下们，是否还带着什么武器。一名军士上前几步，想把一支P-38交给一名苏军军官，那名苏军军官拼命摇着头，说道："不，不！"于是我接过这支递上的手枪，卸掉弹匣，退掉枪膛内的子弹，随手把它丢在路边。

俄国人告诉我，我们会得到良好的对待，很快会被释放，并返回自己的国家。我将这番话视为一丝希望，也许，漫长的噩梦真的要结束了。

随后，我被带到一旁，俄国人邀请我吃点东西，一张桌子上堆满了食物。我惊讶地看见了各种美食，包括一箱箱罐头，上面印着熟悉的"奥斯卡·迈耶——芝加哥"。我礼貌地拒绝了这个邀请，并解释说，作为一名德国军官，除非部下们也能吃到东西，否则我是不会一个人独享的。苏军上校对我的反应感到惊讶，随后，我又被送回到等候着的战俘队列中。

俄国人派一名骑着马的哥萨克人负责押送我们，他骑着一匹无鞍马，在队伍前后以惊人的速度来回奔跑。离开林间空地没多久，我们再次遭遇到一群从森林中涌出的俄国人，他们冲入战俘队伍中，抢夺着婚戒、手表和勋章。

我朝那名哥萨克打了个手势，他策马朝我冲来，猛地停在我面前。我摘下手上的手表递给他，并告诉他，他有责任维持秩序，那些俄国人抢夺战俘的私人财物，这违反了上级的命令。他严肃地点点头，跳下马来，从森林边缘找了根结实的木棍后再次翻身上马。然后，他策马冲入那群正在抢劫的俄国人中，像军刀那样挥舞着木棍，狠狠抽打着那群暴徒的手、胳膊和后背，直到他们逃入到森林中。

太阳在身后落下时，我们到达了一座古老墓地中的战俘收容点，夜色降临后，俄国人开始欢庆他们最终获得的胜利。冲锋枪、步枪和手枪子弹疯狂地掠过我们的头顶，俄国人跳着舞，将一颗颗照明弹射入空中，我们不得不趴倒在地，以免被在墓碑间弹跳的子弹所击伤。俄国人聚拢到我们身边，以一种可怕的舞蹈庆祝他们的胜利，并高呼着："希特勒完蛋了！战争结束了！"他们无休止地合唱、跳跃、翻滚，并朝空中拼命开枪。

　　拂晓时，战俘中的军官与士兵们分开。战败的痛苦就此开始。士兵们被剃了光头，像牛群那样列队向东而去。一小群在过去的战斗中被俘的德军士兵来到我们当中，他们代表的是"自由德国全国委员会"，他们大肆宣扬共产主义的好处。这些俄国人的合作者，他们的出现和宣传只遭到库尔兰老兵们冷漠、沉默的对待。

　　几个小时后，我们再次出发。经历了三天的跋涉，我们终于得到了第一顿伙食：稀薄的汤中飘浮着一点白菜叶。我们日后将遭遇到什么，这就是个迹象。能得到良好对待的保证很快被打破了，后方单位并不认可前线士兵所遵守的公平原则。沿着原始道路穿越沼泽和森林的无尽行军再次开始。战俘队伍在站立于道路两旁全副武装的苏军士兵间痛苦地移动着，带着彻底失败的绝望向东而去，走向这场战争的终点，走向一个未知的命运。

尾　声

1945年5月8日，"库尔兰"集团军群的幸存者们走入战俘营。就这样，战争的最后一个阶段开始了，这场斗争被证明完全不同于我们过去曾经历过的战斗。这是一场生存之战，没有防御可言。

我们像牛群那样聚在一起，先是被看押在开阔地和林间空地。饥饿加剧时，我们绝望地试图从地上的青草中汲取些养分，我们咀嚼着树皮以缓减饥饿的痛苦折磨，这种饥饿压垮了我们，令我们这些战俘虚弱不堪。

最后，我们来到里加湾斯洛卡镇附近一座造纸厂内的大型营地。在这里，我们第一次获得了微薄的食物，另外还有12根香烟和10克糖。俄国人告诉我们，这些香烟和糖，在苏联军队里只有下级军官才能获得，我们对此感到惊奇，苏联军队中居然存在这种差别。德国军队里，官兵们得到的食物配给是完全相同的。

最后，一名德军高射炮部队的军官对我们发表了演讲，他是1943年1月在斯大林格勒被俘的。这名少尉在莫斯科的一所监狱中接受过训练，是"德国军官同盟"的成员，该组织的领导者是另一位大名鼎鼎的斯大林格勒幸存者——冯·赛德利茨将军。他恳请我们接受马列主义思想，不知疲倦地描述着我们必将迎来的新世界，并告诉我们，只有共产主义制度才能让这个世界变得更加美好。大多数库尔兰俘虏对他的言论无动于衷，但也有少数人对这种政治宣传充满热情，他们大概认为，与掌握我们命运的当局通力合作，能够获得更好的生还机会。

接下来的几天里，宣传材料分发到我们手上。为了排解无聊，一些士兵开始学习俄语。有些人试着缝补破旧的衣服，还有些人用碎布料缝制着粗陋的"库尔兰"袖带。后来，我们获准写信。由于缺乏纸张和信封，我们便写在微薄的个人物品中找到的一点点碎纸片上。书写工具用的是先前藏匿起来的铅笔头，写好的信被折成紧紧的三角形，再认真地填上家人的地址。一千多封煞费苦心写给家人的信是为了告诉他们，写信者在战争的最后几个月里活了下来，可是，这些信件没有一封被寄回德国。战俘们不知道的是，这些信件为苏联内务部人员提供了信息，这帮家伙没收了信件并检查了里面的内容，为详尽的档案收集材料，这些档案在我们被囚禁期间一直令我们感到不安。

有一次，我们光着膀子列队，举起自己的左臂，苏联情报人员检查我们的腋下是否有武装党卫军的血型纹身。那些被发现左腋下刺有纹身的人被带走，彻底消失在苏联广袤的土地中。

7月中旬的一天早上，我们接到命令，做好出发的准备。我们排成长长的队列，六人一排，尽管夏日炎炎，但队伍两侧的苏军士兵仍穿着长长的大衣。许多卫兵的胸前挎着配有圆形弹鼓的冲锋枪，战争期间，我们对这种武器非常熟悉。另一些卫兵端着步枪，刺刀在阳光下闪闪发亮。

我们排着长长的队伍走向斯洛卡火车站。有传言说，附近一座战俘营里的大批德军俘虏已经登上准备好的牛棚车，这些火车将把我们送往东面。我们到达铁路编组站时，又一次进行了点名，然后便分组登上火车。队伍中充满了不安，因为我们意识到，一个新的、更加不祥的阶段开始了。我绝望地四处打量，知道钻入漆黑的车厢已无可避免，于是，我很不情愿地登上了牛棚车，一名苏军军官在两个武装警卫的陪同下，有条不紊地核对着名单上的每一个姓名。车厢内塞满了所分配的战俘后，车门滑动着关闭了，将我们封闭在这片半黑暗中。车门旁的一条窄缝提供了一束微弱的光线，车厢内还有一个临时厕所，用两块粗糙的木板钉在一起，形成一个直角，粪便直接排至铁路两侧。

我们拥挤地站立在车厢内，直到夜色降临。慢慢地，火车开始移动，车上的人挤在一起，随着车厢的晃动，所有人再次失去了回家和生还的希望。我们在路上奔波了一整夜，拂晓的微光透过车门旁的窄缝射入时，我看见远方的地平线越来越亮。清晨，在天空的映衬下，我隐约辨别出里加城的轮廓。火车缓慢地驶过杜纳河，仓促修好的铁路桥摇摇欲坠。1944年10月13日夜间，撤往库尔兰半岛时，我曾跟我的上司站在这里，随后，这座桥便被炸毁。

我们继续向东而去。火车隆隆地驶向维捷布斯克以东地区，我们的旅程被不明原因、时间不等的停车多次打断。这趟行程，俄国人发给我们每人一条盐腌鲱鱼和一片面包。停车时，有时候会打开车门送给我们一小罐水。口渴的折磨让人越来越难以忍受，停车期间贿赂警卫已变得司空见惯。投降时小心藏匿起来的金质婚戒，现在被拿出来交换一小杯水。这种苦难在火车后部尤为严重，寥寥无几的饮水还没来得及送到后部车厢，水桶里的水已耗尽。在这趟旅程中，好运依然陪伴着我，因为我所在的车厢与警卫们待的车厢相距不远。我用一些小心囤积起来的香烟换了几杯水，最后，我们终于听到了 "na borni（出来）！" 的喊声。

我们到达了沃尔霍夫东面的一片露营地，前两年我们曾在这里经历过拉多加湖南岸残酷的冬季战役。我们得到了硕大的美制帐篷用以宿营，我们还获得了食物——大木桶装的咸鱼和一箱箱卷心菜。一名德国高级军官派我搭建一个战地厨房，把这些咸鱼和卷心菜弄熟。附近一座战俘营派来一些德国士兵，为我们担任厨师和厨房工作人员。

德国国防军显著的纳粹标记（一只鹰抓着一个反万字花环）很快便奉命从我们军装的胸口和军帽上摘除。苏军警卫和情报人员的劫掠仍在继续，任何有价值或可被视为纪念品的东西都被他们抢走。我将一块小小的手表藏在军官大檐帽的帽徽后，从而幸免于难。我们身上的纸币，只要被当局发现便会被没收。由于缺乏厕纸，一些战俘不得不在如厕时使用现在已毫无价值的军队代金券，这种货币在战俘们当中大量存在，由于身处前线，早已没有什么可供购买的东西。一天早上，我们惊讶地看见一名苏军中尉和一个中士偷偷地溜到充当粪坑的窄沟里，捞出一些代金券，在附近的一条小溪中将其清洗干净。我们后来获知，将这种代金券换成卢布是一种有利可图的交易，这就激起了他们收集此类货币的热情。

我很快便沉溺于逃跑的想法中。尽管食物很微薄，只有些鱼汤和少量面包，我还是设法囤积起足够的面包干，以此为应急口粮，并把它们藏在军用面包袋的底部。我相信芬兰湾离这里大约100—200公里远，于是，我开始制订向北逃跑的计划。但向我的朋友福尔拉特咨询后，这个希望破灭了，他是集团军司令部里的一名地质学家。他告诉我，我们所在的地方，距离大海至少有800公里，他还提醒我，冬天即将到来。尽管我逃跑的热情很高，但我清楚地意识到，在冬季跨越这么长一段距离，没有充裕的食物和衣服，其结果不是被重新抓回来处死就是被饿死。

夏末，帐篷营地被取消了，被囚禁的德国军官分成一个个小组，分配到各个惩戒营。大多数人被送往博罗夫斯基，其中包括我的老朋友和战俘营狱友利奥波德·施利普博士，后来，这位来自美因茨、乐观开朗的军医担任战俘营营地医生时，将我从营养不良的重病中抢救过来。俄国人对战俘实施分组的方法，对我们来说一直是个谜，我被分入40名军官的一个小组中，他们的军衔从少尉到上尉都有，还有一名空军军医。

许多军官已被迫穿上粗糙的木鞋，他们的军官靴是令苏军士兵眼馋的物品，经常被看守们用枪逼着交出，或是干脆交换了食物。他们就穿着这种松垮垮的木鞋，长途跋涉过沼泽地，赶往火车站，再从那里被转运至新的营地。我已把我那双齐膝高的皮靴割断，以便用皮革缝补马裤磨破的膝盖部位，因此，我得以保留这双靴子的下半段，穿着它经历了长途跋涉。经过几个小时的艰难跋涉，我们到达了一个单轨铁路枢纽站，在这里，我们登上一列由一个原始的蒸汽机头和几节车厢组成的火车，继续向东的旅程开始了。

火车上也有些衣衫褴褛的平民，各个年龄层的男人和女人。火车向东行驶时，一个40来岁、满口银牙的男人开始厉声斥骂我们。战俘们沉默不语，斥骂很快变为手势和威胁，他的动作幅度越来越大，这时，苏军看守中的一名中士打断了他，并让他安静下来。

"霍兹"集中营

在这场旅程的终点，我们被带到一片林间空地，这里伫立着一些用粗糙的圆木建成的营房。我们列队后，一名年轻的金发中尉和一名政治军官在一群士兵的陪同下对我们发表了讲话。那名政治军官可以通过他所戴的绿色大檐帽识别出来，在他身边总是陪伴着一个年轻女人。我们被告知，我们的工作是将战俘营修建起来，最重要的是建造四座瞭望塔。每座瞭望塔由四根圆木提供支撑，高约8米。塔顶上有一个小小的平台，顶部以粗木板覆盖。随后我们将布设铁丝网，以此来构成一道围墙。

到达这座营地几天后，我们看见一列长长的火车停了下来，车上走下大约200名德军战俘。他们慢吞吞地穿过营地大门，这群破衣烂衫的战俘，脸上带着明显的冷漠神情。他们都是些老战俘，是1944年苏军夺取芬兰湾附近萨列马岛时被俘的，其中还有些在东普鲁士边境投降的德军士兵。

这群战俘走近时，他们的状况令我深感震惊，头上只剩下短短的发茬，脸颊深陷。灰色的面孔上，毫无生气的眼睛直勾勾地盯着前方。这些人慢慢地向我们走来，大多数人穿着我们熟悉的木鞋，军装下，严重营养不良的身体显得瘦弱、憔悴，而他们的军装比破布好不到哪里去。

一个桑拿房很快被建立起来，这被认为是让战俘们免遭斑疹伤寒传染的必要举措。我们始终处在感染这种疾病的危险下，主要由虱子在营地中传播。虱子不断地折磨着我们，在我们头部和身体的毛发中留下大量灰色的虫卵。分配到一个单独营区的40名军官不得不把头部和身体上的所有毛发剃掉，以防止虱子传染疾病。桑拿房既是个除虱站，也是个淋浴设施，我们获准轮流使用，大约每14天轮到一次。

一个个劳动小组也被组织起来，按照规定，应由军官营房的人带领这些小组在森林中伐木，俄国人的武装警卫负责看押。但这个规定很快发生了变化，一名戴着红白色条纹帽的工会官员从维也纳赶来，他把士兵们召集起来，发表了一通煽动性演讲。另外还有一个来自汉堡，自称是共产党员的家伙，他们不遗余力地设法让士兵们团结起来，反对军官们的特权。

1945年11月7日，是苏联十月革命纪念日，当天，一名苏联内务部官员通过翻译告诉我们，德国国防军已不复存在。他进一步解释说，以后，我们当中不再有什么军官，我们将以劳动补偿法西斯分子给俄罗斯造成的损害。为了响应这一声明，我们被要求去除军装上所有的军官标志，包括肩章和领章。所有勋章和奖章都将被没收，收集并上交意图"美化法西斯主义"的一切物品的命令已经下达。其实这道命令完全没有必要，因为战俘们所有的勋章和奖章早已被疯狂寻找纪念品或交换物的苏军士兵抢走了。随着去除军衔标记命令的下达，我们清楚地知道，我们的一切权利都已被剥夺，只能任由对方摆布。《海牙公约》所规定的战俘权利在这里毫无作用。

我跟几名老战俘待在一起，来自沃尔讷斯堡的克里斯蒂安·布克哈德，来自埃布豪森的埃米尔·格拉茨，另外还有几个人来自我的家乡。一个周日的早晨，我试图用这些人组成一支小型合唱团，结果引起战俘营里"反法西斯"小组的不快，他们认为这是对他们权威的挑衅，因此我被谴责为一个逃避风险者。随后，俄国人对我的私人物品进行了搜查，他们在一卷袜子里找到了深藏于其中的一根罗盘指针。

从理论上说，这根指针可以放在一小块木头上以指明磁北方向，从而穿过沼泽地越狱，对这一违规行为，我得到的处罚是被单独囚禁，期限未定。穿过军官营房的一条通道被墙壁分隔开，形成一个4平方米大小的空间。这个单人牢房的入口是一扇宽宽的门，钉着一块厚重的木板，一根铁门栓从外面将门锁上。门栓放下后，从牢房内无法将这扇门推开。

被关在这间牢房里的我，每天能得到一片潮湿的面包和一碗卷心菜汤。随着冬季的到来，温度迅速下降，无论白天还是夜晚，牢房内都很冷，尽管这里有一个缺了炉门的大铁炉。这个铁炉可能是在修建单人牢房前用于营房取暖，可是，我们却未被允许使用它来取暖。

有一次，我从单人牢房被放出来放风，克里斯蒂安·布克哈德在厕所附近遇到我，他塞给我一些碎柴火、一些引火物、一块燧石和一块粗糙的钢片，我可以用这些东西生一堆小火。我把这些东西塞入马裤的内袋，小心避免引起看守们的注意，其实他们没有发现任何异常，因为我的皮带已被他们收缴，所以我必须将裤子拎至腰间。就这样，我得到了在那座没有炉门的铁炉中生火的机会。炉火的温暖令我倍感奢侈，没过几分钟，我便在铁炉旁的地上睡着了。没多久我又醒了过来，牢房内的烟雾呛得我喘不过气来，我大口呼吸着氧气。一小块燃烧的木头从铁炉中掉了出来，引燃了牢房的地板，我正处在窒息而死的危险中。幸运的是，一大群倍受腹泻折磨的战俘正在厕所与营房间来来往往。我翻滚到牢房的门口，透过房门与地板间的空隙用力呼吸着新鲜空气，并大声喊叫着："失火了！"很快，失去知觉的我被人从牢房中拖出，衣服被烤焦，人也被轻微烧伤，火焰被雪水浇灭。

中午时，我醒了过来，惊奇地发现自己躺在老营房中，屋内空空荡荡，里面的战俘都被叫去参加劳动了。一名被我们称为"独眼龙"（因为他长着一双斗鸡眼）的看守出现了，用刺刀押着我来到营地办公室。昏暗的房间里，"反法西斯"小组的两名成员接待了我。其中的一个是德国-波兰裔战俘，他担任翻译；另一个是德国和俄国营区的医务官，是来自列宁格勒的犹太医生。同时在场的还有一名苏军政治军官以及一直陪伴他左右的女服务员。

听证会由战俘营指挥官主持，他告诉我，我面临着纵火、破坏、蓄意损坏苏联财产的严重指控，我将为这些罪行受到严厉惩处。

我引用《海牙公约》和对待战俘的相关条款，这使我获得了向指挥官解释事情原委的机会。我告诉他自己睡眠不足，再加上在如此寒冷的天气里被单独囚禁，既没有取暖设备也没有暖和的衣物，只能认为受到了不人道的对待，因此我生火取暖，以免被冻死。我还告诉他，战俘们普遍都营养不良，最后我指出，如果已决定判处我死刑，那么，作为一名军官，我希望接受一颗子弹。

这番话引起在场者的一阵骚动。最后，翻译告诉我，指挥官已宣布，"不会再有德国军官死在苏联战俘营里"！看守立即将我送到营地厨房，那里为我提供了汤和面包构成的双份口粮。

参加劳动的人被派到积雪覆盖的森林中砍伐树木。森林中从事的劳动毫无机械化可言：用斧子将大树砍倒，再用锯子将树木锯断，然后用锤子和楔子将树干劈开。微薄的口粮无法为我们的身体提供足够的营养，以承受如此强度的劳动，很快我们当中便出现了第一批死者。

战俘营周围的地面被冻得像混凝土般坚硬，我们不得不将尸体拖至沼泽地柔软的土壤处加以安葬。我们铲除地面上覆盖的积雪，将死者安葬。下葬过程中，我在冰块下寻找着野生红莓，它能提供尽管很稀疏但却极为必要的维生素。

死者中包括萨洛蒂，但这并非他的姓氏，他来自一个著名的汉莎同盟商业家族，曾在德国北部管理过萨洛蒂巧克力厂。他在营房中的床铺就位于我下面，一天早上，我醒来时发现他躺在那里，头歪向一侧，下巴上有一丝干涸的血迹。我们把他和另外几个在夜间死去的人送往沼泽地安葬。

死者不断增加，其中包括来自翁斯特梅廷根的教师赫尔曼，来自埃德林根年轻的德雷舍尔，还有其他许多人。1945年—1946年冬季，我们这个战俘营里，每三人中就有一人走完最后的人生之旅，被送入临时墓地。

一个温暖的春日，尽管准备工作不足，但赫尔姆施特吕韦尔上尉、黑克中尉、施赖伯中尉以及另外两个人还是试图越狱。我们过去曾讨论过沿着运送补给的卡车所造成的深深的车辙印溜出营地的可能性，这道车辙印一直通向大门，就在看守们的眼皮下。他们几个闯入一间存放补给物品的小屋，搞到一些额外的食物，随后便从营地大门下方钻出，悄无声息地逃入了森林。此时的地面仍覆盖着积雪，他们的逃跑显然是一种源自绝望的尝试。我们都很清楚，在目前这种状况下，我们很快会因为疲惫、疾病和营养不良死在这座荒凉的营地里。

三天后，黑克和施赖伯回来了。战俘们被召集起来，这两人被押了上来，他们已遭到毒打，身上满是血迹。瘦削的身体上，破旧的军装已支离破碎，我们被警告说："这就是逃跑的下场！"赫尔姆施特吕韦尔上尉被痛打一顿，结果颅骨骨折，几天后就死去了。若干年后，黑克中尉最终获得释放，六十年代我与他重逢，他已成为瓦尔特·黑克博士，在莱茵河上的凯尔担任港口负责人。

我们营地死亡率居高不下的原因之一是，在一段长达六周的时间里，我们完全得不到一点点面包。这种情况发生在严酷冬季，冰冷的温度下，我们的身体极其需要营养。据说，这是因为坐落在数公里外的面包厂没有进行生产，结果，我们得到一些面包粉，掺上温水后形成了一种稀薄、乳白色的汤，几乎提供不了任何营养。还有人说，这是对我们的惩罚，因为列宁格勒在被围困期间，成千上万的平民被饿死。

1946年3月末的一天，一支灰色、疲惫的队伍痛苦地朝着火车站走去，我们用尽了身上残余的最后一丝力气，瘦骨嶙峋的身体被冻得瑟瑟发抖，我们站在那里，等待着搭乘火车。我们都知道，逃离死亡的唯一希望是被转至另一所战俘营，我们不禁祈祷，这次更换营地能给我们带来些更好的条件。

我们终于爬进了车厢，历时一天的行程将把我们送到一个新的地方。

博罗维奇

这是一座庞大的主战俘营，关押着近2000名战俘，坐落在一座山丘上。战俘营里搭建着20座营区，这些营区半埋入地下，过去曾是一个劳动营，并用于存储土豆。

这里有许多士兵营房，另外还有"西班牙人营房"，居住着来自西班牙志愿军团的军官。在医疗区住了一段时间后，我被分至Ⅱ号军官营区。战俘营里还设有一个委员会，专门确定战俘们的健康状况和工作能力。战俘们很快便将这些检查称为"人肉展览"。我们被要求赤身裸体地站立在俄国人组成的委员会面前，检查时，医务人员会用拇指和食指捏我们屁股上的肉，判断我们体重减轻的状况，以此来掌握我们承受轻度或重度劳动的能力。体检结果中的"Ⅲ号工作组"只能承担轻度劳动，而分配到"Ⅳ号工作组o.K"里的人，只能从事最卑微、最轻的工作。还有一种是"Distroph"，此类战俘严重营养不良，经常出现浮肿，完全无法从事劳动。

我被带至委员会前，他们诊断出我患有一种特殊的浮肿——水肿。在这次检查中，好运依然陪伴着我，因为我们过去的军医官施利普博士，被派到这里为一名苏联女医生提供协助。这位杰出的女性想尽一切办法来改善德国战俘们的生活条件，被我们亲切地称为"洋娃娃"。第一次世界大战后，她曾在法兰克福担任儿科医生，能说一口流利的德语。由于这两名医生的建议，我被送至战俘营的诊所，在这里，我得到了一小块白面包，我们投降后，这是我第一次看见白面包。

由于消化系统虚弱，以及在"霍兹"集中营几个月的挨饿，我患了持续性腹泻。施利普博士提出一种特殊的治疗法，用含木炭的茶水掺上香菜、蓍草或是其他可用的草药给我服用。几周后，我的身体得到康复，足以离开诊所，并被分至"Ⅲ号工作组"。

在军官营区里，我和老朋友古斯泰尔·希克尔博士住在同一座营房。我们睡在双层木板床上，并将破旧的冬装铺在床板上，这些衣服曾是俄国人的军用棉衣。这种棉衣即可以御寒，也可以充当床垫，另外，必要的时候，我们还可以从棉衣中抠出一些棉花，以此为引火物，悄悄地生起一小堆火。在营房内生火取暖被严格禁止，所以，寒冷的夜里，我们会紧紧地挤在一起取暖御寒。

跟我们住在一起的还有一名年轻的少尉，名叫格拉夫·冯·德·舒伦堡。苏联人对这个古老的普鲁士贵族名字非常熟悉，苏德战争爆发前，他的叔叔曾在莫斯科担任德国大使。一天，格拉夫·冯·德·舒伦堡少尉被看守带离营区，再也没有回来，据说被送往莫斯科接受"特别对待"了。

战俘营管理部门组织起一个个劳动小组，以从事各种工作。有些战俘被作为劳动力提供给一家生产砖块和水泥管的工厂，还有些人在附近的一家造纸厂劳动。夏季的几个月里，许多战俘在附近的沼泽地里挖掘泥煤。我也被派去挖泥煤，我们用方头铁铲在沼泽地里挖掘，并将挖出的泥煤堆起来晾干。在集体农场挖泥煤，也能挖出一些土豆和萝卜，用这些可以熬出一锅浓汤。因此，尽管这种工作很辛苦，但我们都不愿失去享受一顿美味的罕见机会。

最后，一台大型蒸汽动力挖掘机被派至沼泽地挖掘沟渠，战俘们只要将黑褐色的泥煤挖出来，再堆起来晾干、收集即可。这台机器的历史可追溯至沙皇时期，效率极其低下，它由蒸汽提供动力，使用的燃料就是战俘们先前辛苦劳动挖掘出来的泥煤。为了在沉重的劳动中得到一些休息，我们偶尔会在泥煤中找到些完整的树枝和树桩，迅速将其投入机器中，令其机械装置发生卡滞。清理卡住机器的障碍物，通常能为我们赢得一个小时左右宝贵的休息时间。

现在，我们每天能得到10—15根香烟，外加5克糖，这是配发给军官的口粮，普通士兵得到的香烟则稍逊一等。战俘营内部的管理部门现在由德国共产党员负责，无论是在营地内还是营地外，战俘们始终处在这些合作者的监视下。外出参加劳动时，这些享有特权的家伙负责押送我们，他们的衣袖上戴着标有特殊标志的袖套，我们将这帮人称为"护卫"。这些人很容易辨别，他们的衣服和健康状况比我们好得多，看上去很健壮，他们拥有的特权总是能让他们得到充足的食物。当时他们不知道的是，他们与苏联政府合作，希望能获得提前释放，结果却适得其反，因为对苏联政府的宣传目的以及管理大量战俘来说，这些人的合作必不可少。在某些情况下，他们往往是最后一批被释放的战俘，这令他们感到惊异和沮丧。

战俘们用木碗盛汤，食物的分发受到严格管理，以确保从十升大桶中打出来，分配给每位战俘的食物相等。十名俘房组成的一个小组可以得到一桶汤，分黑面包时，每片面包需要称称重量，而剩下的面包皮采用轮流制，轮到谁，面包皮就归谁。我们知道面包皮含有丰富的卡路里，因此，面包的这一部分受到高度关注。军官营房中的纪律要求依然非常严格，我们知道，自律与相互配合对我们的生存机会大有帮助。

造纸厂

随着冬季的到来，我们的工作转至造纸厂内。每天步行数英里赶往泥煤沼泽的辛苦行军结束了。现在，我们往来造纸厂都有车辆运送，每天早上，我们登上破旧的福特卡车，以开始10小时的工作日。现在，我们还获准在每个周日休息，尽管这种休息日会被破坏——劳动组有时会要求我们到附近的一条河中打捞圆木。

不可避免，我也被派去捞圆木。河面上覆盖着一层薄薄的冰，只在遥远北部粗壮的树木被砍伐的地区被打破，这些树木顺着河流漂至我们所在的区域，从河里将其捞出后，通过陆地作进一步运输。从事这种劳动的人都配发了长至臀部的亚麻袜，但这种袜子并不防水，由于在冰冷的河水中待得过久，我很快患上了肾脏感染，于是被批准在床上休息几天，战俘营里的诊所早已挤满了病人。

我们继续在战俘营中遭受着损失，不过，死亡率比去年低。一名战俘总是被派去充当掘墓工，他的外表特征很容易辨别：漂亮的络腮胡和一个光秃秃的脑袋。一天，他病倒了，并因肠道阻塞死去，这是饮食过量造成的。经过调查才发现，埋葬一具尸体前，他拔下了死者的金牙，然后用金牙跟看守或是当地平民交换了食物。他把换来的食物全都吃了下去，结果造成了痛苦而又致命的并发症。

在造纸厂工作期间，我与来自蒂罗尔的矿工汉斯·霍尔茨克内希特成了亲密的朋友，另外还有古斯泰尔·希克尔。我们的任务是用一种木制双人担架将一堆堆灰色黏土运至电梯处。某天，我在电梯上发现一个铭牌，上面写着"福伊特—海登海姆1898"。后来，我回到德国后，把这件事告诉给从海登海姆赶来的布罗伊宁格尔叔叔，他曾在福伊特公司工作过好多年，为这个世界著名的涡轮和螺旋桨生产厂担任总工程师。在埃斯林根实习期间，他接到一个任务，作为一名年轻的、不需要报酬的志愿者被派至基希海姆造纸厂，拆除那里的旧机器，换上更加现代化、更具效率的设备。随后他又被派到沙皇俄国，将那些换下的旧机器安装在博罗维奇附近的一座造纸厂。我叔叔作为一名志愿者在那座造纸厂工作了几个月，许多年后，作为一名战俘的我被迫在同一座工厂内劳动。

几周过去了，几个月过去了。被囚禁近两年后，我们第一次收到了家里寄来的信件。对那些绝望的写信者来说，我们的回信是一个迹象，表明我们在战争中生还下来，尽管被关在战俘营里，但还活着。最后，我们那些来自奥地利和阿尔萨斯的战友被释放，返回他们的故乡。维也纳的国际政治活动对俄国人产生了影响。有传闻说，德国战俘也将被释放。我们的口粮得到了改善，但还是远远低于最低健康要求。

在这所战俘营里，我还遇到了我们师最后一任参谋长德尚少校。从他那里，我获知了师里其他战友的下落。1945年5月8日夜间，也就是我们投降的时候，师炮兵部队的冯·韦希特尔上尉成功地攀上一艘海军渡轮，这艘渡轮将船上的乘客送至马尔默附近的瑞典海岸。1945年6月，瑞典政府与苏联达成一项协议，这些逃至瑞典的德国士兵将被移交给苏联当局。瑞典军方强烈抗议这个决定，但无法阻止政府将这些德国士兵交出。获悉自己将被交给俄国人后，冯·韦希特尔上尉割腕自杀，被发现时他已昏迷不醒。他被送入马尔默的医院，康复后，最终被移交给苏联。

一个周日的清晨，劳动时我得到了意外的收获。当时我正给一辆运木车卸货，这辆大车过去是将罂粟运送到一个磨坊加工猪饲料。在大车木地板的角落和缝隙里，我发现了一些完整、坚硬的种子，剥掉这些种子的硬壳，里面的麦粒能为我提供急需的养分。我们还从造纸厂搞到些玉米浆，厂里用这东西生产粗糙的纸张。

瓦尔特·舍希特勒上尉曾是"库尔兰"集团军群的一名通讯官。一天早上，他和几名西班牙军官拒绝参加劳动，以抗议微薄的食物供给。按照事先安排好的计划，普通士兵也将参加这次抗议行动，可是，"反法西斯"小组对他们施加了沉重的压力，这些士兵最后没有参与其中。

一名被激怒的苏军看守冲入营房，端着冲锋枪，强迫我们到外面列队集合。瓦尔特·舍希特勒和另外两名西班牙军官被带走，并遭到单独关押。他们被冠以"蓄意破坏"的罪名，并被判处终身监禁（常见的术语是25年有期徒刑），很快便被转至遥远的东面，克里格西亚大草原上的另一座战俘营。在他被送走前的最后一刻，我设法跟他说了几句话，他请我把他的遭遇转告他的父母。后来，我履行了这个承诺。瓦尔特的父亲是德国比蒂希海姆一家油毡厂的总经理，他花了两年多时间，通过一名瑞典中间人，千方百计地寻找儿子的下落。他在私下里向苏联当局贿赂了大笔美元，最终使自己的儿子获得释放。五十年代，我跟瓦尔特再次相遇，我俩在费尔巴赫附近的一座葡萄酒庄庆祝了这次重逢。

在战俘营里，我们学会了面对突如其来的审讯，这种审讯是随机的，事先毫无征兆。前警察人员、"里加"警察团成员以及所剩无几的武装党卫军成员都是苏联情报体系的特定目标。这种审讯的结果是，许多战俘会从我们当中消失，他们会被转到其他战俘营，在那里受到额外的惩处。被挑出来的俘虏包括团长、参谋人员以及将军。这些特定人物在俄国经受了各种艰难困苦，通过德国总理康拉德·阿登纳的不懈努力，他们最终于1955年获释。

对我的审讯通常由两名苏联军官主持，还有一个身穿军装的女人，她所佩戴的军衔无法确定，在场的还有"反法西斯"小组的两名成员，当然还包括一名翻译。他们总是要求我确定作为一名"法西斯军官"的军衔，并交待战争期间在何处服役。这些审讯者当然很清楚第132步兵师的作战历史。他们提出的一个主要问题似乎注重于我的个人行为："您吃什么？"

"罐头！"我总是这样回答。

"哦，没错，罐头，从柏林运来的？"审讯人员问道。

"是的，柏林运来的！陆军军械补给局运来的！"我会做出这样的回答。实际上，陆军军械补给局负责为军队提供的是军装，但这个回答似乎总是令他们感到满意，也许是因为他们觉得从我这里获得了一个官方机构的信息。尽管他们多次威胁、动用暴力并反复询问，但我从未更改过自己的回答。审讯人员试图诱使我供认，偶尔征用了猪肉、牛肉或家禽供自己享用，但我的回答一如既往："罐头！"

有一次，对我的审讯结束后，审讯人员又把冯·波斯特尔中校叫了进来，他曾是一名装甲部队指挥官。在胁迫下，他最终承认自己曾杀过一头猪，结果，他立即被宣布犯下了"盗窃苏联国家财产"罪，并被判处25年苦役。经过阿登纳的努力，他最终于1955年获释。

运送

1947年4月，一个劳动组在博罗维奇火车站准备好了配有床铺和临时厕所的牛棚车。一个温暖的下午，一群被列为"Ⅲ号工作组"的战俘被召集起来，赶到这里等待被运走。我也在其中，我们的心激动得砰砰跳动，满怀着终于要踏上自由之旅的希望。火车开动时，通过太阳的位置，我判断出我们正向南赶往莫斯科。

5月1日，火车停靠在莫斯科附近的一个中转站，我们发现自己正位于莫斯科河西岸一个复杂的铁路分组站。透过牛棚车车壁上的缝隙，我们惊奇地看见一架架陌生的飞机从各个方向掠过晴朗的天空，身后的尾流形成了代表苏联的五角星形状。我们在两公里外也能看见克里姆林宫飘扬的红旗，俄国人在庆祝五一国际劳动节。

最后，我们获准下车，在铁轨间稍事休息。没人想逃跑，这趟旅程将继续向西，我们仍对此充满了希望。度过一个不眠之夜后，火车再次出发，但令我们失望的是，这次的方向是向南，最终驶过顿河大桥，进入了高加索腹地。现在又出现了新的传言，说我们将被送至一个康复营，然后才会被释放。

"加格里"战俘营

温暖的夏日，火车一路向南，迎接我们的是一片平坦、无边无际的地面景观。此刻，拖曳这些牛棚车厢的是一部漆成红色，美国制造的大型柴油机车头。到达索契车站后，我们奉命下车，呈现在我们眼前的是一片白色的建筑，这些建筑坐落在柏树间，一直延伸至地平线处灰绿色的黑海边缘。

经过数小时步行跋涉，我们到达了一座营地，营地里坐落着巨大的土墙营房。我们立刻认出，这就是我们的新住处，四周环绕着铁丝网，每个角落都设有熟悉的、高耸的瞭望塔。营区内已有许多战俘。这些倒霉蛋最近刚刚从美国的战俘营被送回国，可他们在德国的家乡已成为苏占区，刚回到那里便遭到俄国人的拘捕。这些战俘在美国的经历，与我们在苏联集中营里遭受的苦难有着天壤之别。他们一个个吃得都很好，身体很健康，那些坦克组员仍穿着独特的黑色装甲兵制服，尽管没有了徽标。

我靠着营房的墙壁休息，两眼凝望着西面，那团炽热的火球正向地平线落去。我们这些战俘到来前，这座战俘营空了一段时间，很快，我们开始感觉到无数跳蚤的叮咬，这些害虫找到了新来的受害者。我们发现我们的新住处爬满了虱子，我想睡觉时，却遭到大批寄生虫的攻击。当晚，我睡在营房外的露天下，没有在屋内的木板床上就寝。第二天早上，我和来自埃斯林根的前消防队员罗尔夫·凯因茨，设法从俄国人那里要来些煤油，将煤油灌入土墙的缝隙中，并将其点燃。跳蚤的身体鼓鼓囊囊，吸满了战俘们的鲜血，此刻，它们在火焰中劈啪作响。

这座营地是我成为战俘以来所待过的最为宽容的地方。气候温和，看守们也没有表现出过去我们曾经历过的那种残忍。我们得到了比过去更多的自由，当地百姓也很少表现出对战俘们的仇恨。峭壁下方坐落着大型蔬菜农场，农场内排列着绿色的无花果树和柑橘林。烟草农场和玉米地对我们的诱惑颇大，我们可以偷偷地溜出营地，弄来些农作物补充我们的食物。尽管这是为了避免挨饿的必要之举，但这种行为的风险很大，因为在苏联实施盗窃的后果非常严重。

两层铁丝网之间的"死亡地带"约有5米宽，标示出战俘营的周界。战俘们轮流从事些轻微的劳动，主要是保持"死亡地带"沙土的平整，如果有人在夜间企图穿过这片区域，就会在平整的沙地上留下足迹。但我们发现大可不必爬过沙地越狱，因为参加到战俘营外劳动的工作小组并不难。另外，一条深达2米的排水沟在南方炽热的阳光下始终保持着干涸，这道排水沟延伸至铁丝网下，唯一的障碍物也仅仅是这道错综复杂的铁丝网。铁丝网可以被轻而易举地推到一边，战俘们就能沿着排水沟边缘溜过，一直摸到农田边缘。通过这种方式，我们能搞到些果实和绿玉米，然后，我们就在营房里将这些东西熬成汤。

一个劳动组被派去沿着附近的山脊修建一条道路，道路穿过某些高地时，要求构建起高高的支撑墙，以此来挡住土坝。我曾向俄国人交待过自己有修建混凝土工事的经验，于是，在一名匈牙利骑兵上尉的指挥下，我参加了劳动组。

一天，一名俄国看守突然决定禁止任何战俘离开眼前的劳动区域。他严厉要求我们随时待在他的视线范围内，从而消除了我们溜到附近蔬菜农场的一切希望。一天黄昏，一条毒蛇出现在工地上，迅速游向看守所在的位置。这名看守靠在附近一棵粗壮的桑树旁，等他看见这条蛇时，它已游到他和他的步枪之间。这名看守惊叫着："蛇！蛇！"他跳起身来撒腿就跑。

战俘们一拥而上，用石块砸死了那条毒蛇，趁着混乱，罗尔夫捡起那支步枪，把它藏到一百米外一片茂密的灌木丛中。那名看守回来后，怎么也找不到自己的步枪，便气愤地要求归还自己的武器。这个要求遭到我们的漠然对待后，他迅速软化下来，含着眼泪央求我们把步枪还给他。他显然知道，如果这件事被上级知晓，他就会受到严厉的惩处。尽管他苦苦哀求，但我们继续工作着，完全不理会他的遭遇，最后，罗尔夫找出那支步枪还给了他。从这以后，这名看守对我们非常宽容，我们可以在劳动时短暂地溜开一会儿。

用一根断裂的锯条，我设法用一块雪松木雕刻出一副小小的象棋。制作简陋的工具时，我不得不耗费了无数时间在石块上打磨这根锯条，以便将锯齿磨利。在战俘营里持有刀具是被严格禁止的，因此，这把刀子在我左裤腿手工缝制的内袋里藏了好几个月。我再次患了急性腹泻，于是奉命到营地内充当诊所的一座土墙营房报到。来自海德堡的科勒尔博士为我开出了木炭疗法的处方，后来，《斯大林格勒的军医》这部电影对他进行了描绘。在诊所里，我第一次见到了硕大的糖果盒，这是国际慈善机构提供的。这些盒子里摆放着维生素B药片，上面标着英文字样。另外让我感到惊讶的是，我在诊所里得到了一名苏军军医少校的例行检查，他是战俘营的主治医师。我称他为"少校先生"（Gospodin），而不是"同志"这种常见的称谓。Gospodin这个词来自旧时的俄国，既带有"贵族"的意味，也有"主人"的意思。这个词的使用，再加上一件雕刻的小礼物，让他感到非常高兴。我还送给他一幅炭笔素描风景画，也令他欣喜不已。

腹泻不停地折磨着我，接受治疗期间，我再次被纳入"Ⅲ号工作组"。天亮后，一个个劳动小组起身离开，我则被允许离开营房，在没人押送的情况下走到不远处的俄国人营区，少校的住处就在那里。在他设施简单的房间里，我从一本医学书中抄录了图文并茂的药方，这本书出版于1900年的维也纳。我用从附近农场找到的牛毛制作了刷子和笔。少校为我提供了小块的干墨汁，使用前必须加以混合，另外还有从造纸厂弄来的浓缩颜料，这就使我能给图画涂上颜色。随后，这位少校先生将我绘制的处方分发给附近一些疗养院的医生，这些疗养院是为苏联工人阶级修建的休息、娱乐场所。

1948年新年，苏联政府启动了货币改革。来自高加索地区的矿工骑着小马和驴子涌至交易市场，兑换了大批纸币，他们过去在这里交易烟草和货物。许多人因为非法交易货币而被逮捕，尽管他们完全不知道自己究竟犯了什么罪。这些在懵然无知中犯下重罪的工人通常被判处苦役，并被送往西伯利亚集中营。实施这些措施的是一个远在莫斯科的政府，结果更加疏远了那些重视自身独立性的民众。

营地诊所内有一名病人，名叫泽普·卡茨尔，是来自奥格斯堡的一名出纳。他最终死于营养不良，但在他死前，莫斯科发来一道命令，要求在以后，所有战俘的死亡都要彻底调查原因。这道命令肯定是因为受到了国际红十字会的压力。

卡茨尔去世的那天早上，我和另外几名战俘奉命将他的尸体搬入一辆"史蒂倍克"卡车的后车厢。营地的德国军医和那位少校先生坐在卡车驾驶室内，我们则跟那具尸体一同坐在车后厢。随后，司机加速驶过粗糙的道路，朝索契方向驶去，我们不得不紧紧抓住卡茨尔的尸体，以防止他从剧烈摇晃的车厢滑出去。

我们的目的地是一个马蹄形的诊所，坐落在一片长满青草的地带。这座建筑分三层，配有大型木制阳台，我们将卡茨尔的尸体从车上搬下时，身穿白大褂的医务人员聚在楼上观看着。我们抬着尸体走进诊所，把他放在一张桌子上，医生和护士们立即聚拢过来，观看科勒尔博士解剖尸体。解剖过程中，博士发表着自己的看法，一名工作人员将这些观点记录下来。

趁着他们忙碌之际，我溜到门外，在诊所附近侦察起来，很快我就找到了厨房。我得到了一份粥，于是把它倒入随时带在身边的饭盒中。厨房旁边有一口很大的水井，在附近的菜园中，我还发现了大蒜和红辣椒。我摘了一大把，放入饭盒旁的面包袋里，就在这时，我听见有人喊道："打点水来！"于是，我赶紧从厨房门口处拎了一桶水送过去。解剖工作结束后，少校先生和科勒尔博士开始在水桶里洗手，然后，科勒尔博士将水桶递给站立在一旁的一名医务助理。这名助理拎着桶走到厨房门口，将桶里的水浇入菜园，然后从井里重新打了一桶水，并未清洗水桶就把它还回厨房。

很快，我们带着卡茨尔返回。途中，覆盖在尸体上的白布，中间部位出现了一大摊粉红色血迹。到达营地后，他被送至战俘营墓地所在的一座小山丘，长眠于其他作为战俘死去的战友们当中。当地居民曾告诉过我们，1917年，被关押在营地里的战俘修建了山上的公路，他们的墓地也在这座公墓中。

随着政治形势的变化，莫斯科下达命令，战俘的坟墓上应该标明他们的姓名。我从少校先生那里得到了近期死亡的战俘名单，我们钉了些粗糙的十字架，我将名单上的姓名，用白垩粉和煤油混合调配而成的油漆写在那些十字架上。后来，我把这份写有大约15个姓名的名单藏在我的木鞋里，偷偷地带回德国，这些姓名被交给红十字会。这为一小批被列为东线失踪人员的德军士兵的下落提供了一个最终的解释。

加戈里洛沃

最后，少校先生设法将我转至加戈里洛沃附近的一个特别营地。这座营地也在他的负责范围内。里面有近50名生病的战俘。高加索附近一直设有一个庞大的劳动营，直到最近才被解散。按照原先的计划，战俘们将被集中到这里，为修建一座大型水电站充当劳力。咨询了德国战俘中的工程师和相关技术人员，包括我的同乡地质学家福尔拉特后，这个计划才被放弃。这些专家查看了水电站的选址后告诉俄国人，可用的水流，再加上温暖气候下的蒸发率，无法产生足够的动力来驱动涡轮发电机。来自莫斯科的一名高级专员被派往现场，俄国人随后确定，已制定的计划确实有误，发电站将被建立在另一个地方。附近的山脉中储存着大量的设备，将被用于修建水电站。

一天下午，我坐在营房前，设法将一块铝材锉成一把梳子，我的头发又长了，俄国人曾要求过，战俘的头发长度必须紧贴头皮。少校先生从一旁走过，一如既往地问我在干什么。"做把梳子。"我回答道。

"这么辛苦干吗？"他奇怪地问道，"您病得很重，很快就要送您回国了！"

喜讯就这样到来了。1948年夏季，我登上一列棚车，车厢里还有另外40名战俘，这将是我们获得自由前的最后一段旅程。这段旅程据说要耗时一周，可是，我又患了腹泻，还发起了高烧。浑身无力地躺在黑暗的车厢里，我的状况似乎随着时间的流逝越来越恶化，很快我就变得虚弱无力，连站立几分钟都无法支撑。我无从分辨此刻是白昼还是夜晚，完全不知道周围发生了什么。最后，我们终于到达了边境。

我们下车后来到法兰克福附近，奥得河河岸上一个军事基地的阅兵场，在这里排好队伍，清晨的寒意渗透了挂在我们瘦弱身躯上各种破破烂烂、现在已过时的军装。沉默凝滞在空气中，我们一动不动地站着，痛苦地意识到，自由离我们只有几个小时，也许只有几分钟了。通过灼热的双眼，我看见一个苏军军官，在一名挎着冲锋枪的士兵的陪伴下，沿着战俘队列慢慢地走着。我们已奉命将所有个人物品放在脚下。这名军官仔细检查着每一个战俘，然后将目光转向堆放在破旧的德国国防军帆布袋和面包袋上微薄的物品。由于发烧，我不由自主地颤抖起来，不过，他没有理会我的虚弱，毫无表情的目光从我的脸转至我的服装，又集中到堆放在脚下的物品上，随即走向下一名战俘，一种如释重负感席卷了我的全身，我试着让自己怦怦跳动的心平静下来。

站在我身边的是来自赖兴巴赫的汉斯·希尔特中尉，那座小城镇位于斯图加特，就在我家乡附近。苏联军官仔细检查着汉斯，又看了看堆放在他面前的个人物品。就在他正要走开时，似乎犹豫了一下，又停了下来。他弯腰拾起个粗糙的小木盒，这是汉斯在战俘营里用一块雪松木雕刻的。他好奇地检查着这个盒子，突然，他把它丢在地上，用靴子用力践踏着，木盒裂开了，里面的东西散落出来。盒子底部的夹层里藏着一枚铁十字勋章，三年多的囚禁生涯中，汉斯一直小心地藏着这枚勋章，躲过了无数次检查和搜查。这名苏军军官拾起勋章，慢慢地将它举起，查看一番后，这才盯住了汉斯。

"法西斯分子！"他大声吼道。两名端着步枪的卫兵突然从附近出现，军官怒视着汉斯，厉声下达了命令。他们将汉斯推出队列，喊着些莫名其妙的话，把他带离。汉斯扭头望着我，苍白的脸上带着惧意。"把所发生的事情告诉我父母。"他绝望地喊道。汉斯·希尔特中尉活了下来，数年后，他终于获得了释放。

这段旅程继续进行。发着高烧的我穿过萨克森，在萨勒河畔霍夫离开了苏占区并进入巴伐利亚，1080天的囚禁生涯终于结束了。由于身体状况不断恶化，再加上水肿，我的意识极其模糊，我不得不在乌尔姆的一所军医院里躺了几个星期。这座古城的中心地区已在猛烈轰炸下沦为废墟，残垣断壁上插着木制十字架，表明这些废墟下有死去的平民。

在红十字会护士的照料下，我慢慢地恢复了健康。我回到了一个已四分五裂的世界，并决定将我的过去以及那些可怕的事情彻底抛开。尽管付出了很大的努力，可我依然会想起过去的那些往事。我想到那些躺在无名墓地中的战友，想到那些被打死的敌人，也想到面对一个已发生变化的世界时所面临的艰难挑战。我依然无法理解的是，漫长的苦难之旅就这样结束了，它造成了那么多人的死亡，摧毁了我们的世界，可我居然还活着。与我长久以来的期望相反，这里没有情感的流露。缓慢地意识到自己的生存后，我并未觉得欣喜，想到那些在这场浩劫中丧生的受害者，我只感到一种令人无法承受的空虚。

1941年6月，戈特洛布·比德曼反坦克炮组的12名成员列队进入俄国，他们当中只有三个人活了下来并回到自己的祖国。

炮长——二等兵比德曼，22岁。多次负伤，1945年5月8日投降。

炮瞄手——二等兵厄勒，21岁。1942年9月，在盖托洛沃附近失去了一只眼睛，因伤势过重而退役。

装弹手——二等兵阿尔贝特，21岁。多次负伤，1944年阵亡于杜纳堡附近的战斗。

第1供弹手——二等兵施平勒，21岁。多次负伤，1943年阵亡于拉多加湖南岸的战斗。

　　第2供弹手——二等兵艾希勒，21岁。两次负伤，1943年阵亡于北线的战斗。

　　第3供弹手——一等兵克伦茨，29岁。多次负伤，1943年在斯梅尔德尼亚的战斗中，一条胳膊和一条腿被截肢，因伤势过重而退役。

　　第4供弹手——上等列兵瓦克尔，22岁。1942年阵亡于盖托洛沃附近的战斗。

　　机枪组组长——二等兵哈夫纳，21岁。负过伤，1942年2月阵亡于帕尔帕奇的战斗。

　　第1射手——一等兵布伦德尔，22岁。1943年阵亡于拉多加湖南岸的战斗。

　　第2射手——上等列兵艾格纳，19岁。1944年阵亡于北线的战斗。

　　机枪搬运员——一等兵费尔，35岁。1944年阵亡于杜纳堡附近的战斗。

　　供弹手——二等兵法尔特希，35岁。1943年阵亡于北线的战斗。

我们学会了蔑视死亡，

但也对生命充满热爱。

附 录

1940—1945年，第132步兵师作战行动记录

1940年10月—1941年3月：第132师组建、集结、训练，师部设在兰茨胡特。

1941年3月28日—4月9日：在德国—南斯拉夫边境执行警戒任务。

1941年4月6日—9日：突破南斯拉夫的边防工事。

1941年4月10日—12日：参与夺取萨格勒布和贝尔格莱德的相关行动。

1941年4月13日—18日：夺取贝尔格莱德；在萨拉热窝执行后续任务。

1941年4月18日—6月9日：在南斯拉夫地区执行警戒任务。

1941年6月10日—27日：在菲拉赫–克拉根福地区的克恩顿接受训练。

1941年6月28日—7月31日：运输，参与对苏战争的初期战斗。

1941年8月1日—5日：向第聂伯河攻击前进。

1941年8月6日—20日：在卡涅夫–特里波利耶地区进行夺取第聂伯河西岸的战斗。

1941年8月6日—16日：在基辅和博古斯拉夫附近作战。

1941年8月21日—9月27日：在基辅附近作战。

1941年8月21日—9月15日：在特里波利耶–列斯奇切斯切夫地区确保第聂伯河西岸的安全。

1941年9月18日—27日：在基辅以东地区作战。

1941年9月28日—10月28日：进入克里木。

1941年10月29日–11月4日：在克里木进行后续战斗。

1941年11月5日—6日：争夺塞瓦斯托波尔外围要塞。

1941年11月17日—12月16日：进行包围塞瓦斯托波尔的战斗。

1941年12月17日—31日：进攻塞瓦斯托波尔。

1942年1月1日—2日：进行与围困塞瓦斯托波尔有关的战斗。

1942年1月5日—7日：击退苏军在叶夫帕托里亚附近的登陆企图。

1942年1月3日—18日：在费奥多西亚战斗。

1942年1月3日—15日：在费奥多西亚以西地区从事防御作战。

1942年1月15日—18日：在费奥多西亚地区作战，并夺取该城。

1942年1月16日—28日：击退苏军在苏达克的登陆。

1942年1月19日—5月7日：在帕尔帕奇实施防御作战，并执行海岸防卫任务。

1942年5月8日—20日：重新夺回刻赤半岛。

1942年5月8日：突破帕尔帕奇。

1942年5月9日—20日：在刻赤半岛从事后续作战行动。

1942年5月15日：夺取刻赤。

1942年5月19日：进攻布尔努。

1942年5月25日—6月1日：在萨基–马马斯沙伊地区负责海岸防御。

1942年6月2日—7月1日：进攻并夺取塞瓦斯托波尔要塞。

1942年6月2日—6日：突击前的炮火准备。

1942年6月7日—30日：对要塞发起进攻。

1942年6月7日：突破苏军第一道防线，进攻奥尔贝格。

1942年6月9日：进攻"诺伊豪斯"高地。

1942年6月17日：夺取Ⅰ号要塞和"马克西姆·高尔基Ⅰ号"炮台。

1942年6月18日：在柳比莫夫卡摧毁苏军的桥头堡。

1942年6月19日：夺取"希什科瓦"要塞。

1942年6月20日：夺取"列宁"要塞。

1942年6月21日：夺取"北方"堡垒。

1942年6月27日：夺取"兰格贝格"。

1942年6月28日：在因克尔曼建立起桥头堡。

1942年6月29日：夺取因克尔曼南部的高地。

1942年6月30日：从南部包围塞瓦斯托波尔。

1942年7月1日：夺取塞瓦斯托波尔及其港口。

1942年7月2日—8月28日：沿刻赤海峡执行海岸防御任务。

1942年8月28日—9月10日：全师经铁路运往列宁格勒前线，沿途经过赫尔松、尼古拉耶夫、别尔季切夫、罗夫诺、科韦利、布列斯特、比亚韦斯托克、吕克、因斯特堡、蒂尔希特、希奥利艾、米陶、里加、瓦尔加、普斯科夫、卢加和利希纳。

1942年9月11日—21日：全师在姆加、索戈卢波夫卡和夏普基地区重新集结。

以下记录来自军士长施特尼策的笔记以及作者在第436和第437步兵团服役期间的日记。由于可用的记录并不完整，所以第132步兵师在这段时期的作战记录并不全面，特别是1944年下半年的记录。

1942年9月22日—30日：第一次拉多加湖南岸战役，进攻并夺取盖托洛沃，第437步兵团第3连封闭包围圈。

1942年10月1日—13日：冲向乔尔纳亚和盖托洛沃附近，直抵姆加以西地区；在后方地区实施扫荡，肃清包围圈内的敌军。

1942年10月—1943年1月：在波戈斯季耶包围圈东部地区作战。

1943年1月：第437步兵团参与了沃尔霍夫前线的部分战斗。

1943年2月11日—28日：第二次拉多加湖南岸战役爆发，实施防御作战并在斯梅尔德尼亚附近发起反击。

1943年3月—6月：在波戈斯季耶包围圈、克罗斯特多夫和季戈达地区实施防御作战。

1943年6月：在柳班、夏普基和乌斯夏基地区休整和训练。

1943年7月—8月：在波戈斯季耶附近的马鲁克萨阵地实施防御。

1843年8月10日—17日：第三次拉多加湖南岸战役，在施蒂希达姆和沃尔诺沃实施防御作战，为恢复主防线发起反击。

1943年8月底—9月：在沃尔霍夫前线和基里希桥头堡作战。

1943年10月1日-4日：撤离基里希桥头堡。

1943年10月5日—11月：被汽车和火车运送至涅韦尔西部的普斯托什卡战场，还为第32、第81、第83和第290步兵师提供支援。

1943年11月—1944年1月中旬：在普斯托什卡、伊德里察、德里萨河和亚斯诺湖地区实施防御和反击，护卫"北方"集团军群的右翼。

1944年1月12—18日及2月：在萨加佳、舒尔雅济诺和加特雷地区实施防御。

1944年3月11日—13日：在夏维利实施防御和进攻作战。

1944年3月13日—19日：在罗格附近实施防御和进攻作战。

1944年3月19日—21日：在穆托沃索沃担任预备队。

1944年3月底：在巴拉沃夏附近据守阵地。

1944年3月29日—4月14日：在涅谢尔多湖附近实施防御。

1944年4月14日—19日：在普希金斯基耶地区实施防御作战，为第13空军野战师提供支援。

1944年4月19日—6月24日：在索罗季、尤什诺沃、库塞尔高地和96.0高地作战。

1944年6月24日—7月1日：第436掷弹兵团为第83步兵师提供支援；韦利卡亚桥头堡，在诺维普季、卡岑布克尔、斯图本高地实施防御和进攻作战。

1944年6月：第436掷弹兵团和第132步兵师在科斯卡什谢沃附近作战。

1944年6月29日—30日：被换下阵地，转运至杰斯纳和米奥利亚地区。

1944年7月1日—3日：在米奥利亚附近实施反击和防御作战。

1944年7月4日：第437团第1营被孤立和包围在米奥利亚东南方。

1944年7月5日：向德鲁亚突围，独立实施突围行动。

1944年7月6日：在安东诺夫卡、索斯诺夫卡、马利诺夫卡附近实施防御。

1944年7月12日—19日：在克拉斯诺戈尔卡、斯努德湖和普柳萨河地区作战，向南朝斯特鲁索托湖攻击前进。

1944年7月20日：转至杜纳堡、萨拉赛。

1944年7月底—8月中旬：向北移动，赶至施托克曼肖夫南部的杜纳河桥头堡。

1944年8月20日：向北移动。

1944年8月21日：在埃尔格利附近实施进攻和防御，在杜纳河阵地实施防御作战。

1944年8月22日—9月14日：守卫埃尔格利和"鸡蛋山"。

1944年9月15日—16日：与第14装甲师共同发起反击。

1944年9月17日—25日：担任后卫，沿通往里加的主公路向西后撤；调至塞加森林地区。

1944年10月5日：转移至孙塔日。

1944年10月6日：转移至B防线。

1944年10月11日：转移至里加前方的F防线。

1944年10月12日：当晚9点，穿过里加，跨过杜纳河上的桥梁。

1944年10月14日：越过阿河。

1944年10月15日：第一次库尔兰战役，在弗劳恩堡西南方实施防御。

1944年10月17日—30日：第437团在立陶宛的皮克利艾实施防御，第436团在洛希、巴泰希亚和第89.3高地实施防御。

1944年11月1日—19日：将主防线调整至文塔河。

1944年11月19日—27日：弗劳恩堡南部和西南部，第二次库尔兰战役。

1944年11月28日—12月20日：在库尔兰实施防御作战。

1944年12月21日—31日：在潘帕利、斯特迪尼和弗劳恩堡附近爆发了第三次库尔兰战役。

1945年1月—2月：在普列库莱附近，利耶帕亚南部地区，第四次和第五次库尔兰战役。

1945年3月：第六次库尔兰战役。

1945年4月—5月7日：在利耶帕亚东南部和普列库莱西部实施防御作战。

1945年5月8日：下午2点，向苏军投降；第132师的幸存者进入战俘营。各个战俘营位于：普列库莱、斯洛卡、泰尔夏伊、里加、诺夫哥罗德、梅梅尔、杜纳堡、纳尔瓦、普斯科夫、波洛兹克、博罗夫斯基、瓦尔代霍温、莫斯科、列宁格勒、明斯克、乌拉尔山区、克里格西亚大草原、伏尔加河、西伯利亚、高加索地区的苏呼米和第比利斯。另外一些战俘营的所在地不详。

鸣　谢

我想对阿肯色大学出版社社长拉里·马利表达衷心的感谢，他提供了宝贵的专业帮助，从而使本书的出版成为可能。我还要向堪萨斯大学出版社的主编迈克尔·布里格斯表达谢意，从最初读到粗略的译稿到手稿最终完成，他表现出无限的耐心，并提供了专业性指导。但重要的是，我想向戈特洛布·比德曼表达我的感激之情，他毫无怨言地跟我进行了无数次面谈、讨论和书信往来，在这一过程中，对我的大批问题，他无一例外地提供了明确的答复。我还要感谢他为撰写这本士兵的故事而提供的个人照片及档案资料。

我也要感谢第132步兵师的那些老兵，他们为G·H·比德曼的原稿无私地提供了个人经历、日记笔记、照片和官方文件这些重要资料。

弗里茨·林德曼：师长，他的遗孀林德曼夫人和他的儿子慷慨提供了他的个人档案

约瑟夫·德雷克塞尔："泽普大叔"，第436步兵团团长

雅恩（两兄弟）：第132炮兵团连长

埃利希·博尔特：第132炮兵团营长

汉斯·加斯纳：第132炮兵团连长

弗里茨·舒马赫尔：第437掷弹兵团第5连班长

弗里茨·施密特：第437掷弹兵团团长

赫尔曼·韦茨施泰因：第437掷弹兵团第12连军士长

埃利希·福勒：第437掷弹兵团第2营营副官

维利·鲍尔：第437掷弹兵团第6连连长

艾哈特·措尔：第436、437掷弹兵团第14连连长

汉斯·汉泽尔曼：第132炮兵团第4连

京特·魏森泽医学博士：第438掷弹兵团第1营军医官

阿尔布雷希特·布施：第437掷弹兵团团参谋

奥托·塞勒：第132步兵师师参谋

弗朗茨·洛贝迈尔：第438掷弹兵团团参谋

奥托·赖斯：师通信科

里夏德·比奇：师参谋，营长

乌尔里希·艾哈特：第438掷弹兵团第1营营长

戈特弗里德·施佩格尔：第437掷弹兵团第2营

霍斯特·科尔：第132炮兵团营长

格奥尔格·盖茨：第437掷弹兵团第9连军士长

弗里茨·施拉姆：第436掷弹兵团第3连

爱德华·文德雷尔：师牧师，新教派

弗里茨·蒂尔曼：第132炮兵团

汉斯·赫勒：第438掷弹兵团团参谋

阿尔贝特·阿图尔·克伦茨：第437掷弹兵团第14连一等兵

弗朗茨·克特尔：第438掷弹兵团连长、营长

雅各布·霍厄纳德尔：第438掷弹兵团第14连排长

弗雷德里希·默勒：第132工兵团第1工兵连军士长

汉斯·施特尼策：第437掷弹兵团第2、第3营营工作人员

京特·弗莱克：第437掷弹兵团第11连通信兵

弗里德尔·朗：第437掷弹兵团第3营副官、连长

恩斯特·吕克尔：第437掷弹兵团第1、第2营营参谋

还有其他一些人

波的尼亚湾　芬兰　　　　　奥涅加湖

赫尔辛基

芬兰湾　列宁格勒　施吕瑟尔堡　沃尔霍夫
拉多加湖
塔林　奥拉宁鲍姆　姆加　柳托奇沃
爱沙尼亚　纳尔瓦　萨布利诺　波兹诺　斯里希
波罗的海　帕尔努　维里察　托斯诺　基里希
里加湾　塔尔图　卢加　雷宾斯克水库
陆德湖
拉脱维亚　诺夫哥罗德
伊尔门湖
里加　德诺　旧鲁萨
埃尔格利　普斯科夫　瓦尔代丘陵
伊德里察　奥斯特罗夫　霍尔姆　加里宁
阿克尼斯塔　德鲁萨
陶格夫匹尔斯　洛帕托沃　托罗佩茨　勒热夫
立陶宛　德鲁亚　波洛兹克　大卢基　莫斯科
考纳斯　涅韦尔　别雷
柯尼斯堡　维尔纽斯　李斯纳　奥卡河
东普鲁士　列佩利　奥尔沙　图拉
格罗德诺　斯摩棱斯克
明斯克
比亚韦斯托克
布格河　博布鲁伊斯克　奥良斯克
华沙　布列斯特
波兰　平斯克　普里皮亚季沼泽　苏联
卢茨克　普里皮亚季河
布罗德　科罗斯坚　库尔斯克
日托米尔　基辅
伦贝格　别尔哥罗德
卡涅夫　哈尔科夫
克列缅丘格
顿涅茨河
第聂伯彼得罗夫斯克
尼古拉耶夫　尼克波尔
罗马尼亚
蒂拉斯　赫尔松
敖德萨　伊科尔科伊
亚美尼亚斯克　德尚科伊
克里木　刻赤
叶夫帕托里亚　辛菲罗波尔　旧克里米　费奥多西亚
布加勒斯特　巴赫奇萨赖
多瑙河　塞瓦斯托波尔　雅尔塔
亚速海
保加利亚　黑海

0　　　　　500　　　　　1000　英里
0　　　500　　　1000　　　1500　千米

328　·

投身战争前。1941年3月16日，英雄纪念日，慕尼黑，第437步兵团第14反坦克连从人群前列队而过。

1941年6月，行进中的反坦克炮组成员。由于缺乏德制重型设备，缴获的法制拖车被用于拖曳火炮。这些拖车被证明并不适用于苏联国土，比德曼单位中配备的10辆法制拖车，到达克里木时只剩下2辆。

1941年6月底，苏军战俘列队走向后方。保持高度机动性的德国军队实施钳形攻势，一支苏军部队遭到包围，大批士兵被俘。战争后期，苏军采用同样的战术在俄国歼灭了德国"中央"集团军群。

1941年7月，伦贝格附近，费特尔中尉（第438步兵团副官）骑着马，从后撤苏军部队丢弃的一辆庞大的坦克旁经过。1941年11月4日，费特尔在塞瓦斯托波尔前方的战斗中阵亡。

1941年7月，伦贝格附近，被摧毁的苏军坦克停在第132步兵师的前进道路旁。

1941年7月，士兵们正设法让一匹因干渴和疲惫而倒下的马站起来。俄罗斯和乌克兰的土地极为广袤，但缺乏保障设施，对东进的德国军队来说，人员、牲畜和武器装备经受着严峻的考验。

乌克兰，敖德萨北部，第132炮兵团的一个连队从一片德国移民居住地旁经过。许多德国人的定居点建造于18世纪凯瑟琳大帝时期。

克里木北部，一口自流井被加以使用。这些水井汲出的水带有咸味，对前进中的德国军队而言，缺乏淡水很快成了一个严重问题。

正与乌克兰妇女和儿童交谈的苏军战俘。最初进入乌克兰时，德国军队受到了欢迎，许多俘虏自愿为入侵者服务，他们相信自己将从共产主义中解放出来。

1941年8月，措尔少尉指挥第14反坦克连的士兵们在第聂伯河附近建立起一个反坦克阵地。

1941年8月，第聂伯河沿岸战斗中被俘的苏军战俘。

1941年8月中旬，在第聂伯河附近被缴获和摧毁的苏军装备。

1941年9月下旬，二等兵G·H·比德曼与一门37毫米反坦克炮和缴获的福特卡车合影。美制福特卡车使德国军队获得了大批后勤车辆，这种卡车深受德国士兵的喜爱，因为缴获的苏军仓库内，这种汽车的零配件一应俱全。

1941年11月，梅肯济亚，阵地中的一个80毫米迫击炮组。

二等兵比德曼看守着一辆被苏军丢弃的装甲车。这部完好的车辆被他的炮组加以使
用，以替换脆弱的法制拖车来拖曳他们的反坦克炮。

1941年11月初，克里木北部，一等兵克纳皮奇的反坦克炮阵地。

1941年12月17日，对塞瓦斯托波尔要塞发起突击前，步兵部队进入他们的阵地。

1941年12月17日，第437步兵团的士兵们准备对塞瓦斯托波尔要塞发起进攻。

1942年4月，达利尼—卡缅斯基前方工厂，阵地中的反坦克炮及其组员。从左至右：克伦茨、施平勒、阿尔贝特和比德曼。

1942年4月，达利尼—卡缅斯基地区，一名苏军车组成员烧焦的尸体倒在被摧毁的苏军坦克附近。

1942年4月，步兵部队进入达利尼—卡缅斯基附近的阵地。这片阵地代表着东线战场的最南端。

对刻赤发起进攻前，冯·博克元帅（左）对前线进行了视察。1942年4月28日，他与林德曼将军查看着敌人的阵地。

左右两图：1942年5月，德军士兵在炮火的支援下向刻赤的各个目标推进。

1942年5月，进攻刻赤期间，在比德曼阵地前被摧毁的苏军坦克。

1942年5月8日—9日的战斗中，在刻赤地区被停的苏军士兵。队伍左侧的电线杆就是英国-印度电报线，这条通讯线路从印度经过波斯，越过高加索地区，跨过刻赤海峡，穿过欧洲大陆到达英国。

刻赤，德军士兵冲过被打垮的苏军阵地向前推进。

刻赤，德军突破了托勒别纳堡的防御。面对精心设防、顽强抵抗的敌军，德国士兵为夺取这些阵
地付出了惨重的代价。

第436步兵团对刻赤发起进攻前，泽普·德雷克塞尔少校（右）和他的副官在一起。德雷克塞尔少校后来在北部战线的战斗中获得了骑士铁十字勋章，他是本师在这场战争和苏联的囚禁中生还下来的少数高级军官之一。

1942年5月，在刻赤地区清理反坦克炮。由于白天温暖，夜间寒冷，敏感的光学仪器和闭锁装置很容易形成凝露，必须及时加以清理。

1942年6月18日，夺取塞瓦斯托波尔的行动发起的第二天，施密特上尉在杜万科伊村附近向团长金斯米勒上校汇报他那个严重减员的营的状况。

1942年5月，后勤单位穿过克里木赶往刻赤。由于尘埃、极端的温度和遥远的路途，汽车和火车头迅速出现了过度磨损的迹象。马拉单位尽管可靠，但严重依赖于饲料和饮水。

1942年2月，一等兵比德曼在费奥多西亚。

费奥多西亚，第132步兵师庞大的阵亡将士公墓。苏军解放克里木后，这片墓地被夷为平地。

1943年2月，斯梅尔德尼亚北部森林战役期间，第437步兵团的一个重机枪组投入了战斗。

斯梅尔德尼亚战役期间，第437步兵团阵地前一辆被击毁的苏军重型坦克。注意坦克四周阵亡的敌人。苏军步兵经常攀附在坦克车身上投入战斗，如果坦克被大口径反坦克炮弹击中，就会造成灾难性后果。

1943年初，德军士兵沿着一条木排路，穿过沃尔霍夫的沼泽地赶往前线。

1943年初，一条木排路通向沃尔霍夫前沿阵地。大车和货车上安装了从汽车上拆下的轮毂，被改装成一个临时铁路运输系统。

1943年2月，比德曼少尉（左）在沃尔霍夫前线的森林中视察防御阵地。

1943年2月，列宁格勒南部，沃尔霍夫前线的德军士兵收到了弹药补给。这张照片拍摄完的几个小时后，苏军又一次发起突破尝试。沼泽地中用沉重的圆木构设的掩体，对轻型迫击炮和轻武器火力的防护非常有效。

1943年3月，克罗斯特多夫附近发生的冬季战役期间被摧毁的苏军坦克。茂密的森林和无法通行的沼泽地使坦克部队的大规模进攻非常困难，迫使它们只能沿已知的小径和道路前进。

比德曼（戴着军便帽的跪立者）和德德尔上尉指导空军中调来的补充兵使用步兵武器。尽管只在离前线不远处接受了仓促的训练，但这些来自空军的补充兵迅速适应了冰冻森林中严酷的作战环境。

1943年7月，比德曼少尉（左侧骑马者）率领着第437步兵团的一个连队，在姆加南部穿过夏普基。

1943年7月，德军在马鲁克萨阵地附近修建穿越沼泽地的木排路。地形条件使得补给运输只能依靠这些木排路，修建这些道路靠的是工兵单位集中起来的劳动力。

1943年7月，在马鲁克萨地区的战斗中被俘的苏军士兵。在这场进攻中，4名苏军军官和大批士兵阵亡在德军阵地前。

1943年6月，在夏普基附近召开的一次作战会议。从左至右：阿尔特曼上校（第438步兵团团长），1943年8月在战斗中阵亡；师长林德曼将军，1944年9月在柏林被盖世太保射中后伤重不治；金斯米勒上校（第437步兵团团长），1943年8月在战斗中阵亡；施密特少校（第437步兵团第3营营长）和1名副官。

1943年8月，列宁格勒附近，拉多加湖南岸，斯滕尼赫军士站在姆加一座通讯掩体的入口处。1944年1月18日，斯滕尼赫在加特雷附近的战斗中阵亡。

金斯米勒上校的葬礼仪式上最后的军礼，1943年8月17日，他被友军火力误击身亡。葬礼在索戈卢波夫卡的军人公墓举行。左起第三个人是施密特少校。

列宁格勒南面的沃尔霍夫铁路桥。这座具有战略重要性的桥梁连接着莫斯科通往列宁格勒的主铁路线。桥上摆放着树木和树枝，以免部队的行动被苏军地面侦察单位发现。

1943年9月，在斯图加特休假时与亲属们合影。一年后，由于美国的空袭，克里斯蒂安叔叔（坐在中间者）死于严重烧伤。

涅韦尔以西地区，比德曼（中间挂望远镜者）与第437步兵团突击预备队的士兵们在一起。
注意他们的各种迷彩服和经过伪装的装备，包括涂成白色的钢盔。

1944年1月中旬，加特雷附近，前哨阵地中的一个50毫米反坦克炮组。经历了数天的激战后，他们刚刚得到了一些热咖啡。

1944年3月，执行侦察巡逻任务后，伯恩哈特中士（左）向比德曼少尉汇报苏军阵地的情况。右侧，身穿迷彩作战外套的士兵携带着MP-40冲锋枪的弹匣包。

1944年4月，克罗斯特多夫地区收到了邮件和包裹。战争的这一阶段，邮件的交付已变得极不稳定。

比德曼（右起第三人）与第437步兵团一些刚刚获得二级铁十字勋章的战友们合影留念。二级铁十字勋章只在获得勋章的当天佩戴在军装上，以后只佩戴勋章的绶带。

Absendestelle:	...te Meldung	Ort	Tag	Zeit
Batl.Gef. Stand	Abgegangen			
	Angekommen			

An   Lt. Steinhardt.

Ihr habt Euch prächtig verhalten. Anerkennung des Rgts. soll ich übermitteln.

Den ganzen Tag griff der Gegner den Batl.-Abschnitt an. Stellung wurde gehalten. 1 Panzer bei Kirche u. einer unweit des Batl.-Gef.-Std. abgeschossen.

Es gibt Frontkämpferpäckchen.

Munition beim Batl.Gef.Std. abholen.

Ich brauche dann die Stärken u.Verluste, Munitionsverschuß ungefähr.

Die Art. die kurz schoß, war 1.schw.Mörserabt. Ist festgestellt u. wird nicht mehr vorkommen.

Bitte uns weiter durch Melder über die Lage unterrichten.

Die Pioniere müssen laut Rgts.Befehl ihren Abschnitt wieder besetzen. Machen Sie sich stark durch Bildung einer Reserve.

Herzl.Gruß an Magela.   Horrido !
                               Ihr Bidermann Oblt.u.Btl.
                                             Adjt.

F.d.R.d.A.   Leonhard

1943年—1944年的冬季，涅韦尔西面，一个起火燃烧的俄罗斯村庄。战争的恐怖降临到百姓们头上，他们背井离乡，在恶劣的环境下既没有食物，也没有住处。

（左图）比德曼中尉在营部给负责指挥空军补充兵的施泰因哈特少尉发出的电文。电报中赞扬了他们近期的作战表现，并对他们摧毁苏军坦克提出表彰。电报还建议他们尽快获得食物和弹药补给，并要求他们提交伤亡和弹药消耗报告。电报中还指出，第1重迫击炮营炮弹落点太近的情况不会再次发生。电报进一步要求派传令兵送交情况报告，并告诉该部，根据团里的命令，工兵将接替他们的防区。另外还要求他们以预备力量加强阵地。有趣的是，比德曼在电报的结尾没有使用常见的"希特勒万岁"，而是用了个传统的"Horrido"，这个词来自德国山地军军歌。1944年11月，施泰因哈特少尉在战斗中阵亡。

这幅圣母像悬挂在皮克利艾镇教堂附近的一座木屋中。一名苏军士兵溜入德军防御圈时，一串冲锋枪子弹射中了这幅圣母像。尽管这幅油画在战后得到修复，但圣母面容周围的弹孔依然清晰可见。

弗里茨·林德曼将军，1942年1月—1943年8月期间担任第132步兵师师长。林德曼将军卷入了1944年7月20日暗杀希特勒的行动，纳粹政府悬赏500000马克捉拿他。在柏林逃避抓捕时，他被一名盖世太保击中，1944年9月22日，林德曼将军伤重不治。

第437步兵团的戈特洛布·H·比德曼少尉。这张照片是1944年初他在俄国北线服役时拍摄的。

被期待的二战历史

70年前一位重机枪手的残酷战场笔记

失踪60年复得的重机枪手笔记，二战真实的俄国战场记录，
抛开一切既定道德评判的士兵感受。

雪白血红

一名德军士兵的苏德战争回忆录

【德】京特·K. 科朔雷克 著

小小冰人 译

70年前一位重机枪手的残酷战场笔记

一层层剥开二战东线战场的恐怖真相